DIARIO DE UN ENFERMO

CLÁSICOS DE BIBLIOTECA NUEVA
Colección dirigida por
JORGE URRUTIA

JOSÉ MARTÍNEZ RUIZ
[AZORÍN]

DIARIO DE UN ENFERMO

Edición de Francisco José Martín

BIBLIOTECA NUEVA

Diseño de cubierta: José María Cerezo

**Library
University of Texas
at San Antonio**

© Caja de Ahorros del Mediterráneo, 2000
© Introducción, notas, selección y edición de Francisco José Martín, 2000
© Editorial Biblioteca Nueva, S. L., Madrid, 2000
   Almagro, 38 - 28010 Madrid (España)

ISBN: 84-7030-761-4
Depósito Legal: M-14.177-2000

Impreso en Rógar, S. A.
Impreso en España - *Printed in Spain*

INTRODUCCIÓN

1. Silueta de un autor olvidado: J. Martínez Ruiz (1892-1904)

Hay una justicia del tiempo que confiere a nuestras historias de la literatura una fisonomía cambiante a través de las épocas: autores y obras que se rescatan del olvido, autores y obras que se hunden en el olvido. Es el devenir propio del mundo sublunar, como lo llamaban los antiguos; es la necesidad que tiene todo presente de rescribir la historia, como juzgamos hoy desde un horizonte cultural postilustrado. Nada hay de humillante ni de vergonzoso en el silencio que así incumbe sobre autores, obras o movimientos. Es labor del crítico, sin embargo, valorar adecuadamente el pedestal que levanta su propia época, no dejarse arrastrar por el torrente de las modas o de los éxitos comerciales que dominan el actual panorama de las artes. El crítico debe operar «contra la época», dar relieve y profundidad a la superficie visible de las apariencias contemporáneas, hacer del fondo de lo olvidado la condición de posibilidad y la base sobre la que se apoya la construcción histórica del presente. Entre otras funciones, al crítico toca la de dar voz a quien voz ya no tiene en las historias de la literatura; tarea suya es, también, la de encontrar para las obras un cauce adecuado de comunicación con el presente.

En literatura, para quien lo sufre, todo olvido es un funesto destino. Y lo es doblemente cuando éste no es un producto de la justicia del tiempo, sino obra de un voluntario silenciamiento ejercido en contra de algo o de alguien.

En el panorama de las letras españolas contemporáneas,
pocos olvidos han pesado tanto como el de J. Martínez
Ruiz. Respecto a él, Azorín cumplió una doble y exitosa
operación de silenciamiento del autor y de apropiación ilí-
cita de parte de su obra. La figura de Azorín se levanta y se
construye desde un pertinaz ensombrecimiento y oculta-
miento de J. Martínez Ruiz, una calculada operación que
llega incluso a la usurpación de la autoría de las obras
que habían dado a éste una cierta notoriedad y un apreciable reconocimiento (*La voluntad, Antonio Azorín* y *Las
confesiones de un pequeño filósofo,* a partir de sus segundas
ediciones, perderán la firma de su autor efectivo, J. Martínez Ruiz, y pasarán a ser firmadas por Azorín). Azorín ganaba
el primer plano en la consideración de nuestras historias de
la literatura, mientras que J. Martínez Ruiz quedaba relegado (acaso condenado) a ese segundo plano sobre el que
resaltan las figuras principales. J. Martínez Ruiz quedaba al
fondo (y como fondo oscuro) de la imponente figura literaria que Azorín, con ayuda de la crítica, lograba construir
de sí, invisible tras la radiante visibilidad de Azorín. En
cierto sentido, podría decirse que Azorín y J. Martínez Ruiz
funcionan como las figuras reversibles de Rubin[1], ese efecto
visual que permite intercambiar la figura y el fondo de un
cuadro organizando un mismo material perceptivo en diferentes soluciones: la figura del uno se perfila sobre el
fondo del otro y viceversa. Sólo que, en este caso, la figura
de Azorín no cesa en su empeño de ser siempre figura y
nunca fondo, impidiendo a J. Martínez Ruiz ganar un primer plano capaz de permitirle una consideración adecuada
entre la crítica y el público. Trazar hoy, pues, una «silueta»
de J. Martínez Ruiz requiere un ejercicio de inversión de la
mirada habitual a la que todo un siglo de preponderancia
de Azorín nos ha acostumbrado: se trata de invertir la habitual relación de fondo y forma entre J. Martínez Ruiz y
Azorín, hacer que J. Martínez Ruiz sea la figura que se levanta sobre el fondo de Azorín. Se trata, además, de de-

---

[1] E. Rubin, *Visuell wahrgenommene Figuren,* Copenhague, Gylden-
dal, 1921.

construir todo un ejercicio crítico sobre nuestras letras que propicia la figura de Azorín (generación del 98), de reorganizar el material de tal modo que la figura de J. Martínez Ruiz logre su pleno sentido (crisis de fin de siglo).

J. Martínez Ruiz es autor de 19 publicaciones, entre libros y folletos de diversa índole y variado carácter, y de varios centenares de artículos de periódico. Resalta en su labor la firme *voluntad de escritura,* su empeño decidido por abrirse camino en el mundo de las letras. Acaso nada dejara por hacer o intentar en este sentido: desde el abandono de los estudios universitarios y de la protección (económica) de su familia, a su traslado a Madrid, meca ambiciosa de los jóvenes aprendices de escritor de la España de entonces, llevando, por todo equipaje, una breve carta de recomendación para un redactor de periódico. Destacan la amplitud de sus lecturas y la pobreza intelectual de las mismas: lecturas desordenadas que delatan la estrecha dependencia de las modas de entonces y la ausencia de una sólida formación en sus estudios (una característica compartida por la mayor parte de todo aquel grupo de jóvenes artistas e intelectuales de fin de siglo, un pesado lastre para el despliegue de su obra, algo que iba a marcar una diferencia principal con la generación sucesiva, la de los novecentistas). De señalar, su abrazo a la bohemia madrileña, un poco por convencimiento, sin duda, y mucho, también, por moda y por necesidad: poco dinero y muchas deudas, la vida «semoviente y nocharniega» en los cafés, en las redacciones de los periódicos, en los teatros. Líder de una cierta rebeldía intelectual contra el orden social y, sobre todo, el literario: en su empeño por abrirse camino como escritor no reparó ataques a los valores más firmes y consolidados de la institución literaria. Defensor convencido de la renovación estética y de la inseparabilidad entre el arte y la vida, motivos con los que la «Gente Nueva» empujaba por abrirse paso contra la «Gente Vieja». Quizá sea el de «intelectual» el calificativo que mejor convenga al carácter de su obra: hasta la publicación de *Diario de un enfermo* (1901), su primera novela, su obra abunda en el ejercicio de la crítica (literaria, social, política, etc.), siendo relativamente

pocas sus composiciones de creación literaria (cuentos y narraciones breves). Intelectual, porque el suyo es un intento
sincero que pretendía intervenir, a través de la escritura, en
el desarrollo de los acontecimientos históricos, y cambiar,
de paso, el orden social y literario del momento.

Para el rápido trazado de una «silueta», la obra de J.
Martínez Ruiz podría agruparse en dos etapas bien dife-
renciadas y una intermedia o de transición; ninguna de
ellas, sin embargo, debe ser tomada monolíticamente, sino
en constante movimiento, el propio de un autor que buscaba un camino (vital y artístico) por el que transitar. La
primera época estaría marcada por el signo del radicalismo,
la rebeldía y el inconformismo, y comprendería los escritos
del período valenciano (1892-1896) y los de sus primeros
años en Madrid (recuérdese que José Martínez Ruiz cursó
estudios de Derecho en la Universidad de Valencia de 1888
a 1896, participando activamente, en la medida que su juventud se lo permitía, en la vida cultural de la ciudad, y se
trasladó a Madrid, después de haber pasado por Granada y
Salamanca, a finales de noviembre de 1896). Pertenecen a esta
época, además de numerosas colaboraciones periodísticas: *La
crítica literaria en España* (1893), *Moratín* (1893), *Buscapiés (Sátiras y críticas)* (1894), *Anarquistas literarios* (1895), *Notas sociales* (1895), *La literatura* (1896), *Charivari (Crítica discordante)* (1897) y *Bohemia (Cuentos)* (1897), así como sus
traducciones de A. Hamon *(De la patria,* 1896) y P. Kropot-
kin *(Las prisiones,* 1897). Una época, esta primera, caracteri-
zada en sus rasgos más fuertes y principales por la orientación sociologista de sus escritos, por la propaganda de
las ideas anarquistas y la crítica radical del orden social vigente, por el intento crítico de sentar las bases para construir una historia de la literatura española que descansara
sobre los principios teóricos de la anarquía, por su adscripción a la estética naturalista y su defensa de un arte
comprometido al servicio de los ideales revolucionarios.

La segunda época estaría marcada por el predominio de
las preocupaciones metafísicas sobre el sociologismo anterior, por el individualismo extremo y la ausencia de valores
propios de la crisis del nihilismo, y por su desplazamiento

hacia la estética simbolista y su defensa de la pureza del arte. A esta época, además de un amplio número de colaboraciones en la prensa diaria y en las revistas literarias de la época, pertenecen las novelas: *Diario de un enfermo* (1901), *La voluntad* (1902), *Antonio Azorín* (1903) y *Las confesiones de un pequeño filósofo* (1904). Entre uno y otro grupo de escritos se abre una zona intermedia que se solapa a ambos, una zona en la que se mantienen vigentes los valores que están entrando en crisis, una zona en la que conviven las preocupaciones sociales con la exploración de los recintos oscuros del alma del sujeto contemporáneo. *Soledades* (1898), *Pecuchet demagogo* (1898), *La evolución de la crítica* (1899), *La sociología criminal* (1899), *Los hidalgos* (1900) y *El alma castellana* (1900) comparten todos, en mayor o menor medida, esta dimensión de apertura a la crisis del positivismo a la vez que el sujeto se aferra desesperadamente a un horizonte de valores que se sospechan ya caducos e inservibles. A los textos de esta etapa intermedia habría que añadir las traducciones de M. Maeterlinck *(La intrusa,* 1896) y G. Ferrero *(La psicología de la muerte,* 1896), pues señalan muy significativamente y en fecha temprana un orden de lecturas que empieza a distanciarse de las líneas maestras de la primera época. Y aún habría que añadir, en lo que se refiere a este distanciamiento de sus posiciones iniciales provocado por la conciencia de la crisis del positivismo, el episodio de la no publicación de *Pasión (Cuentos y crónicas),* el libro de sentir más anarquista y radical de nuestro autor, según se dice, libro ya preparado y confeccionado (aprovechando para ello, como solía hacer, colaboraciones anteriores en la prensa); libro ante el que Clarín se negaría a escribir un prólogo, cosa que sí haría, en cambio, Urbano González Serrano, publicándolo después por separado como tal prólogo y transformándolo sucesivamente en una elocuente «silueta» de J. Martínez Ruiz.

Silueta, la nuestra, de autor, y no de persona, pues para una adecuada comprensión hermenéutica de los fenómenos literarios es decisivo mantener bien diferenciados y no confundir al autor de la obra con la persona cuya vida sustenta la labor del autor. En nuestro caso, es preciso no con-

fundir al ciudadano José Augusto Trinidad Martínez Ruiz
con el autor J. Martínez Ruiz. Del ciudadano se podrá trazar una más o menos adecuada biografía, con su fecha de
nacimiento, sus padecimientos y alegrías, sus debilidades,
sus infidelidades (políticas), sus andanzas, sus frustracio-
nes, la hora y el día de su muerte, etc.; del autor no siempre se puede hacer lo mismo, ni conviene, y aunque se pudiera, no sería relevante para los estudios literarios. El
autor se confunde con la obra (real o posible, si de ello
dejó testimonio), es exclusivamente su obra y no puede
haber dato biográfico alguno que pueda cambiar o fundamentar un juicio literario ajeno a la misma. Poco importa,
en este sentido, si el ciudadano José Martínez Ruiz atravesó realmente una crisis nihilista (como es presumible
que fuera), sino la efectiva escritura de la misma de la que
la obra de J. Martínez Ruiz es buen ejemplo; poco importan a la literatura las fechas reales de la crisis del ciudadano Martínez Ruiz, y si tal crisis coincide en el tiempo
con la que señala la publicación de los escritos de J. Martínez Ruiz; poco importa, en fin, a la literatura, que *Diario de un enfermo* se apoyara o no en alguna suerte de diario efectivo del ciudadano Martínez Ruiz (como también
es presumible que así fuera). Lo auténticamente relevante,
lo único que debe contar para los estudios literarios es que
Diario de un enfermo nos fue entregado como una novela
del autor J. Martínez Ruiz, como una creación literaria
suya, obra de su ingenio, de su inteligencia y de su fantasía. Lo demás ya no es crítica literaria, sino espionaje gratuito y divertimiento ajeno a la literatura. Un razonable
principio hermenéutico señala la necesidad de preservar la
obra de las injerencias biográficas de la persona que fue su
autor. Nada tan necesario para nuestro caso. J. Martínez
Ruiz es una obra escrita: centenares de artículos, 19 libros
publicados y un libro perdido, escrito y estructurado, que
no se atrevió o no quiso publicar; su voz, más allá del coro
vocal que acaba mezclando y confundiendo todo, es la que
quedó atrapada e impresa entre las páginas de sus textos.
El respeto del autor, por tanto, exige la sola consideración
primaria de su obra.

Hay, en efecto, una crisis nihilista en la obra de J. Martínez Ruiz. Una crisis cuya incubación y latencia bien puede rastrearse y detectarse en los escritos de lo que aquí hemos llamado su zona intermedia, pero cuya plenitud sólo se alcanza en la producción que va desde *Diario de un enfermo* hasta *Antonio Azorín (Las confesiones de un pequeño filósofo* podría considerarse una obra de transición hacia el advenimiento de Azorín como autor; de hecho, estética y temáticamente está más cerca de *Los pueblos* [1905], de Azorín, que de las anteriores novelas de J. Martínez Ruiz). Una crisis cuya resolución, si nos atenemos a los hechos (literarios), se configura como la desaparición de J. Martínez Ruiz de la escena literaria, como su suplantación en el ejercicio de la autoría literaria por Azorín, personaje literario suyo que, anticipándose en cierto modo a tanto heterónimo y personaje apócrifo como iba a circular de ahí a poco por las letras europeas, representa, con este salto de personaje a autor, la completa y definitiva escisión del sujeto contemporáneo. Entre J. Martínez Ruiz y Azorín media la crisis del nihilismo, una crisis que afecta a todos los órdenes de la vida cultural, por lo que es, a la vez y de manera inescindible, crisis vital, intelectual y artística[2]. La obra de J. Martínez Ruiz es, en su período final, la escritura de esta crisis radical del nihilismo, y la búsqueda, a través de la escritura, de soluciones adecuadas a la misma. Es, a la vez, crisis del arte y del artista, por lo que no podrá hablarse de resolución plena de la crisis hasta que el autor haya logrado plasmar un nuevo estilo (y esto no adviene hasta *Antonio Azorín*). La obra de Azorín, en cambio, se abre desde la efectiva resolución de la crisis del nihilismo de J. Martínez Ruiz (ya veremos en qué modo), en el espacio que se despliega tras la aceptación plena de un horizonte sin valores. Quizá por eso, para los efectos de nuestra silueta, pueda

---

[2] Para un tratamiento más amplio de la crisis nihilista de J. Martínez Ruiz, así como para la anteriormente mencionada operación de silenciamiento de Azorín sobre J. Martínez Ruiz, me permito reenviar a mi «"Y si él y no yo..."», introducción a J. Martínez Ruiz (Azorín), *Antonio Azorín*, Madrid, Biblioteca Nueva, 1998.

afirmarse que J. Martínez Ruiz fue siempre un autor joven, inquieto, mientras que Azorín nació ya definitivamente viejo, cansado.

II. EL MUNDO COMO NOLUNTAD Y REPRESENTACIÓN
     (TRAZOS PARA LA CONFIGURACIÓN DEL *ZEITGEIST*
     FINISECULAR)

En la segunda mitad del siglo xix, el físico alemán Hermann von Helmhotz, estudiando los principios de conservación de la energía, anticipó la lenta y progresiva muerte del sol y de las estrellas: «Nuestro sol es un cuerpo que emana lentamente su reserva de luz, por lo que un día tendrá que apagarse.» En esos mismos años, Charles Baudelaire formulaba, con verdad poética, el advenimiento de las sombras en el seno de la modernidad: «Pronto nos hundiremos en las frías tinieblas.» Es el otoño del mundo, una nueva estación que inaugura la conciencia de un destino irreparable, que señala hacia la disolución en las sombras y hacia el gélido vacío de la noche. Con el *Chant d'automne*, el poeta, nostálgico, se despide de la luz («adiós, viva claridad») y saluda, melancólico, un «sol moribundo» que habla del declinar de la luz y del avanzar de las sombras. En pocos años cambia la faz del planeta; cambia, sobre todo, la humana comprensión del mismo. Soles que se apagan; luces que no arrebatan ya dominio a las sombras, sino que las iluminan y patentizan. Signos que evidencian una nueva conciencia (desdichada) del sujeto ante el poderío de las tinieblas, fuerzas ocultas y misteriosas que muestran la impotencia de aquel sueño del hombre moderno que pretendía derrotar las sombras e iluminar definitivamente el mundo. Mengua el poder de aquella luz que iluminó el Siglo de las Luces y que sostenía el optimismo ilustrado, la fe en el progreso (material y moral) de la humanidad. Del *sapere aude!* kantiano, que instaba al hombre a empuñar con firmeza la antorcha de la razón para luchar contra el dominio de la oscuridad, se pasa a una nueva instancia, más acorde con el espíritu de los nuevos tiempos: atrévete, o mejor, prepárate para acoger en tu corazón el reino de las sombras. La Luz no puede acabar con el dominio de las sombras, y no sólo porque no hay suficiente luz, sino porque la sombra es consustancial a la luz, porque no hay ni puede haber luz sin sombra, ni día sin su noche. Cae, pues, definitivamente, la noche sobre el mundo, las sombras avanzan, el desierto crece. Y cuando incumbe la noche sobre el espíritu del mundo, del silencio del filósofo parece que arranca su fuerza el artista. Friedrich Wilhelm Nietzsche describió este proceso en un conocido fragmento de 1887, *Der europäische Nihilismus;* Baudelaire, en *Le goût du Néant,* plasmó el nuevo espíritu de los tiempos nuevos. Al finalizar el siglo XIX, J. Martínez Ruiz, con plena consciencia del nuevo espacio intelectual diseñado por el nihilismo, concluía su estudio sobre *La sociología criminal* (1899) interrogándose por el sentido de la existencia en un mundo en sombras:

> Apagarase el sol; cesará la tierra de ser morada propia del hombre, y perecerá lentamente la raza entera. ... Y entonces, desierta la Tierra, rodando desolada y estéril, entre profundas tinieblas, por el espacio inmenso, ¿para qué habrán servido nuestros afanes, nuestras luchas, nuestros entusiasmos, nuestros odios?

A continuación, trazaremos en este apartado una serie de espirales hermenéuticas alrededor de la crisis de fin de siglo, en sus márgenes, persiguiendo un adecuado esclarecimiento de los nuevos horizontes que se iban abriendo en el seno mismo de la crisis, de la voluntad de «mundo» que se escondía tras ellos, de la afanosa búsqueda de «mundo» que acontecía entre las ruinas del positivismo. Una pluralidad de mundos pretendidos, ansiados, añorados, nunca definitivamente alcanzados, que buscaba restablecer un orden perdido, recomponer una nueva comprensión de la realidad y de la vida.

11.1.   *Inconsecuencia vital y lectura agónica*

La famosa «inconsecuencia», que Pío Baroja atribuye a
J. Martínez Ruiz en el prólogo a la tragicomedia *La fuerza
del amor,* de este último, no ha solido valorarse en sí misma,
desde la apertura interpretativa del texto, sino desde el cierre de sentido que impone la severidad de un juicio moral
condenatorio de la posterior evolución de Azorín. Se ha
querido ver, en las palabras del escritor vasco, una suerte de
premonitora anticipación del cambio político y vital que
media entre el anarquismo del joven J. Martínez Ruiz y el
conservadurismo maurista de Azorín. Se ha querido también, así, restar valor de verdad y sinceridad a las convic-
ciones ácratas de nuestro joven autor, y se ha pretendido,
incluso, siguiendo el filón de una crítica de claro signo par-
tidista, condenar el anarquismo del joven J. Martínez Ruiz
como ejemplo de falso progresismo político, pues sería portador —dicen— de un velado servicio a las fuerzas de la
reacción[3]. Nada más falso y falto de honestidad crítica. En
realidad, la inconsecuencia a la que se refiere Baroja tiene
un sentido y un alcance bien diversos:

> Martínez Ruiz cree indudablemente, como creo yo,
> que el plan espiritual de nuestra vida depende de nuestras
> ideas y de nuestros sentimientos, no nuestros sentimientos
> y nuestras ideas de un plan preconcebido. Esta idea im-
> pulsa a la *inconsecuencia;* el medio cambia, las representa-
> ciones intelectuales cambian también; ¿por qué no ha de

---

[3] «Todo anarquismo acaba sirviendo a la política reaccionaria», J. M.
Valverde, *Azorín,* Barcelona, Planeta, 1971, pág. 198. Una justa comprensión de este tipo de crítica requeriría el ejercicio de una adecuada de-
construcción interpretativa, pues se inscribe dentro del marco de la tenaz
oposición teórica e histórica entre el marxismo y el anarquismo. Una versión débil de la mencionada interpretación condenatoria de la «inconsecuencia», sin duda más adecuada, es la que da J. L. Abellán en «Ambivalencia de Azorín», *Sociología del 98* (1973), Madrid, Biblioteca Nueva, 1997; con todo, esta «ambivalencia» no acaba de hacer justicia ni a la
inconsecuencia referida por Baroja ni a la complejidad del proceso que separa a J. Martínez Ruiz de Azorín.

cambiar el plan y la orientación de nuestra vida, si lo que
hoy nos parece bien nos puede parecer mal mañana?[4]

Consecuente es el individuo que corresponde con su
conducta a las ideas que profesa, quien radica sus acciones en el libre ejercicio de su pensamiento; lo preeminente, en el análisis barojiano, sin embargo, no es la coherencia con un mundo de ideas, sino la comprensión del
pensamiento en términos dinámicos, como perpetuo ejercicio y permanente disposición de la que el individuo no
puede sustraerse.

> La consecuencia es el mayor enemigo de la indepen-
> dencia, porque consecuencia es pacto, yugo, compromiso
> de tener siempre igual criterio. Han pasado los tiempos de
> los sacrificios por una idea... Lo esencial es vivir todas las
> ideas[5].

Así pues, para su adecuada comprensión, la cita de Baroja requiere un análisis capaz de desvelar el contexto teórico y el fondo implícito de los que se nutre y sobre los que
se sustenta, es decir: el «problema de España» y la situación
de crisis general de la cultura europea, la rigidez del pensamiento ambiental y la rebeldía (estética y vital) de la
nueva juventud literaria.

El pensamiento de una persona, entendido como ba-
gaje ideológico, si es efectivo pensamiento, pensamiento
vivo y no pensamiento inerte, no es nunca, aunque pueda
parecerlo, un estado, y ello aun cuando sus ideas puedan
permanecer fijas e invariables en el tiempo, pues lo que
acontece, en este caso, no es la vigencia de un resultado alcanzado de una vez para siempre, sino la manifestación de

---

[4] P. Baroja, «Martínez Ruiz», prólogo a J. Martínez Ruiz, *La fuerza
del amor,* Madrid, La España Editorial, 1901, pág. 6 (las cursivas son nuestras). Con anterioridad a Baroja, ya se había referido a un J. Martínez Ruiz
«inconsecuente» el crítico Urbano González Serrano en la silueta «J. Martínez Ruiz» incluida en su libro *Siluetas* (Madrid, Rodríguez Serra, 1899,
pág. 92).
[5] J. Martínez Ruiz, *Pecuchet demagogo,* Madrid, Bernardo Rodríguez, 1898, pág. 40.

la validez de esas mismas ideas en el permanente proceso del pensamiento, entendido ahora como actividad, como pensar. En este orden de cosas, la inconsecuencia referida por Baroja es más aparente que real, pues no se trata, en efecto, de la no correspondencia entre el nivel ideológico y el plano práctico de J. Martínez Ruiz, sino de la manifestación de un incremento vertiginoso en el ejercicio de sus facultades intelectuales, de una aceleración desmesurada de su pensamiento. Las ideas se suceden con rapidez, el pensamiento no descansa un momento, en frenética actividad bordea los abismos y se acerca al precipicio del vacío, busca con inquietud, con desasosiego, con intransigencia (repárese, por ejemplo, en la febril actividad del pensamiento del protagonista de *Diario de un enfermo,* o en la de Antonio Azorín en *La voluntad).* Baroja habla de «cambios de plan», pero, en realidad, de lo que se trata es, más bien, de una efectiva ausencia de planes válidos, viables, planes capaces de afrontar la real problematicidad circunstancial de la vida. Así lo declara el personaje-autor de *Diario de un enfermo* en la entrada del 15 de noviembre de 1898:

> Hoy siento más que nunca la eterna y anonadante tristeza de vivir. No tengo plan, no tengo idea, no tengo finalidad ninguna. Mi porvenir se va frustrando lentamente, fríamente, sigilosamente.

Nada de todo esto sucede casualmente, sino que es expresión de la radical vivencia de la crisis general de la cultura y del sujeto propia del período de entresiglos. Una crisis que afecta a todos y cada uno de los órdenes de la vida (moral, arte, política, ciencia, filosofía, religión, etc.); que introduce el poder disolvente de las sombras y del nihilismo en las galerías más ocultas del sujeto; que resquebraja la misma concepción unitaria del sujeto, dando muestra, así, de la magnitud de la vivencia de la crisis; crisis por dentro y por fuera, crisis radical y absoluta. Y ante esta crisis, J. Martínez Ruiz opone el pensamiento en frenética actividad, en búsqueda febril que persigue la restitución de un orden para la vida, de un plan que resista al naufragio. ¿Qué coherencia, pues, en un mundo en crisis? ¿Dónde está la inconsecuencia, si no hay principios que duren ni fundamentos que resistan al vórtice de la crisis? La inconsecuencia, si cabe, estaba, más bien, en el juicio (moral) de *los demás,* los representantes de la cultura oficial, los hombres de la Restauración, los defensores de un orbe en ruinas; en quienes no veían más allá del cambio de ideas y sólo reparaban en la apariencia de un pensamiento que oscila; en quienes no reconocían, o se negaban a reconocer, el fondo de crisis sobre el que se sustentaba la vida. Baroja lo dice claramente: «[J. Martínez Ruiz] es consecuente consigo mismo, pero no con los demás»[6]. Su inconsecuencia no puede ser confundida con el cálculo interesado del chaqueteo político, sino que es, antes que nada, bandera de la rebeldía y del individualismo que caracterizaban a la juventud artística e intelectual del período de entresiglos: nada ni nadie por encima de la libertad creadora del individuo, elevada ésta, ahora, a principio supremo. La inconsecuencia de J. Martínez Ruiz no está, por tanto, en la estructura de su persona, sino en la ceguera de «los demás»[7], en ese «marasmo» y en esa «abulia» ambientales que constituían, para los jóvenes escritores noventayochistas, la raíz del «problema de España». Su inconsecuencia es, por tanto, perfecta consecuencia con la búsqueda frenética de una solución renovadora. Es consecuencia con la crisis; consecuencia con la inquietud y el desasosiego del sujeto ante la vivencia de la crisis; consecuencia con el vértigo a que se ve sometido el pensamiento; consecuencia, en fin, con el in-

---

[6] P. Baroja, «Martínez Ruiz», cit., pág. 6.

[7] En este contexto, «los demás» a los que se refiere Baroja tienen una referencia bien concreta: se trata de la *gente vieja,* los artistas y escritores que dominaban el panorama cultural de la España finisecular, contra los que se levantaba la nueva juventud artística e intelectual, la *gente nueva;* para la oposición viejos-jóvenes, véase la caracterización que hace de ellos U. González Serrano, «"Gente Vieja" y "Gente Joven"», *La literatura del día (1900-1903),* Barcelona, Henrich y Cía., 1903, págs. 73-80; véase también el excelente estudio de D. Thion-Soriano, «Gente nueva *versus* gente vieja: Martínez Ruiz y los hijos del siglo del Modernismo», en *Azorín et la Génération de 98,* Actes du IV Colloque International (Pau-San Jean de Luz, 23-25 de octubre de 1997), Université de Pau et des Pays de l'Adour et Editions Covedi, 1998, págs. 147-168.

dividualismo radical y con la fidelidad extrema al libre ejercicio del pensamiento. Es la frenética actividad del pensamiento ante un mundo que se desmorona; un mundo en ruinas ante las cuales el sujeto busca un nuevo basamento sobre el que levantar el edificio de una nueva cultura. «Martínez Ruiz lo busca de este modo, y vacila, va de acá para allá»[8]. Hay, como se ve, en esta inconsecuencia, en esta vacilación, el signo trágico de una búsqueda agónica, incesante, definitiva: el carácter libresco[9] que Baroja, después, en sus memorias, atribuyó a los jóvenes escritores del período de entresiglos, hay que entenderlo no como una marca de erudición o de culturalismo, sino como un aspecto de aquella búsqueda agónica que perseguía una salida ante la crisis que estaban viviendo.

Frente a la crisis, en efecto, la lectura cobra un nuevo valor; simboliza esta afanosa búsqueda de orientación entre las ruinas de un mundo en crisis:

> Azorín va y viene de su cuarto a la biblioteca. Y esta ocupación es plausible. Azorín lee en pintoresco revoltijo novelas, sociología, crítica, viajes, historia, teatro, teología, versos. Y esto es doblemente laudable. Él no tiene criterio fijo: lo ama todo, lo busca todo[10].

Antonio Azorín, al igual que su creador, lo busca todo porque no tiene nada firme sobre lo que sustentarse, porque los viejos modelos resultan inservibles ante las ruinas del viejo mundo en crisis, porque su existencia carece de efectiva orientación vital. La lectura se convierte en una búsqueda radical: se busca la clave del mundo, un nuevo

---

[8] P. Baroja, «Martínez Ruiz», cit., pág. 6.
[9] P. Baroja, *Final del siglo XIX y principios del XX* (1945), en *Obras Completas,* vol. VII, Madrid, Biblioteca Nueva, 1978, pág. 659.
[10] J. Martínez Ruiz (Azorín), *La voluntad* (1902), ed. de E. Inman Fox, Madrid, Castalia, 1989, pág. 94 (parte I, cap. VII). Sobre la importancia de la «lectura» en la economía de la obra de nuestro autor, pueden verse: E. I. Fox, «Lectura y literatura (En torno a la inspiración libresca de Azorín)», *Ideología y política en las letras de fin de siglo (1898),* Madrid, Espasa Calpe, 1988; M. Rigual Bonastre, «José Martínez Ruiz: de lector espontáneo a lector profesional», en *Azorín et la Génération de 98,* ob. cit.

orden explicativo de lo real. El «afán de lectura» de Andrés Hurtado, el protagonista barojiano de *El árbol de la ciencia,* como el de Antonio Azorín, apenas visto, tiene que ver precisamente con la superación del concepto burgués de lectura: «Andrés no era de esos hombres que consideraban el leer como un sucedáneo de vivir; él leía porque no podía vivir»[11]. Los nuevos héroes leen para poder vivir; no leen como entretenimiento de la vida, como ocioso pasatiempo del que retornar a la cotidianidad de sus ocupaciones, sino como afanosa búsqueda de soluciones viables para la nueva conflictividad de la vida. Y tal es así, que en la lectura se pone en juego la existencia misma del lector, como le acontece al protagonista barojiano de *Aurora roja,* que, tras copiosas lecturas, abandona el seminario y la fe católica[12]. La lectura deja de ser el confortable saloncito de la burguesía, del que se puede entrar y salir sin correr el menor peligro, y pasa a convertirse en campo de batalla para el sujeto, con sus consiguientes heridas y sus probables derrotas. La crisis finisecular comporta, pues, una nueva manera de leer para la nueva juventud: se lee para poder vivir; se busca en la lectura el utillaje necesario para sobrevivir al naufragio provocado por la crisis del nihilismo[13]. La estructura de la persona se modifica necesariamente a través de la lectura. Y ello, al menos, en un doble sentido: como la modificación experiencial que cada concreto ejercicio de lectura comporta (el libro como experiencia circunstancial del sujeto), y como la modificación experiencial que comporta el entero proceso de lectura (el itinerario libresco como experiencia vital del sujeto). De este modo, el signo de aquella inconsecuencia a la que antes nos referíamos se traslada al seno mismo del proceso de la lectura: esa búsqueda agónica a través de libros y más libros, en pos de una

---

[11] P. Baroja, *El árbol de la ciencia* (1911), en *Obras Completas,* vol. II, Madrid, Biblioteca Nueva, 1987, pág. 534.

[12] P. Baroja, *Aurora roja* (1904), en *Obras Completas,* vol. I, Madrid, Biblioteca Nueva, 1988, pág. 512.

[13] En cierto sentido, la «nueva lectura» viene motivada también por la nueva comprensión (problemática) que el simbolismo abre hacia el lenguaje.

iluminación definitiva sobre la opacidad del mundo, cosa que no acaba de llegar, ese intelectualismo feroz, que impide al sujeto detenerse en uno de los libros y le empuja, a través de una cadena de libros nunca interrumpida, a una aventura que porta en sí la marca indeleble de una inquietud y de un desasosiego crecientes, comportan que la lectura se delinee como un permanente ejercicio, como una finalidad sin final. Aquí radica su tragedia y su agonía. Lectura agónica e inconsecuencia vital se perfilan, pues, como signos caracterizadores y definitorios de la Gente Nueva, de su conciencia y de su vivencia de la crisis.

II.2. *¿Intemperie de la crisis o refugio de las ideologías?*

Ante la amenaza de la crisis, que dejaba la vida a la intemperie y al hombre sin hogar, una buena parte de la intelectualidad española (y europea) de entonces buscó refugio en la plataforma que ofrecían las ideologías, en una suerte de soporte explicativo que, cegando el presente, privilegiaba el tránsito del pensamiento a través del puente que conducía a la utopía. El pensamiento ideológico, en su conexión con la utopía, tendía a no valorar la situación de crisis en la completa radicalidad de su significado, en la desorientación constitutiva de su estado. Las ideologías indicaban ya un camino que se debía seguir: el presente, por cuanto problemático pudiera ser, era sólo un momento particular de un proceso cuyos pasos sucesivos habían sido ya marcados, iluminados, no desde el análisis y valoración de la crisis, desde su dramática vivencia, sino desde la tranquilidad diseñada por la utopía. Aquella conexión con la utopía, propia de las ideologías decimonónicas, comportaba, pues, una suerte de «olvido» o de no consideración plena de la crisis.

Otros, sin embargo, jóvenes intelectuales de nuestro fin de siglo[14], aun moviéndose en la vecindad de las ideologías,

---

[14] Inman Fox ha estudiado la aparición de la figura del intelectual en la cultura europea, cómo ésta, en propiedad, nace en Francia alrededor del *affaire Dreyfus*, y en España alrededor del proceso de Montjuïc; véase

o dentro de ellas, mantuvieron siempre un compromiso y una vinculación con el presente que impedía su fuga hacia (o su refugio en) el ensueño utópico. Éste es el caso, entre otros[15], del joven J. Martínez Ruiz. Su vinculación con el anarquismo estuvo siempre más ligada al pragmatismo de la crítica del presente que al ámbito propositivo de la utopía. Antes que el canto y la descripción de la sociedad perfecta, su obra temprana abunda en denuncias concretas del falso patriotismo, del militarismo, de la situación de opresión e injusticia que vivían el obrero y la mujer; críticas contra la familia y el matrimonio, contra la institución eclesiástica, contra el sistema penitenciario, contra el parlamentarismo democrático y el ambiente político de la Restauración; críticas que siguen de cerca el modelo de denuncia promovido por el movimiento naturalista: seres anónimos y ambientes degradados a los que se aplicaba el darwinismo social, el rigor cientificista y la fe en el progreso indefinido de la humanidad, todo ello con el consiguiente fondo positivista.

De la sinceridad anarquista de J. Martínez Ruiz dan prueba tanto la amplitud de su propaganda como el in-

---

E. I. Fox, «El año de 1898 y el origen de los "intelectuales"», *Ideología y política en las letras de fin de siglo (1898),* ob. cit.

[15] Resulta «ejemplar», en este sentido, la dureza y radicalidad de la crítica unamuniana a las ideologías en lo que éstas tienen de privación de la libertad del individuo en el ejercicio del pensamiento: «De las tiranías todas, la más odiosa me es, amigo Maeztu, la de las ideas», M. Unamuno, «La ideocracia» (1900), en *Ensayos,* vol. I, Madrid, Aguilar, 1970, pág. 249. El rechazo de la «ideocracia» se convierte en estandarte de la Gente Nueva; así, J. Martínez Ruiz, en la reseña de *La casa de Aizgorri,* de Pío Baroja, afirma: «Detesta [Pío Baroja] la *ideocracia,* tiranía rígida y uniforme, brutal sujetamiento a una idea: dogma en religión, programa en política, canon en arte», «Las orgías del yo», *La Correspondencia Española* (21 de diciembre de 1900), cit. por Azorín, *Ante Baroja,* en *Obras Completas,* vol. VIII, Madrid, Aguilar, 1948, pág. 145. Nótese también cómo Unamuno aboga por la misma «inconsecuencia» referida en el apartado anterior: «¿Que Fulano cambia de ideas como de casaca, dices? Feliz él, porque eso arguye que tiene casacas que cambiar, y no es poco donde los más andan desnudos, o llevan, a lo sumo, el traje del difunto, hasta que se deshilache en andrajos. Ya que el traje no crece, ni se ensancha ni se encoje, según crecemos, engordamos o adelgazamos nosotros, y ya que con el roce y el uso se desgasta, cambiémosle», ídem, pág. 256.

tento de aplicación de los principios teóricos del anarquismo al campo de la literatura (no otra cosa pretendió
llevar a cabo con su programa del «anarquismo literario»);
pero a lo que nunca, en ningún momento, renunció nuestro joven autor, aun moviéndose dentro del movimiento
anarquista, fue al ejercicio de la libertad de pensamiento.
En este sentido, hay que reconocer que el anarquismo finisecular fue una ideología *sui generis,* sin límites definidos
y, por tanto, sin una precisa «ortodoxia» (aunque después
la haya tenido, o haya tenido algo similar a una pretendida
«pureza ideológica», sobre todo a partir de la constitución
organizativa de la CNT y de la FAI): su crítica radical de
todo principio de autoridad fomentaba el individualismo
posibilitando el ejercicio de un pensamiento «propio», individual, sin que esto comportara, necesariamente, la entrada en colisión con el movimiento; es más, éste se proponía en su apertura constitutiva de tendencias dispares,
procedentes, en su raíz, tanto del liberalismo ilustrado y del
socialismo utópico, como de los desarrollos teóricos de la
izquierda hegeliana. Todos estos factores —algunos, propios del movimiento anarquista de fin de siglo, y otros, inherentes a la personal configuración del anarquismo de
nuestro autor— nos llevan a la conclusión de que cuando
éste descubre la crisis, cuando se descubre en ella, no busca
otro refugio que el que pueda proporcionarle su completa
resolución. J. Martínez Ruiz no cierra los ojos a la realidad
circunstante, ni huye hacia las regiones del ensueño utópico poniendo su pensamiento y su corazón a salvo, sino
que se dispone a afrontar la crisis con una gran honestidad
intelectual, no siempre reconocida, dando batalla y ha-
ciéndose, él mismo, campo de batalla. Frente a la crisis, las
ideologías representaban el pasado; frente a la crisis, J. Martínez Ruiz representaba el espíritu de los tiempos nuevos,
la nueva modernidad de un siglo que estaba naciendo. Su
posterior abandono del anarquismo hay que verlo en la doble vertiente de las implicaciones de su pragmatismo hacia
el posibilismo reformista, por un lado, y, por otro, de la
misma superación del marco teórico de la ideología anarquista, es decir, de la ampliación del sociologismo político

finisecular, que estaba en la base de sus preocupaciones sociales, con el cultivo de la metafísica (en otros términos, el paso, en cuanto a la comprensión del dolor universal se refiere, de las tesis de Sébastien Faure a la filosofía de Arthur Schopenhauer).

II.3.   *La nebulosa nietzscheano-schopenhaueriana*

Libros, libros, libros. En la intemperie de las ruinas del positivismo, la juventud artística e intelectual busca un nuevo orden cultural sobre el que poner la vida a salvo. Un nuevo hogar, un mundo nuevo. Disponen sólo de los restos del orbe recién derrumbado y de los libros que, ya sin orden ni concierto, van llegando a sus manos. «Fue una generación excesivamente libresca. No supo, ni pudo, vivir con cierta amplitud, porque era difícil en el ambiente mezquino en que se encontraba. [...] Inadaptada por instinto, se lanzó al intelectualismo, se atracó de teorías, de utopías, que fueron alejándose de la realidad inmediata»[16]. Era, pues, como nota Baroja, el *ambiente mezquino* de la España de la Restauración el que cerraba el paso a aquellos jóvenes llenos de afán y de ímpetu, el que dificultaba y saboteaba la renovación estética y la reforma política, y dejaba a aquellos mismos jóvenes aislados como grupo, en la intemperie de su juventud, obligándoles, en cierto modo, a «refugiarse en la vida privada y en la literaria»[17]. Pero el «refugio», si lo hubo, vino después, tras el ensayo de nuevas vías de actuación política y existencial, tras el fracaso de éstas. Hubo intentos claros en favor de un orden nuevo (social y personal), pero no lograron vencer la oposición del ambiente sociocultural de la España finisecular (tal como le ocurre a Antonio Azorín en *La voluntad,* derrotado por la opresión del *medio).* Y es que era difícil, en un mundo en ruinas, acertar el camino, aprontar soluciones adecuadas y eficaces, no perderse en el desorden de las novedades bibliográficas

---

[16] P. Baroja, *Final del siglo XIX y principios del XX,* ob. cit., pág. 659.
[17] Ídem.

que iban llegando de Europa. Es imposible trazar el *Zeitgeist* de esta época sin una referencia principal al libro y a la lectura agónica. El libro, en efecto, deviene un elemento esencial para la conciencia de aquella época: señala, como hemos visto, la búsqueda de soluciones viables ante la crisis, el grado de conciencia de la misma, y, a la vez, señala también el aislamiento y la soledad de estos mismos jóvenes en el panorama de la cultura oficial de la España *fin de siècle*[18].

¿Qué libros leían aquellos jóvenes? ¿Cuáles eran los autores que más influencia ejercieron en la formación de su comprensión del mundo? Los estudios literarios han elaborado al respecto una serie de listas, más o menos coincidentes en sus líneas generales, cuya sobreposición daría, con bastante exactitud, los autores y/o tendencias más influyentes en la España de fin de siglo. Ahora bien, en el difícil terreno de las influencias, la crítica literaria suele centrarse en estudios puntuales tendentes a desvelar la presencia de tal o cual autor en nuestra cultura, sin percatarse, las más de las veces, de las interrelaciones que corren en la recepción de estas influencias, sin preocuparse, tampoco, de establecer una jerarquía capaz de permitir la determinación del grado y de la importancia de estas mismas influencias (no todo lo que influye, como es obvio, influye de la misma manera). En ninguna de las listas mencionadas faltan los nombres de Friedrich Nietzsche y Arthur Schopenhauer; pocas veces, sin embargo, se entra en el carácter de conjunto y amalgama que tiene la recepción y difusión de estos autores en el panorama europeo finisecular. Nietzsche y Schopenhauer constituyen una influencia decisiva, pues el amplio y generalizado eco de sus obras va a permitir la recepción de muchas de esas otras influencias que se mencionan en las listas aludidas.

En propiedad, no puede decirse que se tratara de dos influencias separadas o separables; lo que advino, más bien,

---

[18] «[...] había el tipo de joven que compra libros y aprende en soledad y se hace una cultura de especialistas un tanto absurda, que luego no puede aprovechar», ídem.

en el fin de siglo español (y europeo) fue la conformación
de una especie de *nebulosa nietzscheano-schopenhaueriana,*
una suerte de tótum revolútum de ideas en el que no siempre era posible establecer las diferencias esenciales que se-
paraban a ambos autores, debido principalmente al cariz de
su particularísima difusión. Las primeras traducciones
de Nietzsche al español se publicaron el mismo año de su
muerte, en 1900: *Así hablaba Zaratustra, El nacimiento de la
tragedia* y *El crepúsculo de los ídolos;* a las que se añadieron
sucesivamente: *Más allá del bien y del mal* (1901), *La genea-
logía de la moral, Humano, demasiado humano* y *Aurora,* todas ellas de 1902. Gonzalo Sobejano señala el año 1893 como
la primera vez que se habla en España de Nietzsche con
propiedad y conocimiento de causa, y señala también que
este conocimiento anterior a su traducción al español venía mediatizado a través de las traducciones francesas de las
obras de Nietzsche[19]. En cambio, la primera traducción de
Schopenhauer al español acontece con once años de anterioridad: *Parerga y Paralipómena* (1889); a la que siguieron:
El fundamento de la moral (1896), el primer volumen de *El
mundo como voluntad y representación* (1896) —obra que se
completaría en 1902 con la aparición del tercer volumen—
y *Sobre la voluntad en la naturaleza* (1900)[20]. La penetración de Schopenhauer en España viene favorecida por dos
acontecimientos: uno interno, el fracaso del krausismo, tal
y como lo ha expresado Donald Shaw en su libro sobre la

---

[19] G. Sobejano, *Nietzsche en España,* Madrid, Gredos, 1967, pág. 37.
[20] Un cuadro más amplio sobre la recepción de Schopenhauer y Nietzsche en España puede encontrarse en: *Schopenhauer y la creación literaria en
España,* ed. de M. A. Lozano Marco, *Anales de literatura española de la Universidad de Alicante,* núm. 12, 1996; D. Santiago, «La influencia de Arturo
Schopenhauer en España desde finales del siglo XIX», en *Actas del VI Seminario de Historia de la Filosofía Española e Iberoamericana,* ed. de A. He-
redia, Universidad de Salamanca, 1990, y «La recepción de Schopenhauer
en España», en *Anthropos,* Documentos A, núm. 6, 1993; G. Muñoz-
Alonso, «Presencia de Arthur Schopenhauer en la bibliografía filosófica española», en *Anthropos,* ob. cit.; G. Sobejano, *Nietzsche en España,* ob. cit.;
U. Rukser, *Nietzsche in der Hispania,* Berna-Múnich, Francke Verlag, 1962;
Paul Ilie, «Nietzsche in Spain: 1890-1910», en *Publications of the Modern
Language Association of America,* vol. LXXIX, 1964.

generación del 98[21], y otro externo, el creciente interés que
suscitó en toda Europa la última obra del filósofo, *Parerga
und Paralipomena* (1851). El interés y el éxito que esta obra
despertó en nuestro país no fue menor, como prueban las
siete versiones diferentes de la misma que se publicaron entre 1889 y 1905[22].

Convendría matizar, a la vista de estos pocos datos, el
pretendido clima de nietzscheanismo difuso en nuestras letras de fin de siglo. Sin disminuir en nada su alcance, convendría relativizar la fama y el éxito de Nietzsche a unos
inicios y a un desarrollo histórico concretos. La difusión de
Nietzsche fue tal y tan rápida, tanto en España como en
Europa, porque advino en un suelo fértil y propicio ya trabajado por las ideas de Schopenhauer. «Nietzsche viene a
completar el mundo de Baroja, cuya base fue Schopenhauer»[23]. El mismo Pío Baroja, recordando los avatares de
un banquete organizado por Martínez Ruiz y el editor Rodríguez Serra para conmemorar la publicación de *Camino
de perfección* (1902), anota lo siguiente: «Desde entonces se
habló de los escritores de este tiempo como si fuéramos
nietzscheanos. Pura fantasía. De Nietzsche no conocíamos
más que el olor»[24]. Otro tanto afirma Azorín en sus memorias, contrastando el sambenito de nietzscheanos que se
colgó sobre aquellos jóvenes escritores:

> ¿Qué idea tenían de Federico Nietzsche los escritores
> pertenecientes a cierto grupo? En Europa, en aquella fe-
> cha, se tenían noticias breves y vagas de este filósofo. Y, sin
> embargo, esos escritores, ayudándose de libros primerizos,
> libros en que se exponía la doctrina de tal pensador, crea-
> ron un Federico Nietzsche para su uso, y ese Nietzsche sir-
> vió, indiscutiblemente, como pábulo en la labor de los
> aludidos literatos[25].

---

[21] D. Shaw, *La Generación del 98*, Madrid, Cátedra, 1989⁶, pág. 29.
[22] D. Santiago, «La influencia de Arturo Schopenhauer en España
desde finales del siglo XIX», cit., pág. 412.
[23] P. Baroja, *El escritor según él y según los críticos* (1944), en *Obras Completas*, ob. cit., vol. VII, pág. 489 (parte IV, cap. IV).
[24] P. Baroja, *Final del siglo XIX y principios del XX*, ob. cit., pág. 731.
[25] Azorín, *Madrid* (1941), en *Obras Selectas*, Madrid, Biblioteca Nueva, 1982⁵, págs. 852-853. El más importante de estos libros que promovieron

Pío Baroja, además, sin ocultar una punta de malicia e ironía respecto a Ramiro de Maeztu, anota cuanto sigue:

> Salimos Bargiela y yo, y llegamos a casa de Maeztu [...] Bargiela, que era curioso, estuvo mirando los libros, y por malicia cogió dos ejemplares de dos obras de Nietzsche, una de ellas *Así hablaba Zaratustra*. Un nietzscheano, tan entusiasta como Maeztu era entonces del pensador alemán, resultaba que estos dos libros de su héroe y de su profeta no había abierto más que cuatro o cinco páginas[26].

Una nota ácida que, en justicia, debe ponerse al lado de la curiosa y un tanto cómica forma que tuvo Baroja de acceder al conocimiento del pensamiento de Nietzsche, a través de las traducciones improvisadas que el suizo Dominik Müller (Pablo Schmitz) le hacía de las obras del filósofo alemán (cosa que Baroja relata en sus memorias y recrea literariamente en su novela *Camino de perfección*).

Todas estas referencias memorialísticas de Baroja y Azorín son importantes porque ponen al descubierto el real alcance del pretendido nietzscheanismo de la crisis finisecular española. No cabe duda que es más adecuado pretender el entendimiento de nuestro fin de siglo desde el movimiento general de las corrientes culturales europeas antes

---

la difusión de Nietzsche en España (y en Europa) fue, sin duda, el de Henri Lichtenberger, *La philosophie de Nietzsche* (París, 1898; trad. esp. Madrid, 1910). «Los principales representantes del 98 concuerdan en reconocer que fue la nítida y mesurada síntesis de Lichtenberger la que les proporcionó su primer contacto fecundo con la obra de Nietzsche. [...] Para quienes no conocían el alemán, y éstos eran los más, los transmisores del ideario nietzscheano hubieron de ser Brandes y Nordau traducidos, algunos artículos sueltos de De Wyzewa y de Henri Albert, y Lichtenberger», G. Sobejano, *Nietzsche en España,* ob. cit., págs. 37 y 51 respectivamente. Hay que señalar que la influencia de Nietzsche en la juventud española finisecular se ejerció también, como en el resto de Europa, a través y a pesar de sus más acérrimos detractores; éste es el caso de Max Nordau, cuyo último capítulo del libro tercero de su monumental *Entartung* (1893) se dedicaba por entero a Nietzsche (este libro fue traducido al año siguiente al francés, *Dégénérescence,* y en 1902 al español, *Degeneración),* o el del opúsculo *Federico Nietzsche y el anarquismo intelectual* (1898) de Eduardo Sanz y Escartín.

[26] P. Baroja, *Final del siglo XIX y principios del XX,* ob. cit., pág. 741.

que como un proceso aislado y cerrado en sí mismo; cierto
que la realidad nacional dotó a nuestra crisis finisecular de
características propias, pero lo mismo ocurrió en los demás
países y ello no ha comportado su exclusión de la general crisis finisecular europea. España tampoco fue diferente del
resto de Europa en lo que se refiere a las zonas de influencia
de esta nebulosa nietzscheano-schopenhaueriana: el fuerte
carácter antiacadémico tanto de Schopenhauer como de
Nietzsche provocó, como reacción, la lenta y difícil penetración que tuvieron sus obras en los ambientes universitarios;
su difusión y su éxito advino, más bien, en los ambientes artísticos e intelectuales ligados a la bohemia, lo que marcó definitivamente la particular recepción que estas obras tuvieron
en el suelo europeo y su especial influencia en buena parte
de los tratados teóricos de las primeras vanguardias artísticas.
Lo que advino, pues, más que una concreta y precisa influencia de estos autores por separado, fue la conformación
de una especie de nebulosa en la que las ideas y el espíritu
de Schopenhauer y de Nietzsche se fueron sobreponiendo:

> Muchas veces yo me complazco en observar este do-
> minio del ambiente sobre mí, y así veo que soy místico,
> anarquista, irónico, dogmático, admirador de Schopen-
> hauer, partidario de Nietzsche[27].

Esta nebulosa fue especialmente fecunda a la hora de
establecer nuevas pautas artísticas: la vida que el nuevo arte
contempla tiende a crecer en la dimensión interior del sujeto; las asperezas del medio, propias de la novela realista y
naturalista, sin desaparecer, comparten su predominio con
el análisis del yo. Además, la principal importancia que
tiene la estética, tanto en Schopenhauer como en Nietzsche, potenciará una nueva relación (inquietud o desasosiego) entre el arte y la vida capaz de superar el estanca-
miento del marasmo realista: la estética no es el adorno u
ornamento de la vida, sino el necesario ingrediente para el
conocimiento de esa misma vida y para la superación del
dolor y del mal del mundo.

---

[27] J. Martínez Ruiz, *La voluntad,* ob. cit., pág. 267 (parte III, cap. IV).

11.4.   *El* problema de España *y las* orgías del yo

En la España de entresiglos confluían dos diversas formulaciones y, por consiguiente, dos diversas comprensiones del «problema de España»: la regeneracionista, estrechamente ligada en su nacimiento, a raíz del fracaso de la Revolución de Septiembre, al krausopositivismo institucionista, y la noventayochista, que se asentaba sobre bases regeneracionistas, pero que iba más allá del regeneracionismo en lo que era la pretensión de los rasgos definitorios de la «identidad» y «esencia» de los españoles. La discrepancia de fondo entre el regeneracionismo y el noventayochismo radicaba en la diferente relación que ambos grupos mantenían con el positivismo: el regeneracionismo construía su formulación del «problema de España» desde la plena vigencia de la cosmovisión positivista, asentada en una sólida fe en la razón y en la ciencia, mientras que los noventayochistas lo hacían, sí, con elementos del positivismo, pero no vividos ya desde la aceptación de su cosmovisión, sino desde la clara conciencia de su crisis (nótese, al respecto, la diferencia que corre entre, por ejemplo, *El problema nacional* de Macías Picavea o *La moral de la derrota* de Luis Morote y el *Idearium español* de Ganivet o *En torno al casticismo* de Unamuno). El cientificismo de los regeneracionistas afrontaba el «problema de España» desde la metáfora del «organismo enfermo»: la enfermedad española debía ser tratada de igual modo que el médico trata la enfermedad de sus pacientes, es decir, diagnóstico, patogenia, tratamiento (hechos, causas, remedios)[28]. El discurso de los noventayochistas, en cambio, aun conservando la metáfora de la enfermedad, ampliaba el radio de acción de la misma en una dirección incompatible con el positivismo: sin dejar de

---

[28] «Hechos, causas, remedios: he aquí las tres etapas cardinales que hallamos en nuestro trabajo. ¿Son las angustias de un enfermo las que nos solicitan? Luego a la clínica médica debemos pedir nuestro plan. Diagnóstico, patogenia, tratamiento: no hay otra manera de proceder», R. Macías Picavea, *El problema nacional* (1899), Madrid, Biblioteca Nueva, 1996, págs. 38-39.

ser «fisiológica», pasa a ser, también y principalmente, «enfermedad del espíritu», y el espíritu (o alma) representaba el lado oscuro de la ciencia, los límites de una comprensión rigurosamente científica del universo, pues la realidad espiritual se desvanecía ante el ojo analítico de la ciencia positiva. La enfermedad estaba arraigada en el «alma española», en el «espíritu del pueblo hispánico»; los desastres de la Restauración (98 incluido) no eran sino la manifestación externa de una íntima dolencia del «espíritu de la raza».

Del cientificismo regeneracionista, positivista en cuanto método y cosmovisión, se pasa a ensayar nuevas vías en lo que es ya, en el noventayochismo, la conciencia y la vivencia de la crisis del positivismo: magno ejemplo, en este sentido, el llevado a cabo por J. Martínez Ruiz en *El alma castellana,* donde la secuencia lineal hechos-causas-remedios viene sustituida por un portentoso ejercicio de reconstrucción hermenéutica del pasado que persigue la identificación precisa del *mal* oculto en nuestra tradición y en nuestra historia. Con el avanzar de esta crisis del positivismo en la España finisecular y la aparición del nihilismo en el horizonte cultural de la joven generación, la separación entre unos y otros, regeneracionistas y noventayochistas, no hará más que acrecentarse. «Atrapados en la estrecha fórmula de Costa —la reforma educativa y agraria—, para el que el capital no existía, los noventayochistas, desilusionados, enfocaron sus pensamientos hacia otro lado. Uno a uno, Ganivet, Unamuno, Azorín y Maeztu, renunciaron al ideal de europeización y a las reformas prácticas, en favor de un mito del *Volksgeist* en el que la regeneración debía provenir de dentro, desde el "alma española" operando a un nivel espiritual»[29]. En la posterior reacción orteguiana contra el 98 no hay que ver sólo la adhesión intelectual del joven Ortega a los ideales neokantianos (rigor intelectual, ciencia, método, etc.), sino también el intento de superar la cultura de la crisis en la que los noventayochistas se ha-

---

[29] D. L. Shaw, *La generación del 98,* ob. cit., pág. 27; véase también: C. Morón Arroyo, *El «alma de España». Cien años de inseguridad,* Oviedo, Ediciones Nobel, 1996, caps. II-IV.

bían instalado. Nada tan contrario al nuevo europeísmo neokantiano recién ganado por Ortega como aquel giro antieuropeo de los noventayochistas persiguiendo la salvación de España en el rescate y revitalización del «espíritu de la raza» y del «alma nacional».

El mencionado giro noventayochista, el abandono de su inicial europeísmo y el rebajamiento de sus preocupaciones sociologistas, debe ser colocado en un marco comprensivo que haga justicia a la época y no a las categorías culturales dominantes con las que *a posteriori* se han juzgado aquellos tiempos. Lo cierto es que, para los jóvenes escritores de fin de siglo, el «problema de España» les era ajeno; no se quiere decir que no lo sintieran sinceramente y que no se involucraran en él sin escamotear esfuerzos, sino, más bien, que constituía un punto por donde penetrar en los debates de «interés nacional», y a cuyo través poder ganarse la consideración del público. El «problema de España» dominaba la escena y estaba ya bien constituido (con una formulación precisa y una imaginería consolidada) cuando los jóvenes llegan reclamando un puesto dentro de la cultura española. Un cierto sector de la Gente Nueva (los después llamados noventayochistas), sensible, sin duda, al fondo y a los planteamientos del «problema de España», intenta abrirse paso dando batalla precisamente en este terreno, un terreno no propio, sino adquirido o heredado. Y no hay que extrañarse demasiado de su posterior «giro», pues lo que acontece es que, precisamente, cuando logran una cierta atención, cuando su nombre empieza a sonar, sienten la urgencia de manifestarse tal cual ellos son, hijos no del «problema de España» sino de la crisis del nihilismo. Pasan de la problemática del «alma del pueblo» a la problemática del «alma del sujeto» (ejemplar el paso de J. Martínez Ruiz de *El alma castellana* a *Diario de un enfermo):* se internan en las galerías ocultas del sujeto en un ejercicio obsesivo de introspección y autoanálisis. Descubren la *noche oscura del alma,* la desolación y el vacío; se sienten vacíos en un mundo sin valores, opaco y hostil. Su individualismo radical los convence de que los *caminos de perfección,* si los hay, sólo pueden ser individuales. Y otra vez dentro, al fondo de sí, para descubrirse escindidos: «Yo soy un rebelde de mí mismo; en mí hay dos hombres. Hay el *hombre-voluntad*, casi muerto, casi deshecho por una larga educación en un colegio clerical, seis, ocho, diez años de encierro, de comprensión de la espontaneidad, de contrariación de todo lo natural y fecundo. Hay, aparte de éste, el segundo hombre, el *hombre-reflexión*, nacido, alentado en copiosas lecturas, en largas soledades, en minuciosos auto-análisis»[30]. Cae como una ilusión la «unidad» del sujeto y se abre el espacio para las «orgías del yo», como llamó J. Martínez Ruiz a esta explosión de la unidad del sujeto, a la manifestación plena de la pluralidad del yo que el sujeto porta dentro de sí. Una crisis del sujeto que desvela la pertenencia de derecho de nuestra juventud finisecular a las corrientes artísticas e intelectuales europeas.

II.5. *Las oposiciones voluntad/abulia e inteligencia/vida: hacia la «representación»*

Una de las influencias más fecundas, a menudo olvidada, del *raciovitalismo* orteguiano fue, sin duda, la trágica escisión entre la razón y la vida que se abría en la obra de los jóvenes escritores de principios de siglo. Lo que Ortega iba a poner en marcha no era una síntesis de posturas extremas, vitalismo y racionalismo[31], sino una doctrina y un método que intentaban precisamente la superación del enfrentamiento de ambas posturas, ganar una perspectiva más amplia capaz de desvelar el error (así lo juzgaba Ortega) de la contraposición entre la razón y la vida. Se trataba de volver a juntar lo que nunca debió estar separado, de denunciar, por un lado, la flagrante impostura de aquellas ansias de pureza de la razón, y, a su vez, la traición de lo humano en la renuncia a vivir al margen de la razón. El tema de

---

[30] J. Martínez Ruiz, *La voluntad,* ob. cit., pág. 267 (III parte, cap. IV).
[31] J. Ortega y Gasset, «Ni vitalismo ni racionalismo» (1924), en *Obras Completas,* vol. III, Madrid, Alianza Editorial & Revista de Occidente, 1983, págs. 270-280.

aquellos tiempos consistía, pues, para Ortega, en devolver
la razón a la vida, en el restablecimiento de un equilibrio
perdido entre ambas: la razón debía de mancharse las manos en el tráfago cotidiano porque su ejercicio tenía que ser
para la vida, tenía que estar *al servicio de la vida*[32].

En los jóvenes escritores de principios de siglo, sin embargo, la escisión entre la vida y la razón se proponía con
fuerza y sin visos claros de solución —piénsese, por ejemplo, en *Camino de perfección* de Pío Baroja o en *La voluntad* de J. Martínez Ruiz[33], ambas de 1902: en ninguna de
ellas la solución apuntada hacia el final de las novelas resulta ser, efectivamente, resolutiva de la oposición, sino,
más bien, renunciataria a la misma. Fernando Osorio y Antonio Azorín, los personajes-protagonistas de estas novelas,
abandonan la oposición que rige sus vidas y se entregan a
un estado que reivindica el *fracaso* como única situación vital posible: la abulia y el tedio son, en este sentido, síntomas de la doble y correlativa enfermedad del sujeto y de la
sociedad. Inmersos en la crisis, los jóvenes escritores se
aprestaban, de este modo, a representarla literariamente.

Así pues, en los albores del siglo xx, cuando aún el peso
y la inercia del pasado dominaban el panorama cultural es-

---

[32] La insistencia orteguiana en los valores de la vida no hace del raciovitalismo una forma más o menos tenue de vitalismo: esta insistencia
hay que entenderla en la asunción plena de la situación filosófica real en
la que Ortega se encontraba, es decir, un desequilibrio en desfavor de la
vida. Insistir en la vida era pretender volver a colocar la vida al mismo nivel que la razón; Ortega no fue nunca un vitalista, aunque sí lo fuera el
héroe del que se sirve para sus propósitos (don Juan). El fin último de Ortega es restaurar un equilibrio perdido, y para ello: «La razón pura tiene
que ceder su imperio a la razón vital», *El tema de nuestro tiempo* (1923),
en *Obras Completas,* vol. III, ob. cit., pág. 178. Así pues, si, como decía
Azorín, «las influencias pueden ser de dos clases: por adhesión y por hostilidad» *(Madrid,* ob. cit., pág. 852), la escisión vida/razón que proponían
trágicamente las obras de la Gente Nueva tuvo que funcionar como un
auténtico revulsivo para el joven Ortega.

[33] Por lo que respecta a J. Martínez Ruiz, J. M. Martínez Cachero *(Las
novelas de Azorín,* Madrid, Ínsula, 1960, pág. 65) y L. Livingstone *(Tema
y forma en las novelas de Azorín,* Madrid, Gredos, 1970, pág. 148) se han
referido a esta contraposición, respectivamente, en términos de «antino-
mia inteligencia-vida» y de «dualismo vida-inteligencia».

pañol, el joven J. Martínez Ruiz dio inicio a un proyecto
narrativo que portaba en sí los signos de una ruptura radical. Ruptura con los presupuestos de la novela realista, ruptura con la comprensión krausopositivista del problema de
España, ruptura con la tradicional separación de géneros
entre la filosofía y la literatura. No estaba solo en este camino: Unamuno, Valle-Inclán y Baroja cumplen intentos
similares; aunque quizá sea el de J. Martínez Ruiz el de mayor envergadura, el que cumple más decididamente con el
propósito de plasmar en una representación literaria la vivencia de la crisis —crisis que es, a la vez, vital y artística,
crisis del hombre y crisis del artista. *Diario de un enfermo*
(1901), *La voluntad* (1902), *Antonio Azorín* (1903) y *Las confesiones de un pequeño filósofo* (1904) marcan la parábola de
esta triple y unitaria experiencia (intelectual, existencial y
artística) de la crisis.

  J. Martínez Ruiz recurre, para la configuración de su
proyecto narrativo, a una serie de pares opositivos que, en
su imposible conciliación, muestran abiertamente la magnitud de la crisis, la radical ausencia de un modelo unita-
rio capaz de explicar y comprender el mundo. Las oposiciones voluntad/abulia e inteligencia/vida son correlativas
y van de la mano, y configuran el marco en el que se desenvuelve la vivencia de la crisis. Frente al estado de postración y abandono de Antonio Azorín, el personaje literario
que simboliza la juventud española, abúlica y sin ideales, se
alza el propio J. Martínez Ruiz, que no duda en hacerse
personaje literario él mismo para, en el epílogo de *La voluntad,* en tres significativas cartas dirigidas a Pío Baroja,
llevar a cabo una crítica demoledora de la abulia azoriniana.
Antonio Azorín, hijo de la crisis, en afanosa búsqueda de
una solución vital viable, acaba sucumbiendo al poder del
«medio»: su voluntad se disuelve y se disgrega. El «medio»
(Yecla en la novela, símbolo de España) debe ser cambiado;
pero para ello no sirven ni los sabios dictámenes del regeneracionismo (España es un organismo enfermo al que se
trata como el médico trata al paciente, reduciendo la complejidad del problema al esquematismo positivista causas
del mal-receta para la resolución de los males), ni sirve tam-

poco el evento revolucionario que promete cambios radicales de la noche a la mañana. Para el J. Martínez Ruiz de principios de siglo la solución está en la tradición española, en la capacidad que tuviera su presente de comprender la reserva de energía que porta la tradición (recuérdese a propósito su célebre artículo dedicado a Pedro Corominas titulado «La energía española», en el que resalta el caudal de energía que encierra nuestra mística, y recuérdense también los capítulos sobre el misticismo y los conventos de *El alma castellana*).

La inteligencia, por otro lado, se hace responsable de la creciente separación histórica entre el hombre y la vida. El creciente uso histórico de la inteligencia vacía la voluntad y la conduce, a través del permanente proceso de autoanálisis del sujeto, a la disgregación y disolución plenas. En este sentido, en el contexto de la trágica escisión entre la vida, por un lado, y el arte y el pensamiento, por otro, a la que había conducido la crisis de la cultura (escisión definitoria del espíritu problemático de los nuevos tiempos), el joven J. Martínez Ruiz empieza a rebelarse contra el simbolismo positivo del libro. Así, frente a la vida, frente al imperativo vital, *Diario de un enfermo* define ahora los libros como «catálogos de sensaciones muertas, índices de ajenas vidas, huellas de los que fueron, rastros de los que amaron» (10 de diciembre de 1898). «¿Dónde está la vida: en los libros o en la calle?» (3 de diciembre de 1898); para acabar proclamando, frente a todo tipo de culturalismo e intelectualismo, un violento imperativo vital: «Quiero vivir la vida en la vida misma; quiero luchar, amar, crear» (10 de diciembre de 1898)[34]. Otra vez, pues, aparece el libro como

---

[34] Motivo que iba a recoger también en sus siguientes obras, prueba de la importancia que revestía: «Otra de mis preocupaciones eran los libros. Yo he sido también un formidable erudito: lo leía todo, en pintoresca confusión, en revoltijo ameno: novelas, filosofía, teatro, versos, crítica... Tenía fe en los libros; [...] Cuando se ha vivido algo, ¿para qué leer? ¿Qué nos pueden enseñar los libros que no esté en la vida?», J. Martínez Ruiz, *La voluntad,* ob. cit., págs. 262-263 (parte III, cap. II). «Los libros son falaces; los libros entristecen nuestra vida. Porque gastamos en leerlos y escribirlos aquellas fuerzas de la juventud que pudieran emplearse en la alegría y el amor. Pero nosotros ansiamos saber mucho. Y cuando llega la

objeto de principal atención del hombre en crisis; y si antes, como vimos, señalaba la posibilidad de encontrar una salida a la crisis, al final desvela su impotencia e indica la fractura que ha venido a cumplirse entre la cultura y la vida. Aquella inquietud y desasosiego que acompañaban al proceso de la lectura, acaban desvelando las sombras del nihilismo, pues de crisis nihilista se trataba, a pesar de que el marco teórico del «problema de España» la haya enmascarado.

II.6.   *Dolor universal y noluntad: Schopenhauer como educador*

Hay un dato que resulta fundamental para entender el alcance de ese «cambio» que sufren las trayectorias vitales e intelectuales de los jóvenes artistas del período de entresiglos: me refiero a la comprensión del dolor universal. En el claro ejemplo que nos proporciona la obra de J. Martínez Ruiz, mientras el dolor se comprendía desde las tesis que Sébastien Faure había expuesto en *La doleur universelle*, nuestro autor, políticamente, va a estar del lado de la revolución y de la reforma; ahora bien, cuando este dolor empieza a entenderse no como un accidente de la existencia, cuyas causas estarían radicadas en la estructura socioeconómica, sino como un componente esencial de la vida, tesis que llega a nuestra juventud finisecular a través de la obra de Arthur Schopenhauer, nuestro autor empieza a marcar un creciente distanciamiento de la cuestión social, en general, y del «problema de España», en particular. Entre *La voluntad* y *Las confesiones de un pequeño filósofo* media todo un ejercicio de aprendizaje (Schopenhauer como educador)[35] en el que el personaje literario de J. Martínez

---

vejez y vemos que los libros no nos han enseñado nada, entonces clamamos por la alegría y el amor, ¡que ya no pueden venir a nuestros cuerpos, tristes y cansados!», J. Martínez Ruiz, *Antonio Azorín,* ed. de E. I. Fox, Madrid, Castalia, 1992, pág. 140 (parte II, cap. VI).

[35] Cfr. A. Krause, *Azorín, el pequeño filósofo. Indagaciones en el origen de una personalidad literaria,* Madrid, Espasa Calpe, 1955, cap. II. Véase también mi «El horizonte de la desdicha (El problema del mal y el ideal

Ruiz, Antonio Azorín, desvela, con su rechazo de la voluntad (de vivir dentro del problema de España) y su abrazo decidido a la noluntad y a la contemplación rememorativa, la aceptación del nihilismo como único espacio vital posible. El fracaso del personaje Antonio Azorín en *La voluntad* es el fracaso de su autor por encontrar una salida a la crisis nihilista; su triunfo es su apertura hacia el destino literario (recuérdese que Azorín sustituirá a J. Martínez Ruiz a partir de 1904) y la afirmación de la «pequeña filosofía», que no es otra cosa que la filosofía que acepta el nihilismo como único lugar habitable.

A decir de Nietzsche *(Schopenhauer als Erzieher,* 1874), nuestra modernidad ha producido tres imágenes ejemplares, modélicas del hombre: el hombre de Rousseau, el hombre de Goethe y el hombre de Schopenhauer. Sólo este último, sin embargo, piensa él, puede acoger eficazmente el ideal formativo de la persona en el tiempo presente (finales del XIX). El problema de la existencia no se resuelve con cambios políticos o revoluciones sociales: el dolor es ineliminable y la felicidad imposible. En este orden de cosas, la figura de Schopenhauer se levanta como el único «educador» posible, el único capaz de hacer de la educación el camino de la liberación plena del hombre (bien sea a través del arte o de la ascesis). El *hombre de Schopenhauer* es el único capaz de asumir sobre sí, voluntariamente, el dolor del mundo, y, a su través, anular su propia voluntad y preparar la inversión y conversión completas de su ser, paso necesario para alcanzar el verdadero sentido de la existencia. Schopenhauer deviene, así, educador «contra» la época, educador intempestivo e inactual contra la opresión del medio cultural de la Restauración, contra la mezquindad ambiente de la que hablaba Baroja. Más allá de los problemas inherentes al mundo que se derrumba, se trata, para todos aquellos que quieran acoger su herencia, de promover interiormente, individualmente, la generación del filósofo, del artista o del santo. El «genio» de Schopenhauer

---

ascético en Azorín)», en *Schopenhauer y la creación literaria en España,* ob. cit., págs. 175-201.

representa esta conjunción de filosofía, arte y santidad. ¿Y no es ésta la vía que emprende buena parte de la Gente Nueva? ¿No es ésta la vía que emprende el proyecto narrativo de J. Martínez Ruiz que va de *Diario de un enfermo* a *Las confesiones de un pequeño filósofo*? ¿A qué, si no, se debe esa confluencia de filosofía y literatura tanto en su obra como en la de sus coetáneos? ¿El ideal contemplativo del Antonio Azorín de *Las confesiones* no es el fiel reflejo ético-estético del ideal de santidad schopenhaueriano?

II.7.   *Bohemia y nihilismo* («cambio de valores»)

De «bohemio místico» calificó doña Emilia Pardo Bazán al joven J. Martínez Ruiz[36], y como bohemio solitario y asceta lo describió Urbano González Serrano en una memorable «silueta»[37]. Era, la bohemia finisecular, un movimiento amplio en ideas y actitudes, rebelde e inconformista, antiburgués y anticonvencional. Un solo grito de protesta aglutinaba toda una enorme diversidad y variedad constitutiva: «¡Libertad!» Libertad en todos los órdenes de la vida: libertad moral, libertad estética, libertad social, etc. La suya era una protesta vital que subía del fondo instintivo de la vida, una protesta de la vitalidad contra la mordaza que la moral burguesa había puesto a la vida, contra la prisión de los convencionalismos, contra el orden establecido. En política, despreciaban todo aquello (partidos, ideologías, etc.) que, de una manera u otra, contribuía al mantenimiento de la «política oficial»; su grito de «¡Libertad!», amplia y sin restricciones, los acercaba al movimiento anarquista, en cuyas filas convergerán los bohemios formando, si no una corriente, sí un tipo, el del «anarquista intelectual». La escisión entre el arte y la vida a que había conducido el desarrollo de la modernidad, sancionada y agrandada por la moral burguesa, estalla ahora conflictual-

---

[36] E. Pardo Bazán, «La nueva generación de cuentistas y novelistas en España», *Helios,* año II, núm. 12, marzo de 1904, pág. 260.

[37] U. González Serrano, «J. Martínez Ruiz», *Siluetas,* ob. cit., págs. 88-89.

mente: arte y vida dejan de ser orbes separados que entraban en comunicación ocasional al final de una dura jornada de trabajo, como complemento ocioso y aditamento de la vida, como ornato y embellecimiento de la existencia. La pretendida «libertad» del bohemio quiere que arte y vida sean una misma cosa, que la vida sea una obra de arte.

La Gente Nueva se instala en la bohemia radical del Madrid finisecular. Muchos de ellos venían de la periferia española, y, así, poco a poco, fueron llegando los Baroja, los Valle-Inclán, los Maeztu, los J. Martínez Ruiz, etc.; había, en su llegada, un implícito reconocimiento hacia Madrid, a su necesidad para quienes perseguían una carrera literaria, la fama y el éxito. Los cafés y las redacciones de los periódicos constituyeron sus principales centros de agregación. «Los bohemios dormían en casas de huéspedes, comían en restoranes baratos o en alguna taberna. Su verdadera morada era el café. El café era gabinete de trabajo de los escritores, taller de los dibujantes. [...] En cuanto reunían unas pesetillas se hundían en el café a charlar, a discutir, sin importarles un pito lo futuro. No había porvenir que se extendiera más allá de una semana»[38]. Arte y vida caminaban de la mano.

La posterior evolución de muchos de estos autores ha empañado no poco aquella imagen de su juventud bohemia. Sin embargo, no colocarlos en ella, como a veces acontece en nuestras historias de la literatura, es signo de una impostura crítica y de una infidelidad hermenéutica, de una «depuración» del pasado en función de la posterior evolución del sujeto en cuestión (y así, por ejemplo, el conservadurismo maurista de Azorín tiende a silenciar y a dejar en la sombra el pasado bohemio y anarquista del joven J. Martínez Ruiz). La relación de la Gente Nueva con la bohemia debe ser reivindicada con fuerza en todo ejercicio crítico que persiga el trazado del *Zeitgeist* finisecular.

---

[38] R. Baroja, *Gente del 98*, Madrid, Cátedra, 1989, pág. 51. Como dato curioso, nótese que el autor barajó la posibilidad de titular a este libro *Bohemia del 98*. Para un buen estudio de la bohemia madrileña, véase I. Zavala, *Fin de siglo: modernismo, 98, bohemia*, Madrid, Edicusa, 1974.

El prólogo de Azorín a las *Obras Completas* de Pío Baroja constituye un buen documento para comprobar esto último que venimos diciendo. El prólogo se titula, significativamente, «Cambio de valores», y lo escribe Azorín en 1946, por lo que se trata de una memoria que, en lo relativo a J. Martínez Ruiz y al período de entresiglos anterior a 1904, debe ser deconstruida para alcanzar su verdadero sentido. Azorín habla de la «limitación» en que vivía en su entorno levantino (nótese que no era la limitación de Azorín sino la de J. Martínez Ruiz), y añade que «El cielo más resplandeciente lo contemplé al llegar a Madrid»[39]. Este Madrid al que llegaba el joven J. Martínez Ruiz era el Madrid de la bohemia, y significó en su vida el «cielo resplandeciente» y el «horizonte más amplio». Si Valencia había sido, en su vida, una liberación del entorno familiar y del rigorismo católico, Madrid iba a suponer el salto de cualidad que necesitaba para poder dar cumplimiento a sus firmes propósitos de escritor. Y en ese Madrid bohemio y vocinglero, bohemio él mismo y errante perpetuo por cafés, teatros, redacciones de periódico, etc., advino la «revelación». «De pronto se inició un cambio de valores»[40]. Azorín habla de «cambio de valores» para referirse al paso de la juventud inquieta de J. Martínez Ruiz a la posterior serenidad azoriniana; pero entre ambos polos adviene precisamente lo que la expresión de Azorín silencia: la crisis. Lo que de pronto aconteció no fue un cambio repentino de valores sino la efectiva ausencia de los mismos, el vacío y la conciencia de la crisis: la negra sombra del nihilismo que asomaba entre las ruinas del positivismo.

> Mi pensamiento nada en el vacío, en un vacío que es el nihilismo, la disgregación de la voluntad, la dispersión silenciosa, sigilosa, de mi personalidad. [...] Y pienso en una inmensa danza de la Muerte, frenética, ciega, que juega con nosotros y nos lleva a la Nada[41].

---

[39] Azorín, «Cambio de valores», en P. Baroja, *Obras Completas,* vol. I, ob. cit., pág. XI.

[40] Ídem, pág. XII.

[41] J. Martínez Ruiz, *La voluntad,* ob. cit., págs. 228-230 (parte II, cap. VII).

Frente a esta conciencia del nihilismo, de clara base schopenhaueriana, el joven en crisis J. Martínez Ruiz intentará dar una respuesta, vital y artística, de sentido nietzscheano, es decir, en la dirección de la afirmación de la voluntad creadora. Antonio Azorín será un hijo de esta afirmación (vital, intelectual y artística).

II.8. «Zeitgeist» y representación del mundo: la nueva novela (fragmentación y crisis)

«El mundo es mi representación»[42]; con esta afirmación inicia Schopenhauer su obra principal, *El mundo como voluntad y representación*. La representación posee dos aspectos esenciales e inseparables, cuya distinción constituye la forma general del humano conocimiento, su alcance y sus límites: por un lado, el sujeto de la representación, que es él solo con capacidad de conocimiento, pero que no puede ser conocido, porque no puede convertirse en objeto de conocimiento; por otro lado, el objeto de la representación, condicionado por las formas *a priori* del espacio y del tiempo. Sin sujeto, el mundo como representación se desvanece[43]. Ahora bien, esos límites del conocer representativo logran trascenderse en la estética schopenhaueriana a través de la vía cognoscitiva propia del arte[44]. La contemplación estética sustrae al hombre de la cadena infinita de las necesidades y los deseos porque, en cierto modo, en ella, el sujeto queda anulado. El «genio» es la actitud a la libre contemplación de las ideas, fuera de las determinaciones de la representación; el genio contempla la esencia oculta (a la representación) del mundo. El arte, pues, en cuanto creación del genio, plasma en sí esa esencia oculta; ahora bien, ésta no se entregará al sujeto como representación, sino como camino cognoscitivo que implica la liberación de la

---

[42] A. Schopenhauer, *Die Welt als Wille und Vorstellung* (1819), Mannheim, Brockhaus, 1988, § 1.
[43] Ídem, § 2.
[44] Ídem, Libro III.

propia subjetividad. Aquí radica el paralelismo entre la liberación que propone el arte y la del ascetismo.

«La imagen lo es todo»[45], medita el personaje Antonio Azorín (donde «imagen» traduce *Vorstellung);* «la imagen es la realidad única»[46]. Ahora bien, mientras el personaje literario reflexiona y se desenvuelve en un mundo cuyos fundamentos son un trasunto de las ideas de Schopenhauer, su autor, J. Martínez Ruiz, acogiéndose a la teoría del genio creador, levanta una portentosa representación del «mundo en crisis» y, a su través, ensaya una posible vía (artística) de liberación de esa misma crisis. La *genialidad* de J. Martínez Ruiz radica precisamente en esta duplicidad: su personaje introduce al lector en los vericuetos de los límites de la representación; la novela, en cambio, en cuanto pretensión de una totalidad significativa, ensaya una vía de comprensión que trasciende los límites de la representación. La vía no es definitiva, sino que se propone como ensayo: *Diario de un enfermo, La voluntad* y *Antonio Azorín* son distintos ensayos de escritura (re-escritura) de una misma crisis, con sus tres diferentes soluciones a la misma. La aceptación del nihilismo como único lugar habitable del mundo en crisis que se perfila al final de *Antonio Azorín* abre el camino a la serenidad contemplativa y a la calma rememorativa de *Las confesiones de un pequeño filósofo.*

Por otro lado, la representación del mundo en crisis que propone la nueva novela no sólo acoge temáticamente la crisis, sino que también da cuenta de ella estructuralmente[47]. El novelista J. Martínez Ruiz es plenamente consciente de ese mundo en crisis que le rodea por fuera, que le atraviesa por dentro, del naufragio de los valores que, hasta poco tiempo atrás, habían sustentado el «mundo». A sus pies, ahora, se abre un panorama desolador: sólo restos, ruinas, fragmentos. Ante el derrumbamiento del orbe

---

[45] J. Martínez Ruiz, *La voluntad*, ob. cit., pág. 194 (parte I, cap. XXIX).

[46] Ídem, pág. 204 (parte II, cap. III).

[47] Para los distintos «supuestos» sobre los que descansa la nueva novela en relación con la novela realista, véase F. Lázaro Carreter, «Los novelistas de 1902 (Unamuno, Baroja, "Azorín")», *De poética y poéticas,* Madrid, Cátedra, 1990.

positivista, ante la ausencia de un nuevo orden, el novelista sabe que tiene que renunciar a la unidad del metarrelato omnicomprensivo. Ante la crisis, el mundo pierde su unidad y transparece en una multiplicidad de fragmentos que ya no es posible recomponer unitariamente. Y así, la novela no se ofrece como una totalidad narrada, sino como una sucesión de fragmentos:

> Ante todo [en la nueva novela], no debe de haber fábula... la vida no tiene fábula: es diversa, multiforme, ondulante, contradictoria... todo menos simétrica, geométrica, rígida, como aparece en las novelas... Y por eso, los Goncourt, que son los que, a mi entender, se han acercado más al *desideratum,* no dan *una vida,* sino fragmentos, sensaciones separadas[48].

Fragmentos de un mundo en crisis que no logra recomponer su figura en una unidad de sentido. El protagonista de *Diario de un enfermo,* frente a la crisis, opta por el suicidio; era la primera conciencia de una crisis de enormes magnitudes. La reacción ante ella, sin embargo, cerraba el paso al potencial creador del sujeto; por eso, a partir de *La voluntad,* J. Martínez Ruiz empezará a ensayar una nueva vía para afrontar la crisis: el reconocimiento de ésta como espacio habitable. Vivir sin mundo, a la intemperie, entre las ruinas. De este modo, la generación finisecular plasma, en su obra, una cultura de la crisis, es expresión de una cultura que no logra trascender, ni vislumbra siquiera, los límites de la crisis. Habrá que esperar hasta Ortega y la generación intelectual de 1914 para que, en este sentido, se den decididos intentos de superación de la crisis finisecular.

11.9. *Ortega* contra *Schopenhauer*

La animadversión de Ortega hacia Schopenhauer atraviesa toda su obra de principio a fin[49]. En el *Prólogo para*

---

[48] J. Martínez Ruiz, *La voluntad,* ob. cit., págs. 133-134 (parte I, cap. XIV).

[49] La oposición a Schopenhauer no es, sin embargo, exclusiva de Ortega, sino que representa, en cierto modo, un punto de fuerza compar-

alemanes (1934), por ejemplo, se refiere a él del siguiente modo: «Schopenhauer no llegó a ver del todo claro al meter en el asunto su fabular hocico de enorme *grossartige Reineke*»[50]. Y en *¿Qué es filosofía?* (1929): «El mundo es mi representación —como dirá toscamente el tosco Schopenhauer»[51]. Para comprender esta contrariedad orteguiana que llega incluso al insulto, tan duradera en el tiempo, sin embargo, es necesario referirla a sus inicios, a aquella acre polémica que el joven Ortega mantuvo con los escritores de la generación finisecular. Su ira contra Schopenhauer era el reflejo de su insatisfacción con las tesis de la generación finisecular ante el «problema de España». Schopenhauer representaba para Ortega el maestro de los Unamuno, Azorín, Baroja, etc., y es contra él, en cuanto *educador,* contra el que levanta su crítica. En 1906 se refiere a la estética de Schopenhauer como a «esa equívoca concepción filosófica del arte»[52], y dos años más tarde, en una dura crítica a Azorín, dirá: «Azorín no se preocupa nunca del contenido de las cosas: lector aficionado de Schopenhauer, convierte la equívoca fórmula de su maestro: *el mundo es mi representación* en esta otra más decisiva: el mundo es una superficie»[53]. Y, más adelante, añade aún:

---

tido por los miembros de la generación novecentista en su ejercicio intelectual. Ramón Pérez de Ayala, por ejemplo, plasmará literariamente este rechazo en una de sus novelas: Alberto Díaz de Guzmán, el protagonista de su primera serie novelesca, en plena crisis, arrojará por la ventana los libros de Schopenhauer mientras gritaba «¡Viejo lúbrico y cínico; qué necio eres y cuánto mal me has hecho!», *La pata de la raposa* (1912), ed. de A. Amorós, Barcelona, Labor, 1970, pág. 50.

[50] J. Ortega y Gasset, *Prólogo para alemanes,* en *Obras Completas,* ob. cit., vol. VIII, pág. 39.

[51] J. Ortega y Gasset, *¿Qué es filosofía?,* en *Obras Completas,* ob. cit., vol. VII, pág. 377. «Lo mío es el representar, no lo representado. Schopenhauer confunde elementalmente en la sola palabra *representación* los dos términos cuya relación se trata precisamente de discutir, el pensar y lo pensado. He aquí por qué perentoria razón califiqué el otro día de tosca esta famosa frase, título de su divertido libro. Es más que tosca —una muchacha al uso la llamaría una astracanada», ídem, pág. 401.

[52] J. Ortega y Gasset, «Moralejas, II», en *Obras Completas,* ob. cit., vol. I, pág. 50.

[53] J. Ortega y Gasset, «Sobre la pequeña filosofía», en *Obras Completas,* ob. cit., vol. X, pág. 52.

El señor Azorín no conoce la *Crítica de la razón pura;* ha leído a Schopenhauer, que es mucho más ameno. Y Schopenhauer, que era un mal hombre, fue, por consiguiente, un mal filósofo: fue un gran sofista y, por consiguiente, un gran literato. Azorín le ha leído para enriquecer su estilo, y no ha notado que Schopenhauer desconoció por completo a Kant y que, con gravísima mengua de la honradez científica, llegó a falsificar sus citas[54].

Ese mismo año, siempre desde las páginas de *El Imparcial,* reconociéndose dentro de una tradición liberal-reformista (saltando, por tanto, por encima de lo que representaba la generación de fin de siglo), afirmará: «El mundo es nuestra proyección, no nuestra representación, como pretendía Schopenhauer»[55].

En su polémica contra el «98»[56], Ortega puso fin a la amplia influencia de Schopenhauer en la cultura española de entresiglos (lo que quedará después serán episodios individuales, aislados, sin continuidad y sin capacidad operativa), y, además, dio la vuelta a la influencia de Nietzsche, a quien deja de considerar como anarquista y revolucionario, como hicieron sus predecesores, y empieza a leer como crítico de la modernidad cuya obra señala hacia la necesidad de superar la crisis a través de la creación de nuevos valores. En este sentido, el raciovitalismo es la toma de conciencia de la crisis de la modernidad y, al mismo tiempo, un decidido intento de superarla.

La crítica orteguiana al «98» no se limitó sólo, como es obvio, a Schopenhauer, sino que, en el marco teórico del «problema de España», primero, y desde el raciovitalismo, después, arrastró, además, dos de los conceptos fundamentales del universo noventayochista: el «alma nacional» y el «medio». Frente a la vaguedad e indeterminación del con-

---

[54] Ídem, pág. 54.
[55] J. Ortega y Gasset, «Disciplina, jefe, energía», en *Obras Completas,* ob. cit., vol. X, pág. 70.
[56] Para el detalle de esta polémica, véase mi «Del problema de España al problema de Europa (La crítica orteguiana del 98)», en *Discursos del 98: España y Europa,* Actas del Coloquio Internacional de Regensburg, 9-12 de diciembre de 1998.

cepto de «alma nacional» o «espíritu del pueblo», Ortega
opondrá, desde el neokantismo, los conceptos de «ciencia»,
«rigor», «disciplina» y «sistema». Frente a la «literatura» del 98,
Ortega reclama «método», «precisión». Para el joven apren-
diz del neokantismo marburgués, nada que se asentara en
el carácter «literario» del alma o espíritu del pueblo podía
resolver el «problema de España»: frente a la «literatura»
del 98, la «ciencia europea». Eso es lo que quería dar a entender cuando decía: «o se hace literatura o se hace precisión o se calla uno»[57]. Por otro lado, el raciovitalismo, a través del concepto de «circunstancia», supone una clara
crítica y superación del concepto determinista de «medio»:
el medio determina el comportamiento del sujeto, frente al
medio sólo cabe la «adaptación» (Antonio Azorín, en *La
voluntad,* y Fernando Osorio, en *Camino de perfección,* su-
cumben al poder oprimente del medio). El concepto orteguiano de «circunstancia», en cambio, acoge positivamente
la potencialidad creativa y creadora del sujeto: la relación
sujeto-circunstancia no es fundamentalmente unívoca,
como en el caso del medio, sino biunívoca (de la circunstancia al sujeto y del sujeto a la circunstancia). La libertad
del sujeto queda, así, a salvo; en sus manos queda el
mundo.

III.   La «enfermedad» como metáfora de la crisis

   La figura del enfermo y los motivos de la enfermedad
han ocupado con frecuencia un lugar preeminente en la literatura occidental, cargándose, las más de las veces, de una
significación simbólicamente potenciada. Piénsese, por
ejemplo, en el *mal de amor* que los trovadores provenzales
difundieron como «norma» por toda la cristiandad: ena-
morarse era enfermar, y sólo el amor correspondido de la
amada era capaz de devolver la salud al enamorado. Los

---

[57] J. Ortega y Gasset, «Algunas notas», en *Obras Completas,* ob. cit.,
vol. I, pág. 113. A su regreso de Alemania, Ortega acometió un «ataque directo, sistemático y sin miramientos al *alma española*», C. Morón Arroyo,
El «alma de España», ob. cit., pág. 147.

ejemplos, en este sentido, podrían multiplicarse. En la Antigüedad Clásica, la comprensión de la enfermedad se establecía en función de la relación de subordinación y dependencia del hombre respecto a los dioses: la ira divina podía desatarse en un castigo y su repercusión podía ser tanto individual como colectiva. El advenimiento del cristianismo, sucesivamente, iba a comportar una relación cada vez más estrecha entre el castigo divino y la víctima; el libre albedrío y la responsabilidad individual de las propias acciones iban a teñir las epidemias colectivas con tintes apocalípticos. En cualquier caso, el castigo (la enfermedad) provenía de una culpa previa y era la respuesta que la justicia divina infligía ante el quebrantamiento de sus leyes. Posteriormente, el proceso secularizador de nuestra modernidad iba a ir minando poco a poco esa relación entre la enfermedad y la divinidad. La *muerte de Dios* —o su silencio, o su abandono— dejaba al simbolismo de la enfermedad en este lado de acá, huérfano de trascendencia: en el espacio abierto por la secularización, la enfermedad se aprestaba a ser literariamente comprendida desde una causalidad exclusivamente terrena. Inicia así la relación entre la enfermedad y el medio: o bien la enfermedad es provocada por la vida desordenada y bohemia del individuo, al margen de las leyes morales por las que se rige el medio social, o bien es consecuencia del aprisionamiento que el formalismo moral del medio impone a la vida individual. Lo que no desaparece en el espacio literario de la secularización es, sin embargo, la relación de la enfermedad con la culpabilidad: los personajes-enfermos son siempre, con mayor o menor evidencia, culpables. Culpabilidad que encuentra su fundamento en un juicio crítico negativo sobre el medio social en cuestión: la decadencia del medio burgués, la debilidad congénita de sus formas de vida y de sus modelos educativos comportan la decadencia, la debilidad y la consiguiente enfermedad de la vida y del hombre burgueses. La raíz del mal está en la enfermedad de la sociedad burguesa. O bien, por otro lado, la enfermedad representa el fracaso del individuo que se sustrae a las leyes morales de la burguesía, la imposibilidad de conducir una

vida al margen del medio. Ambas visiones literarias de la
enfermedad se complementan y encuentran uno de sus
momentos de mayor intensidad en la divisoria que separa
el siglo XIX del XX. Esta culpabilidad decimonónica, con su
doble orientación romántica, por un lado, y realista-naturalista, por otro, acabará desembocando, a través de la crisis del positivismo, en una culpabilidad de carácter existencial, en clara consonancia con los grandes desarrollos del
existencialismo filosófico (de Kierkegaard a Heidegger) y literario (de Dostoievski a Camus).

   ¿Cómo acercarse a la comprensión de la enfermedad
que se despliega históricamente en el espacio literario?
Desde luego no desde la ciencia médica: reducir la lectura
de un texto al rastreo de los síntomas dispersos entre los
distintos personajes puede ser una operación entretenida,
pero no deja de ser tan inútil cuanto desnaturalizadora del
mismo acto de leer[58]. Se trata, más bien, de alcanzar una
adecuada comprensión del nivel representacional que adquiere la enfermedad en la obra literaria, ganar la plenitud
significativa que encierra su uso metafórico. En este sentido, la definición de la enfermedad de la que tiene que partir un estudio literario como el que aquí nos proponemos
llevar a cabo no puede quedar circunscrita al ámbito de la
patología, sino que tiene que arrancar de una auténtica
operación de hermenéutica literaria. Leer no es diagnosti-
car, sino entender *(intus-legere)*. En términos generales,
pues, y como primera aproximación, podemos decir que la
enfermedad representa un estado de carencia, de disminu-
ción o merma de la salud. Nada se tiene en la enfermedad
sino una falta, una ausencia; aquí radica la negatividad

---

[58] Éste es el error metodológico y de fondo que comete Luis S. Granjel en su «Médicos y enfermos en la obra de Azorín» (en *Baroja y otras figuras del 98*, Madrid, Guadarrama, 1960, págs. 317-335); dicho artículo,
aparte de la lista descriptiva —no siempre exhaustiva— de los personajes
enfermos de la obra de Azorín, carece de interés para los estudios literarios: la sospecha de ver en estos personajes un trasunto de la persona sobre la que descansa el autor J. Martínez Ruiz acaso pueda ser útil para la
biografía de José Martínez Ruiz, pero es manifiestamente insuficiente e inadecuada para la comprensión de este aspecto de la obra de nuestro autor.

esencial que conlleva toda enfermedad. Ésta es un estado, como la salud; sólo que en el estado de salud lo que se tiene es salud, simple y naturalmente, mientras que en el estado de enfermedad lo que efectivamente se tiene es un no-tener (la salud), se tiene una ausencia, una carencia. Del estado de salud uno espera sólo que continúe, podría decirse incluso que uno no es consciente de su estar en salud; el estado de enfermedad, por el contrario, exige siempre la plena consciencia de su ser (no-ser salud): desde un punto de vista no médico sino hermenéutico, la consciencia de la enfermedad es condición necesaria de la misma enfermedad. La salud no se siente, la enfermedad sí, y es causa de pesar y sufrimiento; además, la posibilidad de contagio añade a la vida del enfermo el dolor de la soledad. Salud y enfermedad se constituyen, pues, como dos polos esenciales de la vida humana, y encuentran una fácil correspondencia con toda una serie de polarizaciones inherentes a las formas de vida propias de la cultura occidental: normal-anormal, día-noche, bien-mal, etc. En cuanto opuesta a la salud, la enfermedad representa el lado nocturno de la vida, la anomalía, la manifestación del mal (por lo que se refiere al nexo entre la enfermedad y el mal, nótese que en francés enfermedad se dice «maladie» y en italiano «malattia», y que en nuestro lenguaje común la expresión «estar malo» es sinónimo de estar enfermo).

El filósofo-poeta Friedrich Nietzsche, inspirado quizá por una motivación autobiográfica, hizo de la polaridad metafórica salud-enfermedad uno de los ejes vertebradores de su pensamiento. Con Nietzsche, los términos «salud» y «enfermedad» entran a formar parte del léxico filosófico adquiriendo una articulada significación cultural y antropológica que hunde sus raíces en la metafísica. Para Nietzsche, el proceso histórico de la cultura occidental está marcado por el signo de la decadencia; en la II Consideración Intempestiva, *Sobre la utilidad y el daño de la historia para la vida,* señala al historicismo como la enfermedad que aqueja al hombre contemporáneo: el peso del saber históricamente acumulado carga sobre sus espaldas anulando sus potencialidades creativas, debilitando su vida e incapacitándola para otra cosa que no sea la copia del molde externo de los modelos de antaño. La espontaneidad vital y la valoración del presente se pierden entre los formalismos del saber historicista. Para Nietzsche, la cultura europea del siglo XIX había llegado a un punto de decadencia extrema que se manifestaba en todos los órdenes de la vida (moral, religión, política, arte, etc.), y todo ello comportaba la debilidad enfermiza del hombre contemporáneo, incapaz de vivir una vida plena, espontánea y vigorosa, subyugado como estaba por el nihilismo que la metafísica occidental llevaba en su seno. Todo el juicio negativo sobre la decadencia de la cultura europea y del hombre contemporáneo se expresa en Nietzsche a través del campo metafórico de la enfermedad. Nietzsche, sin embargo, no se queda en este nivel crítico-descriptivo de la situación de su presente, sino que su obra da un paso más allá para alzarse a un nivel propositivo capaz de soluciones. Frente a la magna enfermedad del nihilismo, Nietzsche opone el ideal de la perfecta salud, la fortaleza del hombre nuevo (*Übermensch*) capaz de crear una nueva cultura, saludable y revitalizadora, capaz de acoger plenamente los valores de la vida, de rescatarlos del peso del culturalismo, capaz de acoger con la danza y el juego de Zaratustra un horizonte sin trascendencia en el que todo, absolutamente todo, está llamado a repetirse eternamente. Frente a la enfermedad y debilidad de la vida presente, subyugada y sepultada bajo montañas de cultura acumulada, se alza el horizonte de la salud, la fortaleza y la energía que brotan del impulso vital, de la pura y libre espontaneidad de la vida. La tarea del «último hombre» consistirá, pues, en devolver a la vida sus auténticos valores; sólo así podrá renacer el «hombre nuevo».

La polarización nietzscheana salud-enfermedad nos va a servir como horizonte comprensivo y como punto de referencia para el tratamiento de la enfermedad en la obra de J. Martínez Ruiz. Sin embargo, en honor de la exactitud historiográfica, hay que señalar que si bien la comprensión de la enfermedad en J. Martínez Ruiz iba a aquilatarse en función de un fructífero «diálogo» con esta polarización, la aparición de los motivos de la enfermedad en su obra es anterior a su primer contacto con la filosofía de Nietzsche. La aparición de la temática de la enfermedad en la obra de J. Martínez Ruiz tiene una inspiración epocal, estaba en el *espíritu del tiempo,* como testimonia la importancia central que cobra la figura del enfermo en la literatura europea finisecular (Italo Svevo, Thomas Mann, etc.).

En *Buscapiés* (1894) aparece el primer personaje enfermo de la obra del joven J. Martínez Ruiz, don Luis María Munárriz, protagonista de la narración breve titulada «Estaba escrito». Don Luis lee con sorpresa la noticia de su propia muerte y la esquela necrológica que la acompaña. Los días siguientes,

> Don Luis se mostró más animado que de costumbre. Parecía que le habían quitado algunos años de encima. No duró mucho, sin embargo, esta situación anómala. No era cosa de echárselas de aturdido, ahogando en una jovialidad falsa lo que le bullía allá dentro[59].

La enfermedad, antes latente, ahora aflora, y el dolor comparece para hacer su curso. Hubo pareceres diversos entre los especialistas, y se prospectaron remedios tan infelices cuanto ineficaces. El enfermo no sanaba; sin embargo, lo que más dolor le provocaba no era la enfermedad en sí misma, sino la vivencia íntima de la enfermedad, el sentirse condenado a una «vida uniforme, sin variantes»: le desesperaba la monotonía que se alzaba en el horizonte de sus días.

> ¡Valiente broma!... lanzarlo en medio del mundo, atenaceado por el dolor, para que luchase por la vida; por la vida, él que ya estaba hastiado de ella... Además, le habían desarmado quitándole la salud: la batalla estaba, pues, perdida. ¡Él era un vencido![60]

Presa de estas consideraciones, fruto de su vivencia íntima de la enfermedad, don Luis «quedábase sumido en

---

[59] J. Martínez Ruiz, *Buscapiés (Sátiras y críticas),* Madrid, Librería de Fernando Fe, 1894 pág. 46.
[60] Ídem, pág. 50.

un marasmo embrutecedor, algo semejante a la muerte»[61].
La narración concluye trágicamente con el suicidio de
don Luis.

En el orden con que se disponen las narraciones de *Buscapiés*, J. Martínez Ruiz había ofrecido al lector la posibilidad comprensiva del *marasmo* que incumbe sobre la vida
de don Luis. En el relato que le precede, titulado significativamente «Hastío», aparecen diseminados los distintos
nombres con los que se configura esta enfermedad: tristeza,
melancolía, hastío, *spleen* y tedio, a los que habría que añadir la abulia, que aparece después en otras narraciones y
que se convertirá en el elemento conformante de la personalidad del Antonio Azorín del final de *La voluntad* (son
los elementos conformantes del vocabulario de la crisis del
nihilismo, a cuyo través e interrelación se despliega el
campo semántico de la misma). «Hastío» se concluye con
un grito programático frente al dolor de la vivencia íntima
de esta enfermedad: «¡¡Huyamos!!»[62] Frente al hastío creciente, frente al tedio de la existencia, el joven J. Martínez
Ruiz, en esta primera hora de su andadura intelectual, no
encuentra más solución que la huida, el suicidio. No falta
quien, no sin razón, ha querido ver en la enfermedad de
don Luis una dimensión social, una suerte de crítica a la
Restauración política de la que este personaje era fiel representante[63]. Sin duda es así, en clara consonancia con la
referencia al «problema de España» que transparece en la
abulia ganivetiana y en el marasmo unamuniano, por ejemplo. El suicidio, leído en términos sociopolíticos, sería el
emblema de la radical ruptura que se propugnaba desde los
ambientes más revolucionarios y anarquistas de la última
década del siglo XIX, entre cuyas filas se encontraba, como
es sabido, el joven J. Martínez Ruiz. Sin embargo, hay algo
en el tratamiento literario de la enfermedad que nos ofrece

---

[61] Ídem, pág. 51.
[62] Ídem, pág. 42.
[63] L. Sánchez Francisco, *Mística y razón autobiográfica en los primeros
escritos de José Martínez Ruiz (Azorín)*, Poznan, Publicaciones de la Universidad Adam Mickiewicz, 1995, pág. 123.

J. Martínez Ruiz que, ya desde el principio, sin negar la dimensión social y cultural del hastío, hace que éste se abra hacia la dimensión interior del sujeto, hacia la vivencia íntima del individuo, en la dirección existencial apuntada, por ejemplo, por la melancolía machadiana de *Soledades.* Y será esta dimensión íntima y existencial de la enfermedad la que poco a poco se irá abriendo paso en la narrativa de J. Martínez Ruiz hasta lograr el predominio de la escena —todo ello en consonancia con el abandono del compromiso revolucionario.

En «Vencido», otro de los relatos de *Buscapiés,* la enfermedad aparece ya depurada de la dimensión social antes aludida y se configura dentro de la cosmovisión schopenhaueriana afrontando la problemática del genio y de la creación artística. «Vencido» narra la curva existencial de un joven pintor que persigue la fama y el éxito. La soledad que envuelve a su vida y la firme voluntad que no cesa en su empeño constituyen los ingredientes de los que brota la fuerza creadora de la que nacen sus cuadros. Llegan el reconocimiento y el éxito, y con ellos se apaga aquel deseo que rugía en el interior del artista, condición indispensable de su arte: la voluntad decae, se disgrega. Aparecen los síntomas de la enfermedad que paraliza al genio: cansancio del espíritu, dulce pereza, voluptuosidad.

> Parecía que su espíritu se despeñaba en un pozo sin fondo, y que él no tenía fuerzas bastantes para retenerlo y sacarlo de aquellas negruras. [...] faltábale la fuerza, y se apoderaba de él un cansancio infinito que le atenaceaba el alma, haciéndole impotente para seguir luchando. [...] y se sentía incapaz de hacer un supremo esfuerzo para recobrar la voluntad, aquella voluntad que se le escapaba, perdiéndose en una inmensidad gris de tedio abrumador[64].

Enfermo de tedio, el artista «moríase paulatinamente, indiferente a toda relación humana, cerrado, como una piedra, a toda sensación»[65]. El desenlace de la narración

---

[64] J. Martínez Ruiz, *Buscapiés,* ob. cit., págs. 95-96.
[65] Ídem, pág. 96.

llega con la muerte del artista, que viene descrita como un *cesar de morir*. Una enfermedad, pues, cuyo estado transmuta la vida en muerte, la hace semejante a la muerte, acrecienta la consciencia de la mortalidad en el sujeto provocándole la angustia existencial. Una enfermedad del alma, que lacera el espíritu del hombre; una enfermedad metafísica. Todo el relato se construye con elementos propios de la filosofía de Schopenhauer, «el gran pesimista», como lo había descrito J. Martínez Ruiz en «Estaba escrito»: la relación del genio con la creatividad y con la contemplación de la belleza, el decaimiento de la voluntad y su relación con el tedio y con el potenciamiento de la inteligencia reflexiva. «Vencido» es un relato importante en el itinerario narrativo del joven J. Martínez Ruiz: a través de la figura del artista-enfermo comparece por vez primera en su obra, problematizada y sin visos claros de solución, la relación entre el arte y la vida, una relación de cuya solución satisfactoria dependía la resolución de la oposición entre la inteligencia y la vida.

En *Charivari* (1897) el espíritu rebelde del joven J. Martínez Ruiz empieza a dar señales claras de lo que iba a ser el abandono del carácter moral y socioestructural de buena parte de sus protestas para dirigirlas contra una realidad más profunda y radical: el dolor universal.

> ¡Que no haya dolor sobre la Tierra! No se trata de reivindicaciones más o menos disculpables, no se trata de la felicidad para el *pueblo,* para el *desheredado,* no. Se trata de la dicha para *todos,* porque todos sufrimos en este organismo social. Porque sufre el obrero, que come mal, y mal viste, y se deja la vida a pedazos en los talleres; porque sufre el burgués comerciante, esclavo de las eventualidades del comercio, y el burgués agricultor, siervo de los caprichos del tiempo; porque sufre el aristócrata, víctima de sus riquezas, de la adulación, del amor interesado, de la falsedad, del hastío[66].

---

[66] J. Martínez Ruiz, *Charivari (Crítica discordante),* Madrid, Imprenta de la Plaza del Dos de Mayo, núm. 4, 1897, pág. 46.

Desde este anarquismo humanitario que acoge la proclama schopenhaueriana de la evitación del dolor, que concede al dolor el carácter de realidad ontológica principal, J. Martínez Ruiz no contempla aún la vía ascética señalada por Schopenhauer; antes bien, parece que se encomienda a la figura de un Cristo nuevo, que nuestro autor cree reconocer en la persona de Sébastien Faure, cuya obra, *La doleur universelle,* elogia reiteradamente. Desde este nuevo horizonte apenas abierto, la fuerza del *amor* se alza como una potencia pacificadora y resolutiva de los conflictos que turbaban la inteligencia de J. Martínez Ruiz:

> ¿Luchar? Sí; es preciso luchar, trabajar constantemente, tener fe, tener entusiasmo, *acercar* con todas las fuerzas el suspirado ideal. Pero hay también algo más grande que la lucha: el Amor[67].

Un amor que volverá a aparecer al final de *Soledades* (1898), cuando el artista en cuestión, entre la escritura de su novela y el amor de su amada, elegirá esta última, poniendo el amor como el valor supremo que justifica todas las renuncias:

> haré un libro más hermoso, más grande, más sublime; haré un libro que no se puede escribir a los cincuenta años, que se ha de hacer a los veinte, con todas las energías, con toda la fe, con todo el entusiasmo de la juventud... Sí, Elís; mi Elís querida... *(Estrechándola entre sus brazos y besándola).* Haremos un gran libro... escribiremos el libro grandioso que se titula Amor[68].

Con todo, conviene recordar que *Charivari* se cierra precisamente con el retorno del hastío a la escena principal de la narración, y que en algunos cuentos de *Bohemia,* concretamente en «La ley», «Una mujer» y «Envidia», aparece el *hastío amoroso* diseñando el perfil de la escena, como si con ello se nos quisiera indicar el fracaso de este último ideal salvador, como si se tratara de un índice de la desva-

---

[67] Ídem, pág. 34.
[68] J. Martínez Ruiz, *Soledades,* Madrid, Librería de Fernando Fe, 1898, págs. 110-111.

lorización más absoluta que sufre la cosmovisión de J. Martínez Ruiz, ya en camino imparable hacia el nihilismo que iba a constituir el tema de fondo de *Diario de un enfermo*.

En *Bohemia* (1897), el poeta de «Paisajes» no logra hacer avanzar su obra proyectada, mientras que lo que sí avanza con determinada obstinación en su vida es la enfermedad y el dolor.

> Así iba arrastrando su vida, consumiéndose su cuerpo, apagándose su espíritu... acosado por la miseria, roído por el dolor[69].

Al final aparece el fracaso, la disgregación de la voluntad, la anulación de la personalidad, el triunfo del nihilismo: «apelotonado en un rincón del coche, dejaba vagar su espíritu, sin vigor, sin consistencia»[70]. «Una vida», cuento que anticipa en más de un sentido *Diario de un enfermo*, representa el fracaso de los ideales revolucionarios. El protagonista, en su lucha (desigual) contra los convencionalismos de la sociedad burguesa, sufrió la humillación y la derrota: «Soy un vencido», exclamará con amargura. El relato, un diálogo que se prolonga en cuatro escenas, arranca de este fracaso; el personaje (al que la narración se refiere como El Enfermo) aparece ahora enfermo de parálisis. El dolor, elemento esencial del relato, no procede, sin embargo, de la derrota política, sino de la incomprensión y del rencor que muestra su familia hacia su actuación revolucionaria. La perspectiva de este callejón sin salida hace atroz el sufrimiento de El Enfermo:

> ¡Sufrir gota a gota la acusación de mi honradez! ¡Y siempre lo mismo, todos los días, eternamente! ¡No, no puedo más, imposible! ¡Pierdo la razón, me vuelvo loco, deliro! ¡Dejadme!... ¡Quiero morir solo... de hambre... de hastío, de odio![71]

Por eso, ante el horizonte del sufrimiento infinito que provoca el hastío, en la última escena, muda, como si con

---

[69] J. Martínez Ruiz, *Bohemia (Cuentos)*, Madrid, V. Vela Impresor, 1897, pág. 75.
[70] Ídem, pág. 76.
[71] Ídem, págs. 106-107.

ello se nos quisiera indicar también el fracaso de la palabra, El Enfermo, «haciendo un esfuerzo supremo», se suicida. Como habrá de suicidarse, después, el personaje de *Diario de un enfermo,* como si en esta hora, frente a la enfermedad del alma, frente a la dolencia del espíritu, frente al nihilismo, J. Martínez Ruiz no contemplara otra solución posible que no fuera la huida y el acto extremo, renunciatario, del suicidio.

Diario de un enfermo (1901) constituye el intento creador de J. Martínez Ruiz por poner en limpio la vivencia de esta enfermedad que hasta ahora hemos venido rastreando entre sus primeros escritos. El texto articula de una manera más lograda los elementos conformantes de la enfermedad, mejora la expresión y la descripción de los estados de ánimo interiores, pero el suicidio —como decíamos— sigue apareciendo como el único desenlace posible. El *Diario* es la repetición articulada de un camino ya hecho, literariamente ensayado a través de las narraciones a las que aquí nos hemos referido. La forma diarística ya había sido explorada por J. Martínez Ruiz en *Charivari* y en el primer cuento de *Bohemia,* titulado precisamente «Fragmentos de un diario»; ambos son, como ha notado la crítica, complementarios (los fragmentos de *Bohemia* corresponden a los días que faltan en *Charivari),* y nos dan la muestra de una inquietud y un desasosiego íntimo y común, compartido, ambiental. *Diario de un enfermo* profundiza los aspectos de la vivencia íntima y existencial de la angustia, nos ofrece la historia interior de un alma enferma, la herida del espíritu contada desde dentro. La novela penetra en la vivencia íntima del nihilismo con plena radicalidad, sin concesiones de ningún tipo, haciendo gala de dos ingredientes que J. Martínez Ruiz, en sus críticas periodísticas, había elevado a principios del ejercicio literario: la sinceridad artística y la honestidad intelectual. Los interrogantes que abren la novela muestran ya desde el principio el desapego del diarista-artista-enfermo al sinsentido de la vida[72]. La ausencia

---

[72] «¿Qué es la vida? ¿Qué fin tiene vivir? ¿Qué hacemos *aquí abajo? ¿Para qué vivimos?*» (15 de noviembre de 1898).

de «plan» *(proyecto,* en el posterior desarrollo terminológico
orteguiano), de «finalidad», desvela el sinsentido de la vida
y la arroja por las vías del absurdo existencial. Comparecen
la monotonía, el cansancio (espiritual), la tristeza y la melancolía. Nada puede el pensamiento contra el avanzar de
las sombras del nihilismo: la *angustia metafísica* abre la noche del sujeto (15 de noviembre de 1898). El *Diario* avanza
profundizando la oposición inteligencia-vida, ilustrándola
también desde la comprensión schopenhaueriana de la redención del arte, excavando en el dolor del genio y en la
inutilidad del pensamiento, mostrando la disolución de la
persona en la barbarie del progreso, evidenciando la dificultad expresiva del lenguaje (en unos términos que volve-
rán a aparecer en *Antonio Azorín),* todo ello en una carrera
in crescendo de inquietud y desasosiego que conduce derecha a las puertas de la Nada:

> Pienso en el esfuerzo doloroso y estéril. Luchar, penar,
> sufrir, ¿para qué? [...] Vivamos impasibles; contemplemos
> impávidos la fatal corriente de las cosas. [...] acaso sea la
> realidad una ilusión, y nosotros mismos ilusiones que flo-
> tan un momento y desaparecen en la Nada —también qui-
> mera (20 de mayo de 1899).

Vivencia del nihilismo extremo, el que empieza a configurarse: *«vive la nada,* la voluptuosa y liberadora Nada»
(13 de noviembre de 1899). Comparecen el amor y su fracaso sucesivo, en los mismos términos ya apuntados anteriormente; la tentación schopenhaueriana de la vida ascética y retirada, las ansias de ideal, las vacilaciones entre la
sensación y la idea (algo que, articulado jerárquicamente,
constituirá una nota distintiva esencial de la «pequeña filosofía»). Nada detiene, sin embargo, el progresivo proceso *anonadador* en pos del infinito implacable; y el artista se ve, en esta hora avanzada del nihilismo, como el
albatros baudelairiano —poema emblemático que nuestro autor traduce en sus líneas esenciales (3 de marzo
de 1900). El *Diario* se concluye, como ya hemos anticipado, con el suicidio del personaje, gesto último y defini-
torio de un nihilismo esencial.

Esta solución final, sin embargo, pronto dejó de satisfacer a J. Martínez Ruiz. *La voluntad* (1902) es, en cierto modo, la rescritura de *Diario de un enfermo;* no es un simple volver a poner en limpio un resultado ya alcanzado, como había sido la experiencia del *Diario,* sino la recreación literaria del proceso de la enfermedad con vistas a una diversa resolución. Rescribir no es un simple repetir lo ya escrito, sino un volver a escribir introduciendo la diferencia en la repetición, ahora ya repetición creativa, innovadora. Y no le bastará a J. Martínez Ruiz *La voluntad* como rescritura del *Diario,* sino que necesitará para ello de lo que la crítica ha llamado la «saga de Antonio Azorín». Es tan firme su propósito de rescritura que volverá a dotar a la enfermedad de la dimensión social que tuvo en sus inicios y que la ligaba al *problema de España:* piénsese, por ejemplo, en el discurso de Yuste sobre «las amarguras que afligen a España»[73], o en el de Antonio Azorín en un café de Elda, en el que se sirve de una sencilla parábola para identificar los males de España con «un pobre hombre que estaba muy enfermo» y para colocar el ideal de la salud no en el dictamen de eruditos doctores, sino en la voluntad del pueblo llano[74]. El origen de la enfermedad no es, pues, como quiere Livingston, la «escisión de la conciencia»[75] (ésta es, más bien, una manifestación de aquélla), sino el nihilismo que acecha a la existencia toda, tanto en su dimensión social y comunitaria cuanto íntima e individual. El nihilismo lo invade todo; nada escapa del avanzar de sus sombras, del desierto que impone a la vida. Inquietud, desasosiego, melancolía, tristeza, hastío, tedio, marasmo, ansiedad, abulia..., un *violento nihilismo* que lleva al personaje Antonio Azorín a pensar

> en la inutilidad de todo esfuerzo, en que el dolor es lo
> único cierto en la vida, y en que no valen afanes y ansie-

---

[73] J. Martínez Ruiz, *La voluntad,* ob. cit., págs. 85-92 (I parte, cap. VI).

[74] J. Martínez Ruiz, *Antonio Azorín,* ob. cit., págs. 119-120 (I parte, cap. XIX).

[75] L. Livingstone, *Tema y forma en las novelas de Azorín,* ob. cit., pág. 80.

dades, pues todo —¡todo: hombres y mundos!— ha de acabarse, disolviéndose en la nada, como el humo, la gloria, la belleza, el valor, la inteligencia[76].

Todo es —repite insistentemente Antonio Azorín— una «dolorosa, inútil y estúpida evolución de los mundos hacia la Nada», una «inmensa danza de la Muerte, frenética y ciega, que juega con nosotros y nos lleva a la Nada»[77]. El dolor es inmenso, insoportable, y Antonio Azorín, al igual que antes hicieron los personajes-enfermos, recrea en su mente la matriz schopenhaueriana del suicidio:

> Yo creo que la vida es el mal, y que todo lo que hagamos para acrecentar la vida, es fomentar esta perdurable agonía sobre un átomo perdido en lo infinito... Lo humano, lo justo sería acabar el dolor acabando la especie[78].

Esta vez, sin embargo, J. Martínez Ruiz no dejará que su protagonista cumpla el acto extremo, sino que le hará recorrer el camino de la renuncia a la voluntad de vivir sin renunciar a la vida, disgregando su personalidad en pos de la calma de la anonadación:

> ¡Y me dan ganas de llorar, de no ser nada, de disgregarme en la materia, de ser el agua que corre, el viento que pasa, el humo que se pierde en el azul![79]

Al final, ni el hombre-reflexión ni el hombre-voluntad (clara ejemplificación de la escisión del sujeto contemporáneo y de la crisis del mismo) logran imponerse; Antonio Azorín renuncia a sí mismo se deja llevar, se conforma a la voluntad de Iluminada y, en este nuevo estado, se siente «redivivo»[80]. Al final de *La voluntad,* la abulia de Antonio Azorín recupera su dimensión social y se hace

---

[76] J. Martínez Ruiz, *La voluntad,* ob. cit., pág. 97 (I parte, cap. VII).
[77] Ídem, págs. 200 (II parte, cap. II) y 230 (II parte, cap. VII), respectivamente.
[78] Ídem, pág. 274 (III parte, cap. V).
[79] Ídem, pág. 277 (III parte, cap. V).
[80] Ídem, pág. 283 (III parte, cap. VII).

epocal: «Su caso, poco más o menos, es el de toda la juventud española»[81].

En *Antonio Azorín* (1903) encontramos ya un personaje decididamente volcado del lado de la contemplación (aspecto este que se acentuará aún más en *Las confesiones de un pequeño filósofo):* ha ganado la «indiferencia reflexiva»[82] y ha perdido todo aquel interés por las disputas filosóficas que caracterizara su juventud (como si con ello nuestro autor quisiera ya marcar una nítida resolución en el privilegio de la sensación sobre la idea).

> Los hombres, querido Sarrió —ha dicho Azorín—, se afanan vanamente en sus pensamientos y en sus luchas. Yo creo que lo más cuerdo es remontarse sobre todas estas miserables cosas que exasperan a la Humanidad. Sonriamos a todo; [...] Lo que importa es la vida. [...] En el fondo, lo que es innegable es que la Naturaleza es ciega e indiferente al dolor y al placer. [...] Hagamos un esfuerzo, querido Sarrió, y sobrepongámonos a estas luchas[83].

Antonio Azorín huye insistentemente de la gran ciudad, huye de la vida frenética que representa, del proceso deshumanizador del progreso, del nihilismo que lo acompaña, para instalarse en la vida provinciana, en los pueblos, donde la vida es seguramente *menos vida,* pero se la ama más, fervorosa y apasionadamente[84]. Al final de *Las confesiones de un pequeño filósofo,* es decir, al final de la parábola existencial del personaje Antonio Azorín, éste añadirá:

---

[81] Ídem, pág. 294 (Epílogo, II carta). «Azorín es casi un símbolo; sus perplejidades, sus ansias, sus desconsuelos bien pueden representar toda una generación sin voluntad, sin energía, indecisa, irresoluta, una generación que no tiene la audacia de la generación romántica, ni la fe de afirmar de la generación naturalista», ídem, pág. 255 (II parte, cap. XI).

[82] J. Martínez Ruiz, *Antonio Azorín,* ob. cit., pág. 154, (II parte, cap. XV).

[83] Ídem, págs. 154-155.

[84] J. Martínez Ruiz, *Antonio Azorín,* ob. cit., pág. 92, (I parte, cap. XII). Téngase presente que el primer libro que Azorín firmó como autor se titulaba precisamente *Los pueblos,* y llevaba el significativo subtítulo de *Ensayos sobre la vida provinciana.*

¿Tenía yo razón para volverme a indignar? Sí, yo me
he vuelto a indignar en la medida discreta que me permite
mi pequeña filosofía[85].

La nueva receta de J. Martínez Ruiz a la enfermedad
del nihilismo (diversa del suicidio que se prospecta hasta
Diario de un enfermo) está toda ella condensada en el imperativo de *sobreponerse.* Sobreponerse quiere decir po-
nerse-sobre, por encima, fuera del alcance de algo que se
quiere evitar, y quiere decir, también, restablecerse de una
enfermedad. Sobreponerse no es exactamente sanar; sanar
es mirar el proceso desde la perspectiva de la salud. Sobreponerse es un proceso cuyo final entrega (quizá) la salud,
pero contemplado ahora desde una perspectiva que no eli-
mina la enfermedad en la comprensión del proceso: durante el restablecimiento la enfermedad persiste y el enfermo la acepta, *siente* su enfermedad, no la contempla
desde fuera. ¿Cómo sobreponerse, pues, al nihilismo?
J. Martínez Ruiz, a partir de *La voluntad,* rompe la polaridad salud-enfermedad que había caracterizado su primer
tratamiento literario de la enfermedad (hasta *Diario de un
enfermo),* para acoger un nuevo estado, intermedio, en el
que el enfermo acoge su enfermedad, carga con ella y
aprende a convivir con ella. Es el *convaleciente* que Baudelaire traza en *El pintor de la vida moderna*[86]. Antonio Azorín se sobrepone al nihilismo cargando con él, aceptándolo
como el espacio dominante en que se desenvuelve la vida
actual. Al contrario del artista-enfermo, Antonio Azorín ya
no sucumbe al dolor del mundo y de la vida, sino que
aprende a cargar con él; es más, opera en este dolor una
transformación «alquímica» capaz de reconvertirlo en potencia estética del arte nuevo:

---

[85] J. Martínez Ruiz, *Las confesiones de un pequeño filósofo* (1904), prólogo de J. M. Martínez Cachero, Madrid, Espasa Calpe, 1976, pág. 174.
[86] «La convalescence est comme un retour vers l'enfance. Le convale-
scent jouit au plus haut degré, comme l'enfant, de la faculté de s'inté-
resser vivement aux choses, même les plus triviales en apparence»,
Ch. Baudelaire, *Le peintre de la vie moderne, Œuvres complètes,* París, Gallimard, 1961, pág. 1159.

> Sí, el dolor es eterno... Y el hombre luchará en vano por destruirlo... El dolor es bello; él da al hombre el más intenso estado de consciencia; él hace meditar; él nos saca de la perdurable frivolidad mundana...[87]

Las novelas que ven a Antonio Azorín como protagonista representan la crisis del nihilismo, pero nunca su plena y definitiva superación; se trata, más bien, de un aprendizaje para vivir dentro del espacio diseñado por el nihilismo, ofreciendo una pequeña resistencia (la *pequeña filosofía*) al torbellino anonadante a través de la recuperación de la *tradición* y de un retorno a las raíces vitales del *pueblo* (ambos aspectos iban a marcar el rumbo temático del arte del futuro Azorín). Pero con la plena consciencia de que nada de esto logrará detener la marcha imparable del nihilismo contemporáneo, sabiendo que éste no será derrotado, y que lo único que se puede hacer con sentido es oponer una ligera resistencia que impida al sujeto ser arrastrado por la creciente corriente del nihilismo, capaz de permitirle una vida digna.

Nadie mejor que Baltasar Gracián (la tradición) podía enseñar a Antonio Azorín a vivir en un mundo hostil. El paso de J. Martínez Ruiz a Azorín podría explicarse a partir de toda una conceptualización graciana: desengaño, prudencia, discreción, etc. No en vano, J. Martínez Ruiz recupera al final de *Antonio Azorín* aquel motivo graciano de *El discreto* titulado «El hombre de todas las horas»: «he de volver a ser *hombre de todas las horas,* como decía Gracián», «es preciso ser el eterno *hombre de todas las horas,* en perpetua renovación, siempre nuevo, siempre culto, siempre ameno»[88]. No basta con leer a los clásicos, *hay que vivir-*

---

[87] J. Martínez Ruiz, *La voluntad* (I parte, cap. XXII), ob. cit., pág. 170. A este propósito, véase la nota correspondiente de la última entrada del 1 de abril de 1900 *(Diario de un enfermo).*

[88] J. Martínez Ruiz, *Antonio Azorín,* ob. cit., págs. 195 (III parte, cap. XI) y 216 (III parte, cap. XVIII). Baltasar Gracián es para J. Martínez Ruiz una influencia decisiva, la que proporciona la matriz fundamental para la resolución del conflicto interior que encierra su obra. Su primer contacto importante hubo de advenir en el ámbito de su exhaustiva documentación para la elaboración de *El alma castellana;* el 29 de sep-

los[89], dirá con énfasis J. Martínez Ruiz, es decir, se trata de que seamos capaces en la lectura de extraer de nuestros clásicos savia nueva que sirva de alimento verdadero para nuestras vidas. Gracián enseña que nada es en absoluto, sino que todo es para la *ocasión;* que la vida es varia y las ocasiones múltiples, y que el hombre, si quiere triunfar en la vida, si quiere no sucumbir a su mundo trabucado, tiene que acogerse al ideal heroico de la discreción, *ser para la ocasión, ser hombre de todas las horas,* saber estar siempre a la altura de las circunstancias, ponerse siempre por encima (sobre) del torrente de la vida. Gracián proporcionará a J. Martínez Ruiz una matriz eficaz para vivir en el espacio del nihilismo; matriz que iba a ser completada con las enseñanzas de Schopenhauer, Nietzsche, Montaigne, Unamuno, etc. La vida no es sólo dolor, tristeza y resignación, sino que es también

> goce fuerte y fecundo; goce espontáneo de la Naturaleza, del arte, del agua, de los árboles, del cielo azul, de las casas limpias, de los trajes elegantes, de los muebles cómodos...[90]

---

tiembre de 1900 J. Martínez Ruiz publicaba en *Madrid Cómico* un artículo titulado «Gracián»: sería el primero de una larga frecuentación. Sin embargo, Gracián, bien pronto iba a trascender el ámbito de la tradición hispánica para revelar una vigencia plenamente actual que lo ligaba, a través de la «escuela de la fuerza», al clima de nietzscheanismo difuso predominante en nuestro final de siglo; no otro es el sentido atribuible al artículo, de significativo título, «Nietzsche español: una conjetura» *(El Globo,* 17 y 18 de mayo de 1903). Durante estos años, J. Martínez Ruiz cita frecuentemente a Gracián, tanto en sus novelas como en sus artículos de prensa. El interés y principal atención que le dedica se manifiesta en la contraportada de la primera edición de *Antonio Azorín:* allí se lee que su autor tiene en preparación una nueva obra titulada *El león y la vulpeja (Ensayo sobre la filosofía de Baltasar Gracián).* La obra, como tal, no se publicó nunca (aunque Azorín, después, puso el mismo título, sin el subtítulo, a uno de los capítulos de *El Político),* pero su proyecto es revelador de la principalísima importancia que revestía el jesuita aragonés para nuestro autor. La cita de Gracián que se recoge por dos veces en *Antonio Azorín* corresponde al título del cap. VII de *El Discreto* (título que sintetiza, con verdadera *agudeza conceptista,* el entero pensamiento del capítulo).

[89] Ídem, pág. 194 (III parte, cap. XI).
[90] Ídem, pág. 211 (III parte, cap. XIV).

La enfermedad ya no es el mal absoluto y radical, cuya única posible relación es su derrota o, en su defecto, el suicidio, como había aparecido en la narrativa de nuestro autor hasta *Diario de un enfermo;* la enfermedad deja de ser una categoría portadora sólo de negatividad, capaz de engullir, en su carencia ontológica, cuanta positividad del Ser encuentre a su paso. A partir de *La voluntad,* la enfermedad empieza a diseñarse como un estado positivo, de carencia, de falta y merma, pero positivo, en el sentido de que su consistencia ontológica no puede definirse sólo por vía negativa. De Schopenhauer hubo de aprender J. Martínez Ruiz la positividad del dolor, la positividad del mal; y desde esta enseñanza empezó a configurar una representación de la enfermedad que no fuera mera ausencia y nada más. La enfermedad aparece ahora como un lugar de la vida, como un estado de la vida, que no es la vida plena, pero que está en perfecta consonancia con esa *vida menguada* que Antonio Azorín exaltaba de los pueblos y de la vida provinciana. La heroicidad que propone la «pequeña filosofía» es la de un hombre enfermo, que aprende a desarrollar una vida digna entre la carencia y el dolor que provoca la enfermedad del nihilismo. Un nihilismo siempre presente, forma esencial de nuestro mundo, como demuestra la proliferación de personajes enfermos en la posterior narrativa de Azorín: la enfermedad que aqueja al protagonista de *Don Juan* (1921), el mal de Hoffmann que afecta a don Pablo en *Doña Inés* (1925), la enfermedad que aparece en *El escritor* (1942) o la de Víctor Albert en *El enfermo* (1943), por citar sólo algunos de ellos.

Los motivos de la enfermedad y la figura del enfermo se configuran en nuestro autor como una portentosa representación metafórica de la crisis; la metáfora de la enfermedad *evidencia* la trágica radicalidad de la crisis, nos la hace ver mejor que cualquier explicación que se haga de ella desde el lenguaje discursivo: la fuerza de la metáfora da al lector la inmediatez de su presencia. A Ortega debemos la hábil descripción del esquema de las crisis históricas[91]:

---

[91] J. Ortega y Gasset, *En torno a Galileo,* en *Obras Completas,* ob. cit., vol. V, págs. 77-80. El esquema de las crisis allí propuesto iba a ser pos-

una cultura entra en crisis cuando no es capaz de generar soluciones eficaces a los problemas acuciantes que la vida plantea; el individuo siente que el suelo bajo sus pies ya no le sostiene, se siente vacío en el vacío, sin las creencias necesarias para mantener su vida en alto, sin poder generar ideas capaces de salvar su existencia (el *náufrago* es, en el vocabulario orteguiano, el emblema del hombre en crisis). La enfermedad que nos ocupa representa, pues, una *crisis epocal,* la *crisis finisecular,* que es una crisis de la cultura europea y no nacional, como tantas veces ha solido interpretarse el noventayochismo; una crisis que no se concluye al entrar en el nuevo siglo, sino que es, más bien, la puerta de ingreso en la crisis general europea y occidental que se desarrolla a lo largo del siglo xx, que no acaba en algún punto del siglo, sino que lo atraviesa de principio a fin. Y representa también, la enfermedad, una *crisis personal,* vivencia íntima de esa crisis más general que lo envuelve todo, que todo lo penetra. Hasta *Diario de un enfermo,* J. Martínez Ruiz, como hemos visto, no ofrece ante la enfermedad otra posibilidad que el suicidio; *La voluntad* y *Antonio Azorín* nos ofrecen, en cambio, una crisis personal en vías de solución, pero esta solución pasa por la aceptación de la crisis como único espacio que el mundo ofrece al hombre contemporáneo. De la crisis personal se sale aceptando la crisis general como único lugar posible para la vida: el nihilismo como el solo espacio habitable.

iv.   Génesis de la «pequeña filosofía»

En los ambientes artísticos e intelectuales del período de entresiglos, la simbología de la enfermedad tenía una clara e inmediata derivación naturalista y sociológica. El ciclo novelesco de *Les Rougon-Macquart* (1871-1893), en lo que constituye un portentoso intento descriptivo de la sociedad de su tiempo, combinaba críticamente la doble lo-

---

teriormente completado y enriquecido con la distinción entre las «ideas» y las «creencias» propuesta en *Ideas y creencias,* ídem, págs. 383-409.

calización de la enfermedad en la sociedad y en el individuo. Fiel al positivismo y a las teorías deterministas, Émile
Zola, en última instancia, colocaba la raíz del mal en el medio social: era el *medio* el principal responsable de la decadencia y de la degradación física y moral de los personajes
enfermos, bien fuera por influencia (determinación) directa sobre los individuos o por herencia de un mal provocado en sus progenitores. El tratamiento literario de la enfermedad se levanta, pues, como una dura crítica contra el
orden burgués imperante, como una denuncia —claro
ejemplo de literatura «comprometida»— de la moral burguesa y del capitalismo industrial. En este sentido, en lo
que representa su adscripción a las ideas de la escuela naturalista, J. Martínez Ruiz afirmará:

> Todo es determinado en la creación; todo es *ocasio-
> nado;* todo es *necesario.* El determinismo es la imperante
> ley universal. Realiza el hombre sus actos como el tigre que
> desgarra las carnes de su víctima; como la flor que abre su
> corola; como la catarata que se despeña en el abismo. Ni
> hombre, ni tigre, ni flor, ni catarata son responsables de su
> manera de obrar[92].

El fracaso vital de Antonio Azorín al final de *La voluntad* tiene que ver (en parte, aunque no sólo) con este
poder oprimente del «medio» sobre el individuo, con la imposibilidad del personaje de encontrar un lugar propio que
le permita desarrollar su personalidad dentro del orden social instaurado.

Era natural, por tanto, que, en el simbolismo que
acompaña al tratamiento literario de la enfermedad de los
jóvenes escritores del período de entresiglos, estuviera pre-

---

[92] J. Martínez Ruiz, *La sociología criminal,* Madrid, Librería de Fernando Fe, 1899, pág. 204. Nótese que ya en sus inicios de escritor, J. Martínez Ruiz había saludado a Zola como al precursor de una nueva revolución literaria: «¡El arte-ciencia! ¡Ah, señores! una gran revolución se está
preparando en la literatura europea, estamos abocados a una gran albo-
rada del espíritu humano... ¿Quién será el Mesías de la nueva doctrina artística? Contentémonos con saber quién es el Bautista, quién es el precursor: Emilio Zola», J. Martínez Ruiz, *La crítica literaria en España,*
Valencia, Imprenta de Francisco Vives Mora, 1893, págs. 21-22.

sente esta dimensión social y crítica de la enfermedad propia del naturalismo decimonónico —a la sazón, la escuela
que había conformado una parte importante del ambiente
literario en el que todos ellos, en mayor o menor medida,
habían crecido. Y así, en *La voluntad,* en el intento de plasmar literariamente una justificación razonable y científica del fracaso vital y del estado abúlico de su personaje,
J. Martínez Ruiz no dudará en recurrir al poder devastante
de un medio social adverso y enfermo:

> Lo que sucede en Yecla es el caso de España [...] el
> porvenir de Yecla es el porvenir de España entera. [...] He
> querido dar todos estos datos de sociología práctica y pin-
> toresca, para que se vea en qué medio ha nacido y se ha
> educado nuestro amigo Azorín y cómo merced a estas
> causas y concausas se ha disgregado la voluntad naciente.
> Su caso, poco más o menos, es el de toda la juventud es-
> pañola[93].

Ahora bien, esta identificación simbólica del medio adverso que rodea al personaje Antonio Azorín con los *males
de España* da al tratamiento noventayochista del «problema
de España» una visibilidad y una resonancia importantes,
pero en ningún caso puede justificarse la reducción, en términos de exclusivo «problema de España», de la amplia
simbología de la enfermedad en la literatura española de
entresiglos. Ciertas categorías de análisis (la dicotomía mo-
dernismo/noventa y ocho) han llevado a la crítica por estos caminos, pero hay que reconocer que «esos caminos» de
la crítica consignaban nuestra literatura de principios del
siglo XX en un sospechoso aislamiento internacional, como
si nuestras letras hubieran discurrido ajenas a los movimientos culturales que circulaban por la Europa de entonces[94]. Basta leer con atención a nuestros autores del período

---

[93] J. Martínez Ruiz, *La voluntad,* ob. cit., págs. 292-294 (Epílogo, II carta).

[94] La efeméride conmemorativa del 98 ha servido para dar mayor visibilidad a los intentos de superar la distinción categorial entre «modernismo» y «98», en aras de una visión unitaria del período finisecular y en

de entresiglos para comprender cómo y cuánto está impregnada su obra de las principales corrientes artísticas y culturales europeas; es más, cómo su obra no es un mero reflejo de éstas, sino su misma expresión, con lo que se niega, de paso, al menos en lo que toca a los movimientos artísticos, el arraigado prejuicio del «retraso español». No se quiere decir con esto que el «problema de España» fuera un falso problema, ni que no fuera sentido y afrontado sinceramente por los jóvenes escritores del período de entresiglos, sino, más bien, que el «problema de España» no constituye por completo la crisis cultural y vital que estos autores estaban intentando plasmar literariamente. El «problema de España» representa, sí, una crisis, pero su comprensión plena sólo se logra si se inscribe dentro de la crisis general del nihilismo que estaba atravesando todos los aspectos de la vida cultural de Occidente. El «problema de España» representa un detalle particular de una crisis mucho más amplia y radical, una crisis que trasciende los particularismos geográficos y nacionales, una crisis que afecta al corazón mismo de la cultura europea: la *crisis del nihilismo*. No hacerlo así, no contextualizar de esta manera el «problema de España» nos aísla y, en cierto modo, nos deja

---

estrecha correspondencia con lo que culturalmente acontecía en el resto de Europa. Paralelamente, estas mismas celebraciones del 98 han puesto de manifiesto las dificultades para abandonar una terminología que, aunque inadecuada, está profundamente arraigada en nuestra conciencia de los fenómenos culturales del fin de siglo. Seguiremos, pues, hablando de 98, aunque ya nadie (o sólo algún nostálgico) defienda la existencia de una «generación del 98». Otro aspecto importante que ha salido de estos congresos y jornadas de estudio, aunque ya desde antes reclamado con energía, es la necesidad crítica de deconstruir el concepto de «generación del 98»; cómo esta categoría literaria, que cuenta con precedentes ilustres como Azorín y Ortega, en el fondo, responde al intento, operado a partir de los años 40 por parte del fascismo español (o de la cultura actuante en su seno), de apropiación de un pasado cultural e intelectual ajeno. El fascismo (o la cultura actuante en su seno), a través de una apropiación ilegítima o, cuanto menos, dudosa, *inventaba* su tradición (Gentile lo había hecho ya en Italia, Laín se disponía a seguir el modelo), y ello advenía desde una machacona insistencia en los elementos («problema de España», etc.) que podían marcar la distancia de España con respecto de Europa (donde el conflicto bélico lo habían ganado, precisamente, los adversarios del fascismo).

fuera de Europa, precisamente en uno de los momentos en que el ritmo de nuestra cultura se acompasa al ritmo europeo, sentando las bases para el gran renacimiento cultural y artístico de la España de los años 20. De hecho, hay un dato muy significativo a este respecto: en *Diario de un enfermo* el «problema de España» está ausente. El *Diario* es la escritura, al desnudo, de la crisis del nihilismo. Después, como hemos visto, cuando J. Martínez Ruiz volverá en *La voluntad* a la rescritura de esta crisis desde una visión más amplia y pormenorizada introducirá el elemento de la preocupación nacional; pero téngase presente que la plasmación literaria de la crisis del nihilismo podía prescindir de todo ello, y el *Diario* es, en este sentido, un buen ejemplo.

Dentro de las letras hispánicas, *Diario de un enfermo* es el texto que mejor representa la «crisis nihilista», donde ésta comparece en su estado más puro, sin aditamentos ni mezclas de ningún tipo. Una débil trama mantiene unidos los fragmentos de la narración. El nihilismo es el mal que aqueja al enfermo. Ahora bien, este nihilismo es el espacio en ruinas y ya sin valores que se abre delante del sujeto en el período de entresiglos. Pocos años atrás, Friedrich Nietzsche había escrito:

> Describo lo que viene: el advenimiento del nihilismo... Sus signos se muestran por doquier, aunque todavía nos falten ojos para ellos.

Diario de un enfermo pone bien a las claras que no eran precisamente los ojos lo que le faltaba a J. Martínez Ruiz. En la descripción nietzscheana, el nihilismo es el proceso histórico de la cultura occidental que, a través de la lógica racionalista inherente, lleva a la desvalorización de los valores supremos.

> *Nihilismo:* falta el fin, falta la respuesta al *¿por qué?* [...] ¿qué significa nihilismo? —*que los valores supremos se devalúan*[95].

[95] F. Nietzsche, *Sämtliche Werke. Kritische Studienausgabe,* ed. de G. Colli y M. Montinari, Múnich-Berlín, dtv/de Gruyter, 1980, vol. 12, pág. 350.

Es la hora de la «muerte de Dios», eficaz metáfora que
señala precisamente la caída de los fundamentos que soste-
nían la cultura occidental; el mundo, tras este evento, aparece como un mundo en ruinas, sin valores de ningún tipo
sobre los que apoyar nada, sólo ruinas, fragmentos inservibles de un orden derrumbado. Ante este panorama desolador, Nietzsche opone el advenimiento del «ultrahombre»
(Übermensch), un nuevo sujeto capaz de llevar a cabo una
nueva imposición de valores para la vida, capaz de crear
nuevos valores, capaz de levantar, sobre las ruinas provoca-
das por el nihilismo, un mundo nuevo. El hombre que habita en el espacio de un mundo sin valores, ya sin valores
sólidos él mismo, tiene que ser, forzosamente, un hombre-
enfermo (como enfermo es el mundo que habita). Para
Nietzsche, el hombre contemporáneo sólo sanará de su enfermedad abrazando los ideales de la «perfecta salud», y esto
requiere hacerse portador y asumir en sí el pensamiento del
«Eterno Retorno de lo Mismo». Entre el hombre-enfermo
y su mundo en ruinas y el «ultrahombre» y su nuevo mundo
media un proceso a cuyo través se logra una nueva imposición de valores desde la plena comprensión del pensamiento
del Eterno Retorno. Este proceso viene descrito en Nietzsche a través de la figura del convaleciente[96]: se trata de un
tránsito, del tiempo necesario al sujeto para deshacerse de
la lógica de los viejos valores y aceptar la plenitud significativa del pensamiento del Eterno Retorno (el mayor canto a
la vida que cabe esperar: querer *esta* vida eternamente repetida en infinitos ciclos también repetidos). El convaleciente
nietzscheano es, pues, mero tránsito, la transformación interior del hombre-enfermo hacia el «ultrahombre».

La obra de J. Martínez Ruiz, en cambio, no propone
ninguna «superación del nihilismo», sino, más bien, una

Para un adecuado tratamiento histórico de la aparición y desarrollo de las
temáticas del nihilismo en el contexto filosófico del idealismo alemán,
véase J. Muñoz Veiga, «La génesis del nihilismo europeo», en *Anales del
Seminario de Metafísica* (Universidad Complutense de Madrid), núm. 23,
1989, págs. 59-81.

[96] F. Nietzsche, «Der Genesende», *Also sprach Zarathustra*, Leipzig, Alfred Kröner Verlag, 1930, págs. 238-246.

aceptación del espacio diseñado por el nihilismo como horizonte del hombre contemporáneo (el relativismo, escepticismo y estoicismo que, en diferentes grados, acompañan a la «pequeña filosofía», no constituyen propiamente una imposición de nuevos valores capaces de elevar la vida por encima del nihilismo, sino, más bien, los valores útiles para poder conducir una vida digna dentro de un horizonte nihilista). Si hasta *Diario de un enfermo* el suicidio representa la única solución posible ante una vida encerrada entre las paredes de un mundo en ruinas y sin valores, *La voluntad* y *Antonio Azorín* representan el esfuerzo literario por sondear las posibilidades para hacer habitable el nihilismo. La «pequeña filosofía», de este modo, representa el camino que conduce no a la superación del nihilismo, sino a la «acomodación» del sujeto al mundo conformado por el nihilismo. No hay, pues, en la «pequeña filosofía», ningún intento redentorista y/o salvador, ni tampoco el deseo de cambiar un cierto orden (metafísico-ontológico) del mundo. El nihilismo es, para la «pequeña filosofía», un dato de hecho del que parte sin discutirlo. Es el orden del mundo contemporáneo, su fisonomía y razón profunda, y la «pequeña filosofía» no se enfrenta a él con pretensiones de cambios revolucionarios, sino desde la «clasicista» aceptación de su irreparabilidad. La «pequeña filosofía», en este sentido, tiene algo que la asemeja a los modelos de los moralistas preilustrados, renacentistas y barrocos (no en vano iban a ser Gracián y Montaigne dos de sus fuentes principales): no pretende la reforma del mundo, sino una reforma interior del individuo que mira, entre otras cosas, a la posibilidad de llevar a cabo una vida provechosa en el mundo que le ha tocado vivir. Antonio Azorín, después de todo el periplo narrativo-existencial de *La voluntad* y de *Antonio Azorín,* comprende que esta reforma interior requiere precisamente «ser hombre de todas las horas», como Gracián solicitaba para la heroicidad de su tiempo.

A diferencia de lo que acontece en Nietzsche, en la obra de J. Martínez Ruiz ni el enfermo ni el convaleciente representan tránsito alguno, ni reclaman para sí sucesivas transformaciones que habrían de verlos vencedores de su pasado o de su mundo. El enfermo es un estado, la configuración que toma el hombre que habita el espacio del nihilismo; la convalecencia tampoco es, en este caso, tránsito hacia la salud, sino aceptación plena de la enfermedad como único horizonte posible para la vida. El personaje-autor de *Diario de un enfermo*, enfermo de nihilismo, sucumbe al peso del sinsentido de la vida. También el Antonio Azorín de *La voluntad* sucumbe, aunque ahora ya no acontezca el suicidio del personaje, sino una radical renuncia de sí y un abandono abúlico en manos de la voluntad de Iluminada, su esposa. En *Antonio Azorín*, en cambio, el personaje consigue escapar a la derrota y al fracaso, pues el peso del nihilismo no le deja ya incapacitado para la vida, sino en disposición de afrontar un mundo que ha perdido sus puntos cardinales de referencia: el lento aprendizaje de la «pequeña filosofía» había dado ya sus frutos. Antonio Azorín se dispone a vivir entre las ruinas del mundo; ha comprendido que el nihilismo es el único lugar habitable para el hombre contemporáneo. Éste es el sentido del final abierto de la novela: «Arreglo las cuartillas, mojo la pluma. Y comienzo...»[97] Antonio Azorín acepta definitivamente el horizonte existencial de la enfermedad del nihilismo.

A los personajes de J. Martínez Ruiz les falta la fuerza, el vigor, la radicalidad de la fe y el convencimiento de sus actos propios del «ultrahombre» nietzscheano; su debilidad, su escepticismo, su relativismo y su carácter enfermizo denotan claramente la ausencia propositiva de un más allá del nihilismo. En la «pequeña filosofía» no hay intento alguno de imposición de nuevos valores, sino una simple pretensión de acomodación al nuevo espacio sin valores sirviéndose para ello de los elementos disponibles aún entre las ruinas del viejo mundo. La «pequeña filosofía» no pretende, ni propone, un retorno a la tradición, sino que se sirve, para su constitución, de algunos elementos propios de ella (Gracián, Montaigne, etc.); ahora bien, este servirse

---

[97] J. Martínez Ruiz, *Antonio Azorín*, ob. cit., pág. 219 (III parte, cap. XVIII).

de la tradición es muy peculiar, sobre todo porque la tradición no constituye ya un bloque monolítico sistemáticamente armonizado, sino que se dispone fragmentariamente en el espacio en ruinas provocado por la crisis del nihilismo. No es, pues, de la tradición, de la que extrae parte de su material la «pequeña filosofía», sino de la fragmentación de la misma, de los fragmentos caídos y abandonados tras el ataque del poder disolvente y corrosivo del nihilismo a los pilares de la cultura occidental. Ésta es la razón del eclecticismo que se detecta en la «pequeña filosofía», de la múltiple convergencia de elementos dispares y ajenos entre sí.

La «pequeña filosofía» se sitúa en la conciencia abierta por las grandes escisiones de la modernidad: individuo/totalidad, razón/realidad, vida/idea, cultura/mundo, finitud/infinitud, identidad/no-identidad, forma/alma, etc. No pretende, sin embargo, una síntesis convergente entre ellas, sino el despliegue de un pensamiento capaz de restituir el sentido —aunque no la unidad— a la fragmentación del mundo. Si el mundo contemporáneo ha perdido su unidad, es falaz e ilusorio pretender su explicación a través de las formas del metarrelato omnicomprensivo (ejemplar resulta, en filosofía, el abandono nietzscheano de la forma sistemática en favor del aforismo). Y la novela, acompasándose a los nuevos tiempos, no podía más que hacerse eco de esta necesidad, como bien comprendió J. Martínez Ruiz al proponer el *desideratum* de la fragmentación como ideal estético que ha de perseguirse por el arte de la nueva novela[98]. La narración, pues, tiene que hacerse fragmentaria e impresionista, porque la vida no es un *continuum,* sino una sucesión de fragmentos inconexos engarzados, como en un collar, por la conciencia del sujeto. Se abren paso también, así, en la nueva novela, el «monólogo interior» y el «flujo de conciencia», como recursos idóneos para dar forma a la escisión íntima del sujeto en la plasmación de su(s) múltiple(s) personalidad(es). Ahora bien, la crisis de la novela realista es, como hemos apuntado, paralela a la crisis de la forma sistemática en filoso-

---

[98] J. Martínez Ruiz, *La voluntad,* ob. cit., pág. 133 (I parte, cap. XIV).

fía, y ambas están en perfecta consonancia con los intentos operados desde los distintos campos de la cultura por poner fin a la tradicional separación entre la vida y el arte y entre la filosofía y la literatura. ¿Cómo salvaguardar un orden, con sus distinciones categoriales, que no había sido capaz de preservar la cultura occidental de la crisis que la aquejaba? Por eso es por lo que la filosofía se adentrará por terrenos que hasta entonces habían quedado fuera de sus márgenes, y la nueva novela no se atendrá a la tradicional separación de géneros, acogiendo en su seno el ejercicio filosófico no como elemento ajeno o marginal, sino como parte consustancial e imprescindible de la narración. Si, a propósito de la nueva novela, se habla de *novela filosófica*, no es porque incluya filosofía entre sus temas, sino porque la creación literaria reivindica su esencial e ineliminable vocación cognoscitiva. Así las cosas, que la «pequeña filosofía» haya nacido dentro de un concreto proyecto narrativo no quiere decir que disminuya en nada sus pretensiones cognoscitivas, metafísicas, éticas y estéticas. La «pequeña filosofía» es uno más entre la miríada de intentos que desde la literatura (pero acabamos de apuntar la caída del fundamento que mantenía en pie la tradicional separación entre la filosofía y la literatura) buscaban abrirse camino entre las ruinas del racionalismo occidental. En los albores del siglo XX, filosofía y literatura están tan mezcladas e involucradas que resulta inadecuada la valoración de las obras de aquel período desde un retorno a la separación habitual entre ambas.

La crisis de la razón con la que se cierra el siglo XIX significa el fracaso de un «modo de pensar»[99] que ha conducido el destino occidental a la noche oscura del nihilismo.

---

[99] «Una nueva idea del Pensar es el descubrimiento de un modo de pensar radicalmente distinto de los hasta ahora conocidos, aunque conserve tal o cual parte común con aquéllos. Equivale, pues, al descubrimiento de una nueva *facultad* en el hombre, y es entender por *pensar* una realidad distinta de la conocida hasta entonces. [...] Es lamentable que en la lengua la expresión *modo de pensar* sea entendida como refiriéndose a las doctrinas, al contenido de dogmas de un pensamiento, y no, como ella gramaticalmente reclama, a diferencia del pensar mismo en cuanto operación», J. Ortega y Gasset, *La idea de principio en Leibniz*, en *Obras Completas*, ob. cit., vol. VIII, pág. 70. Sobre la importancia de este concepto

Un «modo de pensar» que colocaba en el vértice de la actividad intelectual del sujeto la sola razón como principio rector y ordenador del mundo (todo lo demás, la fantasía y el ingenio, el vasto dominio de las pasiones, el amor, el miedo, la melancolía o la tristeza, quedaba relegado a un plano secundario, impropio de la filosofía «pura», al ámbito de las artes y la retórica). Ahora bien, en el decurso histórico, esta razón todopoderosa ha manifestado abiertamente su insuficiencia para tales propósitos. Razón y realidad resultaban incoincidentes (la realidad no se ajusta a un principio de racionalidad), por lo que se hacía necesario reconsiderar la estructura jerárquica de las facultades intelectivas del sujeto y lograr un nuevo equilibrio entre ellas. La filosofía, históricamente dominada por el «modo de pensar» racionalista, ha privilegiado en exceso el dominio de las ideas y la vida intelectual del sujeto, y ha relegado a un segundo orden de importancia el dominio de la sensibilidad y de la emotividad. Este dejar fuera de la filosofía todo aquello que no encajaba con las estructuras de la razón, todo aquello que la razón no lograba traducir dentro de sus propios términos, ha comportado la creciente separación entre la vida real y el mundo de las ideas, y un consiguiente ejercicio filosófico cada vez más «técnico» y alejado de los problemas reales del hombre contemporáneo. La «pequeña filosofía» nace con la consciencia de esta limitación propia de las filosofías racionalistas e idealistas; su atención a lo «ínfimo» y «pequeño», a lo «cotidiano» y «vulgar» es una clara reacción a todo ese dominio histórico de la filosofía que ha concentrado su interés en los grandes ideales (Verdad, Justicia, Dios, Mundo, Historia, etc.). Para la «pequeña filosofía», el hombre no se agota en su definición como «animal racional», sino que es también un ser pasional y sensible, capaz no sólo de razón, sino también de sentimientos. Es, de manera radical e indisoluble, *pathos* y *ratio*. El imperativo vital que alienta las páginas de *Diario de un enfermo* se levanta precisamente contra el intelectualismo exacerbado del personaje:

---

orteguiano, puede verse mi trabajo *La tradición velada (Ortega y el pensamiento humanista)*, Madrid, Biblioteca Nueva, 1999, págs. 69-88.

es preciso *vivir la vida,* experimentar todas las sensaciones, gustar de todas las formas del placer y de todos los matices del dolor. Vivamos. Abracémonos a la Tierra, próvida Tierra; amémosla, gocémosla. Amemos; que nuestro pecho sea atormentado por el deseo y vibre de placer en la posesión ansiada. No más libros; no más hojas impresas, muertas hojas, desoladoras hojas. Seamos libres, espontáneos, sinceros. Vivamos.

(12 de diciembre de 1898.)

Un imperativo vital, éste, que se sitúa en la base de lo que en la «pequeña filosofía» iba a constituir la subversión del orden jerárquico entre la sensibilidad y el pensamiento, propia del «modo de pensar» racionalista. En efecto, como bien supo ver Leon Livingstone, en el proyecto narrativo de J. Martínez Ruiz es fácilmente apreciable un predominio de la sensibilidad sobre la idea[100], lo que acaba traduciéndose en la principal importancia que adquiere la estética dentro de la «pequeña filosofía». Nótese que, en este sentido, *Las confesiones de un pequeño filósofo* se despliegan ya como la práctica efectiva de esa predominancia de la estética y de la sensibilidad sobre el plano de las puras ideas y el pensamiento abstracto. Ahora bien, el aparente predominio de la estética no significa que la «pequeña filosofía» adolezca de metafísica: la nueva estética que la «pequeña filosofía» despliega tiene su base en la metafísica schopenhaueriana de la voluntad —como acertadamente ha puesto de manifiesto Miguel Ángel Lozano Marco en dos trabajos de apreciable valor crítico-hermenéutico[101].

Con el lenguaje acontece algo similar, pues la crisis de la razón marca también el límite y la insuficiencia de unos usos lingüísticos plasmados desde el modelo del lenguaje racional. También son incoincidentes mundo y lenguaje, y

---

[100] L. Livingstone, *Tema y forma en las novelas de Azorín,* ob. cit., pág. 83.
[101] M. A. Lozano Marco, «Schopenhauer en Azorín. La necesidad de una metafísica», en *Schopenhauer y la creación literaria en España,* ob. cit., págs. 203-215; «J. Martínez Ruiz en el 98 y la estética de Azorín», en *En el 98 (Los nuevos escritores),* ed. de J.-C. Mainer y J. Gracia, Madrid, Visor, 1997, págs. 109-135.

esto reclamaba ya en el período de entresiglos una nueva comprensión tanto del lenguaje como de la relación del lenguaje con el mundo. El simbolismo decimonónico, en este sentido, dio una importantísima contribución a estas nuevas exigencias artísticas (y filosóficas): esa nueva mirada sobre el lenguaje que va más allá de lo que las palabras «dicen», que se fija en lo que «muestran», que atiende al silencio y a la musicalidad de las palabras, a los espacios en blanco de la frase y a la polisemia de los símbolos, que más allá de la «carne» persigue el «alma» de las palabras, etc., iba a constituirse en eficaz pista para ampliar los dominios significativos del lenguaje, para trascender los límites de una estrecha consideración positivista del mismo (el continuado recurso a la alusión en la «pequeña filosofía» tiene su fundamento en la necesidad de potenciar la expresión en la dirección de lo inefable). La «pequeña filosofía» descansa precisamente sobre esta preocupación por el lenguaje, lo que denota ya una clara consciencia de los efectos del nihilismo sobre los dominios de la palabra:

> Hay cosas que no se pueden expresar. Las palabras son más grandes que la diminuta, sutil sensación sentida. ¿No habéis experimentado esto? ¿No habéis experimentado sentimientos que no son odio y tienen algo de odio que no se puede decir, que no son amor y tienen algo de amor que no se puede expresar? ¿Cómo traducir los mil matices, los infinitos cambiantes, las innumerables expresiones del silencio? ¡Ah el silencio! ¡Ah los silencios trágicos, feroces, iracundos de la amistad y del amor! ¿Dónde están las palabras que hablen lo que hay en el ambiente silencioso que rodea a dos amantes *ya* felices, sin esperanzas *ya,* sin ansias *ya?*
>
> (*Diario de un enfermo,* 6 de abril de 1899)[102].

---

[102] «Yo no voy a expresar ahora lo que Azorín ha sentido mientras llegaba a los senos de su espíritu esta música delicada, inefable. El mismo epíteto que yo acabo de dar a esta música me excusa de esta tarea: *inefable,* es decir, que no se puede explicar, hacer patente, exteriorizar lo que sugiere. [...] Y yo siento, al llegar aquí, el tener que dolerme de que las palabras a veces sean demasiado grandes para expresar cosas pequeñas; hay ya en la vida sensaciones delicadas que no pueden ser expresadas con los

En cuanto atención a lo «minúsculo» y a lo «pequeño», a lo «vulgar» e «intrascendente», la «pequeña filosofía» necesita un lenguaje propio, adecuado a su configuración de lo real, y un estilo y una sintaxis idóneos para su expresión. *Diario de un enfermo, La voluntad* y *Antonio Azorín* representan el camino y el ensayo continuado por lograr ese lenguaje y ese estilo propios; *Las confesiones de un pequeño filósofo,* en este sentido, se abre ya desde el logro alcanzado de aquel anhelo. J. Martínez Ruiz representa, pues, el camino y el esfuerzo del proyecto de la «pequeña filosofía»; Azorín está ya al otro lado de la misma, y aparece como autor cuando ésta ha sido ya plenamente ganada como respuesta a la crisis nihilista[103].

---

vocablos corrientes», J. Martínez Ruiz, *Antonio Azorín,* ob. cit. (I parte, cap. VIII), págs. 78-79.

[103] «¿No sentís vosotros esta concordancia secreta y poderosa de las cosas que nos rodean? ¿No veis en esta pequeña ciudad una vida tan intensa, tan bella como la de las más grandes y tumultuosas urbes del mundo? Todo merece ser vivido en la vida; no hay nada que sea inexpresivo, que sea opaco, que sea vulgar a los ojos de un observador. Si vosotros afirmáis que este pueblo es gris y paseáis por él con aire de superioridad abrumadora, yo os diré que la vulgaridad y la monotonía no están en el pueblo, sino en vosotros. [...] Todo tiene su valor estético y psicológico; los conciertos diminutos de las cosas son tan interesantes para el psicólogo y para el artista como las grandes síntesis universales. Hay ya una nueva belleza, un nuevo arte en lo pequeño, en los detalles insignificantes, en lo ordinario, en lo prosaico; los tópicos abstractos y épicos que hasta ahora los poetas han llevado y traído, ya no nos dicen nada; ya no se puede hablar con enfáticas generalidades del campo, de la Naturaleza, del amor, de los hombres; necesitamos hechos microscópicos que sean reveladores de la vida y que, ensamblados armónicamente, con simplicidad, con claridad, nos muestren la fuerza misteriosa del Universo, esta fuerza eterna, profunda, que se halla lo mismo en las populosas ciudades y en las asambleas donde se deciden los destinos de los pueblos, que en las ciudades oscuras y en las tertulias de un Casino, donde don Joaquín nos cuenta su prosaico paseo de esta tarde», Azorín, «*Los pueblos.* Confesión de un autor», *España* (6 de febrero de 1905), cit. por *Obras Completas,* ob. cit., vol. II, págs. 233-235. Para una exposición temática de la «pequeña filosofía» sigue siendo útil, a pesar de los años transcurridos (la ed. inglesa es de 1948), el libro de A. Krause, *Azorín, el pequeño filósofo,* Madrid, Espasa Calpe, 1955.

v. *Diario de un enfermo* (1901)[104]

Diario de un enfermo constituye la primera incursión
de J. Martínez Ruiz en los terrenos de la novela. Su obra
anterior, aunque dominada por el ejercicio de la crítica
(contra el medio social y literario principalmente) y de la
propaganda (divulgación de las ideas del anarquismo y su
aplicación a la historiografía de la literatura), no era ajena
a la creación literaria (recuérdense las sátiras de *Buscapiés,*
los cuentos de *Bohemia* o algunas narraciones breves de *Soledades).* La obra desarrollada en los últimos años del siglo xix
revela un autor que bien podría definirse como prototipo del
joven intelectual finisecular: *El alma castellana,* además, un
auténtico ensayo de hermenéutica de la cultura hispánica,
parecía confirmar esta tendencia de su obra. Sin embargo,
con el alba del siglo xx, J. Martínez Ruiz se entrega a un portentoso ejercicio de creación literaria que le lleva a la publicación de cuatro novelas —una por año— que iban a contribuir poderosamente a la gran renovación del género y a la
ruptura con los modelos de la novela realista.

Diario de un enfermo se publicó en el mes de enero
de 1901, como puede deducirse de la carta de Joan Maragall a J. Martínez Ruiz acusando recibo de la obra[105]. El en-

---

[104] Para un análisis de la obra más completo que el trazado de sus líneas generales propuesto en este apartado, se reenvía al conjunto de notas al texto que acompaña a nuestra edición.

[105] La carta tiene fecha de «22 de enero de 1901» y la reproduce Azorín en el cap. VII de *Madrid,* ob. cit., pág. 850. Santiago Riopérez y Milá,
biógrafo de Azorín y poseedor de esta carta, confirma dicha fecha en su
Azorín íntegro, Madrid, Biblioteca Nueva, 1979, pág. 213. Comparto el deseo
expresado por María Martínez del Portal en su edición de *La voluntad*
(Madrid, Cátedra, 1997, pág. 269 n.) de ver pronto publicada dicha carta,
lo que pondría al alcance de la crítica una fácil confirmación de la fecha.
Mientras esto no advenga, o la carta no pueda ser consultada, a la crítica
no lo queda sino «dar por bueno» el recuerdo de Azorín (aunque es presumible que en su reproducción tuviera la carta delante) y la confirmación de Riopérez. Considero errónea, de todas maneras, la apreciación de
Inman Fox en su edición de *La voluntad* (ob. cit., pág. 210 n.), que sitúa
la publicación de *Diario de un enfermo* con posterioridad a la publicación
por entregas en la prensa de *Camino de perfección (La Opinión,* del 30 de

vío de J. Martínez Ruiz debió de acompañar a la extensa carta de éste al poeta catalán fechada el 15 de enero de 1901[106]. La novela, después, no gozó de la consideración de Azorín, pues éste la dejó fuera de la edición de las *Obras Completas de Azorín* que publicó Rafael Caro Raggio, cuñado de Pío Baroja, entre 1919 y 1922 (entre *El alma castellana* y *La voluntad,* respectivamente primer y segundo volumen de un «plan de la obra» que seguía un orden cronológico, se echa en falta *Diario de un enfermo)*. Fue recogida posteriormente, junto al resto de la producción bibliográfica juvenil de J. Martínez Ruiz que no se había vuelto a reeditar, en el primer volumen de las *Obras Completas* de Azorín publicadas por la Editorial Aguilar bajo la censura franquista (1947). En esta edición, Azorín (quizá avalando una operación de Ángel Cruz Rueda), introdujo algunos cambios, en verdad poco significativos, relativos a la puntuación de la obra, y suprimió las últimas frases, negando con ello la «evidencia del suicidio» y la plena comprensión de la obra de J. Martínez Ruiz.

v.1.   Diario de un enfermo *y la* «saga de Antonio Azorín»

Las cuatro novelas publicadas por J. Martínez Ruiz son: *Diario de un enfermo* (1901), *La voluntad* (1902), *Antonio Azorín* (1903) y *Las confesiones de un pequeño filósofo* (1904). Todas ellas son, sin duda, como conviene a toda obra literaria, autónomas e independientes, es decir, obras que encierran en sí los elementos conformantes de su significación y de su sentido. La crítica azoriniana, sin embargo, dejándose llevar de una cierta identidad en el personaje

---

agosto al 9 de octubre de 1901). Además de la carta de Maragall, refuta esta idea la publicación de una reseña de *Diario de un enfermo* publicada por Bernardo G. de Candamo en el núm. 2 de *Arte Joven* el 15 de abril de 1901 (ésta sí al alcance de todos cuantos quieran consultarla). Damos en Apéndice la reproducción que hizo Azorín de la carta de Maragall y la reseña de B. G. de Candamo.

[106] J. Payá Bernabé, «Guía del epistolario de Azorín», en Azorín, *Obras Escogidas,* Madrid, Espasa Calpe, 1998, vol. III, pág. 1430.

principal de las tres últimas novelas (Antonio Azorín),
acuñó el equívoco y desviante término de «saga de Antonio Azorín», con lo que sentaba las bases para una consideración de continuidad sucesiva en la relación entre estas
novelas (quedaba fuera de la saga *Diario de un enfermo,*
apoyando esta exclusión el solo hecho diferencial del «nombre» del personaje principal). A Inman Fox corresponde el
mérito de haber desvelado la falacia de aquel hábito de la
crítica: no hay tal «saga de Antonio Azorín», como prueban tanto la ausencia de indicaciones del autor al respecto
(dejando clara la voluntad de independencia y autonomía
de las obras) como los cambios o modificaciones del personaje principal al pasar de una obra a otra (el Antonio
Azorín de *La voluntad* ni sucede ni se corresponde «exactamente» con el Antonio Azorín de la novela homónima).
Para poder hablar con sentido de una «trilogía», ésta debería agrupar a *Diario de un enfermo, La voluntad* y *Antonio
Azorín*[107], dejando de lado la no coincidencia en el «nombre» de los personajes principales, y centrándose más en las
bien visibles semejanzas espirituales que los unen[108]. Y algo,
en efecto, mantienen en común estas novelas, una «comu-
nanza» que —respetando su autonomía e independencia—
las hace poseedoras de algo así como de un mismo «aire o
parecido de familia». Estas tres novelas constituyen sucesivos intentos de escritura y rescritura cuyo principal objetivo era la representación literaria de la crisis del nihilismo
y la individuación de una solución para la misma. Se trata
de distintas aproximaciones, de sucesivos intentos, de so-

---

[107] E. I. Fox, «Introducción» a J. Martínez Ruiz (Azorín), *Antonio Azorín,* ob. cit., pág. 29.
[108] En realidad, el diarista de *Diario de un enfermo* nunca revela su
nombre, por lo que también podría conjeturarse que fuera el mismo Antonio Azorín de las novelas sucesivas, dada la comunión espiritual que a
él lo liga. Más razonable parece pensar, sin embargo, que la «ausencia del
nombre» del diarista (ausencia compartida con el principal personaje femenino, al que la narración se refiere como *Ella*) y la «presencia del nombre» (Antonio Azorín) de las siguientes novelas deba ser puesta en relación con ese giro operado en la narrativa de J. Martínez Ruiz respecto a
la solución vital que ha de adoptar frente a la crisis del nihilismo

luciones que logran armonizar un equilibrio ético-estético o temático-estilístico sólo al final de *Antonio Azorín*. El final de esta novela pone de manifiesto una solución vital alcanzada ante la crisis nihilista del personaje en perfecta consonancia con el estilo logrado en la narración. Si la crisis nihilista es, contemporánea e inescindiblemente, crisis del hombre y del artista, la representación literaria de dicha crisis pasa por encontrar una solución vital que sea, a la vez, una solución artística (estilística). *Las confesiones de un pequeño filósofo* deben quedar fuera de la trilogía porque su escritura se inscribe no ya en una etapa de búsqueda ante la crisis, como era la trilogía, sino como respuesta conseguida a la misma desde el logro alcanzado de una posición vital y estilística precisa (la «pequeña filosofía»).

Ahora bien, en esta nueva consideración de la trilogía de la crisis, *Diario de un enfermo* ha llevado siempre la peor parte: en efecto, se lo ha considerado como una «prenovela» (o «protonovela»), como «el primer intento de escribir lo que muy poco después va a ser la primera novela de Martínez Ruiz»[109]. Es como si se quisiera negar al *Diario* la categoría de verdadera obra de creación literaria, de efectiva novela, relegándolo a una suerte de borrador de *La voluntad,* o primer intento, si no completamente fallido, al menos no definitivamente logrado, en lo que a la escritura de una novela se refiere. La brevedad de su cuerpo textual, el esquematismo esencialista de su trama, su sencillez y simplicidad expresivas, han podido jugar quizá en favor de la escasa consideración crítica de la obra. En cualquier caso, su rebajamiento o desvalorización al ámbito de la «prenovela» no tiene ninguna justificación crítica, sino que se levanta, más bien, como un prejuicio cuyo arraigo pone en peligro la comprensión de una cierta continuidad en la obra de J. Martínez Ruiz. *Diario de un enfermo* es una novela con pleno derecho; así lo quiso su autor y así debemos recibirla como lectores (independientemente de la valoración que nos merezca como obra literaria). No es todavía

---

[109] E. I. Fox, «Introducción» a J. Martínez Ruiz (Azorín), *La voluntad,* ob. cit., pág. 25.

una novela de ruptura con el canon realista, como sí será *La voluntad,* sino que es una novela que se construye desde modelos narrativos conformados y ensayados durante el siglo xix *(Charles Demally,* de los Goncourt). En propiedad, *Diario de un enfermo* es una novela suspendida entre el pasado y el futuro, a caballo entre los siglos xix y xx: la fragmentación de la narración, por ejemplo, elemento fundamental de la nueva novela, está ya presente en el *Diario,* si bien, a través de una suerte de justificación formal (la forma-diario sólo es concebible desde una escritura constantemente interrumpida, fragmentaria) que dota a la novela de una verosimilitud coherente con los modelos realistas. Temáticamente, frente a la crisis nihilista, *Diario de un enfermo* no añade nada nuevo a las experiencias literarias ya ensayadas en los cuentos y narraciones breves anteriores, como evidencia la solución final adoptada (suicidio); es, como vimos, una suerte de poner en limpio, por parte de J. Martínez Ruiz, el fruto de una experiencia ya hecha, de un camino recorrido, dando ahora a tal camino la continuidad y unidad de que carecía en su narrativa anterior. *Diario de un enfermo* une en su narración los elementos dispersos de una crisis nihilista ya afrontada literariamente con anterioridad, si bien no en modo tan contundente y absoluto. En este sentido, el *Diario* iba a constituirse en la condición de posibilidad de la posterior escritura de *La voluntad* y de *Antonio Azorín:* las nuevas soluciones ante la crisis del nihilismo afrontadas en estas novelas son una respuesta al camino sin salida existencial que representaba el *Diario,* y sólo se comprenden plenamente desde la asunción del significado de aquel fracaso. Estéticamente, por otro lado, *Diario de un enfermo* se construye también con elementos propios de la estética decimonónica (simbolismo, prerrafaelismo, naturalismo impresionista, etc.), si bien, la equilibrada conjunción de estos mismos elementos, su adecuado yuxtaponerse, coloca ya la obra en el ámbito de una *nueva estética* que mira claramente hacia la «nueva novela» o «novela lírica».

v.2. *Autobiografía y creación literaria*

Se ha insistido mucho, y en exceso, sobre un pretendido carácter autobiográfico de las novelas de J. Martínez Ruiz. A ello debió de contribuir de manera notable la suplantación/sustitución de J. Martínez Ruiz por Azorín a partir de 1904 y la confusión que introdujo en la obra del primero el consiguiente intento de apropiación de Azorín de la obra de J. Martínez Ruiz. Además, cuando Azorín, en aquellas «confesiones de senectud» reproducidas por Jorge Campos[110], afirmaba una cierta identidad entre el personaje Antonio Azorín y él mismo («Azorín soy yo»), no hacía más que proponer al lector una tautología (Azorín = Azorín) que ha solido pasar desapercibida como tal y erróneamente interpretada como una identidad entre J. Martínez Ruiz y Azorín. Ni siquiera en su vejez, Azorín, con sus argucias, cesó en su empeño de silenciar a J. Martínez Ruiz y de apropiarse de su obra. Sólo J. Martínez Ruiz, y no Azorín, hubiera podido hacer una tal afirmación que tuviera sentido; pero J. Martínez Ruiz había callado para siempre el 1 de octubre de 1904[111]. Así las cosas, convenientemente deconstruida la afirmación del viejo Azorín, sólo cabe retornar sobre aquel pretendido carácter autobiográfico de la trilogía de la crisis para concluir la necesidad crítica de una revisión del mismo.

En el caso de *Diario de un enfermo,* además, la tentación de la lectura autobiográfica es, sin duda, más fuerte: en primer lugar, por la forma y estructura de la obra, escrita en forma de diario íntimo en el que un sujeto confiesa las tribulaciones de su inteligencia y las congojas de su espíritu, y, en segundo lugar, por la general coincidencia de las fechas del *Diario* con el período de «silencio» de

---

[110] J. Campos, *Conversaciones con Azorín,* Madrid, Taurus, 1964.
[111] En dicha fecha se publicó el último artículo firmado por J. Martínez Ruiz: se publicó en la revista *Helios,* y llevaba por título «Los buenos maestros. Montaigne». Sobre este punto, me permito reenviar a mi «"Y si él y no yo..."», cit.

J. Martínez Ruiz[112]. Manuel Pérez López, por otro lado, hace coincidir este período de silencio de J. Martínez Ruiz con la crisis de José Martínez Ruiz y considera el *Diario de un enfermo* como una suerte de diario íntimo de la crisis personal de José Martínez Ruiz[113]. Bien pudiera ser que así fuera. La hipótesis es razonable; pero no es más que una hipótesis cuya verificación (falta el diario de José Martínez Ruiz, único documento objetivo capaz de permitir el contraste con la novela-*Diario* de J. Martínez Ruiz), en cualquier caso, nada de relevante añadiría a los estudios literarios. Y ello, porque nada autoriza a la crítica para tomar el *Diario de un enfermo* como un «diario íntimo» al modo de Amiel, por ejemplo, en el que un autor se confiesa «personalmente» y pone por escrito el drama de su existencia; *Diario de un enfermo* no es una confesión del autor J. Martínez Ruiz, sino una obra literaria de creación de carácter ficcional. La nota «Del editor al lector» con la que se abre la novela, firmada por J. Martínez Ruiz, donde se presenta el texto del *Diario* no como obra propia, sino de *otro,* un personaje literario que actúa como «autor» del diario íntimo, sirve estratégicamente de pantalla para evitar toda posible relación de identidad entre lo narrado y el autor de la novela. La nota aludida pone de manifiesto la intención del autor de la

---

[112] Una fuerte presión familiar, ejercida sobre todo por el padre, llevó a José Martínez Ruiz a una suerte de abandono temporal de la vida madrileña con el fin de poder dedicarse en cuerpo y alma a terminar los estudios universitarios de la licenciatura en Derecho. Así lo confirma una carta a Clarín del 12 de mayo de 1898: «No se extrañe usted que no escriba más en *Madrid Cómico*. Es que he prometido a quien sobre mí tiene autoridad no escribir ni una línea hasta que termine la carrera. Y lo cumpliré», cit. por J. M. Martínez Cachero, «Clarín y Azorín (Una amistad y en fervor)», *Archivum,* III, 1953, pág. 174. La carrera no la terminó nunca, aunque sí mantuvo la promesa de no publicar durante un largo período, concretamente desde mayo de 1898 hasta octubre de 1899. Las fechas de *Diario de un enfermo* coinciden con bastante aproximación con este período de silencio, pues abarcan desde el 15 de noviembre de 1898 hasta el 6 de abril de 1900.

[113] M. Pérez López, «De Martínez Ruiz a Azorín: aspectos de una crisis (1898-1899)», en *José Martínez Ruiz (Azorín),* Actes du Ier Colloque International, Biarritz, J&D Éditions, 1993, pág. 93.

novela (J. Martínez Ruiz) de cerrar el paso a la fácil identificación entre él y el personaje-diarista. De este modo,
J. Martínez Ruiz niega el carácter autobiográfico de la
obra, negación que puede y debe extenderse a las novelas
sucesivas: falta en todas ellas ese «pacto autobiográfico»
con el lector capaz de garantizar la validez y veracidad del
texto como narración autobiográfica y que convierte la
narración en expresión directa de la vivencia del autor[114].
Diario de un enfermo es, como afirma Miguel Ángel Lozano, «expresión poética de una crisis, manifestada literariamente en una obra de ficción»[115]; pero téngase en
cuenta que no se nos ofrece como «expresión directa» de
la posible vivencia de una crisis (de José Martínez Ruiz),
sino como «expresión poética» de una crisis, como creación literaria obra de la imaginación de un autor (J. Martínez Ruiz). Es, claramente, una novela construida desde
el modelo del *journal intime,* pero que no es propiamente
un diario íntimo, pues el autor, como acabamos de ver, se
ha cuidado muy bien de negar a la obra toda posible salida hacia una consideración autobiográfica[116]. La obra se
propone al lector como el diario íntimo de un personaje
de ficción, y como tal debe ser tomada, pues el respeto de
la obra así lo exige. Si *Diario de un enfermo* se apoyó o siguió algún tipo de diario o anotaciones privadas de José

---

[114] A este propósito, véase Ph. Lejeune, *Le pacte autobiographique,* París, Seuil, 1975, págs. 13-46; también, del mismo autor: *Je est un autre. L'au-
tobiographie, de la littérature aux médias,* París, Seuil, 1980.

[115] M. A. Lozano Marco, «Novelas (1901-1904)», en *Obras Escogidas,*
ob. cit., vol. I, pág. 90.

[116] Para un tratamiento detallado de las categorías de «diario íntimo»
y «autobiografía», además de los libros ya señalados de Philippe Lejeune,
véase P. Bourget, «La maladie du journal intime», *Novelles pages de critique,* París, Plon, 1922, págs. 15-26; A. Girard, *Le journal intime et la no-
tion de personne,* París, Press Universitaires de France, 1963; B. Didier, *Le
journal intime,* París, Press Universitaires de France, 1976; G. Puolet, *Entre moi et moi (Essais critiques sur la conscience de soi),* París, José Cor-
ti, 1977; *«Journal intime» e letteratura moderna,* ed. de A. Dolfi, Roma,
Bulzoni, 1989; A. Battistini, *Lo specchio di Dedalo. Autobiografia e biogra-
fia,* Bolonia, Il Mulino, 1990; B. Anglani, *I letti di Procuste. Teorie e storie
dell'autobiografia,* Roma-Bari, Laterza, 1996; F. D'Intino, *L'autobiografia
moderna. Storia, forme, problemi,* Roma, Bulzoni, 1998.

Martínez Ruiz (como es presumible que fuera), o si la crisis que narra el *Diario* fue efectivamente vivida por el autor (como también es presumible que fuera) son detalles de interés para los estudios biográficos, pero no para la crítica literaria. A ésta no le interesa saber si la crisis fue real (vivida realmente y recreada literariamente) o fingida (obra de la imaginación creadora del autor); le interesa, en cambio, saber que esa crisis que se despliega en *Diario de un enfermo* representa literariamente la crisis del nihilismo que socavó los pilares de la cultura europea en el período de entresiglos. El hecho de que algunos aspectos biográficos del diarista-artista-enfermo puedan ser reconducibles a la biografía del autor de la novela (por ejemplo, el viaje a Toledo) no convierte a ésta en una autobiografía, pues una cosa es la recreación literaria de algunas vivencias, a su vez insertadas en la creación de un proyecto narrativo ficcional, y otra, muy distinta, la simple escritura de un texto autobiográfico (memoria o diario). Insistir aún en el pretendido carácter autobiográfico de los escritos de J. Martínez Ruiz es negarse a reconocer el salto de cualidad que hay entre la expresión de una vivencia y su recreación literaria dentro de un proyecto narrativo ficcional.

v.3.   *La forma diarística y la* «nueva novela»

De la novelística de J. Martínez Ruiz, *Diario de un enfermo* es la obra que más se acerca a los modelos canónicos de la novela decimonónica. La crítica azoriniana ha señalado el *Charles Demailly* de los hermanos Goncourt como el principal modelo formal del que parte *Diario de un enfermo*. De hecho, J. Martínez Ruiz, en *La voluntad*, iba a apoyarse precisamente en los Goncourt para la formulación (literaria) de una suerte de teoría de la «nueva novela»:

> Ante todo, no debe de haber fábula... la vida no tiene fábula: es diversa, multiforme, ondulante, contradictoria... todo menos simétrica, geométrica, rígida, como aparece en las novelas... Y por eso, los Goncourt, que son los que, a

mi entender, se han acercado más al *desideratum,* no dan
una vida, sino fragmentos, sensaciones separadas[117].

Ahora bien, la fragmentación del *Diario,* a pesar de en-
caminar ya la obra en la dirección de la «nueva novela», no
constituye aún el emblema de un orden derrumbado, de una
unidad perdida de imposible recomposición, como sí son *La
voluntad* y *Antonio Azorín;* la fragmentación del *Diario* es
esencial a una forma narrativa que presupone un orden del
mundo, que no pone en tela de juicio —al menos, no for-
malmente— ese orden, y, si tal adviene, el cuestionamiento
del orden es sólo temático, no formal. Los fragmentos del
Diario, en cuanto fragmentos, alejan la novela de los meta-
rrelatos omnicomprensivos y totalizantes característicos de la
novela decimonónica, pero no rompen ni con la posibilidad
ni con el sentido de una tal construcción, precisamente porque la conciencia del sujeto moderno actúa de base y criterio
de ordenación de un orden (sólo aparentemente) fragmen-
tado. Sólo cuando la conciencia explote, cuando el sujeto se
escinda y se disocie, perderá la forma-diario toda relación con
el orden y el sentido del mundo, y se abrirá hacia los fenómenos literarios, ya claramente novecentescos, del «flujo de
conciencia» y de la «heteronimia». En este sentido, los fragmentos de *Diario de un enfermo* representan los fragmentos
de un mundo que se derrumba, pero que es aún *un mundo.*
    La estética del fragmento está poderosamente sentida y
afirmada en el *Diario.*

> No es posible decir si cada pequeño fragmento es una
> prosa poética o una poesía en prosa [...], cada uno de los
> fragmentos vale por sí mismo, en cada uno de ellos se con-
> centra un relato independiente, obteniendo mayor inten-
> sidad poética a causa de su brevedad. Se trata de verdade-
> ras «iluminaciones»[118].

---

[117] J. Martínez Ruiz, *La voluntad,* ob. cit., págs. 133-134 (parte I,
cap. XIV).

[118] L. Litvak, «*Diario de un enfermo:* la nueva estética de Azorín», en
*La crisis de fin de siglo: ideología y literatura. Estudios en memoria de Rafael
Pérez de la Dehesa,* Barcelona, Ariel, 1975, págs. 281-282.

Y es precisamente esta fusión de poesía y prosa la que vuelve a reclamar para el *Diario* un distanciamiento de los modelos realistas, con su tradicional separación de géneros, y un acercamiento a la «nueva novela» o «novela lírica». Pero aún hay más: las características del fragmento no lo hacen sólo idóneo para la fusión de poesía y prosa, sino para introducir también en la trama novelesca, como uno de sus ingredientes principales, el ejercicio del pensamiento. El *Diario,* abierto ya a la subversión de los géneros, se abre también a la subversión de un orden que había mantenido separadas y distintas la novela de la filosofía. Esta presencia importante del pensamiento en *Diario de un enfermo,* la fusión de filosofía y narración, coloca la obra en el ámbito de la «novela filosófica», que es otro de los tantos nombres con los que se ha pretendido definir la «nueva novela» que surge a principios del siglo XX.

La fusión de poesía y prosa, y de novela y filosofía, que alberga *Diario de un enfermo* está reclamando un arte nuevo capaz de volver a conectar activamente la vida con la cultura, capaz de salvar la distancia que el decurso histórico de la modernidad, en cuanto que proceso nihilista, había abierto entre ellas. Si el interés del arte y de la cultura debía retornar a la vida, para el novelista, el género «diario» constituía un medio idóneo para reclamar una nueva cercanía del arte con la vida. Para el J. Martínez Ruiz a vueltas con su primera novela, el diario, sin duda, debía ofrecérsele como una forma narrativa con indudables ventajas; la principal, acaso, la de haberse medido ya con ella en ocasiones anteriores, constituyendo la experiencia acumulada del escritor una suerte de garantía o de seguro para su primera creación literaria de envergadura. En efecto, *Charivari,* aunque se trata de un ensayo de crítica literaria, está escrito en forma de diario, y lo mismo acontece con el primero de los cuentos de *Bohemia,* «Fragmentos de un diario»[119]. Es también posible que J. Martínez Ruiz conociera el cuento de Baroja «Diario de un desesperado»[120], y que hubiera

---

[119] En este caso, la crítica azoriniana ha conjeturado que se trataba del mismo diario, pues las fechas de «Fragmentos de un diario» son fechas que faltan en *Charivari.*

[120] P. Baroja, «Diario de un desesperado», *La Justicia* (8 de enero de 1894), ahora en *Hojas sueltas,* Madrid, Caro Raggio, 1973, vol. I, págs. 155-159.

tenido acceso al *Diario íntimo* de Unamuno, como parece confirmar su artículo «Charivari. En casa de Unamuno»[121], dándose cuenta, en primera persona, de las excelencias y las posibilidades expresivas del género diarístico a la hora de plasmar las vicisitudes espirituales de un sujeto aquejado de crisis nihilista.

Llevado por su interés por la psicología de los pueblos o ciencia de las almas nacionales *(Völkerpsychologie)*, y cumpliendo al respecto intentos parejos al ganivetiano *Idearium español* y al unamuniano *En torno al casticismo,* J. Martínez Ruiz había llevado a cabo una portentosa búsqueda estilística capaz de plasmar literariamente el «alma castellana». Siendo el «alma» algo oculto, invisible a las operaciones naturales de la visión, se necesitaba de un estilo capaz de sacar el alma a la luz sin destruirla, un estilo capaz de narrar la «historia íntima» del pueblo castellano. El resultado fue *El alma castellana* (1900), un auténtico acierto (por la portentosa conjunción temática y estilística) de J. Martínez Ruiz en su implicación en el «problema de España». Pero, como anteriormente vimos, el «problema de España» no constituía más que un detalle de la crisis; para implicarse en ella como autor, para poder representar literariamente el *mal du siècle,* necesitaba dirigir su mirada al «alma del sujeto», porque era allí donde se estaba librando el núcleo del conflicto. Y otra vez, J. Martínez Ruiz se da cuenta de la necesidad de lograr un estilo apropiado para descender a las galerías de la intimidad, a los recovecos internos del alma del sujeto. Y así, si para descender al «alma castellana» había creado un estilo limpio y cristalino, equilibrado y distante, sobrio y contenido, inspirado en los clásicos del barroco y apto para la reconstrucción hermenéutica del pasado castellano, ahora, para hacer lo propio con el «alma del sujeto», deberá crear un estilo idóneo, consecuente con

---

[121] J. Martínez Ruiz, «Charivari. En casa de Unamuno», *La Campaña* (26 de febrero de 1898), ahora en Azorín, *Artículos olvidados de J. Martínez Ruiz (1894-1904),* ed. de J. M. Valverde, Madrid, Narcea, 1972, págs. 136-143. Aunque inédito entonces, era bastante común que Unamuno mostrase el texto de su diario a las personas que mantenían con él una relación intelectual, como era el caso de nuestro autor.

el universo de la intimidad, capaz de mostrar la trascendencia de los matices y de los silencios, las congojas de la sensibilidad, las angustias espirituales, los miedos de la inteligencia: un estilo apasionado, alusivo, máximamente expresivo, nervioso a veces, inspirado por las aperturas expresivas del simbolismo en lo que era, sin duda, una nueva consideración, no positivista, del lenguaje, y en la creación de ambientes propia del prerrafaelismo.

v.4. *Los ambientes (paisajismo,* «ciudad tentacular», «ciudad muerta»)

El concepto de «medio» es central para entender el desarrollo de la obra de J. Martínez Ruiz, su alcance y sus límites teóricos[122]. Este «medio», de clara raíz positivista (es Comte, en la lección 40 del *Cours de philosophie positive,* quien lo reivindica como concepto abstracto universal), había pasado a la literatura en el prólogo de la *Comédie humaine,* de Balzac, y se había consagrado y divulgado a través de los desarrollos teóricos de Hippolyte Taine, en lo cuales, junto a la «raza» y el «momento», cerraba el círculo de las determinaciones recibidas por parte de todos los productos y valores humanos[123]. Taine hizo de la noción de *milieu* una de las claves de sus investigaciones sociológicas e históricas, y como tal concepto, con la potente carga de determinismo positivista que lo acompañaba, ejerció una poderosísima influencia en la literatura naturalista de la época. El poder del medio es tal que determina el desarrollo de los individuos; medio significa determinación, de-

---

[122] Véase mi «Del medio vital al medio histórico (José Martínez Ruiz en el laberinto del 98)», en *El 98 a la luz de la literatura y la filosofía,* Actas del Coloquio Internacional (Szeged, 16-17 de octubre de 1998), ed. de D. Csejtei, S. Laczkó y L. Scholz, Szeged (Hungría), Fundación Pro-Philosophia Szegediensi, 1999, págs. 190-208; véase también, en esta misma obra, el excelente estudio de Dezsö Csejtei, «La filosofía del paisaje en los ensayos de Unamuno», págs. 52-79.
[123] Sobre el desarrollo histórico del concepto de «medio», véase G. Canguilhem, «Le vivant et son milieu», *La connaissance de la vie,* París, Vrin, 1985, págs. 129-154.

terminismo (célebre se hará, en la literatura progresista de
los últimos decenios del siglo xix, la descarga de la responsabilidad individual sobre la sociedad, pues el poder del
medio anulaba, en su consideración, la libertad del individuo). La relación entre el medio y el individuo viene regu-
lada a través del concepto de «adaptación»; sólo que se trata
de una adaptación unidireccional, del individuo al medio,
nunca al revés, por eso se habla de «adaptación *al* medio»
(en este sentido, el concepto orteguiano de «circunstancia»
nace precisamente contra el determinismo del medio propio del noventayochismo, para salvar el potencial creador
del ser humano, contra esa imposibilidad y/o dificultad del
sujeto en crisis de modificar su medio, ante el que sucumbe, como les sucede, por ejemplo, a Antonio Azorín y
a Fernando Osorio, protagonistas, respectivamente de *La
voluntad* y de *Camino de perfección).* El tan manido «paisajismo» del 98 debe ser entendido, entre otras cosas, como
expresión de este poder preponderante del medio, de su
principal protagonismo (razón por la cual dejará de ser
mero fondo sobre el que discurre la acción novelesca para
pasar a ocupar el primer plano de la narración). La consciencia de la principal importancia del medio les llevó a dotar a sus descripciones paisajísticas de autonomía y protagonismo dentro de la narración[124].

Ahora bien, el paisajismo finisecular no se agota en la
innegable derivación naturalista de una interpretación que
lo quiere como trasunto del medio. Hay algo más, acaso
más definitivo, que liga este paisajismo con alguna de las
escisiones propias del sujeto finisecular: acción/contempla-
ción, actividad/pasividad, conocimiento/praxis, natura-

---

[124] «Nos atraía el paisaje. Prosistas y poetas que hayan descrito paisajes han existido siempre. No es cosa nueva, propio de estos tiempos, el
paisaje literario. Lo que sí es una innovación es el paisaje por el paisaje,
el paisaje en sí, como único protagonista de la novela, el cuento o el poema», Azorín, «El paisaje», *Madrid*, ob. cit., pág. 856. Y poco más adelante,
en la misma página, marcando más aún la distancia con la tradición y rei-
vindicando un paralelismo con la pintura impresionista: «para los antiguos, el hombre y no la tierra, el hombre y no el color y la línea, eran lo
esencial. [...] Sabido es también que los impresionistas franceses se impu-
sieron la exclusión en el paisaje de toda figura humana».

leza/historia, etc. No se trata tanto, como sugiere Blanco
Aguinaga, de una opción motivada por el fracaso político
y encaminada hacia posiciones reaccionarias[125], cuanto de
la imposibilidad de salir de las escisiones propias abiertas
por el avanzar progresivo del nihilismo en el seno de la cultura occidental. El paisajismo finisecular, abrazando uno de
los polos de estas escisiones (contemplación, inacción,
quietud, etc.), afirma la vigencia efectiva de las mismas.
«Nos quedábamos absortos ante un paisaje», recuerda Azorín[126]; *absortos,* es decir, en un ejercicio de quietud contemplativa a cuyo través el sujeto se anula («aniquilación»
es el término que usaban los místicos). De este modo, el
paisajismo finisecular se constituye como la representación
de la *disolución del sujeto* en la época de la crisis del nihilismo: en efecto, del par sujeto-mundo, el paisajismo logra
la disolución del sujeto en el mundo contemplado, su sus-
pensión como sujeto para proponerse como simple estado
de ánimo, donde la oposición sujeto-mundo desaparece[127].
En el paisajismo, la oposición sujeto-mundo desaparece
para dar lugar a una suerte de «lugar sentimental» o «espacio de la emotividad» que se configura desde la opción por
la quietud contemplativa de las escisiones aludidas. Fiel a
la máxima de Henri-Frédéric Amiel según la cual «un paisaje es un estado del alma»[128], algo que ya J. Martínez Ruiz
había dado muestras de asumir plenamente desde los cuentos de *Bohemia*[129], en *La voluntad,* por boca de Yuste, el
maestro de Antonio Azorín, nuestro autor da cuerpo de
doctrina estética a estas ideas: «Lo que da la medida de un

---

[125] C. Blanco Aguinaga, «Escepticismo, paisajismo y los clásicos: Azorín o la mistificación de la realidad», en *Ínsula,* núm. 247, 1967, pág. 3.
[126] Azorín, «El paisaje», *Madrid,* ob. cit., pág. 857.
[127] La *Carta de Lord Chandos,* de Hugo von Hofmannsthal, constituye un buen ejemplo en propósito; véase la nota correspondiente a la entrada del 6 de abril de 1899 de *Diario de un enfermo.*
[128] H. F. Amiel, *Journal intime,* vol. I, Ginebra, Libraires Éditeurs,
1908, pág. 62 (31 de octubre de 1852).
[129] «Se titulará *Paisajes;* será una serie de cuadros sin figuras, de manchas de color, de visiones... estados del alma ante un pedazo de Naturaleza, sensaciones de la madre Tierra», J. Martínez Ruiz, «Paisajes», *Bohemia,* Madrid, V. Vela impresor, 1897, págs. 67-68.

artista es su sentimiento de la naturaleza, del paisaje... Un escritor será tanto más artista cuanto mejor sepa interpretar la *emoción del paisaje* [...]; para mí el paisaje es el grado más alto del arte literario»[130]. Así pues, las consideraciones de la crítica que hacían del paisajismo *fin de siècle* un mero «ejercicio de estilo» con el que los jóvenes escritores iban afilando sus armas expresivas tiene que ser adecuadamente matizada: ejercicio de estilo sí, si con ello no se quiere negar el sentido genético que liga el paisajismo a las estructuras de la crisis del nihilismo.

Éste es el sentido en el que deben entenderse las descripciones de paisajes presentes en *Diario de un enfermo:* un paseo por los alrededores de Madrid (12 de diciembre de 1898), la montaña alicantina (20 de julio de 1899), el viaje en tren a Toledo (19 de noviembre de 1899), el amanecer en/de Lantigua (20 de enero de 1900), etc. Más importante que la descripción del mundo externo es, sin embargo, en *Diario de un enfermo,* el alma del sujeto, hasta el punto que podría hablarse con sentido de un paisajismo de la intimidad (véanse, por ejemplo, las entradas del 15 de noviembre y del 3 de diciembre de 1898, del 25 de febrero y del 20 de agosto de 1899, etc.): congojas del espíritu, tormentas del alma, afanes de la inteligencia, estados de ánimo, etc., se suceden en la narración configurando un mapa de la intimidad del personaje-autor (y objeto) del *Diario.*

Junto a esta geografía (externa e interna) del *Diario,* la narración discurre a través de tres ciudades: Madrid, Toledo y Lantigua. Madrid simboliza la ciudad moderna, la ciudad del progreso, del industrialismo y del capitalismo, una nueva barbarie, como puede leerse en la entrada del 2 de marzo de 1899. El Madrid del *Diario* tiene un notable parecido con la imagen de la *ville tentaculaire* acuñada poéticamente por el simbolista Emile Verhaeren. Es el ámbito del ruido, de la velocidad de las cosas y de las acciones, de la inhumanidad de un mundo que, mirando sólo hacia adelante, ha recorrido un largo camino de desposesión y despojamiento de valores. El artista-enfermo manifiesta re-

---

[130] J. Martínez Ruiz, *La voluntad,* ob. cit., pág. 130 (I parte, cap. XIV).

petidamente su inadaptación a este medio, su incapacidad
para vivir dentro de los ritmos que imponen la vida y la
ciudad modernas. En este sentido, la huida de Madrid representa la inquietud y el desasosiego del sujeto ante la
«ciudad tentacular», ante el ajetreo de un mundo en el que
se siente ajeno y extraño, en el que no se reconoce y que
no reconoce como espacio propio.

Toledo representa la «ciudad muerta», la ciudad suspendida en el pasado, cerrada al progreso y al industrialismo mo-
dernos, al ruido y a la agitación de la vida moderna. Es la
ciudad del silencio, de la quietud y el reposo, de la vida retirada, lenta, monótona, repetida en infinitos detalles coti-
dianos. Es la ciudad de las iglesias, de los conventos, de los
cementerios, de los viejos palacios donde el tiempo parece
haberse quedado detenido; la ciudad cuyo ritmo viene secu-
larmente marcado por el sonido de las viejas campanas. La
Toledo del *Diario* se levanta desde el *topos* simbolista de la
ville morte, magistralmente configurado por Georges Rodenbach en su novela *Bruges-la-Morte*[131]. De la «ciudad
muerta» emana una melancolía y una tristeza que penetra en
el alma del visitante, se funde con él y acaba conformando
un estado de ánimo en el que el sujeto y la ciudad se confunden espiritualmente. La «ciudad muerta» crea un espacio
cerrado y aislado, sin vías de comunicación con el mundo
contemporáneo, desde donde se reclama, con sensibilidad
decadentista, una nueva correspondencia entre el arte y la
vida. La «ciudad muerta» conserva también algo de los ideales wagnerianos sobre la «unidad de las artes»; la extrema sensibilidad artística del sujeto que habita la ciudad muerta, en
cierto modo, lo confirma. Ahora bien, se trata de una «unidad» de imposible resolución, precisamente porque la «ciudad muerta» no posee vías de comunicación ni con el pre-

---

[131] Para un tratamiento más pormenorizado del *topos* de la «ciudad
muerta» y de su relación con el simbolismo, véase la nota correspondiente
de la entrada del 19 de noviembre de 1899 (10 noche). También pueden
verse: H. Hinterhäuser, «Tote Städte», *Fin de siècle. Gestalten und Mythen,*
Múnich, Wilhelm Fink Verlag, 1977, págs. 45-76; M. A. Lozano Marco,
«Un topos simbolista: la ciudad muerta», en *Siglo diecinueve,* núm. 1, 1995,
págs. 159-175.

sente ni con el futuro. No hay efectiva recomposición entre la vida y el arte, no hay ninguna superación de aquella escisión, pues la «ciudad muerta», como los ambientes de los prerrafaelistas (cuya penetración en España y en Europa advino a través del movimiento simbolista), son lugares de refugio a los que el sujeto moderno se bate en retirada.

A Toledo, en este sentido, le falta la música de Bayreuth. Toledo es la ciudad donde reposa la tradición, donde duerme la gloria del pasado castellano: es la ciudad de Santa Teresa (símbolo de esa «energía española» que J. Martínez Ruiz reclamará como ingrediente esencial para la regeneración de los males patrios) y es también la ciudad de El Greco (símbolo, a su vez, de un arte capaz de «pintar el espíritu» de las cosas, ideal de una nueva estética en la que activamente participaban nuestros jóvenes escritores del período de entresiglos). El «viaje a Toledo» que hicieron efectivamente Pío Baroja y José Martínez Ruiz (noviembre o diciembre de 1900), al igual que la famosa visita a la tumba de Larra (13 de febrero de 1901), constituyen los acontecimientos fundacionales y las señas de identidad de un grupo de jóvenes intelectuales y artistas que luchaban por la renovación cultural (política, estética, etc.) de la España de la Restauración. Ahora bien, por lo que respecta a Toledo, el fracaso político de las ideas «regeneracionistas» de aquel grupo de jóvenes intelectuales tiene que ver precisamente con la imposibilidad (o incapacidad) para encontrar un cauce adecuado de comunicación con el presente de aquella reserva de energía del pasado. El aislamiento de la «ciudad muerta», su atemporalidad, su radical separación de la ciudad del presente, la «ciudad tentacular», no logran levantar más que un esteticismo extremado incapaz tanto de resolver el *mal de vivre* del sujeto como de configurar una propuesta de «acción» concreta sobre las específicas circunstancias del «problema de España».

Lantigua es el último escenario de *Diario de un enfermo*[132]; un nombre imaginario tras el que se oculta «un

---

[132] Para el valor simbólico de Lantigua, véase también la nota correspondiente a la entrada del 25 de enero de 1900.

poblachón manchego, triste, sombrío, tétrico» (25 de enero de 1900), y constituye el germen de esa «vida de los pueblos» que Azorín, después, iba a representar magistralmente. Lantigua constituye una anticipación de la Yecla de *La voluntad,* pero sin la carga del peso trascendente del «problema de España» que allí se daba; en el *Diario,* Lantigua está ligada a las vicisitudes amorosas del diarista. Representa la coronación y el fracaso de su amor. Más que la ciudad, es el amor (o su ausencia) lo que configura el espacio en esta parte de la obra. Mientras el amor acompaña al personaje, la «vida de pueblo» no sólo se hace soportable, sino que adquiere ciertas connotaciones que convierten a Lantigua en un «lugar de la dicha»; ahora bien, ese mismo espacio, desaparecido el amor, se hará insoportable al punto de tomar la decisión extrema de su abandono. Con el suicidio final, el artista-enfermo no desvela el carácter ilusorio de la vida en Lantigua, sino la imposibilidad misma de la vida en los distintos espacios que el horizonte de la modernidad permitía: todos los lugares son inadecuados para la vida en la crisis del nihilismo.

v.5.   *Los personajes.* «Novela de artista»

El personaje-diarista de *Diario de un enfermo* se inscribe con pleno derecho en la estela de personajes abierta a finales del siglo XIX, en la literatura española, por el ganivetiano Pío Cid, y continuada, ya en el siglo XX, por Antonio Azorín, de J. Martínez Ruiz, por Fernando Osorio y Andrés Hurtado, de Baroja, por Alberto Díaz de Guzmán, de Pérez de Ayala, etc. Son los personajes que «encarnan» la crisis nihilista en España, hermanos gemelos de todo un ejército (más bien pelotón sin orden ni concierto) de personajes que recorre las mejores páginas de la literatura europea de la época. Se trata de una «heroicidad decadente»[133], que vive en la escisión de un mundo aquejado

---

[133] Véase N. Santiáñez-Tió, «El héroe decadente en la novela española moderna (1842-1912)», en *Boletín de la Biblioteca Menéndez Pelayo,*

por tensiones irreconciliables; una heroicidad en negativo, que no sale victoriosa de nada y que concibe el fracaso como único horizonte vital posible. Frente al avanzar del nihilismo, el héroe decadente opta por el abandono (suicidio, enajenación, locura, etc.) o por la aceptación de las sombras y el desierto que porta en su seno el derrumbamiento de la cultura occidental. Se trata de personajes inmersos completamente en los meandros de la crisis del nihilismo: *mal de siècle, mal de vivre, spleen, desassossego, anxiety, disagio, Untergang, abulia, marasmo,* etc., no son más que distintos nombres con los que la literatura europea de la época ha intentado acercarse a la comprensión de la enfermedad del nihilismo. Suele, además, el héroe decadente, poseer una exquisita sensibilidad para el arte, llenando el vacío de su existencia con un esteticismo extremo en el que transparecen con claridad motivos heredados del simbolismo y del prerrafaelismo, en un intento que pretende la fusión del arte y la vida, pero sin lograrlo, sin lograr elevarse por encima de tal escisión, sin conseguir superarla, por lo que los escasos logros de su intento acaban por convertirse en la raíz más profunda de su tragedia. Es siempre un esteta, y suele ser, las más de las veces, un artista él mismo (un escritor en ciernes, un poeta consolidado abandonado por las musas, un pintor frustrado, etc.). Ésta es la razón por la que estas novelas han sido englobadas bajo la categoría literaria de *Kunstlerroman,* «novela de artista»[134].

El personaje principal de *Diario de un enfermo,* autor él mismo, en la ficción literaria de J. Martínez Ruiz, del «diario», resulta ser un artista, un escritor que lucha por dar forma en la página a sus ideales de plenitud creadora (25 de febrero de 1899 y 10 de febrero de 1900). Es el «angustiado artista», como lo llama J. Martínez Ruiz en la nota

---

núm. 71, 1995, págs. 179-216; A. L. Prieto de Paula, «La formación del héroe noventayochista en las novelas de Azorín», en *Anales Azorinianos,* núm. 5, 1993, págs. 215-225.

[134] Véase a propósito la excelente monografía de F. Calvo Serraller, *La novela de artista. Imágenes de ficción y realidad social en la formación de la identidad artística contemporánea (1830-1850),* Madrid, Mondadori, 1990.

«Del editor al lector», junto a ese refinamiento estético que recorre toda la obra, lo que hace de *Diario de un enfermo* un claro ejemplo de «novela de artista». El artista-enfermo despliega en las páginas del *Diario* su inadecuación a la realidad circunstancial que lo envuelve, su incapacidad para encontrar un equilibrio con el mundo, su impotencia y desolación por no poder alcanzar una plenitud creadora siempre más allá de su horizonte vital. Sólo a través del amor logrará recomponer un cierto equilibrio con el mundo y con la vida, pero, cuando el amor le abandone, volverá a ser el desadaptado que ni siquiera logra encontrar un lugar adecuado entre los márgenes de la sociedad moderna.

En la narración del *Diario,* el artista-enfermo carece de nombre, y lo mismo acontece con la enfermedad que le aqueja. Respecto a la enfermedad, el texto pronto nos pone en la pista de que no se trata de una enfermedad fisiológica, sino espiritual, el *mal de siècle,* una enfermedad del alma, el nihilismo (dan prueba de ello algunos elementos que conforman la «patología espiritual» del personaje: hiperestesia, desasosiego, inquietud, marasmo, etc., todos ellos, a su vez, elementos conformantes del campo semántico de la crisis del nihilismo). La ausencia del nombre, en este caso, hace referencia, por tanto, al «desconocimiento» mismo de la enfermedad, en el sentido de que no se conocen «antídotos» seguros y eficaces, al ser experiencia real y no catalogada de una vida; es tal la magnitud del nihilismo que resulta «innombrable». El artista-enfermo tampoco tiene nombre; pero en la experiencia de escritura en primera persona de un diario íntimo esta elusión es perfectamente razonable y sirve, además, como recurso estilístico que aumenta, de cara al lector, el grado de verosimilitud de la obra.

Menos justificación tiene que el principal personaje femenino carezca también de nombre, pues el *Diario* mantiene un tenaz anonimato al respecto, usando por toda referencia el pronombre *Ella.* Del encuentro casual entre el artista-enfermo y *Ella,* del cruce de sus miradas (un flechazo que recuerda tanto al poema *A une passante* de Baudelaire), se pasa al cortejamiento (y hasta aquí tendría un

sentido el empleo del pronombre para suplir el seguro inicial desconocimiento del nombre por parte del artista-
enfermo), y después al noviazgo, al matrimonio. ¿Cómo
explicar la ausencia del nombre después del efectivo conocimiento? ¿Cómo no advertir en el *Diario* los signos del
juego embelesado del enamorado con el nombre de su
amada? Y sin embargo, ella es *Ella* hasta el final. Es posible que esta desposesión del nombre de *Ella* tenga que ver
precisamente con esa nueva conciencia sobre el lenguaje ganada desde la plena comprensión del simbolismo, por un
lado, y de la crisis del nihilismo, por otro, con aquella separación progresiva entre el lenguaje y la sensibilidad que
narra el *Diario* (6 de abril de 1899). Los nombres han quedado inadecuados para expresar la riqueza de la persona;
tienen una mera función referencial, pero no expresan lo
que la persona es; son como un envoltorio de la persona,
mera epidermis que nada dice del alma[135]. De este modo,
silenciando su nombre, el diarista enamorado abre el *Diario* hacia un anonimato que preserva enteramente la riqueza interior del alma de *Ella*. Por otro lado, esta misma
desposesión de los nombres, tanto de él como de ella, debe
ser puesta en relación también con la erosión del nihilismo
en el punto donde se cruza el ser del sujeto con el lenguaje.
La desposesión del nombre es el primer paso de un camino
que lleva derecho a la disolución del sujeto.

Para el desorientado diarista, perdido en las galerías de
su crisis íntima, *Ella* representa las «ansias de Infinito», el
«ideal», cercano e inalcanzable a la vez. El matrimonio de
los personajes, a pesar de la evidente enfermedad de *Ella,*
tiene que ver precisamente con la obstinación del artista-
enfermo en la persecución de un ideal capaz de sacar a la
vida de la triste rutina de la cotidianidad o de los padecimientos y angustias por vivir en pleno desamparo. *Ella,*
como la Beatriz de Dante, es norma de vida e ideal estético

---

[135] «Je suis l'halluciné de la forêt des Nombres, / Le front fendu, d'a-
voir buté, / Obstinément, contre leur fixité», E. Verhaeren, «Les Nombres», *Les Flambeux noirs* (1891), tercer poemario de la *Trilogie noire,* cit.
por *Les villages illusoires,* précédés de *Peemes en prose* et de la *Trilogie noire,*
Bruxelas, Labor, 1992, pág. 60.

de un arte nuevo. La delicadeza de sus trazos, la fina elegancia de sus gestos y de sus acciones, la simplicidad de su vestuario, la blancura de su rostro, etc., junto a su místico distanciamiento del mundo, su tenue espiritualidad, su progresiva indiferencia por las cosas terrenas hacen de *Ella* un personaje plasmado desde una estética de clara raíz prerrafaelita[136]. De hecho, la estética del *Pre-Raphaelite Brotherhood* se había difundido ampliamente en la Europa finisecular a través de los simbolistas belgas (Rodenbach y Maeterlinck, principalmente), que habían asimilado de aquélla muchos de sus logros expresivos en la recreación de ambientes lejanos y/o atemporales. Y no se puede olvidar que J. Martínez Ruiz conocía bien el simbolismo belga, pues había traducido incluso *L'intruse* de Maeterlinck. La muerte de *Ella* al final de la obra vuelve a precipitar al artista-enfermo en la noche oscura del nihilismo[137].

Junto al artista-enfermo y a *Ella,* los personajes que configuran la débil trama argumental que sustenta la narración, *Diario de un enfermo* presenta toda una serie de personajes secundarios cuya relevancia principal consiste en contribuir a crear un marco circunstancial para la «acción» (la historia amorosa y la crisis espiritual) capaz de dotar (o de aumentar el grado) de verosimilitud a la obra. Son personajes instantáneos, sin desarrollo, suspendidos en alguna página del *Diario,* que entran y salen de la escena sin dejar rastro. Olaiz, personaje tras el que se oculta la figura real

---

[136] Véase a propósito el excelente estudio de Hans Hinterhäuser, «Präraffaelitische Frauengestalten», *Fin de siècle,* ob. cit., págs. 107-145.

[137] Hay un cierto paralelismo entre el matrimonio de los personajes del *Diario* y el matrimonio de Dante Gabriel Rossetti, líder del *Pre-Raphaelite Brotherhood,* con Elizabeth Eleonor Siddal, modelo y musa de sus composiciones poéticas y pictóricas. La enfermedad que en poco tiempo iba a truncar las vidas tanto de *Ella* como de la Siddal, no sólo no supone un freno a las pretensiones matrimoniales del artista-enfermo y de Rossetti, ni se configura tampoco como un desafío romántico a la adversidad del destino, sino que supone una suerte de abrazo desesperado a un ideal normativo, vital y estético (el artista-enfermo se suicida y Rossetti sepulta, junto a su amada, los manuscritos de sus obras, queriendo simbolizar con ello, acaso, un «suicidio artístico»).

de Pío Baroja[138]; la anciana comedianta (20 de febrero de 1899); el rival en amor (2 de junio de 1899); la joven del cementerio de San Nicolás (1 de noviembre de 1899); la tía Antonia (13 de noviembre de 1899); la monja de Santo Domingo el Antiguo (20 de noviembre de 1899); el gobernador (22 de noviembre de 1899); Paco Téllez (2 de febrero de 1900); D. Román (11 de febrero de 1900); D. Leonardo (21 de febrero de 1900), etc., junto a los que aún habría que colocar personajes completamente anónimos y sin ningún relieve: un amigo (15 de enero de 1899), un anciano (2 de marzo de 1899), los campesinos de Levante (20 de agosto de 1899), los labriegos del tren camino de Toledo (19 de noviembre de 1899), etc.

Ahora bien, el personaje principal del *Diario,* el más importante, el que configura con su presencia el carácter del *Diario,* a través de un rico simbolismo lleno de sugestiones, es la muerte. «El personaje más importante del *Diario de un enfermo* es la muerte, presente o presentida a cada instante»[139].

Los símbolos de la muerte atraviesan la obra de principio a fin, insinuándose primero poco a poco para ir aumentando su presencia en un continuo *crescendo* que acaba con la apoteosis final del triunfo definitivo del reino de las sombras. J. Martínez Ruiz había aprendido bien la lección de Maurice Maeterlinck en lo que puede considerarse un despliegue ejemplar del simbolismo de la muerte, *L'intruse,* obra que nuestro autor había traducido al castellano en 1896.

> La *intrusa* es la muerte: las rosas que se deshojan, los ruiseñores que vuelan espantados, los cisnes que tienen miedo, el perro que se arrincona en su garita... indican su paso por el jardín[140].

---

[138] Véase la nota correspondiente a la entrada del 12 de diciembre de 1898.

[139] L. Litvak, *«Diario de un enfermo:* la nueva estética de Azorín», cit., pág. 276.

[140] J. Martínez Ruiz, «Prólogo» a M. Maeterlinck, *La Intrusa,* Valencia, Imprenta de Francisco Vives Mora, 1896, cit. por la reproducción de

Esta presencia continua, obsesiva a veces, de la muerte en el *Diario* pone ya a J. Martínez Ruiz en camino de una comprensión claramente existencial de la muerte: la muerte no es sólo el acontecimiento con el que se concluye la vida, no es el punto final de una trayectoria vital, sino un ingrediente fundamental de la vida. Sólo a la luz constante y cotidiana de la muerte la vida adquiere su pleno valor. Nietzsche y Schopenhauer, y también Unamuno, habían introducido al joven autor J. Martínez Ruiz en el «pensamiento de la muerte»; los simbolistas belgas, por su parte, lo habían introducido en la consideración estética de la muerte[141]. De ambas raíces, metafísica y estética, se alimenta *Diario de un enfermo*.

v.6.   La «nueva estética» *de J. Martínez Ruiz*

A propósito de nuestro autor, José María Valverde ha hablado de «dos estilos» en su obra: el estilo de *El alma castellana*, «un estilo seco, frenado, que arranca de formas del conceptismo español», y el estilo de *Diario de un enfermo*, «apasionado y agitado». Un estilo de «visión cristalina» y un estilo de «reflexión apasionada»[142]. Estos «dos estilos» iban a convivir, sin encontrar un adecuado equilibrio, en *La voluntad,* e iban a fundirse, en un equilibrio ya plenamente logrado, en *Antonio Azorín,* abriendo las puertas a lo que la crítica suele considerar como la «estética de Azorín». Las in-

---

esta obra en *José Martínez Ruiz (Azorín),* Actes du Ier Colloque International, ob. cit., pág. 326.

[141] Además de *L'intruse* de Maurice Maeterlinck, pueden verse los sugestivos poemas de Emile Verhaeren dedicados precisamente a la muerte; destacan entre ellos los titulados: «La morte», de *Les flambeux noirs* (1891), y «Le fléau», de *Les campagnes hallucinées* (1893). Ya en el nuevo siglo, Verhaeren, en lo que la crítica considera su segunda época (tras la crisis espiritual que lo invadió), escribió un hermoso poema dialogado, titulado «La mort» e incluido en *La multiple splendeur* (1906), en el que la muerte adquiría una figura personificada: «Triste dame, mon âme, / De quel séjour de deuil et d'or, / Viens-tu, ce soir, parler encor, / Triste dame, mon âme?»

[142] J. M. Valverde, *Azorín,* ob. cit., págs. 9-10; sucesivamente, desarrolla y analiza esta idea en los caps. 8-11.

fluencias y los modelos, por lo que respecta a los «dos estilos», son muy diferentes; pero quizá sea más interesante y proficuo centrarse no tanto en lo que los separa cuanto en el mismo, y no siempre preciso, fondo de renovación estética que los alimenta. Ambas obras, *El alma castellana* y *Diario de un enfermo,* están ligadas y vinculadas a escritos anteriores propios del período de militancia radical de nuestro joven autor[143]; ahora bien, sólo ahora, en la frontera que separa (y une) los siglos XIX y XX, aparecen con claridad, literariamente articulados y desarrollados, aunque no de manera unitaria («dos estilos»), lo que anteriormente no eran sino meras intuiciones y destellos aislados en una obra cuyas coordenadas principales parecían obedecer a otros intereses. *Diario de un enfermo,* en efecto, recuerda composiciones anteriores de nuestro autor como «Hastío» y «Vencido», de *Buscapiés,* o «Fragmentos de un diario» y «Paisajes», de *Bohemia;* en el *Diario,* sin embargo, la presencia fundamental de la estética simbolista configura una obra distante y distinta de aquellas iniciales aproximaciones al tratamiento literario de la crisis nihilista. Con razón, Miguel Ángel Lozano Marco, ha hablado, a propósito del *Diario* de «naturalismo impresionista modificado por el simbolismo»[144].

Tanto *El alma castellana* como *Diario de un enfermo* se apartan notablemente del canon realista para, cada cual a su modo, perseguir el «alma» (del pueblo castellano o del sujeto) que late oculta por debajo de los procesos descritos con *mímesis* realista. Es, como vimos, el germen de la «pequeña filosofía». Si Schopenhauer estaba enseñando a J. Martínez Ruiz a «leer» el mundo de otra manera, a ver

---

[143] «Las obras del 900 enlazan con criterios apuntados en los años de militancia radical. Martínez Ruiz sigue unos estímulos que le atraen: no hay más que comprobar cómo *El alma castellana* tiene sus precedentes en la primera parte de *Moratín* (1894), y en «Los ideales de antaño» y en «Medalla antigua», artículos publicados en *El Mercantil Valenciano,* recogidos en *Buscapiés* (1894), que luego reaparecen en *El País* y por fin en *Soledades* (1898); así como el estilo y el tono de *Diario de un enfermo* está prefigurado en «Hastío» (*Buscapiés*) y en «Fragmentos de un diario» y «Paisajes» de *Bohemia* (1897)», M. A. Lozano Marco, «J. Martínez Ruiz en el 98 y la estética de Azorín», cit., pág. III.

[144] M. A. Lozano Marco, «Novelas (1901-1904)», cit., pág. 92.

tras las apariencias fenoménicas el reino de la ciega voluntad, a comprender que el mal y el dolor del mundo no pertenecen a la estructura social, sino que anidan en el fondo
del corazón humano, que mal y dolor son, en fin, radicales e ineliminables, entonces, esta nueva cosmovisión exi-
gía del escritor una «nueva estética». Una estética capaz, por
un lado, de penetrar el fondo y la raíz última de los procesos fenoménicos tan hábilmente descritos por el rea-
lismo-naturalismo, y, por otro, de desplazar la atención hacia lo que hasta ahora habían sido detalles insignificantes,
hacia lo vulgar y anodino. Una estética ya plenamente ganada desde *Antonio Azorín* y *Las confesiones de un pequeño
filósofo,* y que la crítica ha solido denominar como la «estética de Azorín», acaso porque su mayor logro sea *Los pueblos,* el primer libro firmado ya por Azorín. Ahora bien, el
camino hasta llegar a esta «estética de Azorín» es un largo
camino de «ensayo» y «prueba» de escritura, de lucha por
un logro estilístico en consonacia con la exigencia de una
«nueva estética», un camino con etapas bien concretas: *El
alma castellana, Diario de un enfermo, La voluntad* y *Antonio Azorín.* La «nueva estética» de J. Martínez Ruiz quiere
ser expresión de este esfuerzo ejemplar por abrir nuevos caminos a la crisis de la estética realista-naturalista (un aspecto más del «mundo en crisis» propio del período de entresiglos). La «nueva estética» no es, pues, un logro o un
resultado, sino un camino por hacer; es tránsito, búsqueda,
afán. La «nueva estética» es la conciencia estética de la crisis, conciencia de la imposibilidad de seguir los modelos es-
téticos dominantes hasta entonces, pero conciencia también, al mismo tiempo, de no tener a la mano otra cosa que
la fragmentación del orden del positivismo. Inicialmente,
pues, habrá de partir de los elementos disponibles y ya conocidos; acaso en otro «orden de cosas» puedan resultar eficaces para construir los primeros peldaños de la «nueva estética». Por eso, el lector encontrará en *Diario de un
enfermo* algunos elementos estético-estilísticos del pasado
junto a una nueva sensibilidad en la obra de J. Martínez
Ruiz: estética del reposo (estrechamente emparentada con
los desarrollos teóricos del «quietismo estético», propugna-

dos después por Valle-Inclán en *La lámpara maravillosa)*, alma de las cosas, misticismo, atención a los aspectos misteriosos de la realidad, al silencio (del mundo y de la lengua), etc. Una nueva sensibilidad perfectamente arraigada en la estética simbolista europea de la época[145], que se plasma literariamente desplegando una serie de recursos estilísticos de notable factura: impresionismo, alusividad, simplicidad, cromatismo, etc.

Hay algo en el *Diario* de aquel ideal wagneriano de la unidad de las artes; Toledo (sin la música de Bayreuth), ciudad eminentemente espiritual, lugar que aúna a El Greco y a Santa Teresa, bien podría representar una suerte de confluencia entre la pintura y la literatura. Una confluencia cuya explicación va más allá de la vida bohemia de la época que veía juntos a pintores y literatos, para reclamar una comprensión general y unitaria del arte, por encima de la tradicional separación que ha dividido las distintas artes, en función de la materia artística o del modo de ejecución. Una comprensión del arte de clara raíz antiburguesa, que acaba por reclamar, a su vez, una necesaria confluencia entre el arte y la vida, no ya como cosas separadas, sino como una misma y sola cosa. Larra representaba, para los jóvenes artistas e intelectuales de principios de siglo, esa unidad de vida y literatura que ellos pretendían para su «arte nuevo» (nótese que el *Diario* presenta no pocas afinidades estilísticas con la escritura del Larra del último período, el Larra en crisis). De este modo, la visita a la «tumba de Larra» y el «viaje a Toledo» constituyen no sólo las «señas de identidad» del grupo de jóvenes escritores y artistas de principios de siglo[146], sino que, siendo dos acontecimientos que vieron siempre a nuestro autor como protagonista, deben verse también como dos momentos fundamentales y decisivos de la «nueva estética» de J. Martínez Ruiz.

---

[145] Véanse las notas correspondientes a la entrada del 6 de abril de 1899 del *Diario*.

[146] De ambos episodios, el «grupo» quiso dejar constancia en sendas publicaciones: el único número de la revista *Mercurio* (3 de marzo de 1901), dedicado a Toledo, y la hoja conmemorativa de la muerte de nuestro mayor romántico, *Larra (1809-1837). Aniversario de 13 de Febrero de 1901*.

Nuestra edición

Diario de un enfermo, de J. Martínez Ruiz, se ha publicado en las siguientes ediciones:

— Madrid, Est.[ablecimiento] Tipográfico de Ricardo Fe, 1901, 107 págs. (edición del autor).
— Azorín, *Obras Completas,* vol. I, Madrid, Aguilar, 1947, págs. 687-734.
— Azorín, *Obras Completas,* vol. I, Madrid, Aguilar, 1975, págs. 375-436.
— Azorín, *Obras Escogidas,* vol. I, Madrid, Espasa Calpe, 1998, págs. 167-212.

La edición de 1947 corrige algunas erratas de la 1.ª edición, actualiza la acentuación, introduce cambios en la puntuación y suprime las últimas frases, con lo que modifica (censura) el final de la obra. En la Casa-Museo Azorín se conserva un ejemplar de la 1.ª edición que perteneció a don Ángel Cruz Rueda, sobre el que están marcadas (presumiblemente por el propio Cruz Rueda) buena parte de las correcciones y/o modificaciones que se introdujeron en la edición de 1947. La edición de 1975 sigue la de 1947, a la que añade sólo una nota final a pie de página en la que se restituyen las frases finales suprimidas en la edición anterior. La edición de 1998 adopta el texto de la 1.ª edición.

Nuestra edición sigue el texto de la 1.ª edición, la única «autorizada» por J. Martínez Ruiz, corrige las erratas del texto original y actualiza la acentuación. Señalamos en nota los cambios más relevantes introducidos por la edición de Aguilar de 1947 cuando modifican algo más que la mera puntuación de la obra (no señalamos tampoco las variantes del tipo «yerba» < «hierba», ni el añadido de un artículo sin relevancia significativa: «calle de Botoneras» < «calle de las Botoneras»). En el respeto pleno del autor, cuando se ha hecho pertinente y oportuna la referencia a alguna de sus obras, hemos utilizado sólo las primeras ediciones (o aquellas que las siguen fielmente), pues J. Martínez Ruiz no llegó a publicar nunca segundas ediciones; por lo que respecta a la utilización de las «memorias» de Azorín como fuente de datos o de noticias de interés en alguno de los aspectos relacionados con esta edición, hemos tenido siempre presente el «filtro» que supone Azorín en tales operaciones (se trata, en efecto, de un recuerdo «usurpado» a J. Martínez Ruiz y escrito por Azorín).

Hemos hecho acompañar al texto de un conjunto de notas cuyo objetivo principal mira a potenciar una mejor comprensión del mismo, lo que se traduce en el intento de indicar para la obra un cierto grado de aproximación a aquella «plenitud significativa» reclamada por Ortega como norte del buen ejercicio crítico. Una idea, ésta, que el filósofo madrileño plasmó con belleza al hilo de uno de aquellos trabajos suyos sobre Pío Baroja, *Anatomía de un alma dispersa*:

> Me parece divisar la misión de la crítica en una desintegración de los elementos de la obra con el fin de potenciarlos, de llevarlos a un máximo crecimiento de modo que al releer el libro parezcan haberse multiplicado todas sus energías interiores. Como el barniz sobre los cuadros, aspira la crítica a dotar a los objetos literarios de una atmósfera más pura, atmófera de alta sierra, donde son los colores más vivaces y más amplias las perspectivas.

Mera aspiración, pues, la de la crítica: no sin melancolía, siempre acaba señalando hacia la excelencia de una

tarea, nunca plenamente satisfecha, que persigue lo inalcanzable e infinito de la interpretación y del cuidado de los
textos.

Acaso juzgará el lector exagerado el número de notas
que miran a la contextualización filosófica de la obra; no
hay tras ello ningún intento de vana erudición, sino el
firme propósito de dar cuenta del papel principal que juega
el «pensamiento» en la economía de la novela: la tradicional separación entre la literatura y la filosofía no podía con-
venir como ejercicio crítico de un texto que se proponía,
precisamente, desplegar una nueva colaboración y confluencia de lo filosófico con lo literario.

Cuando no contrariamente indicado, las traducciones
son nuestras.

Nuestro trabajo tiene una inestimable deuda (intelectual y humana) contraída con el personal de la Casa-Museo
Azorín; la consigna de sus nombres en esta nota es un tributo de gratitud sincera por su eficaz y siempre generosa
colaboración: Ascensión Alted, Mariló Cantó, José Payá
Bernabé y Magdalena Rigual Bonastre.

BIBLIOGRAFÍA*

* La bibliografía más completa y exhaustiva sobre nuestro autor es la elaborada por M. Rigual Bonastre, «Estudio bibliográfico de José Martínez Ruiz, Azorín. Guía de libros, ediciones y estudios», en Azorín, *Obras Escogidas,* M. A. Lozano Marco (coord.), Madrid, Espasa Calpe, 1998, vol. III, págs. 1547-1675. En nuestra selección bibliográfica hemos pretendido recoger sólo los estudios principales y de mayor valor crítico que, central o tangencialmente, abordan alguno de los aspectos más relevantes de la obra de J. Martínez Ruiz.

ABBOT, J. H., «Azorín and Taine's Determinism», en *Hispania,* núm. 46, 1963, págs. 476-479.

ABELLÁN, J. L., «Ambivalencia de Azorín», *Sociología del 98* (1973), Madrid, Biblioteca Nueva, 1997, págs. 57-72.

ALONSO, C., «José Martínez Ruiz fugaz redactor en *El Pueblo* (Valencia, 1896). Algunos textos sin catalogar de la prehistoria azoriniana», en *Anales Azorinianos,* núm. 6, 1997, págs. 243-266.

BESER, S., «Un artículo de Maeztu contra Azorín», en *Bulletin Hispanique,* núm. 65, 1963, págs. 329-332.

BIERVLIET D'OVERBROECK, M., «*La voluntad* y *Antonio Azorín:* reconsideración de su cronología», en *The American Hispanist,* núm. 12, 1976, págs. 6-8.

— «Una hipótesis sobre el papel de la mujer en el desarrollo de José Martínez Ruiz, el futuro Azorín», en *Cuadernos Hispanoamericanos,* núm. 351, 1979, págs. 651-656.

— «The early polemics of José Martínez Ruiz», en *Hispanófila,* núm. 77, 1983, págs. 45-60.

BLANCO AGUINAGA, C., «Los primeros libros de Azorín», *Juventud del 98,* Barcelona, Crítica, 1978[2], págs. 117-156.

— «Escepticismo, paisajismo y los clásicos: Azorín o la mistificación de la realidad», en *Ínsula,* núm. 247, 1967, págs. 3 y 5.

BONET, L., «*Diario de un enfermo,* de Azorín: el momento y la sensación», en *Divergencias y unidad: perspectivas sobre la Generación del 98 y Antonio Machado,* ed. de John P. Gabriele, Madrid, Orígenes, 1990, págs. 81-97.

CALVO CARILLA, J. L., *La cara oculta del 98. Místicos e intelectuales en la España de fin de siglo (1895-1902),* Madrid, Cátedra, 1998.

CAMPOS, J., «José Martínez Ruiz, 1897», en *Ínsula,* núm. 246, 1967, pág. 3.

CAMPOS, J., «Hacia un conocimiento de Azorín: pensamiento y acción de José Martínez Ruiz», en *Cuadernos Hispanoamericanos,* núm. 226-227, 1968, págs. 114-139.

CANSINOS-ASSENS, R., «Martínez Ruiz (Azorín)», *La nueva literatura I,* Madrid, Editorial Páez, 1925, págs. 87-107.

CASARES, J., «Azorín (José Martínez Ruiz)», *Crítica profana (Valle-Inclán, Martínez Ruiz, Ricardo León),* Madrid, Renacimiento, 1915, págs. 87-153.

CAUDET, F., «Los Tres en *El Pueblo Vasco:* Cartas inéditas de Baroja a J. Martínez Ruiz», en *Norte,* 1973, págs. 1-8.

CELA, C. J., «Baroja y Azorín», *Cuatro figuras del 98,* Barcelona, Aedo, 1961, págs. 27-38.

— «Breve noticia de un curioso epistolario del joven Baroja al joven Martínez Ruiz», en *Papeles de Son Armadans,* tomo 67, núm. III, 1972, págs. 211-231.

CEREZO GALÁN, P., «De la generación trágica a la generación clásica. Las generaciones del 98 y el 14», en *La Edad de Plata de la Cultura Española,* vol. I, tomo XXXIX de la *Historia de España (Menéndez Pidal),* dirigida por J. M. Jover Zamora, Madrid, Espasa Calpe, 1996², págs. 131-315.

CONTE, R., «Azorín en el purgatorio», en *Cuadernos Hispanoamericanos,* núm. 226-227, 1968, págs. 9-27.

— «Azorín, el refugio de Martínez Ruiz», en *El Sol,* 8 de marzo de 1991.

DÍEZ DE REVENGA, J., «Las primeras novelas de Azorín. Aproximación a un estudio de la novela lírica en Martínez Ruiz», en *José Martínez Ruiz (Azorín),* Actes du Iᵉʳ Colloque International (Pau, 25-26 de abril de 1985), Biarritz, J & D Éditions, 1993, págs. 59-66.

DÍEZ MEDIAVILLA, A., «Azorín y el teatro español del último tercio del siglo XIX», en *Anales Azorinianos,* núm. 1, 1983-84, págs. 116-129.

— «Azorín ante el teatro del 98: el caso de Benavente», en *Azorín et la Génération de 98,* Actes du IV Colloque International (Pau-San Jean de Luz, 23-25 de octubre de 1997), Université de Pau et des Pays de l'Adour et Editions Covedi, 1998, págs. 249-261.

— «*La fuerza del amor:* en los umbrales de una apuesta literaria», en *Azorín fin de siglos (1898-1998),* ed. de A. Díez Mediavilla, Alicante, Aguaclara, 1998, págs. 213-230.

DÍEZ PLAJA, G., «El escritor decimonónico José Martínez Ruiz», *En torno a Azorín,* Madrid, Espasa Calpe, 1969, págs. 39-47.

DOBÓN ANTÓN, M. D., *El intelectual y la urbe: Clarín maestro de Azorín,* Madrid, Fundamentos, 1996.

Dobón Antón, M. D., *Azorín anarquista: de la revolución al desencanto,* Alicante, Instituto Juan Gil-Albert, 1997.

— «Azorín-Unamuno (1895-1898): «Charivari en casa de Unamuno»», en *Azorín et la Génération de 98,* Actes du IV Colloque International (Pau-San Jean de Luz, 23-25 de octubre de 1997), Université de Pau et des Pays de l'Adour et Editions Covedi, 1998, págs. 181-190.

Elizalde, I., «Azorín y el estreno de *Electra* de Pérez Galdós», en *Letras de Deusto,* núm. 6, 1973, págs. 67-79.

Fernández Almagro, M., «José Martínez Ruiz», *En torno al 98. Política y literatura,* Madrid, Ediciones Jordán, 1948, págs. 113-122.

Fernández Gutiérrez, J. M., «Azorín. Del anarquismo a las esencias inmutables», en *Salina. Revista de Lletres,* núm. 11, 1997, págs. 116-120.

Fiddian, R. W., «Azorín and Guyau: a further point of comparison», en *Romance Notes,* núm. 16, 1975, págs. 474-478.

Fox, E. I., *Azorín: guía de la obra completa,* Madrid, Castalia, 1992.

— «José Martínez Ruiz (Estudio sobre el anarquismo del futuro Azorín)», *Ideología y política en las letras de fin de siglo (1898),* Madrid, Espasa Calpe, 1989, págs. 43-63.

— «*Electra,* de Pérez Galdós (Historia, literatura y la polémica entre Martínez Ruiz y Maeztu)», *Ideología y política en las letras de fin de siglo (1898),* Madrid, Espasa Calpe, 1989, páginas 65-93.

— «Azorín y la coherencia (Ideología, política y crítica literaria)», *Ideología y política en las letras de fin de siglo (1898),* Madrid, Espasa Calpe, 1989, págs. 95-120.

— «Lectura y literatura (En torno a la inspiración libresca de Azorín)», *Ideología y política en las letras de fin de siglo (1898),* Madrid, Espasa Calpe, 1989, págs. 121-155.

— «Introducción» a J. Martínez Ruiz (Azorín), *La voluntad,* Madrid, Castalia, 1989[5], págs. 9-47.

— «Introducción» a J. Martínez Ruiz (Azorín), *Antonio Azorín,* Madrid, Castalia, 1992, págs.7-32.

— «Azorín y la nueva manera de mirar las cosas», en *José Martínez Ruiz (Azorín),* Actes du Ier Colloque International (Pau, 25-26 de abril de 1985), Biarritz, J&D Éditions, 1993, págs. 299-304.

García de Candamo, B., «*Diario de un enfermo,* por J. Martínez Ruiz», en *Arte Joven,* núm. 2, 1901, págs. 2-3.

González Blanco, A., «Martínez Ruiz», *Los Contemporáneos,* París, Garnier, 1906, págs. 1-73.

González Serrano, U., «J. Martínez Ruiz», *Siluetas,* Madrid, Rodríguez Serra, 1899, págs. 85-93.

Gullón, G., «Del *locus* de la novela tradicional al *punctum* de la novela modernista: *La voluntad,* de Azorín», *La novela moderna en España (1885-1902). Los albores de la modernidad,* Madrid, Taurus, 1992, págs. 185-203.

Johnson, R., *Las bibliotecas de Azorín,* Alicante, Caja de Ahorros del Mediterráneo, 1996.

— «Martínez Ruiz: una respuesta a la solución de Baroja», *Fuego cruzado. Filosofía y novela en España (1900-1934),* Madrid, Ed. Libertarias/Prodhufi, 1997, págs. 117-141.

Jurkevich, G., «Defining Castille in literature and art: institucionismo, the generation of 98 and the origins of modern spanish landscape», en *Revista Hispánica Moderna,* XLVII, 1994, págs. 56-71.

— «La Generación del 98 frente a la Institución de Enseñanza», en *Azorín et la Génération de 98,* Actes du IV Colloque International (Pau-San Jean de Luz, 23-25 de octubre de 1997), Université de Pau et des Pays de l'Adour et Editions Covedi, 1998, págs. 77-84.

Krause, A., *Azorín, el pequeño filósofo,* Madrid, Espasa Calpe, 1955.

Lázaro Carreter, F., «Los novelistas de 1902 (Unamuno, Baroja, «Azorín»)», *De poética y poéticas,* Madrid, Cátedra, 1990, páginas 129-149.

Lineros Quintero, R., «*Diario de un enfermo* (1901): un ejemplo de escritura visual azoriniana», en *Azorín en el primer milenio de la lengua castellana,* Actas del Congreso Internacional, Universidad de Murcia, 1998, págs. 253-268.

Litvak, L., «*Diario de un enfermo:* la nueva estética de Azorín», en *La crisis de fin de siglo: ideología y literatura. Estudios en memoria de Rafael Pérez de la Dehesa,* Barcelona, Ariel, 1975, páginas 273-282.

Livingstone, L., *Tema y forma en las novelas de Azorín,* Madrid, Gredos, 1970.

Londero, R., «Azorín crítico en ciernes (1893-1905)»: el acercamiento a los clásicos del siglo XVII», en *Azorín fin de siglos (1898-1998),* ed. de A. Díez Mediavilla, Alicante, Aguaclara, 1998, págs. 177-190.

— «Il primo Azorín e Montaigne: fra atarassia e scetticismo», en *Las conversaciones de la víspera: el Noventayocho en la encrucijada voluntad/abulia,* ed. de G. Mazzocchi y J. M. Martín Morán, Viareggio, Mauro Baroni Editore, 1998, págs. 113-128.

López García, P. I., «Fin de siglo: las influencias. Wagner y el wagnerismo vistos por Azorín», en *Azorín et la Génération de 98,* Actes du IV Colloque International (Pau-San Jean de Luz, 23-25 de octubre de 1997), Université de Pau et des Pays de l'Adour et Editions Covedi, 1998, págs. 271-299.

Lozano Marco, M. A., «La originalidad estética de *Los pueblos»,* Introducción a Azorín, *Los pueblos (Ensayos sobre la vida provinciana),* Alicante, Instituto de Cultura Juan Gil-Albert, 1990, págs. 7-26.

— «Algunas consideraciones sobre la estética simbolista en los primeros libros de Azorín (1905-1912)», en *Azorín et la France,* Actes du Deuxième Colloque International (Pau, 23-25 de abril de 1992), Biarritz, J & D Éditions, 1995, págs. 81-91.

— «Azorín, una estética de la resignación», en *Azorín (1904-1924),* Actes du III Coloque International (Pau-Biarritz, 27-29 de abril de 1995), Universidad de Murcia & Université de Pau et des Pays de l'Adour, 1996, págs. 109-114.

— «Schopenhauer en Azorín. La necesidad de una metafísica», en *Schopenhauer y la creación literaria en España,* ed. de M. A. Lozano Marco, *Anales de literatura española de la Universidad de Alicante,* núm. 12, 1996, págs. 203-215.

— «J. Martínez Ruiz en el 98 y la estética de Azorín», en *En el 98 (Los nuevos escritores),* ed. de J.-C. Mainer y J. Gracia, Madrid, Visor, 1997, págs. 109-135.

— «Madrid en *La voluntad* (1902)», en *Azorín fin de siglos (1898-1998),* ed. de A. Díez Mediavilla, Alicante, Aguaclara, 1998, págs. 159-176.

— «Introducción general» a Azorín, *Obras Escogidas,* Madrid, Espasa Calpe, 1998, págs. 25-73.

— «Novelas (1901-1904)», en Azorín, *Obras Escogidas,* Madrid, Espasa Calpe, 1998, págs. 89-105.

— «Azorín y el fin de siglo (1893-1905)», en *Azorín y el fin de siglo,* Catálogo de la exposición «Azorín y el fin de siglo (1893-1905)», Alicante, Caja de Ahorros del Mediterráneo, 1998, págs. 1-32.

Macklin, J., «Modernismo y novela en la España finisecular», en *Ínsula,* núm. 487, 1987, págs. 22-23.

Manso, C., «Un jalón olvidado en la carrera periodística madrileña de José Martínez Ruiz», en *Anales Azorinianos,* núm. 1, 1983-84, págs. 135-143.

— «Un jeune critique en herbe: José Martínez Ruiz», en *Mélanges offerts au professeur Maurice Descotes,* Université de Pau, 1988, págs. 281-303.

Manso, C., «De cierta idea de Europa en J. Martínez Ruiz y en Azorín», en *Azorín en el primer milenio de la lengua castellana*, Actas del Congreso Internacional, Universidad de Murcia, 1998, págs. 301-306.

— «José Martínez Ruiz o el camino de imperfección de un intelectual finisecular (1893-1904)», en *Azorín fin de siglos (1898-1998)*, ed. de A. Díez Mediavilla, Alicante, Aguaclara, 1998, págs. 79-112.

Martín, F. J., «El horizonte de la desdicha (El problema del mal y el ideal ascético en Azorín)», en *Schopenhauer y la creación literaria en España*, ed. de M. A. Lozano Marco, *Anales de literatura española de la Universidad de Alicante*, núm. 12, 1996, págs. 175-201.

— «"Y si él y no yo…"», Introducción a J. Martínez Ruiz (Azorín), *Antonio Azorín*, Madrid, Biblioteca Nueva, 1998, págs. 13-38.

— «El anarquismo literario de José Martínez Ruiz», en *Fine secolo e scrittura: dal Medioevo ai giorni nostri*, Actas del XVIII Congreso de la Associazione degli Ispanisti Italiani (Siena, 5-7 marzo 1998), Roma, Bulzoni, 1999, págs. 321-346.

— «Del medio vital al medio histórico (José Martínez Ruiz en el laberinto del 98)», en *El 98 a la luz de la literatura y la filosofía*, Actas del Coloquio Internacional (Szeged, 16-17 de octubre de 1998), ed. de D. Csejtei, S. Laczkó y L. Scholz, Szeged (Hungría), Fundación Pro-Philosophia Szegediensi, 1999, págs. 190-208.

Martínez Cachero, J. M., *Las novelas de Azorín*, Madrid, Ínsula, 1960.

— «Clarín y Azorín (Una amistad y un fervor)», en *Archivum*, III, 1953, págs. 159-180.

— «Sobre cinco folletos literarios de J. Martínez Ruiz», en *Azorín fin de siglos (1898-1998)*, ed. de A. Díez Mediavilla, Alicante, Aguaclara, 1998, págs. 56-67.

Martínez del Portal, M., «Introducción» a J. Martínez Ruiz, *La voluntad*, Madrid, Cátedra, 1997, págs. 11-96.

Molas, J., «Maragall y Azorín», en *La Torre*, núm. 60, 1968, páginas 217-240.

Montero Padilla, J., «Azorín en Madrid (1896-1902)», en *Azorín fin de siglos (1898-1998)*, ed. de A. Díez Mediavilla, Alicante, Aguaclara, 1998, págs. 41-54.

Pardo Bazán, E., «La nueva generación de novelistas y cuentistas en España», en *Helios*, núm. 12, 1904, págs. 257-270.

Payá Bernabé, J., «Ignorados artículos de Martínez Ruiz en *El Motín*», en *Anales Azorinianos*, núm. 3, 1986, págs. 81-118.

PAYÁ BERNABÉ, J., «Azorín político: del federalismo a la guerra civil», en *Homenaje a Azorín en Yecla,* Murcia, Caja de Ahorros del Mediterráneo, 1988, págs. 9-68.

PEARSALL, P., «Azorín's *La voluntad* and Nietzsche's *Schopenhauer as educator*», en *Romance Notes,* vol. XXV, núm. 2, 1984, páginas 121-126.

PÉREZ DE ÁYALA, R., *Ante Azorín,* Madrid, Biblioteca Nueva, 1964.

PÉREZ DE LA DEHESA, R., *El grupo* «Germinal»: *una clave del 98,* Madrid, Taurus, 1970.

— «Un desconocido libro de Azorín: *Pasión (Cuentos y Crónicas),* 1897*»,* en *Revista Hispánica Moderna,* núm. 33, 1967, páginas 280-284.

— «Azorín y Pi y Margall. Olvidados escritos de Azorín en *La Federación* de Alicante, 1897-1900», en *Revista de Occidente,* núm. 78, 1969, págs. 353-362.

— «Azorín en la prensa anarquista de fin de siglo», en *Cuadernos Americanos,* núm. 173, 1970, págs. 111-118.

PÉREZ LÓPEZ, M. M., «De Martínez Ruiz a Azorín: aspectos de una crisis (1898-1899)», en *José Martínez Ruiz (Azorín),* Actes du Ier Colloque International (Pau, 25-26 de abril de 1985), Biarritz, J&D Éditions, 1993, págs. 87-100.

PRIETO DE PAULA, A. L., «La novela de José Martínez Ruiz. Voluntad, ataraxia y abulia», en *Ínsula,* núm. 556, 1993, páginas 15-16.

— «La formación del héroe noventayochista en las novelas de Azorín», en *Anales Azorinianos,* núm. 5, 1993, págs. 215-225.

— «La trilogía de Antonio Azorín y la narrativa francesa coetánea: influencias, afinidades electivas», en *Azorín et la France,* Actes du Deuxième Colloque International (Pau, 23-25 de abril de 1992), Biarritz, J & D Éditions, 1995, págs. 73-80.

— «Azorín y las fuentes del dolor: unas notas sobre la "angustia inherente"», en *Azorín fin de siglos (1898-1998),* ed. de A. Díez Mediavilla, Alicante, Aguaclara, 1998, págs. 131-144.

RAMOS-GASCÓN, A., «Relaciones Clarín-Martínez Ruiz, 1897-1900», en *Hispanic Review,* núm. 42, 1974, págs. 413-426.

RIGUAL BONASTRE, M., «José Martínez Ruiz: de lector espontáneo a lector profesional», en *Azorín et la Génération de 98,* Actes du IV Colloque International (Pau-San Jean de Luz, 23-25 de octubre de 1997), Université de Pau et des Pays de l'Adour et Editions Covedi, 1998, págs. 407-413.

RIOPÉREZ Y MILA, S., «Azorín anarquista. Ideología de sus primeras colaboraciones periodísticas (1894-1904)», en *José Martínez*

Ruiz (Azorín), Actes du Ier Colloque International (Pau, 25-26 de abril de 1985), Biarritz, J&D Éditions, 1993, págs. 127-138.

Riopérez y Milá, S., «Montaigne y Azorín: más allá de una influencia literaria», en *Azorín et la France,* Actes du Deuxième Colloque International (Pau, 23-25 de abril de 1992), Biarritz, J & D Éditions, 1995, págs. 13-40.

Risco, A., *Azorín y la ruptura con la novela tradicional,* Madrid, Alhambra, 1980.

— «La mujer en la novela de Azorín», en *Cuadernos Hispanoamericanos,* núm. 385, 1982, págs. 172-191.

— «El paisaje en Azorín: su elaboración y destrucción», en *José Martínez Ruiz (Azorín),* Actes du Ier Colloque International (Pau, 25-26 de abril de 1985), Biarritz, J&D Éditions, 1993, págs. 283-297.

Robles Egea, A., «Algunos datos desconocidos sobre la evolución política del joven Martínez Ruiz (1899-1901)», en *José Martínez Ruiz (Azorín),* Actes du Ier Colloque International (Pau, 25-26 de abril de 1985), Biarritz, J&D Éditions, 1993, págs. 101-126.

— «La idea de Europa y la crítica de España en Azorín, 1898-1914», en *Azorín et la Génération de 98,* Actes du IV Colloque International (Pau-San Jean de Luz, 23-25 de octubre de 1997), Université de Pau et des Pays de l'Adour et Editions Covedi, 1998, págs. 43-62.

Rodríguez, J., «Martínez Ruiz y la polémica del esteticismo en el cambio de siglo», en *1616. Anuario de la Sociedad Española de Literatura General y Comparada,* VI-VII, 1988-89, páginas 146-156.

Salcedo, E., «Entre Martínez Ruiz y Azorín: revisión polémica», en *Triunfo,* núm. 563, 1963, págs. 30-33.

Samper, E., «Azorín y Echegaray: una polémica en torno al premio nobel de literatura», en *Azorín et la Génération de 98,* Actes du IV Colloque International (Pau-San Jean de Luz, 23-25 de octubre de 1997), Université de Pau et des Pays de l'Adour et Editions Covedi, 1998, págs. 263-270.

Sánchez Francisco, L., *Mística y razón autobiográfica en los primeros escritos de José Martínez Ruiz (Azorín),* Poznan (Polonia), Publicaciones de la Universidad Adam Mickiewicz, 1995.

— *Azorín (1873-1967),* Madrid, Ediciones del Orto, 1998.

Sánchez Martín, A., *Ideología, política y literatura en el primer Azorín (1893-1905),* Madrid, Endymion, 1997.

— «Martínez Ruiz y la novela en 1901: *Diario de un enfermo*», en *Azorín fin de siglos (1898-1998),* ed. de A. Díez Mediavilla, Alicante, Aguaclara, 1998, págs. 145-158.

Selva y Roca de Togores, E., «Azorín y el desastre de 1898: crisis nacional y afirmación juvenil del artista», en *Azorín et la Génération de 98,* Actes du IV Colloque International (Pau-San Jean de Luz, 23-25 de octubre de 1997), Université de Pau et des Pays de l'Adour et Editions Covedi, 1998, págs. 219-227.

Smith, P., «Seven unknown articles by the future Azorín», en *Modern Language Notes,* vol. LXXXV, núm. 2, 1977, págs. 250-261.

Sobejano, G., *Nietzsche en España,* Madrid, Gredos, 1967.

— «La quiebra del naturalismo en la literatura española de fin de siglo», en *El camino hacia el 98 (Los escritores de la Restauración y la crisis de fin de siglo),* ed. de L. Romero Tobar, Madrid, Visor, 1998, págs. 13-28.

Storm, E., «La generación de 1897. Las ideas políticas de Azorín y Unamuno en el fin de siglo», en *Antes del desastre: orígenes y antecedentes de la crisis del 98,* ed. de J. P. Fusi y A. Niño, Universidad Complutense, 1996, págs. 465-480.

— «Van José Martínez Ruiz tot Azorín. Intellectuele rebellie», *Het perspectief van de vooruitgang. Denken over politiek in het Spaanse fin de siècle,* Baarn, Agora, 1999, págs. 267-298.

Urrutia, J., «Estructura, significación y sentido de *La voluntad*», en *Dai modernismi alle avanguardie,* ed. de C. Prestigiacomo y M. C. Ruta, Palermo, Flaccovio Editore, 1991, págs. 41-52.

Utrera, R., «Azorín», *Modernismo y 98 frente al cinematógrafo,* Universidad de Sevilla, 1981, págs. 178-258.

Valverde, J. M., *Azorín,* Barcelona, Planeta, 1971.

Vilanova, M., *La conformidad con el destino en Azorín,* Barcelona, Ariel, 1971.

CRONOLOGÍA*

* Cronología establecida por Coronada Pichardo (Universidad Carlos III de Madrid).

DATOS SOBRE EL AUTOR	REFERENCIAS HISTÓRICAS Y POLÍTICAS	ARTE, CIENCIA Y CULTURA
1873	**1873**	**1873**
— Nace José Augusto Trinidad Martínez Ruiz en Monóvar, el 8 de junio. (Fallecerá en 1967.)	— Abdicación de Amadeo I. Proclamación de la I República en España.	— Pérez Galdós, *Episodios Nacionales* (1873-1912, 46 vols.). — Tolstoi, *Ana Karenina.*
	1874	**1874**
	— Golpe del general Pavía. — Pronunciamiento de Sagunto.	— Valera, *Pepita Jiménez.* — Víctor Hugo, *Quatre-vingt-treize.* — Alarcón, *El sombrero de tres picos.*
	1875	**1875**
	— Restauración de la monarquía en España. Confirmación del gabinete Cánovas. Los carlistas derrotados en Olot. — Elecciones generales para Cortes Constituyentes. Gabinete Cánovas.	— Núñez de Arce, *Gritos del combate.* — Mark Twain, *Tom Sawyer.* — Bizet, *Carmen.* — Se inician las excavaciones de Altamira: descubrimiento de las pinturas rupestres.
	1876	**1876**
	— Constitución de 1876. Disolución de la Primera Internacional. — Surge en Rusia el movimiento «tierra y libertad».	— Pérez Galdós, *Doña Perfecta.* — Giner funda la Institución Libre de Enseñanza. — Mallarmé, *L'après-midi d'un faune.* — Graham Bell inventa el teléfono.

Datos sobre el autor	Referencias históricas y políticas	Arte, ciencia y cultura
		1877 — Zola, *L'Assomoir*. — Flaubert, *Trois contes*.
	1878 — Boda de Alfonso XII con María de las Mercedes. Muerte de la reina.	
	1879 — Boda de Alfonso XII con María Cristina de Habsburgo-Lorena. Gabinete Cánovas. Creación de la república del Transvaal.	**1879** — Huysmans, *Les Soeurs Vatard*. — Dostoievski, *Los hermanos Karamazov*. — Ibsen, *Casa de muñecas*. — Valera, *Doña Luz*.
	1880 — Se constituye el partido fusionista bajo la jefatura de Sagasta.	**1880** — Alarcón, *El niño de la bola*. — E. Zola, *Nana*; *Le roman experimental*, Les Soirées de Médan. — Dostoievski, *Los hermanos Karamazov*. — Menéndez Pelayo, *Historia de los heterodoxos españoles*. — Rodin, *El pensador*.

1881

— Inicia sus estudios como interno en el Colegio de los Padres Escolapios de Yecla.

1881

— Gobierno Sagasta.
— El anarquismo español se extiende por Cataluña y Andalucía.

1883

— Movimiento anarquista de la «Mano Negra».

1881

— Pérez Galdós, *La desheredada.*
— M. Verga, *Los malasangre.*
— H. Céard, *Une belle journée.*
— Echegaray, *El gran galeoto.*
— Palacio Valdés, *El señorito Octavio.*

1882

— Pérez Galdós, *El amigo Manso.*
— Brunetière, *Le roman naturaliste.*

1883

— Leopoldo Cano, *La Pasionaria.*
— Menéndez Pelayo, *Historia de las ideas estéticas en España.*
— Nietzsche, *Así habló Zaratustra.*
— Maupassant, *Une vie.*
— Se construye en Chicago el primer rascacielos.
— Primer ensayo de comunicación telefónica en Madrid.

1884

— Menéndez Pelayo, *Estudios de crítica literaria (1884-1908).*
— D'Annunzio, *El libro de las vírgenes.*
— Huysmans, *A Rebours.*

Datos sobre el autor	Referencias históricas y políticas	Arte, ciencia y cultura
	1885	**1885**
	— Epidemia de cólera en España.	— Pereda, *Sotileza*.
	— Muere Alfonso XII. Regencia de María Cristina de Habsburgo (hasta 1902).	— Clarín, *La Regenta*.
		— Zola, *Germinal*.
		— J. L. Pinto, *Estética naturalista*.
		— Maupassant, *Bel Ami*.
		— Pasteur descubre la vacuna contra la rabia.
	1886	**1886**
	— Nace Alfonso XIII.	— Pérez Galdós, *Fortunata y Jacinta*.
		— Tolstoi, *El poder de las tinieblas*.
		— Rimbaud, *Les illuminations*.
		— Hertz, *Las ondas electromagnéticas*.
		1887
		— E. Zola, *La Terre*.
		— Mallarmé, *Poésies*.
		— Isaac Peral da las primeras noticias del invento del submarino.
		— Invento de la linotipia.
		1888
		— Pérez Galdós, *Miau*.
		— H. Daudet, *El inmortal*.
1888		
— Se matricula en la Universidad de Valencia para estudiar Derecho.		

— Contacto con el catedrático de Derecho político, Eduardo Soler, destacado krausista.

1890
— Aprobación de la ley de sufragio universal.
— Celebración por vez primera del 1.º de Mayo.

1891
— León XIII publica la encíclica social *Rerum Novarum*.

1892
— Escribe reseñas para la revista *La educación católica* con el seudónimo de *Fray José*. Firma artículos en *El*

— Maupassant, *Pierre et Jeanne*.
— E. de Queiros, *Los Maia*.
— Strindberg, *Señorita Julia*.
— Rimsky-Korsakov, *Scherezade*.

1889
— Palacio Valdés: *La hermana San Sulpicio*.
— Se celebra la Exposición Internacional de París: la Torre Eiffel.

1890
— Zola, *La bête humaine*; *L'Argent*.
— W. James, *Principios de Psicología*.
— Borodin, *El príncipe Igor*.

1891
— Palacio Valdés, *La espuma*.
— Wilde, *El retrato de Dorian Gray*.
— Conan Doyle, *Las aventuras de Sherlock Holmes*.

1892
— Alas [Clarín], *Doña Berta*.
— H. Hauptmann, *Los tejedores*.
— Cézanne, *Les joueurs de cartes*.

Datos sobre el autor	Referencias históricas y políticas	Arte, ciencia y cultura
defensor de Yecla como Juan de Lis y envía artículos al periódico *El Eco de Monóvar*.		
1893		
— Publica bajo el seudónimo de *Cándido* su ensayo *Moratín (esbozo)*.		
1894		
— Publica bajo el seudónimo de *Ahrimán* el ensayo *Buscapiés (sátiras y críticas)*.		
1895		**1895**
— Publica sus ensayos *Anarquistas literarios (Notas sobre la literatura española)* y *Notas sociales (vulgarización)*. Empieza a firmar como J. Martínez Ruiz.		— Pereda, *Peñas arriba*.
		— Unamuno, *En torno al casticismo*.
		— Joaquín Dicenta, *Juan José*.
— Inicia su colaboración en *El Pueblo*, dirigido por Blasco Ibáñez.		— Los hermanos Lumière: el cinematógrafo.
		— Röntgen: los rayos X.
1896		**1896**
— Se traslada a Madrid donde residirá hasta su muerte.		— Valera, *Juanita la Larga*.
		— Valéry, *La soirée avec Monsieur Teste*.

— Comienza a publicar en *El País*, dirigido por Ricardo Fuente.
— *Literatura*, ensayo.

1897

— Es expulsado de la redacción de *El País* (febrero), al escribir un artículo preconizando el amor libre.
— En octubre comienza su colaboración en *El Progreso*, diario republicano de Alejandro Lerroux, junto a Unamuno y Maeztu. (Actividad que realiza hasta abril de 1898.)
— Se publican su cuento *Bohemia* y el ensayo *Charivari (crítica discordante)*.

1898

— *Pecuchet, demagogo (Fábula)*.
— *Soledades* (Fotografía).

— Cánovas es asesinado.

1898

— El *Maine*. Guerra con Estados Unidos. Fin del imperio español: Independencia de Cuba, Puerto Rico y Filipinas.

— Marconi realiza los primeros ensayos de la telegrafía sin hilos.
— Se celebra la primera Olimpiada deportiva moderna en Atenas.

1897

— Pérez Galdós, *Misericordia*.
— Unamuno, *Paz en la guerra*.
— Gide, *Les Nourritures terrestres*.
— Bergson, *Materia y memoria*.
— Ganivet, *Idearium español*; *La conquista del reino de Maya, por el último conquistador español, Pío Cid*.
— Ader efectúa el primer vuelo en aeroplano.

1898

— Blasco Ibáñez, *La barraca*.
— Rostand, *Cyrano de Bergerac*.
— Degast, *Après le bain*.
— Ganivet, *Los trabajos del infatigable creador Pío Cid*.
— *Tercera «Fiesta modernista» en Sitges*.
— Se erige un monumento a El Greco.

Datos sobre el autor	Referencias históricas y políticas	Arte, ciencia y cultura
1899	**1899**	**1899**
— La evolución de la crítica.	— Se inicia la Guerra de los Bóers (África del Sur).	— Maeztu, Hacia otra España.
— La sociología criminal.	— Segundo proceso Dreyfus, que es indultado.	— Stephan George, Canciones del sueño y de la muerte.
		— Ravel, Pavana para una infanta difunta.
		— Moréas, Stances.
1900	**1900**	**1900**
— Desde esta fecha (y hasta 1902) aumenta su actividad social y literaria y reanuda su colaboración en varios periódicos y revistas: Madrid cómico, La Correspondencia de España, Electra, Arte joven, Juventud.	— V Congreso socialista internacional en París.	— Baroja, Vidas sombrías.
— Los hidalgos (La vida en el siglo XVII); El alma castellana (1600-1800).		— Juan Ramón Jiménez, Almas de violeta; Ninfas.
		— Freud, La interpretación de los sueños.
		— Zeppelin construye el primer dirigible, que toma su nombre.
1901	**1901**	**1901**
— Publica junto a Baroja el único número de Mercurio, donde se recogen impresiones conjuntas de un viaje realizado por ambos a Toledo.	— Gabinete Sagasta.	— Pérez Galdós, Electra.
— La fuerza del amor (drama).	— Muerte de la reina Victoria: Eduardo VII, rey de Inglaterra.	— Zola, Travail.
— Diario de un enfermo.	— Asesinato del presidente Mac Kinley; le sucede Teodoro Roosevelt.	— Freud, Psicopatología de la vida cotidiana.

1902
— *La voluntad.*

1903
— *Antonio Azorín* (pequeño libro en que se habla de la vida de este peregrino señor).

1904
— *Las confesiones de un pequeño filósofo.*
— Aparece la firma de Azorín como autor.

1902
— Primera huelga general en Barcelona.
— Se termina la construcción del Transiberiano.

1903
— Muerte de León XIII: Pío X, Papa.
— Ford funda sus fábricas de automóviles.

1904
— Se aprueba el descanso dominical para los obreros.
— Se inicia la construcción del Canal de Panamá.

1902
— Unamuno, *Amor y pedagogía.*
— Baroja, *Idilios vascos; Camino de perfección.*
— Valle-Inclán, *Sonata de Otoño.*
— Naturalismo: Zola, *Les quatre évangiles.*
— Croce, *La estética como ciencia de la expresión.*
— Se termina la construcción del Transiberiano.

1904
— Pérez Galdós, *El abuelo.*
— Baroja, *La lucha por la vida* (trilogía).
— Valle-Inclán, *Flor de santidad.*
— Se concede a Echegaray el Premio Nobel de Literatura.
— Pirandello, *El difunto Matías Pascal.*
— Puccini, *Madame Butterfly.*

Datos sobre el autor	Referencias históricas y políticas	Arte, ciencia y cultura
1905	**1905**	**1905**
— Azorín publica *Los pueblos* y *La ruta de Don Quijote.*	— Huelga general en Moscú y «domingo rojo» en San Petersburgo (Primera Revolución Rusa).	— Unamuno, *Vida de Don Quijote y Sancho.* — Blasco Ibáñez, *La bodega.* — Manuel de Falla, *La vida breve.* — Rilke, *Libro de horas.* — Lorenz, Einstein y Minkowzki, *La teoría de la relatividad.*

DIARIO DE UN ENFERMO

A la memoria de
Domenico Theotocópuli[1]

EL AUTOR

---

[1] Doménikos Theotokópoulos, *El Greco* (Creta, 1541-Toledo, 1614), se formó pictóricamente en Creta (de donde procede su primer aprendizaje inspirado en las temáticas e iconografías del arte bizantino), Venecia y Roma (los dos centros principales del Cinquecento italiano, donde estudiará el pensamiento neoplatónico y entrará en contacto con los nuevos modelos de la pintura manierista y con las nuevas técnicas de expresión del cromatismo a través de sus principales representantes: Tiziano, Tintoretto, Veronese, etc.). En 1577 se traslada a España y fija su residencia en Toledo, ciudad a la que se iba a ligar de manera definitiva. Aunque capaz de ser un eficaz pintor realista, su propensión a idealizar le llevó a adoptar una serie de procedimientos que han dado a su obra la fama y el reconocimiento universal: alargamiento del canon de la figura, adelgazamiento de los rostros, deformación de los escorzos, invención constante en el empleo del color. Entre sus obras más destacadas habría que mencionar: *El expolio, El caballero de la mano en el pecho, Entierro del Conde Orgaz, Magdalena penitente,* etc. El Greco supo despertar el interés de su tiempo, como prueban los elogios de Paravicino y Góngora, mérito, sin duda, de la intensidad de sus atmósferas y de la honda espiritualidad de sus retratos, a cuyo través logró penetrar en el sentimiento místico de la España de Felipe II. Sin embargo, en parte debido a las nuevas tendencias naturalistas que se iban imponiendo en la pintura (Caravaggio, Velázquez), su fama y el reconocimiento de su obra comenzaron a eclipsarse poco después de su muerte. Un eclipse que, con el neoclasicismo, se traduciría en una inversión del juicio que había merecido su obra con anterioridad, ahora ya manifiestamente denostada y relegada al olvido por «extravagante» y «caprichosa» (Jusepe Martínez, *Discursos del arte de la pintura*). Tras este período de silencio, la recuperación de El Greco advino a través de la implantación y difusión de la sensibilidad romántica, y al-

canzó su punto de máxima «devoción» con el neorromanticismo de la atmósfera artística *fin de siècle*. Del *Voyage en Espagne* (1843) de Théophile Gautier arranca, de hecho, un nuevo reconocimiento del «genio» toledano, del que participarían, entre otros, Baudelaire y Huysmans; se exalta ahora esa «potencia oscura», esa «energía depravada» que el romanticismo veía surgir del fondo de sus cuadros. Sin embargo, sería durante la época finisecular cuando se alcanza la consagración definitiva de El Greco y se comienzan a sentar las bases para una adecuada valoración crítica de su obra. La crisis del positivismo, el nuevo misticismo y la apertura del realismo hacia el ámbito de la espiritualidad enlazaban bien con el halo de misterio y con la carga simbólica de las pinturas de El Greco. De 1898 data el momumento dedicado al pintor en Sitges, un acto conmemorativo promovido por Santiago Rusiñol en el ámbito de las *Festes Modernistes* (lo que prueba que la recuperación de El Greco no es sólo un motivo noventayochista, como ha solido sostenerse, sino que hay que inscribirla en el ámbito de la general renovación artística y cultural propia del período de entresiglos). De 1902 data la exposición de las obras de El Greco que se hizo en el Museo del Prado y el correspondiente catálogo, cuya edición cuidó Salvador Viniegra. El trabajo de recuperación crítica había comenzado en 1897 con un adecuado perfil del pintor publicado por K. Justi en la revista *Zeitschrift für bildende Kunst*, pero las contribuciones decisivas habrían de esperar hasta los primeros años del nuevo siglo: Manuel B. Cossío, *El Greco* (1908); Maurice Barrès, *Greco ou le secret de Tolède* (1911). Sucesivamente, el interés por El Greco aumenta con la penetración de las poéticas expresionistas y los intentos de recuperación histórica de la cultura manierista: es exaltado por el crítico de la historia del arte Max Dvoraz en su famosa conferencia *Über Greco und Manierismus* (publicada en 1921 en *Jahrbuch für Kunstgeschichte)*, decisiva para los posteriores desarrollos de A. Mayer *(El Greco,* 1926), J. Cassou *(Le Greco,* 1931) y L. Goldscheiner, *(El Greco,* 1938); a los que seguirán los del Marqués de Lozoya *(El San Mauricio de El Greco,* 1947), J. Camón Aznar *(Dominico Greco,* 1950), Harold Wethey *(El Greco and his School,* 1962), etc., en un *crescendo* de interés general por su obra que llega hasta la reciente exposición internacional realizada en Madrid, Roma y Atenas (1999): *El Greco: identidad y transformación (Creta, Italia, España)*.

La dedicatoria con que se abre *Diario de un efermo* pone de manifiesto la «admiración» de J. Martínez Ruiz por el maestro toledano («Theotocópuli pinta el Espíritu: es el pintor de la Esencia», dirá el personaje-autor del *Diario* en la entrada del 23 de noviembre de 1899). El Greco será uno de los motivos principales de aquel programático viaje a Toledo que realizaron Martínez Ruiz y Pío Baroja. Ambos autores capitanearon esa especie de homenaje que la juventud literaria «madrileña» (la catalana ya se había anticipado con el monumento de Sitges) tributó a El Greco al alba del nuevo siglo en el único número publicado de la revista *Mercurio* (1901); colaboraron, además de los ya mencionados: Manuel B. Cossío, Camilo Bargiela, Jesús Fluixá, Juan Gualberto Nessi (Ricardo Baroja). Hay que señalar también la perceptible huella de El Greco en los llamados «pintores del 98»: Ignacio Zuloaga, Darío de Regoyos, Manuel Lo-

sada, Ricardo Baroja, Adolfo Guiard, etc. Azorín, en el libro de memorias titulado *Madrid* (1941), da cuenta fiel de la principal importancia que
revestía El Greco en los ambientes de renovación artística y cultural de
principios de siglo: «El grupo era muy amigo de la pintura. Ha influido
mucho la pintura en los escritores del grupo. [...] ¿Cómo pintaba el *Greco?*
Los escritores del grupo pararon su atención en este pintor extraño. Vieron sus cuadros en Toledo. Encontraron cierta afinidad entre lo que ellos
querían y lo que ambicionaba el *Greco.* De los distintos efluvios que ema-
nan del *Greco,* lo que más era adepto a esos escritores era el idealismo exaltado y misterioso. Sobre una base de realidad —la firme realidad repre-
sentada en los centenares de noticias recogidas en los cuadernos
íntimos—, esos escritores elevaban una aspiración al infinito y a lo insondable. Infinito e insondable que se concretaba en esta palabra: *Eternidad», Obras Selectas,* Madrid, Biblioteca Nueva, 1982[5], cap. XIV, pág. 858.
El Greco representaba un modelo estético que se debía seguir; los jovenes
escritores de entonces, reclamando con orgullo su «revelación» al público,
se disponían a traducir en sus páginas algunos de los logros de los mejores lienzos del pintor toledano. Pueden verse, a propósito: *El Greco a Sitges. Cent anys,* núm. monográfico de *Quaderns de Sitges,* núm. 8, 1998;
L. Bonet, «El Greco como tópico literario en *La lámpara maravillosa»,* en
Genio y virtuosismo de Valle-Inclán, ed. de J. P. Gabriele, Madrid, Orígenes, 1987; M. P. Palomo, «El Greco: modernismo y 98», en *Homenaje a
Alonso Zamora Vicente,* Madrid, Castalia, 1994.

Del editor al lector[2]

Lector: lee religiosamente[3] estas breves páginas. En ellas palpita el espíritu de un angustiado artista[4]. A retazos, desordenadamente, supremamente sincero[5], fue dejando en estos diarios y tormentosos apuntes su alma entera[6]. Ingenuo, candoroso, con nobles arranques de generosidad altiva y fieros arranques de simpático odio —[7]mi amigo era un niño nostálgico de ideal[8]. La prosa vibra, canta, gime bajo su pluma: enamorado de los clásicos, de ellos tomó el vigor en el estilo y la sobriedad en la pintura[9].

Acaso lo circunstancial sea lo eterno[10]: íntegras se publican sus memorias[11]. Y por raro contraste, publica la obra de un artista tan dolorido, otro artista a quien un ilustre crítico —González Serrano[12]— ha calificado de «frío» e «impasible»[13].

J. M. R.[14]

---

[2] La novela se abre con una nota que se propone al lector como ajena al texto del «diario» y escrita por un autor distinto; se trata de un célebre artificio de uso frecuente en nuestra tradición literaria. J. Martínez Ruiz se presenta, en la ficción novelesca, como simple editor de un texto que ha llegado hasta sus manos ya confeccionado; con este recurso, gana la posibilidad de introducir un discurso en primera persona (exigencia del género diarístico) desde un adecuado distanciamiento que impide la fácil identificación entre el sujeto del *Diario* y el autor de la novela. A propósito, A. Sánchez Martín afirma: «El juego entre el Editor y el narrador protagonista es algo más que una simple ocurrencia [...], pues es la garantía de distanciamiento épico necesario en la novela. Por más que pa-

rezca obvio [...] leemos la novela (y por lo tanto el conflicto) de un protagonista que es portador en muchas ocasiones del lenguaje del autor, pero
que no necesariamente coincide con el autor Martínez Ruiz, ni con el futuro Azorín», «Martínez Ruiz y la novela en 1901: *Diario de un enfermo*»,
en *Azorín: fin de siglos (1898-1998)*, ed. de A. Díez Mediavilla, Alicante,
Aguaclara, 1998, pág. 154.

   [3] Nótese que el vocativo «lector» viene inmediatamente reforzado y
precisado con la instancia a una práctica de lectura cuyo sentido procede
de la modificación significativa que introduce el complemento adverbial.
Religiosamente indica, por un lado, hacia un acto de «recogimiento» del
sujeto (la lectura como recogimiento interior e íntima meditación), y, por
otro lado, indica también hacia un acto de «religación» (entre el sujeto y
la palabra) que persigue la anulación de la distancia abierta entre el sujeto
y la inercia del uso cotidiano del lenguaje. Estamos, pues, ante un texto
que reclama para sí un nuevo modo de lectura: una lectura que no sea
simple leer, que no sea un leer pasivo instalado en la cotidianidad burguesa de los «usos», un leer que resbala la vista sobre la página, sino un
leer activo, atento, que penetra la profundidad de la página, un leer religiosamente, «con puntualidad y exactitud», que busca el alma de la palabra, que reclama una relación originaria (sagrada) con el lenguaje, que
hace del acto de la lectura una real experiencia de vida a cuyo través se
modifica el sujeto. Sobre la religión como religación, véase X. Zubiri, «En
torno al problema de Dios» (1935), *Naturaleza, Historia, Dios*, Madrid,
Alianza Editorial & Sociedad de Estudios y Publicaciones, 1987, págs. 417-
454. Sobre el concepto antiburgués y simbolista de lectura que se delineaba en el horizonte artístico *fin de siècle*, véase la Introducción.

   [4] *Diario de un enfermo* es, con pleno derecho, una «novela de artista».
En esta categoría, la palabra «artista» no se refiere al autor de la novela
sino a su personaje principal, un artista entendido en sentido amplio:
hombre de letras, sensible, intelectual, bohemio, amante del arte, etc. El
personaje-autor del *Diario* es un escritor, y ello no porque escriba un diario privado, como efectivamente hace en la ficción novelesca (cosa que lo
convierte en «diarista»), sino porque su vida se desenvuelve en estrecha relación con el arte y la literatura, porque se dedica al estudio y al ejercicio
literario, como se deja constancia en algunas entradas del *Diario* (10 de
diciembre de 1898, 25 de febrero de 1899, 6 de abril de 1899, 8 de mayo
de 1899, 10 de febrero de 1900). Para la caracterización de la «novela de
artista», véase la Introducción.

   [5] En el portentoso intento de subversión del orden literario que constituía la aplicación de las categorías anarquistas al ámbito de la literatura,
el joven J. Martínez Ruiz colocó la «sinceridad» en el centro de su proyecto: «En el arte literario la sinceridad es lo primero», *Anarquistas literarios,* Madrid, Librería de Fernando Fe, 1895, pág. 9. Esta sinceridad, como
muestra también el prólogo de *Buscapiés* (1894), se configuraba desde el
modelo ejemplar de Larra, y evidenciaba la tensión existente entre la capacidad del arte de ajustarse a la realidad y las dificultades que había encontrado siempre en España su ejercicio. Más allá de su filiación política,
la sinceridad constituye un elemento común de la juventud artística de

fin de siglo. Con ella se pretendía un arte que no se arredrara ante las lacras de la sociedad, ni se amedrentara ante las amenazas del poder. La sinceridad se propone como fiel testimonio de la realidad; significa también, para el artista, en lo que tiene de derivación romántica y de exaltación del yo, no reconocer por encima del sujeto ninguna autoridad ante la que doblegarse. Nótese que un aspecto importante de la posterior crítica orteguiana al «98» gira precisamente alrededor de la «sinceridad»: en la polémica con Unamuno y Maeztu, el joven Ortega, aún entre las redes del neokantismo, contraponía a la sinceridad noventayochista como categoría portante para resolver los males de España, la «veracidad», es decir, la «ciencia» y el «método»; pueden verse, a propósito, los artículos «Algunas notas», «Sobre una apología de la inexactitud» y «Unamuno y Europa, fábula», en J. Ortega y Gasset, *Obras Completas,* vol. I, Madrid, Alianza Editorial & Revista de Occidente, 1983.

⁶ El concepto de «alma», aplicado al estudio de los pueblos o naciones, propio de la época finisecular, se inscribe dentro de la *Völkerpsychologie,* ciencia muy cultivada durante los últimos decenios del siglo XIX. «Lo nuevo y fundamental de la generación del 98 no es el tema, sino el discurso, el trasfondo ideológico y lo que buscan al preguntarse por España. Lo que buscan es el "espíritu", "carácter", "genio", "alma nacional", el "alma de la raza", la "psicología" de nuestro pueblo», C. Morón Arroyo, *El «alma de España». Cien años de inseguridad,* Oviedo, Ediciones Nobel, 1996, pág. 108. La *Völkerpsychologie* tiene una clara derivación del *Volksgeist* de los románticos, aunque difieren en cuanto al tratamiento literario que los románticos dieron a su proyecto y la pretensión de sistematicidad científica que perseguía la psicología de los pueblos. La ciencia de las almas nacionales «postulaba una entidad común a los individuos de un pueblo», algo así como «un *éter* que pervade a los miembros en una especie de comunión» (ídem, pág. 131). Célebres son en España, en este sentido, los ensayos de Unamuno *(En torno al casticismo)* y Ganivet *(Idearium español);* J. Martínez Ruiz, por su parte, también se sumó a este intento con *El alma castellana* (1900), una magistral recreación hermenéutico-literaria de la vida cotidiana en la Castilla de los siglos XVII y XVIII. Un año después, sin embargo, con la publicación de *Diario de un enfermo,* se hace evidente un desplazamiento de lo comunitario, representado por el «alma castellana», a lo estrictamente individual y subjetivo, representado ahora por el «alma» del artista-enfermo. Un paso que exige un cambio de género literario: del ensayo al diario, de la recreación del pasado histórico a la íntima confesión del sujeto. Que la tensión entre ambos polos (individuo-comunidad) no estuviera plenamente resuelta en *Diario de un enfermo,* tratándose más bien de una oscilación, daba muestra la mezcolanza de ambos aspectos (el «problema de España» y la crisis íntima del sujeto) en la siguiente novela de nuestro autor: *La voluntad* (1902). También es verdad que la posterior evolución del personaje Antonio Azorín muestra cómo esta tensión iba a resolverse del lado del intimismo y de la subjetividad, del triunfo stirneriano del yo y de la exaltación de la unicidad e irreductibilidad del sujeto.

⁷ Peculiar de la escritura del *Diario* es el uso del guión ortográfico en

función no siempre parentética. La edición de Aguilar de 1947 corrigió casi sistemáticamente este guión con una coma, un punto y coma, dos puntos o simplemente eliminándolo (mucho más cercanos y compatibles, en verdad, con nuestros usos actuales de puntuación). Véamos algunos ejemplos: «una mirada tembladora, insconscientemente ansiosa, indefinible en su misteriosa y fugaz expresión —inefable» < «una mirada tembladora, insconscientemente ansiosa, indefinible en su misteriosa y fugaz expresión inefable» (15 de enero de 1899); «En el vestíbulo, un enorme retrato de la histrionisa vestida con chillón y anticuado traje blanco —sonríe inexpresivamente» < «En el vestíbulo, un enorme retrato de la histrionisa vestida con chillón y anticuado traje blanco sonríe inexpresivamente» (20 de febrero de 1899); «Una señora que en el entresuelo de enfrente me ha visto pasar y repasar como un romántico —sonreía» < «Una señora que en el entresuelo de enfrente me ha visto pasar y repasar como un romántico, sonreía» (8 de mayo de 1899); «Un camino que se pierde en la negrura —blanquea» < «Un camino que se pierde en la negrura blanquea» (20 de agosto de 1899); «Las campanas tañen lúgubremente —tañen» < «Las campanas tañen lúgubremente, tañen» (1 de noviembre de 1899); «parece que llama blandamente un amigo cariñoso —el Tiempo» < «parece que llama blandamente un amigo cariñoso: el Tiempo» (30 de enero de 1900). Ahora bien, estas correcciones introducidas por la edición de Aguilar privan al lector de un uso peculiarísimo y poco común en nuestras letras del guión ortográfico, que pone de manifiesto la intensidad con la que J. Martínez Ruiz ensayaba nuevas vías de expresión. En el *Diario,* la función del guión ortográfico no suele ser parentética, sino que es un recurso con el que se pretende poner en evidencia una especie de «salto» de cualidad entre dos planos de la frase. Este recurso no debió de satisfacer plenamente a nuestro joven autor, pues desaparece en sus obras sucesivas. En adelante, ya no lo señalaremos más.

[8] La «nostalgia de ideales» constituye una de las características principales de la nueva heroicidad literaria de la época (Pío Cid, Antonio Azorín, Fernando Osorio, Andrés Hurtado, Alberto Díaz de Guzmán, Augusto Pérez), y representa, hacia atrás, la falta de fe (religiosa, política, filosófica, científica, etc.), y, hacia adelante, la ausencia de «planes» o «proyectos» con los que poder afrontar la problematicidad de un presente que no logra sacudirse de encima las ruinas del positivismo. El no mejor determinado «plan de vida» de la terminología finisecular iba a adquirir, en el posterior desarrollo teórico del vocabulario orteguiano, un doble tratamiento: «proyecto vital», para referirse a la autenticidad de un programa de vida elaborado desde las categorías de vocación y destino, y «carriles de existencia», para referirse a la instalación inauténtica de la vida del individuo en un programa de vida que no ha sido elaborado en conformidad con la propia vocación y destino, sino como simple copia o reproducción de un programa ajeno.

[9] «[...] pudiera decirse que Baltasar Gracián es en las letras lo que el Greco es en la pintura; —tal es la analogía entre los grises, azules, desmadejados y retorcidos personajes de los lienzos religiosos de Theotocópuli, y los laberintos, logomaquias y negruras de la *Agudeza [y arte de in-*

genio]», J. Martínez Ruiz, «Gracián», *Madrid Cómico*, 29 de septiembre de 1900. De todos modos, respecto al estilo de J. Martínez Ruiz, J. M. Valverde ha notado, con acierto, la coexistencia durante algún tiempo de dos estilos en su obra: «el estático y frío de *El alma castellana* y el agitado, de "anarquista literario", que, a la vez bajo la influencia de Baroja y de la aludida novela de los Goncourt, *Charles Demailly*, tiene su más característica evidencia en el *Diario de un enfermo*», *Azorín*, Barcelona, Planeta, 1971, pág. 152. Dos estilos, pues, claramente diferenciados: uno de «visión cristalina», que arranca de las formas clásicas del conceptismo y del barroco hispánicos, y otro de «reflexión apasionada», nihilista y romántico, reconducible a la escritura nerviosa y agitada de Larra. Dos estilos claramente separados *(El alma castellana* y *Diario de un enfermo)* que se dan cita y se mezclan, buscando ya una solución convergente, en *La voluntad*, pero que sólo empezarán a lograr el equilibrio de un nuevo estilo a partir de *Antonio Azorín*.

[10] La atención a las cosas insignificantes y menudas, a lo vulgar y (aparentemente) sin importancia constituye uno de los principios básicos sobre los que se sustenta el proyecto narrativo de la «pequeña filosofía», cuya gestación hay que situar ya, de manera perceptible, en esta obra. El programa orteguiano de las «salvaciones» es, en más de un sentido, deudor de la «pequeña filosofía»: «Cada cosa es un hada que reviste de miseria y vulgaridad sus tesoros interiores, y es una virgen que ha de ser enamorada para hacerse fecunda.» Y más adelante: «Al lado de gloriosos asuntos se habla muy frecuentemente en estas *Meditaciones* de las cosas más mínimas. [...] El hombre rinde al máximum de su capacidad cuando adquiere la plena conciencia de sus circunstancias. Por ellas comunica con el universo», J. Ortega y Gasset, *Meditaciones del Quijote*, en *Obras Completas*, vol. I, ob. cit., págs. 312 y 318-319, respectivamente.

[11] Conviene notar que no se trata de un libro de «memorias», sino de un «diario», pues lo que se consigna en el texto no es la rememoración de un pasado lejano, sino la plasmación en la escritura de lo inmediatamente vivido (en este caso, por un personaje literario).

[12] Urbano González Serrano (1848-1904) es uno de los principales representantes del krausopositivismo, es decir, de ese giro operado desde dentro del krausismo que, abandonando el idealismo inicial, se abrió hacia los desarrollos teóricos de la filosofía positiva y de las ciencias sociales. Discípulo de Nicolás Salmerón, ocupó la cátedra de psicología, lógica y ética del Instituto San Isidro de Madrid, a la vez que participaba activamente en la vida cultural del Ateneo y de la Institución Libre de Enseñanza. A su labor docente, unía el ejercicio de la crítica (literaria y filosófica), interviniendo asiduamente en los principales diarios y revistas de la época. Desde bien temprano, el joven J. Martínez Ruiz dio muestras de admiración y reconocimiento hacia González Serrano; ya en *La crítica literaria en España* (Valencia, Ateneo Literario, 1893, pág. 17), su primer folleto, al tratar de los representantes de la «crítica seria», afirma: «González Serrano, el ilustre filósofo y pedagogo, también es un crítico muy concienzudo; así lo ha demostrado en sus *Estudios críticos* y en sus *Cuestiones contemporáneas*.» Posteriormente, con el traslado a Madrid del jo-

ven monovero, inició entre ambos una estrecha relación llena de mutuo
respeto y recíproco afecto, en la que no faltó el tributo que se brindaron
con sus respectivos ejercicios críticos. J. Martínez Ruiz, además del penetrante artículo «Urbano González Serrano», publicado en *Revista Nueva*
(15 de octubre de 1899), y alguna reseña a sus libros (por ejemplo, a *La literatura del día*, publicada en *Alma Española* el 27 de diciembre de 1903),
le dedicó, «en testimonio de nuestra sincera amistad», *Los hidalgos*, y, sobre todo, se encargó de redactar una emotiva nota necrológica, «González Serrano», publicada en *Alma Española* (17 de enero de 1904). Por su
parte, González Serrano daría muestra evidente del reconocimiento que
profesaba hacia el joven J. Martínez Ruiz en uno de los momentos más
difíciles por los que éste atravesó en Madrid: en efecto, con el ambiente
hostil que se creó a su alrededor tras la publicación de *Charivari*, y tras la
negativa de Clarín a prologar el nuevo libro que proyectaba, *Pasión (Cuentos y crónicas)*, libro que no vería la luz, González Serrano preparó para
este libro un prólogo que, después, de manera independiente, se publicó
en *El Globo* (10 de marzo de 1897). Un prólogo que serviría de base para
la silueta titulada «J. Martínez Ruiz», incluida en su libro *Siluetas* (Madrid, Rodríguez Serra, 1899, págs. 85-93). También le dedicó el cap. VI,
«Una lectura (Martínez Ruiz "Azorín")», de su *La literatura del día (1900
a 1903)*, Barcelona, Henrich y Cía., 1903, págs. 69-72. Es más que probable, además, que González Serrano jugara un papel fundamental en el
acercamiento de J. Martínez Ruiz a la filosofía de Schopenhauer, pues su
trabajo sobre el pensador de Danzig («La filosofía contemporánea», *En pro
y en contra*, Madrid, Victoriano Suárez, 1894, págs. 1-64) era una certera
y adecuada exposición de su pensamiento. Sobre la relación entre González Serrano y J. Martínez Ruiz, véase A. Sotelo Vázquez, «Urbano González Serrano y el joven Martínez Ruiz», *Anales Azorinianos*, 3, 1986, páginas 63-80; para los avatares de *Pasión*, véanse R. Pérez de la Dehesa, «Un
desconocido libro de Azorín: *Pasión (Cuentos y crónicas)*, 1897», *Revista
Hispánica Moderna*, XXXIII, 1967, págs. 280-284; J. M. Valverde, *Azorín*, ob. cit., págs. 89-91.

   [13] El «raro contraste» con el que inicia la frase quiere poner en evidencia tanto esa *duplicidad estilística* a la que nos referíamos antes cuanto
la consciencia de J. Martínez Ruiz de haber superado ya el estilo de su
primera etapa (véase la Introducción). Se trata de una clara respuesta a
González Serrano, de una puntualización a su crítica, pues, como parece,
el joven J. Martínez Ruiz no se reconoce estilísticamente en la frialdad e
impasibilidad que se le atribuye. Los juicios de González Serrano se encuentran en el mencionado prólogo al libro nonato de J. Martínez Ruiz,
Pasión (Cuentos y Crónicas): «El traductor de Hamon *(De la patria)* y de
Kropotkine *(Las prisiones)*, Martínez Ruiz, no revela un espíritu batalla-
dor, pero sí una tenacidad apasionada por dentro, *fría* en el aspecto exterior para la lucha, si cruenta, honda y persistente que libran las ideas en
el intelecto. [...] Sí; una vez leído Martínez Ruiz desaparece toda suspica-
cia, aunque él siga *rígido e indiferente* en la apariencia», U. González Serrano, «Prólogo. *Pasión (Cuentos y crónicas)* por J. Martínez Ruiz», *El
Globo*, 10 de marzo de 1897, pág. 2 (las cursivas son nuestras). El primero

de estos juicios, el relativo a la frialdad, pasaría a formar parte de la silueta «J. Martínez Ruiz» (cit., pág. 91), no así el segundo de ellos.

En cierto modo, además, de forma no tan evidente como en el caso de González Serrano, *Diario de un enfermo* «contesta» también la silueta trazada de nuestro autor por Pío Baroja en ocasión del prólogo a *La fuerza del amor* (1901): «Hechos, líneas, colores, pensamientos, contrastes, formas bruscas de las ideas, y en sentimientos, odios y cóleras, desprecios y admiraciones, todo eso se encuentra en las obras de Martínez Ruiz; pero no busquéis en ellas una nube que os haga soñar, una ternura grande por una cosa pequeña, una vibración misteriosa que llegó sin saber cómo; no, en sus obras todo es claro, definido, neto», P. Baroja, «Martínez Ruiz», prólogo a J. Martínez Ruiz, *La fuerza del amor,* Madrid, La España Editorial, 1901, pág. 8. «La mejor contestación a las opiniones de Baroja fue la publicación en 1901 del *Diario de un enfermo*», L. Litvak, *«Diario de un enfermo:* la nueva estética de Azorín», en *La crisis de fin de siglo: ideología y literatura,* Barcelona, Ariel, 1975, pág. 274.

[14] En la referencia de J. M. Martínez Cachero al «oscuro nombre civil del escritor» (prólogo a *Las confesiones de un pequeño filósofo,* Madrid, Espasa Calpe, 1976, pág. 9) hay, me parece, un ligero tono despectivo que proviene de la comparación con la resonancia y la fama del nombre de Azorín. De todos modos, hay algo de verdad en esa «oscuridad», y tiene que ver, precisamente, con el carácter común tanto del nombre como de los apellidos de nuestro autor. Quizá por eso, José Augusto Trinidad Martínez Ruiz hizo desde temprano uso frecuente del seudónimo para firmar sus escritos (Juan de Lis, Fray José, Cándido, Ahrimán, Don Abbondio, Weeper, Este), si bien, a medida que nos acercamos al cambio de siglo, la firma de J. Martínez Ruiz se hace prevalente. Para los seudónimos del joven J. Martínez Ruiz, pueden verse: J. Rico Verdú, «Los seudónimos de Martínez Ruiz», *Un Azorín desconocido,* Alicante, Instituto de Estudios Alicantinos, 1973, págs. 121-131; S. Pavía Pavía, «Juan de Lis. Uno de los primeros seudónimos de José Martínez Ruiz», *Anales Azorinianos,* 2, 1985, págs. 43-51, y «Juan de Lis y Fray José. Los primeros seudónimos de J. Martínez Ruiz. Año 1892», en *Traslado de los restos mortales de José Martínez Ruiz «Azorín» y su esposa Julia Ginda Urzanqui,* Madrid-Monóvar, Conselleria de Cultura, Educació i Ciència, 1990, págs. 95-102. Por lo que respecta a Azorín, he tratado de poner de manifiesto (junto a la necesidad hermenéutica de separar la obra de Azorín de la de J. Martínez Ruiz) que se trata de algo más complejo de la simple relación seudonímica y, por consiguiente, irreductible a la misma, en «"Y si él y no yo..."», prólogo a J. Martínez Ruiz (Azorín), *Antonio Azorín,* Madrid, Biblioteca Nueva, 1998, págs. 13-38.

Diario de un enfermo[15]

I

15 Noviembre 1898[16]

¿Qué es la vida? ¿Qué fin tiene la vida? ¿Qué hacemos

---

[15] El diario esta dividido en dos partes: la primera se compone de 20 entradas, que corresponden a otros tantos días, y abarca casi once meses, desde el 15 de noviembre de 1898 hasta el 10 de octubre de 1899; la segunda, cuya extensión resulta ligeramente más amplia que la primera, consta de 42 entradas, correspondientes a 32 días, y abarca poco más de cinco meses, desde el 1 de noviembre de 1899 hasta el 6 de abril de 1900. Hay, pues, como el lector podrá apreciar fácilmente, una mayor frecuencia de escritura en la segunda parte del diario. Cada entrada corresponde generalmente a un día y una fecha concretos; hay ocasiones, sin embargo, en los que la frecuencia de la escritura es tal que a un mismo día pueden corresponder varias entradas (dos o tres), en cuyo caso, para distinguirlas, suele señalarse entre paréntesis la hora de la escritura. Las fechas indican el día y el mes (y eventualmente la hora); el año sólo se señala en la primera fecha o cuando se cambia de año.

[16] A excepción de Ramiro de Maeztu, ninguno de los miembros de la llamada «generación del 98» manifestó un interés principal por los acontecimientos de la Guerra de Cuba. El 20 de julio de 1898 (consumadas, pues, las derrotas de Cavite y Santiago de Cuba) escribía Unamuno en correspondencia privada: «he pasado 16 días deliciosos en el campo, en una dehesa de la tierra de Vitigudino, acordonado para no recibir periódicos y dedicándome a tomar leche y sol, pasear, dormir, cazar ranas y dibujar» (cit. por J.-C. Mainer, «La crisis intelectual del 98: de Rudin a lord Chandos», *Revista de Occidente*, núm. 202-203, 1998, pág. 112). Recordemos que en ese mismo mes de julio se producían las «humillantes» derrotas de la

aquí abajo? ¿Para qué vivimos?[17] No lo sé; esto es imbécil, abrumadoramente imbécil. Hoy siento más que nunca la eterna y anonadante tristeza de vivir. No tengo plan; no

---

flota y el ejército españoles por parte de la marina de los Estados Unidos, y que el 10 de diciembre de ese mismo año se firmaba el Tratado de París, con el que se ponía fin a la aventura colonial española iniciada cuatro siglos atrás. Llama la atención el silencio del *Diario* a este respecto (nótese que la fecha de inicio coincide con los preparativos del Tratado de París), tan en contraste con la explosión de la *literatura del desastre* desencadenada por aquellas fechas. Este «silencio», sin embargo, es altamente significativo, pues muestra cómo el *Diario* se nutre de una realidad interior cuya problematicidad existencial trasciende los problemas del mundo circundante. El *Diario* discurre a través de la intimidad de las recónditas galerías de la conciencia: es *diario del alma del sujeto,* y todo lo demás pasa a segundo plano, o, simplemente, se transfigura y disuelve en el problema existencial del individuo. Para la diversa incidencia que tuvo el Desastre del 98 en la conciencia española en función de la pertenencia a una generación u otra de las coexistentes durante el fin de siglo (maduros cuando el desastre, jóvenes cuando el desastre, adolescentes cuando el desastre), véase V. Cacho Viu, *Repensar el noventa y ocho,* Madrid, Biblioteca Nueva, 1997, págs. 97-115.

[17] Preguntas sin respuesta que sirven para enmarcar el ámbito existencial de la crisis nihilista del artista-enfermo. M. Pérez López ha reclamado, entre otras conocidas, la influencia de Unamuno en la aquilatación existencial de la crisis del joven J. Martínez Ruiz («De Martínez Ruiz a Azorín: aspectos de una crisis (1898-1899)», en *José Martínez Ruiz (Azorín),* Actes du I.er Colloque International (Pau, 25-26 de abril de 1985), Biarritz, J&D Éditions, 1993, pág. 95). En efecto, en su artículo «Charivari. En casa de Unamuno» (*La Campaña,* 26 de febrero de 1898), J. Martínez Ruiz reproduce una entrevista al profesor salmantino, al que atribuye las siguientes palabras: «¿Para qué he de luchar por la emancipación de los hombres, que al morir vuelven a la nada? [...] Por debajo de los hermosos ensueños del anarquismo, de la ilusión de un paraíso terrenal, asoma siempre la inmensa tristeza del nihilismo», cit. por Azorín, *Artículos olvidados de J. Martínez Ruiz (1894-1904),* ed. de J. M. Valverde, Madrid, Narcea, 1972, pág. 140. Después de trazar el cuadro de la *infinita vanità del tutto,* de leopardiana memoria, Unamuno insta al joven J. Martínez Ruiz a «desarrrollar su hombre interior, el que se desenvuelve de dentro a fuera sin dejarse ahogar por el otro, por el que forman sobre nuestro núcleo espiritual las capas de acarreo que el mundo nos va depositando» (ídem, pág. 142). P. Tanganelli, por su parte, ha mostrado que «Charivari. En casa de Unamuno» reproduce partes de un inédito unamuniano titulado *El mal del siglo,* con lo que la vinculación entre ambos cobra una nueva y más firme solidez («Dos crisis personales en el contexto de la crisis de fin de siglo: Unamuno y Azorín», comunicación presentada en el XI Seminario de Historia de la Filosofía Española e Iberoamericana, Sala-

tengo idea; no tengo finalidad ninguna. Mi porvenir se va
frustrando lentamente, fríamente, sigilosamente. ¡Ah, mis
veinte años! ¿Dónde está la ansiada y soñada gloria? Larra[18]
se suicidó a los ventisiete años; su obra estaba hecha...

Uno tras otro, monótonos todos, aburridos todos,
siento pasar los días. La vejez llega; las esperanzas mueren.
Hay momentos en que, solo, ferozmente solo, agriado por
el triunfo de un compañero, me siento ante las cuartillas y
en genial, poderoso arranque, escribo... escribo... capítulos

---

manca, 21-25 de septiembre de 1998); véase también, M. D. Dobón Antón,
«Azorín-Unamuno (1895-1898): "Charivari en casa de Unamuno"», en *Azorín
et la Génération de 98*, Actes du IV Colloque International (Pau-San Jean
de Luz, 23-25 de octubre de 1997), Université de Pau et des Pays de l'Adour
et Editions Covedi, 1998, págs. 181-190. Nótese, además, la semejanza del
inicio del *Diario* con las preguntas que abren el conflicto entre la ciencia
y la fe en un artículo de la época: «¿Dónde está la verdad? ¿Cuál es el *fin*
de la vida? ¿Cuál es el *sentido* de la vida? La ciencia calla y el hombre ignora *por qué* vive y *para qué* vive», J. Martínez Ruiz, «Ciencia y fe», *Madrid Cómico* (9 de febrero de 1901), cit. por Azorín, *Artículos olvidados de
J. Martínez Ruiz (1894-1904)*, ob. cit., pág. 186 (también en este artículo
la huella de Unamuno resulta fácilmente perceptible). Sobre la crisis de
J. Martínez Ruiz también puede verse mi prólogo «"Y si él y no yo..."» a
la novela *Antonio Azorín*, cit.
    [18] Mariano José de Larra (1809-1837), principal representante del ro-
manticismo español, rebelde e inconformista, célebre bajo el seudónimo
de *Fígaro* por la sátira corrosiva de sus artículos de costumbres, representa
un modelo ejemplar de escritor para el joven J. Martínez Ruiz. De los dos
estilos coexistentes en nuestro autor al alba del nuevo siglo, hay que decir que uno de ellos, el de *Diario de un efermo,* se configura desde el modelo directo de Larra. Nótese, por ejemplo, cómo la «Crónica. Para Bo-
nafoux» *(El Progreso,* 3 de noviembre de 1897) sigue fielmente el estilo
satírico de los «artículos de costumbres». Pese a su estilo, de raigambre
conceptista y barroca, ese cuadro negro sobre la España de los siglos XVII
y XVIII que persigue el desvelamiento del «alma castellana», se concluye
con la esperanza en el progreso histórico y con el saludo empático a la generación romántica y a Larra: «La revolución romántica se acerca. [...]
Aparece Mariano José de Larra...», J. Martínez Ruiz, *El alma castellana
(1600-1800),* Madrid, Librería Internacional, 1900, págs. 208-209. Junto
con el «viaje a Toledo», la «visita a la tumba de Larra» (13 de febrero
de 1901) constituye uno de los momentos fundantes de la cohesión del
grupo de jóvenes artistas e intelectuales que pugnaban por la renovación
cultural y la regeneración política de la España de principios de siglo. Para
el carácter programático tanto del «viaje» como de la «visita», véase la Introducción.

de incoada novela, fragmentos de comenzada historia íntima[19], páginas vibrantes y calurosas por las que la inquieta
pluma corre, cabrillea, salta... El cansancio[20] llega; la llama
que me enciende el rostro se apaga; dejo la pluma.

Y pienso.

Pienso en la inanidad de la lucha; en lo fugaz de la gloria; en lo pueril de lo que nuestros abuelos llamaban «fama

---

[19] En la obra de J. Martínez Ruiz hay que distinguir entre «historia externa», «historia interna» e «historia íntima». *El alma castellana*
persigue la esencia definitoria del carácter castellano; para ello, no se
centra en los grandes acontecimientos que relata la Historia (los hombres ilustres, las batallas memorables, etc.), sino en la historia menuda
de la vida cotidiana (la casa, la vida doméstica, el amor, la moda, etc.).
Es el rechazo decidido de la «historia externa», a la vez que expresión
del firme convencimiento de que el «alma» de los pueblos sólo puede
alojarse en la «historia interna». La historia interna de J. Martínez Ruiz
es, en cierto modo, algo similar a la «intrahistoria» unamuniana: el mar
hondo y permanente, silencioso, donde no llegan los rayos del sol,
frente a las olas superficiales que se difuminan en rumor y espuma
(M. de Unamuno, «La tradición eterna» (1895), *En torno al casticismo*,
Madrid, Espasa Calpe, 1968, pág. 27). Frente a esta «historia interna»,
tan impregnada de carácter comunitario e interindividual, J. Martínez
Ruiz levanta la «historia íntima», la sola capaz de alojar el alma del sujeto, su más pura individualidad, eso que se perdería al entrar en una
dimensión común y genérica.

[20] Este «cansancio» del artista debe ser entendido no como un cansancio físico, sino, más bien, como un cansancio vital y existencial, de carácter nihilista, cuya raíz hay que buscar en ese *tedium vitae* tan magistralmente descrito por Schopenhauer: «El tedio es para el hombre un
verdadero azote, como se puede ver fácilmente en aquel ejército de des-
graciados que sólo y exclusivamente han pensado en llenarse los bolsillos
y nunca la cabeza, y para los que el bienestar se convierte en un castigo,
en cuanto que los abandona al martirio del tedio; corren o viajan para
huir de él, y donde llegan preguntan cuáles sean los recursos del país,
como la necesidad pide informaciones sobre las fuentes de asistencia:
—porque la necesidad y el tedio son, ciertamente, los dos polos de la vida
humana», A. Schopenhauer, *Parerga und Paralipomena* (1851), Mannheim,
Brockhaus, 1988, vol. II, § 153. Este «martirio del tedio» está indisolublemente unido al *spleen* de Baudelaire y a la *noia* de Leopardi, enlaza perfectamente con nuestra *abulia* y *marasmo* finiseculares, y se proyecta hacia adelante en el sentimiento de *anxiety*, de *disagio*, de *étranger,* de
desassossego, de *absurde* y de *inquietudine,* conformando todo ello el campo
semántico y el vocabulario europeo de la crisis. Para el tema del tedio en
Schopenhauer, véase J. Urdanibia, «Tedio», *Los antihegelianos: Kierkegaard
y Schopenhauer,* Barcelona, Anthropos, 1990, págs. 143-169.

póstuma»...[21] Dentro de cuatro, de seis, de diez mil años, de quinientos mil años, ¿qué será de Homero, de Shakespeare, de Cervantes? Dentro de mil millones de siglos, ¿existirá siquiera el tiempo? Se acabará el tiempo. El tiempo no es eterno. El tiempo —dicen los metafísicos— no puede ser eterno; la eternidad no es ni puede ser sucesiva. La eternidad es vida interminable, vida tal que se concentra en un punto toda ella, vida en la que todo es presente y en la que no hay pasado ni futuro. Si la eternidad fuera sucesiva, se

---

[21] El tema de la «fama» constituye una honda preocupación del joven J. Martínez Ruiz —téngase presente que es en su busca que deja Valencia y se traslada a Madrid para abrirse camino en el mundo literario y periodístico de fin de siglo. «Dura la gloria del genio siglos y más siglos; prevalece la de tal otra medianía acaso una centuria, pero ambas perecen con el tiempo, y ambas se igualan en el olvido», *Pecuchet demagogo,* Madrid, Imprenta de Bernardo Rodríguez, 1898, pág. 45. En *La voluntad* (I parte, cap. IX), Yuste, el maestro de Antonio Azorín, vuelve a esta reflexión sobre la fama literaria: «Azorín, la gloria literaria es un espejismo, una fantasmagoría momentánea [...]. Si alguna vez eres escritor, Azorín, toma con flema este divino oficio. Y después... no creas en la crítica ni en la posteridad», ed. de Inman Fox, Madrid, Castalia, 1989, páginas 105-106. La raigambre de las ideas de Yuste sobre la fama procede de Michel de Montaigne (cfr. «De la Gloire», *Essais,* Livre II, cap. XVI, ed. de A. Thibaudet, París, Gallimard, 1946, págs. 604-617), autor muy leído por J. Martínez Ruiz, importantísimo para entender su solución a la crisis nihilista.

Por lo que se refiere a los «abuelos» encausados en el texto del *Diario,* uno de los ejemplos más claros del alto valor de la «fama pótuma» lo constituye, en nuestra literatura, la Copla XXXV de *Coplas a la muerte de su padre* de Jorge Manrique (ed. de C. Díaz Castañón, Madrid, Castalia, 1983, pág. 65): «Non se os haga tan amarga / la batalla temerosa / qu'esperáis, / pues otra vida más larga, / de la fama gloriosa / acá dexáis, / (aunqu'esta vida d'honor / tampoco no es eternal / ni verdadera); / mas, con todo, es muy mejor / la otra temporal / peresçedera.» Fiel a una comprensión aceptada y difundida en el mundo medieval, Jorge Manrique estructura sus *Coplas* en función de la jerarquía de las tres vidas posibles que le son dadas al hombre: la vida terrenal, la vida de la fama y la vida eterna. Sobre este punto, véase M. R. Lida, *La idea de la fama en la Edad Media castellana,* México, FCE, 1952. En otro orden de cosas, Baltasar Gracián, en lo que quizá pueda considerarse como el inicio de la curva hacia la declinación de la «vida de la fama», concluye *El criticón* con una aguda disquisición, no exenta de cierto «desengaño», sobre los requisitos necesarios («méritos») que ha de poseer el héroe para poder entrar en la Isla de la Inmortalidad, es decir, para poder alcanzar el premio de la fama póstuma (la inmortalidad mundana).

agrandaría a cada siglo transcurrido, y se daría el paradójico y extraño caso de que lo infinito se aumentaba...[22]

Nada es eterno; todo cambia; todo pasa; todo perece[23].
Cuando pase la Tierra, y pase el Universo, y pase el
Tiempo, el mismo implacable Tiempo que lo hace pasar
todo, ¿dónde estarán los aplausos entusiastas, unánimes, es-
truendosos, que anoche en la Comedia tributaban a un
amigo a quien yo, en mi soledad de literato incompren-
dido, envidio?[24]

---

[22] Ligeramente retocado, este párrafo se reproduce en *La voluntad*
(I parte, cap. III): «Todo pasa. Y el mismo tiempo que lo hace pasar todo,
acabará también. El tiempo no puede ser eterno. La eternidad, presente
siempre, sin pasado, sin futuro, no puede ser sucesiva. Si lo fuera y por
siempre el momento sucediera al momento, daríase el caso paradójico de
que la eternidad se aumentaba a cada instante transcurrido», ob. cit.,
págs. 72-73. Se trata, en el fondo, de una burda aplicación de las aporías
eleáticas sobre el movimiento al dominio del tiempo: es imposible aumentar, mediante la suma, un número infinito, y también es imposible
alcanzar el infinito mediante la suma sucesiva de finitos. La constante
preocupación por el fluir de la temporalidad, que constituirá uno de los
motivos centrales de la reflexión azoriniana (véase C. Clavería, «Sobre el
tema del tiempo en Azorín», *Cinco estudios de literatura española moderna*,
Salamanca, CSIC, 1945, págs. 49-67), hunde a sus raíces, como acaba
de verse, en la experiencia de la crisis del nihilismo, y es deudora, en
cuanto a la comprensión del «tiempo» se refiere, de las tesis de Jean-Marie Guyau en *La genèse de l'idée de temps* (1890). Para la percepción del
tiempo en la época finisecular, véase S. Kern, *The Culture of Time
and Space (1880-1918)*, Cambridge (Massachusetts), Harvard University
Press, 1983.
[23] «Nada es eterno: todo es mudable», J. Martínez Ruiz, *La sociología
criminal*, Madrid, Librería de Fernando Fe, 1899, pág. 206; «Todo pasa,
todo se muda, todo perece», J. Martínez Ruiz, «Ciencia y fe», cit.,
pág. 186. Se trata de la idea del flujo eterno, del devenir constante e inin-
terrumpido, del *pánta rhêi* heraclitiano, de la vida-río de la célebre copla
manriqueña; ahora bien, en el *Diario*, expresión plena del culto del yo,
añade, a la continua transformación de la materia, la perspectiva del sujeto, el lamento por la pérdida de lo estrictamente individual: detrás del
eterno flujo de las cosas, el sujeto descubre la amenaza de la muerte y la
tragedia que ésta comporta.
[24] Se trata del dramaturgo Jacinto Benavente y de su comedia *La comida de las fieras,* que se estrenó en el Teatro de la Comedia de Madrid
el 7 de noviembre de 1898. Entre los actores de aquella representación,
cabe destacar la presencia de Valle-Inclán en el papel de Teófilo Averit. Al
día siguiente del estreno, el diario *El Imparcial* publicaba una crítica de la
representación firmada por José Laserna: «*La comida de las fieras* es una

Cae la tarde; estoy solo. Siento a pesar de mis sutiles consuelos filosóficos honda tristeza[25]. Es domingo, ano-

---

nueva ejecutoria con que acredita Benavente la alteza de su ingenio satírico. Los buenos *gourmets* han saboreado con delicia, en esta y en otras comidas teatrales, sus exquisitos bocadillos, y esperan que el *chef* no ha de tardar en servirles el plato de resistencia, suatancioso, reparador y bien sazonado. Yo desde luego me apunto.» El mismo día con cuya fecha se abre este *Diario*, el *Heraldo de Madrid* (15 de noviembre de 1898) publicaba cuanto sigue: «Anteayer fue obsequiado en Fornos con un banquete, por sus amigos y admiradores, Jacinto Benavente, el afortunado autor de *La comida de las fieras.* [...] Con gran unanimidad, los críticos de la gran prensa, al dar a conocer el estreno de esta obra en la Comedia, han rendido tributo de justicia a los indiscutibles méritos literarios del señor Benavente.» Y aun unos días después, el 21 de noviembre de 1898, el mismo *Heraldo de Madrid* publicaba un artículo firmado por Saint-Aubin titulado «¿Qué es comedia?» donde, entre otras cosas, se decía: «Lo único que puedo afirmar es lo mismo que tú has visto: el público se interesa y aplaude cada vez más *La comida de las fieras*, y... fieras tendremos mucho tiempo en los carteles de los teatros de España, y tal vez salte la obra la gigantesca valle del Pirineo.»

Jacinto Benavente (1866-1954) es el gran renovador del teatro español de principios del siglo xx; su obra supone un profundo cambio de sensibilidad respecto a los excesos del posromanticismo y al teatro «efectista» de Echegaray. Entre sus obras principales, cabe destacar: *Los intereses creados* (1905) y *La malquerida* (1913). En 1922 le fue concedido el Premio Nobel de Literatura.

J. Martínez Ruiz manifestó desde temprano su admiración por el arte de Benavente: «Me han presentado en el café *Inglés* —cenáculo ahora de la bohemia— a Jacinto Benavente, el autor de *Gente conocida*. [...] Benavente es artista de veras. Hombre cultísimo, de selecta y variada lectura, tiene ingenio espontáneo, percepción para coger al vuelo el detalle, la *nuance*, la frase que caracteriza al personaje. Posee el arte de decir las cosas más crudas en la forma más candorosa. Si se me permitiera hacer una frase, diría que su obra es como una horizontal en traje de primera comunión. [...] la característica de Benavente es la sátira delicada, la ironía elegante», *Charivari (Crítica discordante),* Madrid, Imprenta de la Plaza del Dos de Mayo, núm. 4, 1897, págs. 21-22.

[25] Lacónica expresión que pone al descubierto, por un lado, la escisión entre la vida y la filosofía que se había venido abriendo con el avanzar de la modernidad y, por otro, la inutilidad de la filosofía (perdida entre tecnicismos léxicos y formalismos sistemáticos, y cada vez más alejada de la vida, de los problemas concretos de la existencia) frente al problema existencial que abre la crisis del nihilismo. En un artículo de la época, «Los juguetes» *(Madrid Cómico,* 5 de mayo de 1900), J. Martínez Ruiz explicita esta idea con una eficaz y sugestiva metáfora: «Los sistemas filosóficos nacen, envejecen, son reemplazados por otros. Materialismo, espiri-

dino domingo, abrumador domingo. El cielo está triste;
llueve finamente a ratos. —Pienso[26].

Las sombras avanzan; sólo veo la mancha blanquecina
del balcón. ¿Qué es la vida? ¿Para qué venimos a la Tierra
unos después de otros durante siglos y siglos, y luego des-
aparecemos todos y desaparece la Tierra? ¿Para qué?[27]

Veo a los transeúntes pasar por la acera de enfrente co-
bijados en sus paraguas como fantasmas. Llueve, llueve. Mi
tristeza se pronuncia de una manera dolorosa. Estoy jadeante de melancolía; siento la *angustia metafísica*[28].

Noche[29].

---

tualismo, escepticismo; ¿dónde está la verdad? El hombre juega con las filosofías para distraer la convicción de su ignorancia. Los niños tienen sus
juguetes; los tienen también los hombres. Platón, Aristóteles, Descartes,
Spinoza, Hegel, Kant, son los grandes fabricantes de juguetes», cit. por Azorín, *Artículos olvidados de J. Martínez Ruiz (1894-1904)*, ob. cit., pág. 178.
Este mismo paso se reprodujo después en *La voluntad* (I parte, cap. VIII).

[26] Repárese en la repetición de este «pienso», signo inequívoco de la
hiperactividad cerebral y del autoanálisis constante de los héroes de la
«nueva novela».

[27] Este párrafo presenta una cierta sintonía, anímica e intelectual, con
el final de *La sociología criminal,* ob. cit., pág. 207: «Apagarase el sol; ce-
sará la tierra de ser morada propia del hombre, y perecerá lentamente la
raza entera. Y entonces, desierta la Tierra, rodando desolada y estéril, entre profundas tinieblas, por el espacio inmenso, ¿para qué habrán servido
nuestros afanes, nuestras luchas, nuestros entusiasmos, nuestros odios?»

[28] El existencialismo considera la angustia como una suerte de revelación emotiva de la situación (de destierro y de abandono) del hombre
en el mundo. Kierkegaard *(El concepto de la angustia)* pone la raíz de la
angustia en la comprensión de la existencia como posibilidad: la angustia
es el puro sentimiento de la posibilidad; el hombre, en cuanto ser tendido
hacia el futuro, habita el ámbito de la posibilidad. Ahora bien, la precariedad de lo posible, su inseguridad e incertidumbre, pone de manifiesto
la conciencia de la vanidad de las acciones humanas y la amenaza inmanente de la muerte que sobre ellas incumbe. También Heidegger *(Ser y
tiempo)* hace del concepto de angustia uno de los ejes centrales de su pensamiento: la angustia constituye el ser-para-la-muerte, es decir, la aceptación de la muerte como la posibilidad absolutamente propia del hombre.
Nótese que tras este sentimiento de angustia, tan propio de la época, se
percibe claramente el pálpito de la Nada y la sombra del nihilismo. Para
el pensador danés, frente a esta amenaza sólo caben dos vías: el suicidio o
la fe (téngase esto presente al final del texto).

[29] La secuencia de las expresiones de la temporalidad con que se cierra esta entrada del *Diario* indica también una progresiva pérdida del sen-

3 Diciembre

Desde aquí oigo el tintineo de un piano de manubrio que tocan ahí enfrente. Han organizado un baile popular en una carpintería. He estado hace un momento en la puerta. Casi a obscuras, alumbradas por un humoso quinqué, pasaban y repasaban voluptuosamente las parejas, juntos, apretados el bailador y la bailadora, el brazo de *él* ceñido al talle de *ella,* la cabeza de *ella* yacente en el hombro de *él;* jadeantes ambos, los ojos resplandecientes, los cuerpos lacios...

Y yo aquí leyendo filosofías.

¿Soy un imbécil?

El organillo sigue; sus notas cristalinas, retozonas, saltantes, llegan a raudales. Las parejas pasan y repasan al compás de una habanera, de una lánguida, desmayada, enardecedora habanera...

Y yo aquí leyendo filosofías... ¿Dónde está la vida: en los libros o en la calle? ¿Quién es más filósofo: yo que paso horas y horas devorando las hórridas metafísicas de estos bárbaros, o el desenfadado mozo que siente palpitar junto a sí el abultado pecho de una hembra enardecida, y aspira su aliento, y lee en sus ojos ansias de espasmos deliciosos? ¿Quién es más hombre?

Vivamos, vivamos. Los grandes artistas *crearon* porque *vivieron*[30]. Cervantes, Quevedo, Lope... aventureros, due-

---

tido de la vida y un *crescendo* de la conciencia del nihilismo. El caer de la tarde, el avanzar de las sombras, el precipitar de la noche, ponen de manifiesto la crisis vital en la que se sumerge el artista-enfermo. Cuando la noche llega, es noche del sentido.

[30] La contraposición entre la vida y la filosofía (nótese el despectivo «filosofías» y la oposición entre los libros, símbolo de la cultura, y la calle, símbolo de la vida), desemboca, como puede verse, en un *imperativo vital* («vivamos, vivamos»), que es, también, un *imperativo artístico,* pues liga, con necesidad causal («porque»), la creación artística a la efectiva experiencia de la vida: sólo quien es capaz de vivir, de experimentar por sí mismo la múltiple variedad de la vida, reúne las condiciones para poder crear una obra de arte. El *Diario* reclama, pues, la necesidad de un arte que surja del fondo vivo de la vida, un arte *sincero,* que responda a la experiencia propia del sujeto-artista, que no sea acumulación erudita, dato

listas, navegantes, soldados, gentes que gustaron todos los placeres, corrieron todos los azares, sufrieron todos los dolores.

10 Diciembre

He trabajado esta mañana en mis investigaciones históricas[31]. Durante horas y horas he manejado infolios, he tomado notas, he compulsado citas. ¿No es esto tonto? ¿No es estúpido, brutalmente estúpido, inhumano, brutalmente inhumano? ¡Yo, fuerte, joven, inteligente, pasarme días y días leyendo en viejos libros, desentendido de la vida, huido de la realidad diaria y vibradora, cerrado a las fuer-

---

de archivo o biblioteca, o simple copia o imitación de la moda del momento. Arte y vida no deben ser dos ámbitos separados de la vida del artista, sino que deben presentarse en indisoluble unidad: «No basta con ser sabios; es preciso ser buenos. El artista que piensa noblemente y no vive como piensa, no es artista completo. [...] Hay que ser genio con la cabeza y con el corazón; en la obra y en la vida», J. Martínez Ruiz, *Soledades,* Madrid, Librería de Fernando Fe, 1898, pág. 15. Para la escisión entre la vida y la cultura, y su relación con el proceso del nihilismo occidental, véase la Introducción.

[31] En los últimos años del siglo XIX, J. Martínez Ruiz llevó a cabo una rigurosa y metódica investigación de carácter histórico sobre el pasado hispánico, que se inscribía en la órbita de la *Völkerpsychologie,* psicología de los pueblos o etnopsicología, ciencia muy de moda en la época. El fruto de estas investigaciones fueron dos libros de ensayo y una obra de teatro. Los primeros, en realidad, pueden considerarse un único libro ampliado: *Los hidalgos (La vida en el siglo XVII)* (1900), en efecto, se reproduce en *El alma castellana (1600-1800)* (1900), que añade al anterior una segunda parte dedicada al siglo XVIII. *La fuerza del amor* (1901) es una obra de teatro de ambientación histórica que se beneficia del buen conocimiento que J. Martínez Ruiz había alcanzado del pasado español.

Las coincidencias entre la vida de José Martínez Ruiz y algunos episodios de *Diario de un enfermo* no deben hacer pensar al lector que se trata de un efectivo diario de la persona cuyo nombre civil era José Martínez Ruiz. Al lector se le ofrecen estas páginas como una ficción literaria, que responde seguramente al criterio de *sinceridad artística* antes aludido, pero en ningún caso es legítimo salvar en la lectura la irreductible distancia que corre entre la vida de un autor y la transfiguración literaria que ciertos acontecimientos de su vida hayan podido tener en su creación artística. Para el problema de la relación entre la creación literaria y la autobiografía, véase la Introducción.

tes y voluptuosas emociones del amor, de la ambición, del odio, del azar!

¡No más libros[32]; no más impresas y polvorientas hojas, catálogos de sensaciones muertas, índices de ajenas vidas, huellas de los que fueron, rastros de los que amaron! Quiero vivir la vida en la vida misma; quiero luchar, amar, crear. Siento a ratos revivir en mí y surgir poderosos del fondo de mi personalidad, impulsos de ira, de codicia, de generosidad, de amor. ¡De amor! Yo no he vivido el amor. Todos mis amores han sido fugaces, momentáneos, desabridos. Y cuando en mis soledades, repleto de sensaciones librescas, harto de contemplar hombres a través de otros hombres, de sentir vidas a través de otras vidas, veo en la calle, en un tranvía, en un teatro, una mujer hermosa, de inteligentes y tristes ojos, de mirar sugestionador y comprensivo, siento conmoverse todo mi ser y sueño con idilios tumultuosos y febriles...

Los días claros, luminosos, tibios; los días del renacimiento primaveral, en que todo, plantas y pájaros, hombres y brutos, canta un grande himno a la vida, al bienestar, al placer —este estado de mi espíritu se pronuncia con una agudeza dolorosa. Envidio al buen burgués que pasa del brazo, *religiosamente,* de su apetitosa consorte; envidio al mozo con su novia, ingenua o maliciosa, modesta o pre-

---

[32] La conciencia de la escisión entre la cultura y la vida provoca un desplazamiento del simbolismo positivo del libro hacia su completo rechazo, tal y como adviene en *La voluntad* (parte III, cap. II): «Otra de mis preocupaciones eran los libros. Yo he sido también un formidable erudito: lo leía todo, en pintoresca confusión, en revoltijo ameno: novelas, filosofía, teatro, versos, crítica... Tenía fe en los libros; [...] Cuando se ha vivido algo, ¿para qué leer? ¿Qué nos pueden enseñar los libros que no esté en la vida?», ob. cit., págs. 262-263. Una idea que vuelve a repetirse en su siguiente novela, prueba de la importancia que revestía en la economía de su pensamiento: «Los libros son falaces; los libros entristecen nuestra vida. Porque gastamos en leerlos y escribirlos aquellas fuerzas de la juventud que pudieran emplearse en la alegría y el amor. Pero nosotros ansiamos saber mucho. Y cuando llega la vejez y vemos que los libros no nos han enseñado nada, entonces clamamos por la alegría y el amor, ¡que ya no pueden venir a nuestros cuerpos, tristes y cansados!», *Antonio Azorín,* ed. de E. I. Fox, Madrid, Castalia, 1992, pág. 140 (parte II, cap. VI).

sumida; envidio al rufián con su daifa, desgarrada hembra, provocativa hembra... Siento en esos momentos ansias de las metódicas satisfacciones del uno; de los *tantalismos* —conatos de placer— del otro; de las perversidades y decadencias del último. E instintivamente, de golpe, aparece en mi cerebro la sensación de rostros ansiosos, rostros lívidos y fatigados, respiraciones anhelantes, súplicas, quejidos, imprecaciones, manos crispadas...

11 Diciembre

Esta mañana al cruzar la Puerta del Sol, he encontrado... mejor diría, *la* he encontrado. ¿A quién? No sé; esbelta, rubia, toda de negro, con severo traje negro, luminosos los ojos, triste y aleteante la mirada —no la he visto nunca y la he visto siempre[33]. Un momento, instintiva-

---

[33] Las sucesivas descripciones que el *Diario* ofrece de *Ella* van a configurar una imagen femenina que recoge los atributos positivos de la mujer castellana (seriedad, humildad, severidad, silencio, recogimiento, etc.) ensalzados precedentemente por J. Martínez Ruiz en *El alma castellana*, a la vez que supera ya la misoginia schopenhaueriana que nuestro autor manifestaba en *Soledades* (1898). *Ella*, de todos modos, como ya quedó indicado en la Introducción, va a configurarse en un tipo femenino muy cercano al de la «mujer prerrafaelista» (véase H. Hinterhäuser, «Präraffaelitische Frauengestalten», *Fin de siècle. Gestalten und Mythen*, Múnich, Wilhelm Fink Verlag, 1977, págs. 107-145); hay que señalar, además, el notable parecido de *Ella* con Justina, la novia de Antonio Azorín al principio de *La voluntad* (si bien, en esta novela aparece otro tipo de femenino, Iluminada, en evidente contraste con lo que representaba Justina-*Ella*). Para un análisis de la imagen de la mujer en nuestro autor, pueden verse: A. Cruz Rueda, *Mujeres de Azorín*, Madrid, Biblioteca Nueva, 1953; M. C. Rand, «Azorín y Eros», en *Revista Hispánica Moderna*, núm. 29, 1963, págs. 217-233; A. Sequeros, *La mujer en Azorín*, Orihuela, Caja de Ahorros de Nuestra Señora de Monserrate, 1975; M. van Biervliet, «Una hipótesis sobre el papel de la mujer en el desarrollo de José Martínez Ruiz, el futuro Azorín», en *Cuadernos Hispanoamericanos*, núm. 351, 1979, páginas 651-656; A. Risco, «La mujer en la novela de Azorín», en *Cuadernos Hispanoamericanos*, núm. 385, 1982, págs. 172-191; F. López Estrada, «Azorín y..., esta vez, las mujeres», en *Anales Azorinianos*, núm. 5, 1993, páginas 129-142; K. M. Glenn, «Azorín y el retrato femenino», en *Divergencias y unidad: perspectivas sobre la Generación del 98 y Antonio Machado*, ed. de John P. Gabriele, Madrid, Orígenes, 1990, 161-170.

mente, vibrantemente, nos hemos mirado sin detenernos. *Ella* ha seguido; yo he seguido...[34]

Y sin embargo, una fuerza misteriosa nos atraía. Diríase que habíamos vivido juntos eternidades en otros mundos...[35]

¿Por qué no he ido yo a *ella* y *ella* no ha venido a mí?

---

[34] El «flechazo» del diarista recuerda un poco al célebre poema de Baudelaire *A une passante:* «La rue assourdissante autour de moi hurlait. / Longe, mince, en gran deuil, doleur majestueuse, / une femme passa, / d'une main fastueuse / soulevant, balançant le feston et l'ourlet; // agile et noble, avec sa jambe de statue. / Moi, je buvais, crispé comme un extravagant, / dans son oeil, ciel livide où germe l'ouragant, / la douceur qui fascine et le plaisir qui tue. // Un éclaire... puis la nuit! —Fugitive beauté / donc le regard m'a fait soudainement renaître, / ne te verrai-je plus que dans l'éternité? // Ailleurs, bien loin d'ici! trop tard! *jamais* peut-être! / Car j'ignore où tu fuis, tu ne sais où je vais, / ô toi que j'eusse aimée, ô toi qui le savais!», *OEuvres complètes,* vol. I, París, Gallimard, 1975, páginas 92-93. También en *Las confesiones de un pequeño filósofo* hay un sugestivo capítulo que rememora la trascendencia de estos encuentros fugaces: «¿No habéis encontrado nunca en vuestra vida una mujer que os ha hechizado durante un momento y que luego ha desaparecido? Estas mujeres son como estrellas que pasan rápidas en las noches sosegadas de estío. Habréis encontrado una vez, en un balneario, en una estación, en una tienda, en un tranvía, una de esas mujeres cuya vista es como una revelación, como una floración repentina y potente que surge desde el fondo de vuestra alma. [...] Y será sólo un minuto; esta mujer se marchará; quedará en vuestra alma como un tenue reguero de luz y de bondad; sentiréis como una indefinible angustia cuando la veáis alejarse para siempre. [...] Y yo veía entonces, y le veía luego, alguna de estas mujeres misteriosas, sugestionadoras, que, como el mar azul que se ensanchaba ante mi vista, me hacía pensar en lo Infinito», J. Martínez Ruiz, «Esas mujeres», ob. cit., págs. 160-162.
[35] Tienen un cierto sabor de época las alusiones a las fuerzas misteriosas y a la vida en otros mundos. El estudio creciente de los fenómenos eléctricos y magnéticos durante el siglo XIX trajo como consecuencia una crítica progresiva del concepto newtoniano de «fuerza», concepto que constituía la base de la mecánica clásica. En efecto, James Clerk Maxwell, en su *A Dynamical Theory of the Electromagnetic Field* (1864), basándose en los trabajos de Michael Faraday, sustituyó la noción newtoniana de fuerza y su problemática comprensión de la «acción a distancia» con el concepto de «campo», lo que daría paso, pocos años después, a la revolución de la física del siglo XX con la teoría de la relatividad y la teoría cuántica. Este cambio en la comprensión de la noción de fuerza, basado en el complejo aparato matemático de las *ecuaciones de Maxwell,* iba acompañado, en lo que se refiere a su divulgación en los ambientes cultos e inte-

12 Diciembre

«Olaiz»[36], le he dicho a mi amigo Olaiz, «es preciso *vivir la vida*, experimentar todas las sensaciones, gustar de todas las formas del placer y de todos los matices del dolor.

---

lectuales europeos (no estrictamente científicos), de una suerte de halo de misterio: la mentalidad positivista de la época aceptaba los nuevos descubrimientos de la ciencia, pero no logrando una comprensión adecuada de los nuevos fenómenos por falta de adecuados conocimientos científicos y matemáticos, los circundaba *poieticamente* de misterio. Para el cambio/modificación del concepto newtoniano de fuerza, véanse Max Jammer, *Concepts of force. A study in the foundations of dynamics,* Cambridge, Harvard University Press, 1957; Mary B. Hesse, *Forces and Fields. The Concept of Action at a Distance,* Edimburgo, Thomas Nelson and Sons, 1961.

El misterio constituía, además, una crítica y un dique de contención a la propensión positivista de reducción científica de la realidad: el misterio expresaba todo un ámbito de realidad que permanecía ajeno a las explicaciones de la ciencia. La realidad no se agotaba en los elementos o caracteres que la ciencia era capaz de «medir» (explicar), sino que poseía también el «alma de las cosas», como lo llamó en cierta ocasión nuestro autor (cfr. «Un poeta», *El Progreso,* 5 de marzo de 1898, recogido en Azorín, *Artículos olvidados de J. Martínez Ruiz [1894-1904],* ob. cit.). Miguel A. Lozano Marco, en un trabajo de notable interés, ha puesto de manifiesto la deuda de nuestro autor, en este punto, con los simbolistas belgas (Rodenbach, Maeterlinck, Verhaeren); véase «J. Martínez Ruiz en el 98 y la estética de Azorín», en *En el 98 (Los nuevos escritores),* ed. de J.-C. Mainer y J. Gracia, Madrid, Visor y Fundación Duques de Soria, 1997, págs. 109-135.

Respecto a la vida en otros mundos, nótese que estamos en pleno auge y consagración de la literatura de ciencia ficción: Jules Verne había comenzado a publicar en 1863 la serie *Voyages extraordinaires à travers les mondes connus et inconnus* y Herbert George Wells había publicado ya *The time machine* (1895) y *The war of the worlds* (1898).

36 «Baroja, como personaje de *La voluntad,* novela publicada por J. Martínez Ruiz en 1902, se oculta bajo el nombre de Enrique Olaiz», Azorín, «Baroja en *La voluntad*», *Ante Baroja,* Madrid, Imprenta Sáez, 1946, N. del C. [Ángel Cruz Rueda]. Así pues, el Olaiz del *Diario* es la transfiguración literaria de Pío Baroja. Reaparece, como acabamos de ver, en *La voluntad* (II parte, cap. VII), ganando consistencia en la conformación de su personalidad literaria: «Olaiz es calvo —siendo joven—; su barba es rubia y puntiaguda. Y como su mirada es inteligente, escrutadora, y su fisonomía toda tiene cierto vislumbre de misteriosa, de hermética, esta calva y esta barba le dan cierto aspecto inquietante de hombre cauteloso y profundo, algo así como uno de esos mercaderes que se ven en los cuadros de Marinus, o como un orfebre de la Edad Media, o como un judío que practica el cerrado arte de la crisopeya, metido allá en el fondo de una casucha toledana», ob. cit., pág. 234. Nótese, además, que

Vivamos. Abracémonos a la Tierra, próvida Tierra; amémosla, gocémosla. Amemos; que nuestro pecho sea atormentado por el deseo y vibre de placer en la posesión ansiada. No más libros; no más hojas impresas, muertas hojas, desoladoras hojas. Seamos libres, espontáneos, sinceros. Vivamos»[37].

Pío Baroja es el destinatario de las tres cartas de J. Martínez Ruiz incluidas en el epílogo de *La voluntad*.

La relación entre Pío Baroja y J. Martínez Ruiz se remonta a los últimos años del siglo XIX, cuando ambos, recién llegados a Madrid con la decisión de dedicarse a la literatura, se movían en los ambientes de la bohemia finisecular y de las redacciones de los periódicos. Junto a Ramiro de Maeztu, Pío Baroja y J. Martínez Ruiz iban a formar entre 1901 y 1902 el grupo de «los Tres», una firma temible por su radicalismo, cuyo programa, sin embargo, no supo ganarse el consenso de sus contemporáneos. Pío Baroja relata en sus memorias cómo se conocieron J. Martínez Ruiz y él: «[...] nos encontramos en el paseo de Recoletos [Madrid]. ¿Es usted Pío Baroja? Sí. Yo soy Martínez Ruiz. Evidentemente, nos conocíamos ya de vista; nos dimos la mano, y fuimos amigos hasta la vejez, y continuamos siéndolo», *Final del siglo XIX y principios del XX* (1945), en *Obras Completas de Pío Baroja*, vol. VII, Madrid, Biblioteca Nueva, 1978, página 726 (este mismo episodio lo recuerda también, casi idénticamente, su hermano Ricardo Baroja en *Gente del 98,* Madrid, Cátedra, 1989, pág. 110). Azorín, curiosamente, dirá en sus memorias: «No recuerdo cómo ni en qué ocasión conocí a Baroja», *Madrid,* ob. cit., pág. 874. Para un análisis más amplio de la relación Baroja-J. Martínez Ruiz, véase el cap. 10 del libro de J. M. Valverde, *Azorín,* ob. cit., págs. 145-159.

[37] Repárese en la semejanza de estas ideas con lo que J. Martínez Ruiz afirma de Pío Baroja en su reseña sobre *La casa de Aizgorri* (1900): «Para mi amigo no hay goce más exquisito, más humano, más alto que el goce de conocer, de vivir todas las vidas, de pasar por todos los estados psicológicos, de gustar todas las ideas, de experimentar todas las sensaciones», J. Martínez Ruiz, «Las orgías del yo», *La Correspondencia Española* (21 de diciembre de 1900), cit. por Azorín, *Ante Baroja,* en *Obras Completas,* vol. VIII, Madrid, Aguilar, 1948, pág. 145. Por lo que se refiere a nuestro autor, hay en este *imperativo vital,* si no un abandono de los ideales revolucionarios, sí, al menos, una supeditación de los mismos a los valores de la vida («abracémonos a la Tierra» es una feliz imagen nietzscheana que simboliza, precisamente, el retorno y recuperación de los valores de la vida): «Han pasado los tiempos de los sacrificios por una idea... Lo esencial es vivir todas las ideas, conocer hombres diversos, gozar de sensaciones desconocidas... "vivir, vivir todo lo que se pueda en extensión y en intensidad"», *Pecuchet demagogo,* ob. cit., págs. 40-41. En *Antonio Azorín* (II parte, cap. V), este imperativo se convierte en estandarte de la oposición entre la «Gente Nueva» y la «Gente Vieja»: «Los viejos, hombres de una sola idea, no pueden comprender que se vivan todas las ideas. ¿Que

La tarde era radiante, clara tarde de tibio otoño madrileño. Queríamos sorprender el pueblo, la ruda masa, en su
vida diaria, en sus batallas y pasiones; queríamos ver tipos
de bestia humana, escenas, interiores foscos, ambiente, en
fin, de fieros apetitos y trabajos fieros. Hemos salido a las
afueras[38], lentamente, por la calle de Toledo. Confortador
y alegre, el sol baña la pintoresca calle. A un lado, la masa
gris del mercado de la Cebada, desiertas las bulliciosas avenidas, silenciosos los sótanos; a otro, tiendas populares,
modestas tiendas: fruterías con sus verduras variadas, bri-
llantemente verdes unas, obscuras otras; bazares de ropas,
ondulantes al viento los lienzos colgados por muestra en las
fachadas; tintorerías con sus rojas oriflamas, despachos de
huevos con sus blancos montones lucidores... Los tranvías
suben fatigosamente; del fondo negro de los mesones salen
atestados y rechinantes carros.

---

los jóvenes no tienen ideas fijas? ¡Si precisamente no tener una idea fija
es tenerlas todas, es gustarlas todas, amarlas todas! Y como la vida no es
una sola cosa, sino que son varias, y, a veces, muy contradictorias, sólo
éste es el eficaz medio de percibirla en todos sus matices y cambiantes,
y sólo ésta es la regla crítica infalible para juzgar y estimar a los hombres», ob. cit., pág. 138. Sin embargo, a este mismo imperativo vital se
atribuye en *La voluntad* (II parte, cap. I) la causa del estado de descon-
cierto de Antonio Azorín: «Su espíritu anda ávido y perplejo de una
parte a otra; no tiene plan de vida; no es capaz del esfuerzo sostenido;
mariposea en torno a todas las ideas; trata de gustar todas las sensaciones», ob. cit., pág. 196.
   [38] La ambientación urbana del *Diario* es indiscutible: J. Martínez
Ruiz distribuye a lo largo de la obra una serie de elementos reconocibles
(plazas, calles, barrios, mercados, teatros, cafés, edificios, iglesias, cementerios, jardines, etc.) que conforman las «señas de identidad» de la ciudad
en cuestión (Madrid). Sin embargo, notará el lector que el texto está atravesado por algunas tensiones claramente manifiestas: centro/periferia,
ciudad/campo, ciudad «tentacular»/pequeña ciudad de provincias. Estas
tensiones, en realidad, proceden del mismo corazón de la «novela urbana»,
y son expresión de la crítica del progreso y de los aspectos inhumanos y
barbáricos que lleva asociada la vida moderna: el campo y la pequeña ciudad de provincias representan, respectivamente, los ámbitos incontami-
nados de la Naturaleza y de la tradición. De todas maneras, la «huida» (al
campo o a la pequeña ciudad de provincias) hay que entenderla también
desde la dimensión interior del sujeto, como una *huida de sí* que, en el
fondo, es una radical *búsqueda de sí mismo*.

Bajamos, bajamos[39]. Por la ronda de Valencia, salimos a un desharrapado barrio de hórridas viviendas mohosas, lavaderos, almacenes de trapos, pasadizos empedrados, torcidos, que se pierden en la negrura, empinadas escaleras, desvencijadas, lóbregas. En los balcones, rotos los cristales, hinchadas las maderas, secan al sol blancas y remendadas ropas, pintorescos lienzos de mil desteñidos colores, magros, sobados, ahoyados colchones goteados de rojo, manchados de amarillo... Desgreñada, chancleteante, aupándose con ambas manos la falda, cruza de una acera a otra una comadre; un grupo de viejas, negras, silenciosas, *automáticas,* tricotea, sentado en una puerta, con las largas agujas; gorjea un canario; suenan los acompasados y recios golpes de un carpintero; tras un terraplén pasa rápidamente la chimenea humeante de una locomotora...

El paseo continúa. El cielo se anubarra poco a poco. Por una plazoleta, salimos a un vertedero cubierto de grisáceos cartones puestos a secar, y, enfilada una sombría alameda de grandes olmos horros de follaje, pasados los cuadros yermos y yermas avenidas de secular jardín abandonado, a la otra parte del río, nos detenemos y volvemos la cabeza... La gran ciudad aparece a lo lejos, arriba, empinada, en grande, inmenso, formidable montón de paredones grises y rojizos muros, tejados resaltantes, humosas chimeneas, torres agudas, panzudas cúpulas, moles disformes que rompen violentamente el conjunto de diminutos tejadillos y sobresalen salpicadas de los puntitos negros de sus ventanas. El Observatorio, a la derecha, des-

---

[39] Nótese que no se trata sólo de un descenso de tipo físico, sino también de un descenso metafórico. A la bajada por algunas calles concretas se añade, en efecto, el sentido del descenso a las profundidades del «pueblo», al «alma» de la nación. Los paseantes persiguen la esencia oculta del pueblo español («sorprender el pueblo» era el objetivo del paseo), y esto tiene que ver con un impreciso programa político de regeneración nacional que trascendía la comprensión krausopositivista del «problema de España». Por otro lado, el paisajismo que acompaña a la descripción del paseo no debe ser entendido como signo de un esteticismo contemplativo, sino como un elemento capaz de comprender la simbiosis entre el medio vital y el individuo que lo habita. Para la noción de paisaje y su relación con J. Martínez Ruiz, véase la Introducción.

taca su redondeada silueta; cerca, contrastan con el uniforme gris las rojas paredes de la Escuela de Caminos; más
allá, dominando la inacabable mancha negra, brilla la bola
del Banco de España, radiante, áurea, luminosa. Lentamente va cambiando el cielo su añil intenso en sucio y
triste gris. Enfóscanse las notas claras, piérdense las negras
—vagas, inciertas, indecisas. La gran ciudad, en sus con-
tornos, en sus ángulos, en sus distantes suburbios, se esfuma sombría y tétrica en la lejanía. La tarde muere: un
postrero rayo de sol ilumina el cuadro con carminosos res-
plandores de incendio. Brillan los minúsculos cristales de
mil ventanas, llamea la montera de una estación, enciéndese en tonos rojizos, vivos, despedidores de reverberacio-
nes múltiples, el conjunto todo de tejados, torres, chimeneas, paredones...[40] A la izquierda, pasado el puente,
espejean los coches que vuelven, lentos, tambaleantes, *trágicos,* de un entierro[41].

---

[40] Sobre el intenso cromatismo del *Diario,* véase el exhaustivo estudio realizado por L. Bonet, «*Diario de un enfermo,* de Azorín: el momento
y la sensación», en *Divergencias y unidad: perspectivas sobre la Generación
del 98 y Antonio Machado,* ob. cit. págs. 81-97.

[41] Adviértase cómo se liga la idea de la muerte con el paso del tiempo:
de la indicación de «la tarde era radiante» se pasa a «la tarde muere». La
imagen final del entierro añade a esta muerte de la tarde la «tragedia» de
la muerte de lo concreto e individual, su carácter irreparable. Desde la
perspectiva de la Naturaleza, muerte significa transformación, renacimiento, renovación incesante en el perpetuo fluir del Ser; desde la perspectiva del individuo, en cambio, la muerte es final irremisible, dejar-de-
ser. Esta entrada presenta una clara simetría y correspondencia con el
artículo «La emoción de la Nada» *(Arte Joven,* 3 de mayo de 1901); tras
una descripción de los alrededores de Yecla, la atención del texto se centra en el funeral de una niña y en las consiguientes consideraciones sobre
la muerte por parte del narrador: «Como estos puñados de negra tierra
serán dentro de diez, de veinte, de cincuenta años, mis amigos y mis enemigos, mis odios y mis amores... y yo mismo. Así serán las presentes y
afanosas generaciones: los obreros que penan en las fábricas, los labriegos
que benefician el campo, los gobernantes que nos esquilman y tiranizan,
los reyes y los genios, todos, todos en inmensa mortuoria danza caminan
a la muerte y en la muerte rematarán sus bienandanzas y desventuras, sus
alegrías y amarguras... Y la materia, siempre la misma, igual eternamente,
caminará impasible a nuevas formas y renovaciones diversas, en perpetuo
y ciego torbellino engendrador de mundos.»

15 Enero 1899

Hoy en la Castellana, *la* he visto. Hablaba descuidado, baja la vista, con un amigo... *De pronto* he levantado los ojos y me he encontrado con su mirada, una mirada tembladora, insconscientemente ansiosa, indefinible en su misteriosa y fugaz expresión —inefable[42]. Hay fuerzas misteriosas, poderosas fuerzas que atraen irresistiblemente a dos seres, hombre, mujer, que se ven por primera vez en la calle, en un teatro, en un tranvía... Parece que se trata de un *reconocimiento*[43], de afectuosa renovación de viejas amistades.

Pasan los días, pasan los meses, pasan los años...

Una tarde, una mañana, una noche, rápidamente, al cruzar una plaza, al pasar en un coche, se renueva el encuentro; y vuelve, andando el tiempo, a renovarse... El ansia misteriosa crece; titilean las miradas; hácese más densa y palpable la corriente que va de uno a otro espíritu...

Y las dos vidas siguen sus destinos impasibles, sojuzgadas por la fuerza de las cosas que las separa, contemplándose de lejos y fugazmente, trágicas y ansiosas.

¿Qué fuerza misteriosa las impulsa una hacia otra?

¿Qué implacable fatalidad una de otra las aleja?

---

[42] «[...] *inefable,* es decir, que no se puede explicar, hacer patente, exteriorizar lo que sugiere», J. Martínez Ruiz, *Antonio Azorín,* ob. cit. (I parte, cap. VIII), pág. 78. Véase a propósito la nota correspondiente al 6 de abril de 1899.

[43] El amor como *reconocimiento* hace referencia al mito platónico del andrógino *(El banquete,* 189c-193e): ante la soberbia del andrógino originario, Zeus decidió el castigo de su división en dos mitades, masculina y femenina; errantes por el mundo desde entonces, los hombres buscan sin descanso la mitad perdida. El amor *(Eros)* es el reconocimiento inmediato de las mitades separadas y el impulso a dar vida a la unidad originaria. J. Martínez Ruiz había leído con interés y atención —dan prueba de ello las numerosas anotaciones en los márgenes— la *Psicología del amor* de U. González Serrano (2.ª ed. corregida y aumentada, Madrid, Librería de Fernando Fe, 1897); en la Casa-Museo Azorín, de Monóvar, se conserva un ejemplar de dicho libro con la siguiente dedicatoria manuscrita del autor: «A J. Martínez Ruiz, su sincero amigo y admirador». González Serrano habla del andrógino en la pág. 9, y dedica a Platón las páginas iniciales del cap. II («Literatura filosófica del amor; simbolismo de su concepto»).

20 Febrero

Hoy he visitado a una provecta comedianta —al final de la calle de Alcalá, en un destartalado hotelito. He sentido piedad por esta senectud vanidosa y pobre... En el jardín, diminuto, yermo, los árboles se secan; dentro, en la casa, se desvencijan los muebles, se destiñen los cortinajes, se rae la alfombra.

En el vestíbulo, un enorme retrato de la histrionisa vestida con chillón y anticuado traje blanco —sonríe inexpresivamente. Se respira en el aire la acre frivolidad de las ficciones teatrales; se palpa la inanidad de los fugaces triunfos bambalinescos. Un mueble deslustrado, un añadido en la alfombra, un *bibelot* roto, el *parquet* sin brillo, mil detalles, en fin, que esa desdichada gente del teatro y de la política juzga que escapan al artista no habituado al *confort* —hablan del implacable *debe,* de la lucha íntima y gimoteante por el lujo...[44]

La actriz entra. Abultada, informe, perdido el talle, muertos los ojos, apergaminadas las mejillas, hondamente surcada la faz toda —esta pobre comedianta por la vanidad forzada a fingir ridículamente en la escena apasionada y riente juventud, sufre y gime en su destartalado hotelito, mísera, desdeñada, vieja...[45]

---

[44] La faz negativa del lujo ya había aparecido en *El alma castellana:* en los capítulos dedicados a la moda en los siglos XVII y XVIII, J. Martínez Ruiz rememora las polémicas e invectivas contra el lujo de nuestros moralistas barrocos e ilustrados. El lujo se ligaba, entonces, a la decadencia nacional y a la degradación de las costumbres: «La moda cambia rápidamente. El lujo toma vuelos. Cuanto mayor y más tremenda va siendo la ruina de España, tanto más se explaya la corte en fiestas y aumenta la suntuosidad en el arreo de damas y caballeros», ob. cit., pág. 61; «Crece la liviandad en las costumbres; crece el lujo», ídem, pág. 185.

[45] A la «paradoja del comediante» (bien estudiada por L. Livingstone, «The Theme of the *Paradoxe sur le comédien* in the novels of Pérez de Ayala», *Hispanic Review,* vol. XXII, núm. 3, 1954, págs. 208-224), a la asimetría entre la vida «fingida» en la escena y la vida «real» de la actriz, añade J. Martínez Ruiz el dolor de ésta por el paso irreparable del tiempo.

25 Febrero

Me devora la fiebre. Ayer estuve escribiendo toda la tarde, toda la noche, rápidamente, frenéticamente. No paro, no sosiego, no duermo en estos momentos de laboriosa excitación. ¿Estoy loco? La cara se me inflama, el cerebro estalla, el cuerpo todo tiembla, la pluma corre vertiginosa, vibra, salta, tacha nerviosamente, rehace la frase, forcejea, lucha pertinaz y bravía... hasta que el período surge radiante y la sensación limpia y sugestiva queda grabada, cincelada[46].

---

[46] La expresión lingüística de la sensación constituye una de las principales preocupaciones estilísticas de los jóvenes escritores finiseculares. Valle-Inclán, por ejemplo, considera la «tendencia a refinar las sensaciones y acrecentarlas» como la característica primordial de la nueva literatura (véase «Modernismo», en *La Ilustración Española y Americana*, 22 de febrero de 1902, cit. por *El modernismo*, ed. de Lily Litvak, Madrid Taurus, 1981, pág. 18). En un revelador capítulo de sus memorias, «El momento y la sensación», Azorín rememora la importancia capital de la «sensación» en la nueva estética de principios de siglo: «El momento es fugaz. Tratamos de fijar en el papel y en el lienzo la sensación, [...]», *Madrid*, ob. cit., págs. 894-895. Escribir y pintar son, pues, dos operaciones correlativas de una misma actividad artística. Señala Azorín dos antecedentes: El Greco y Góngora. «La gran innovación del *Greco* estriba en que pinta *frío*, cuando todos pintan *caliente*. La gran innovación de Góngora consiste en que nos da la sensación *aislada*, cuando los demás necesitan antecedentes y consiguientes» (pág. 893). Esta convergencia entre El Greco y Góngora ya había sido señalada a principios de siglo: «Góngora es el Greco de la poesía, o si se quiere, el Greco es el Góngora de la pintura», F. Navarro Ledesma, «Del pobre D. Luis de Góngora», en *Helios*, núm. 7, 1903, página 477. Para Azorín, la sensación aislada de Góngora se corresponde con la separación (des-unión) de los colores de El Greco: «El poeta nos coloca fuera de toda concatenación histórica y social. Y la operación que efectúa el pintor, con sólo su color, es la misma. No nos sentimos ligados a lo que pasará o haya de pasar. Nos encontramos dueños de una sensación prístina e inactual. [...] Pero recoger y concretar esos matices tenues de la sensibilidad es cosa ardua. Lo que sí parece evidente es que la sensación por la sensación está en marcha y que el color por el color es una conquista» (pág. 894). Nótese, en el *Diario*, la descripción que hace el diarista-artista-enfermo de la pertinaz lucha por lograr en la página la expresión perfecta y pura de la sensación. Téngase presente, sin embargo, que esta suerte de aislamiento estético con el que Azorín envuelve a la sensibilidad es, claro está, de Azorín y no de J. Martínez Ruiz, y, sobre todo, que la fecha de publicación de esta operación memorialística es 1941, lo

¡Días crueles! ¿Hay dolor como éste? ¿Hay dolor como pensar a todas horas, a pesar de todo, contra todo, en el asunto indefinido del libro comenzado? Este eterno monólogo vocifera en mi cerebro, me excita, me enardece, me vuelve loco. Ya es la frase exacta que no encuentro, la remembranza de una actitud que quiero clavar en las cuartillas, la visión de un paisaje que quiero hacer visible y plástico... El trabajo cerebral persiste, obstinado, implacable. Dejo la pluma; me acuesto; el sueño se rebela; la imaginación trafaga; me levanto; tomo rápidamente una nota; torno a acostarme; torno a levantarme; salgo a la calle; hablo; ando, ando enardecido, alucinado... y el monólogo devorador prosigue. La fiebre me consume, mis manos tiemblan: escribo cuartillas y cuartillas, cientos de cuartillas. La frase brota retorcida, atormentada, angustiosa, brutal, enérgica...

Pasa un día, dos, tres: la inanición me debilita, el insomnio me abate, el frío llega, la fiebre amengua. Caigo en un largo y profundo sopor; ni una línea puede escribir mi pluma desmañada y torpe.

¿Estoy loco? ¿Es ésta la fiebre del genio[47] —acongojada y placentera, deleitosa y amarga?

---

que indica que *Madrid* se escribió poco tiempo después del regreso de Azorín del exilio parisino a la España franquista, por lo que no hay que descartar, en su memoria, una cierta operación de limpieza y de distanciamiento de la política en función de las nuevas circunstancias. Conviene recordar, a propósito, que un epígono del 98 (al menos en la parte de su obra constituida por las novelas de la saga de Alberto Díaz de Guzmán), Ramón Pérez de Ayala, reclamaba con fuerza la necesidad de una educación de la sensibilidad en la resolución del *problema de España*, cfr. *Troteras y danzaderas* (1913), Madrid, Castalia, 1972, pág. 186.

[47] El concepto de «genio» es central para el desarrollo de la estética moderna. Kant lo introdujo en su *Kritik der Urteilskraft* (1790) con la intención de resolver la paradoja de las bellas artes, es decir, de un «producir» que —a su juicio— debía ser precedido por una regla, pero cuyo «producto» aparecía dotado, sin embargo, de una espontaneidad tal de permitir contemplarlo como un producto de la Naturaleza y no como obra de la constricción de reglas intencionales más o menos precisas. Partiendo de la doctrina kantiana, fue Schopenhauer quien dio la contribución más decisiva al culto romántico del genio (Fichte, Hegel, Nietzsche). Para Schopenhauer el genio constituye «el sol que revela el mundo» (*Die*

2 Marzo

Hoy un tranvía ha atropellado a un anciano en la Puerta del Sol. Luis Veuillot[48] abominaba del telégrafo, de

---

Welt als Wille und Vorstellung [1819], Mannheim, Brockhaus, 1988, § 36); el genio logra desvincularse del principio de razón suficiente y alcanza la perfecta contemplación de las ideas platónicas a través del arte. Una de las características del genio es el desarrollo de las facultades intelectivas («mostrum per excessum» lo llama Schopenhauer) y su capacidad de operar con una fantasía libre de las trabas de la lógica y del sentido común. Una adecuada comprensión de la hiperactividad cerebral del diarista-artista-enfermo del *Diario* exige ponerla en relación con la doctrina el genio, con esa exigente voluntad creadora que, sin ser Naturaleza, es capaz, como aquella, de ejercer la «creación» (artística). Es más que probable que la doctrina schopenhaueriana del genio llegara a nuestro autor a través de uno de los ensayos de *Parerga und Paralipomena* («Metafísica de lo bello y estética»), obra que conoció una enorme difusión en los ambientes artísticos e intelectuales de la bohemia finisecular europea y que supuso la consagración definitiva del filósofo de Danzig (la traducción española se publicó en 1889, en la Biblioteca Económica Filosófica que dirigía el krausista Antonio Zozaya, traductor también de la obra).

La cercanía y vecindad —a veces, indistinción y confusión— entre el «genio» y la «locura» ya fue señalada por Schopenhauer: «el genio puede mostrar tantas debilidades que roza verdaderamente la locura. Que genio y locura posean un punto en común en que se confunden, es una observación que se ha hecho más de una vez» (ídem; véanse también los Suplementos 31 y 32). Sin embargo, el énfasis de esta unión tiene una doble proveniencia: por un lado, de la amplia difusión y la resonancia que tuvieron, en las últimas décadas del siglo XIX, las ideas y los desarrollos teóricos de Cesare Lombroso y su escuela *(Genio e follia* [1864] es, precisamente, el título de una de las primeras obras de Lombroso; en *La sociología criminal* [1899], el joven J. Martínez Ruiz da muestras de su conocimiento y familiaridad con estas teorías: cfr. el cap. IV, «La escuela italiana», ob. cit., páginas 69-83), y, por otro lado, del tratamiento literario reservado a la locura y a la figura del loco en los ambientes decadentistas y simbolistas (un buen ejemplo lo constituyen los siete poemas de Emile Verhaeren, incluidos en *Les campagnes hallucinées* [1893] y titulados, sin distinción, *Chanson de fou).*

[48] Louis-François Veuillot (1813-1883), periodista y escritor francés, llegó a ser redactor jefe del *Univers,* el periódico ultramontano fundado por el abad J. P. Minge. Es considerado como uno de los máximos representantes de la intransigencia religiosa en la Francia decimonónica (defendió la infalibilidad pontificia y el poder temporal del papado, por lo que fue definido «padre laico de la Iglesia» por León XIII) y un enemigo acérrimo de las costumbres, la política, las ideas y la cultura del Segundo Imperio. Autor de una vasta producción literaria de carácter propagandístico y panfletario, escribió también obras históricas de eventos contempo-

los ferrocarriles, de la fotografía, de los barcos de vapor...
¿Por qué no abominar? Hay una barbarie más hórrida que
la barbarie antigua: el industrialismo moderno, el afán de
lucro, la explotación colectiva en empresas ferroviarias y
bancarias, el sujetamiento insensible, en la calle, en el café,
en el teatro, al mercader prepotente.

Trenes que chocan y descarrilan, tranvías eléctricos,
prematuros tranvías que atropellan y ensordecen con sus
campanilleos y rugidos, hilos eléctricos que caen y súbitamente matan, coches que cruzan en todas direcciones, zan-
jas y montones que turban el paso, olas de gente que van
y vienen, encontronazos, empellones, gritos, silbidos... La
atención, exasperada, tirante, se fatiga, se anonada. La personalidad, incapaz del esfuerzo grande y sostenido, *se disuelve.* Todo es rápido, fugaz, momentáneo: el éxito de un
libro, la popularidad de un autor dramático, una amistad,
un amor, una amargura. Nos falta el tiempo. Las emociones se atropellan; la sensación, apenas esbozada, muere. La
voluptuosidad de una sensación apaciblemente gustada, es
desconocida. Nos falta el tiempo. Ayer he visto un tratado
para que los jóvenes aprendan la geografía «con mucha
prontitud». ¡Oh Pecuchet! ¡Oh Bouvard![49]

Me ahogo, me ahogo en este ambiente inhumano de
civilización humanitaria. Estoy fuera de mí; no soy yo. Mi
voluntad se evapora[50]. No siento las cosas, las presiento;
trago sin paladear las sensaciones...

Me marcho a Toledo...

---

ráneos, y relatos y novelas de carácter edificante y moralizador. Entre sus
obras literarias más significativas, cabe señalar *L'honnête femme* (1844), *Le
parfum de Rome* (1861) y *Odeurs de Paris* (1866).

[49] Alusión a los personajes de la novela póstuma de Gustave Flaubert,
Bouvard et Pécuchet (1881); con un estilo distanciado e impasible, Flaubert
levanta en esta obra un auténtico monumento a la estupidez e imbecili-
dad humanas, con el que expresa todo su odio y desprecio por la sociedad contemporánea y por la vida moderna. Desde el horizonte de este
emblemático sentido, J. Martínez Ruiz había escrito ya los artículos «Pecuchet, diputado» *(Madrid Cómico,* 30 de abril de 1898) y «Pecuchet escribe» *(La Federación,* 27 de noviembre de 1898), el último de los cuales
pasaría a formar el cap. III de su fábula *Pecuchet demagogo* (1898).

[50] Los efectos de la vida moderna sobre el individuo son, como puede

3 Marzo

Me marcho de Madrid. Al salir del Carmen[51], *la* he visto esta mañana, triste, fatigada, pensadores los luminosos ojos... Ha habido un instante, rápido, fugacísimo, en que creía que íbamos a hablarnos. ¡Qué angustia! Yo estaba anhelante de ansiedad; sentía pesar sobre mi cerebro todo mi destino. *Ella* ha seguido; yo he seguido. ¿Por qué no nos hemos hablado? ¿Es la muerte o es la vida lo que en estos momentos supremos se ha decidido? ¡Oh tragedias del misterio! ¡Oh sigilosas tragedias de los destinos silenciosamente frustrados!

4 Marzo

En el tren, camino de Toledo. Llego a Castillejo. En la estación, a lo lejos, veo la silueta de una mujer. «¿Irá *ella* mañana al Carmen?», pienso.

¡Soy un cobarde! ¡Soy el más grande de los miserables! Nervioso, exasperado, me recrimino, me desespero, marcho por el andén de un lado para otro jadeante de tristeza. Y ya en el tren, decidida la vuelta a Madrid, caigo en un hondo sopor[52] —sedante calma, imbécil calma.

---

verse, devastantes: su personalidad se disuelve, su voluntad se evapora. El sujeto se siente enajenado; no se reconoce ya como unidad, sino portador de una íntima y radical disociación. El *Diario* despliega el espacio del nihilismo como hábitat humano del personaje: el artista-enfermo vive en el espacio de la fractura irreparable entre la inteligencia y la vida. Esta fractura sin solución es correlativa, en cierto sentido, de la escisión del sujeto entre el *hombre voluntad* y el *hombre reflexión*, tal y como J. Martínez Ruiz la expone y desarrolla en *La voluntad* (III parte, cap. IV), ob. cit., pág. 267.

[51] Se refiere a la Iglesia del Carmen, situada en la homónima calle, en las cercanías de la madrileña y céntrica Puerta del Sol; su construcción, obra del arquitecto Juan de Mora, data del siglo XVII.

[52] El sopor está en estrecha relación con la hiperactividad cerebral del genio; es un estado de modorra patológica al que se llega tras un intenso y excesivo de las facultades intelectivas, pues resulta imposible mantener en el tiempo la tensión mental del genio. El genio oscila, por tanto, entre un estado de esplendor, de luz plena y poderosa, que se corresponde con la pura intuición de la esencia de las cosas, y un estado de sopor, oscuridad o penumbra de la intuición, que se corresponde con el embota-

2 Abril

Este huero señor a quien los comicastros llaman «maestro en hacer comedias» —tiene el don de enfurecerme.

Esta tarde lo he visto. Nada más antiliterario: parece un barrigudo relojero, calmoso y metódico, o un fabricante de calzado de lujo. «¡Ah, pero mueve admirablemente *las figuras; tiene el secreto de las situaciones!*», me decía un académico joven. Y según eso un ajedrecista consumado, es un consumado literato... Detesto, detesto a este prosaico, vacío, grosero espíritu, maestro en farfullar sainetes anodinos, cuentista zafio, folicutario insulso. El arte es algo más grande, más intenso, más desbaratado, más tumultuoso y genial. No es la geometría rígida, el acompasamiento frío, la teatralesca habilidad china de este idiota[53]...

---

miento de las facultades mentales. Repárese también en el estado de sopor al que llega el personaje en la entrada pasada del 25 de febrero: «Caigo en un largo y profundo sopor.»

[53] Se refiere al dramaturgo José Echegaray (1832-1916), máximo representante del teatro de la Restauración. Entre sus obras más representativas, cabe señalar: *O locura o santidad* (1877), *El gran galeoto* (1881), *El hijo de D. Juan* (1892) y *La duda* (1898). En 1904 le fue concedido el Premio Nobel de Literatura.

J. Martínez Ruiz manifestó siempre una hostilidad agresiva hacia el teatro de Echegaray: «El teatro de Echegaray es un teatro ilógico, deforme. Sus personajes parecen figuras de cartón que se mueven con movimientos exagerados y gesticulan violentamente. Falta en ellos naturalidad, hablan sin reflexionar, obran como niños. [...] Echegaray no ha nacido para el teatro. Sus arranques de lírica progresista, trasnochada lírica del año sesenta y tantos, que él quiere hacer pasar por la más exquisita poesía; su falta de observación atenta y serena, su manera atropellada y anhelante de escribir: todo esto le hace incompatible con el arte dramático. Carece de sentido de la lógica; ignora el secreto de encadenar la acción y de preparar las escenas; se ve detrás de cada personaje el maese Pedro tirando afanosamente de los hilos», *Anarquistas literarios,* ob. cit., págs. 63-64 (el texto reproducía parte del artículo «Los últimos estrenos. Echegaray y Clarín», publicado precedentemente en el diario valenciano *El Pueblo,* 25 de marzo de 1895).

En 1905 J. Martínez Ruiz había desaparecido ya como firma literaria; sí está, sin embargo, la de Azorín entre los promotores del manifiesto de contra-homenaje a Echegaray, en protesta por la representatividad que adquiría en las letras españolas tras recibir el Premio Nobel. El texto del manifiesto decía así: «Parte de la Prensa inicia la idea de un homenaje a D. José

6 Abril

Esta tarde leía yo una novela de un peregrino ingenio castellano... ¡Qué rudo, qué brutalmente incomprensivo es el arte de nuestro tiempo![54]

Dentro de dos, de tres, de cuatro siglos, los artistas se asombrarán de nuestra grosería. Lo extraordinario y anormal llena el teatro y la novela. Como antes no supieron comprender la naturaleza, ni acertaron con la poesía del paisaje —ahora no comprendemos lo artístico de los matices de las cosas, la estética del reposo, lo profundo de un gesto apenas esbozado, la tragedia honda y conmovedora de un silencio[55]. ¡Estupendo caso! A lo largo de la evolu-

---

Echegaray y se abroga la representación de la intelectualidad española. Nosotros, con derecho a ser icluidos en ella —sin discutir la personalidad literaria de D. José Echegaray—, hacemos constar que nuestros ideales artísticos son otros y nuestras admiraciones muy distintas.» Firmaban, entre otros, Miguel de Unamuno, Rubén Darío, Ramiro de Maeztu, Ramón del Valle-Inclán, Pío Baroja, etc.

[54] En *La voluntad,* esta concepción del arte que aquí se explicita por vía negativa (denostando genéricamente el arte de su tiempo, o bien, como en la entrada anterior, negando y rechazando las notas distintivas del arte de Echegaray), aparece formulada con total claridad: «Ante todo, no debe haber fábula... la vida no tiene fábula: es diversa, multiforme, ondulante, contradictoria... todo menos simétrica, geométrica, rígida, como aparece en las novelas... Y por eso, los Goncourt, que son los que, a mi entender, se han acercado más al *desideratum,* no dan *una vida,* sino fragmentos, sensaciones separadas», ob. cit., pág. 133 (I parte, cap. XIV). La *nueva novela* se propone, pues, como el intento de salvar la distancia que se había abierto entre el arte y la vida en la época del triunfo y expansión de los ideales burgueses. Su estructura se hace impresionista y fragmentaria (la vida no es un *continuum,* sino una sucesión de fragmentos inconexos en la conciencia) y su estilo tiende hacia la sencillez y espontaneidad expresivas (nótese cómo el *Diario* responde adecuadamente a estos requisitos). En *Madrid,* Azorín había de retornar sobre el fundamento estilístico de la nueva estética: «Los escritores del 98 —y éste es otro rasgo esencial de la escuela— van a ese gran poeta [Gonzalo de Berceo], como van a otros autores de la Edad Media, como reacción lógica contra la ampulosidad en literatura. Al énfasis y artificio que los rodea —Castelar, Núñez de Arce, Echegaray, la pintura de historia, etc.—, esos escritores oponen la sencillez y la espontaneidad de los primitivos», ob. cit., pág. 895.

[55] El diarista acaba de enumerar los ingredientes de la nueva comprensión estética de J. Martínez Ruiz: el «alma de las cosas», la «estética

ción humana, la sensibilidad y la exteriorización de la sensibilidad no han marchado uniforme y paralelamente; y así,
en nuestros días, mientras que las sensaciones han venido
a ser múltiples y refinadas, la palabra, rezagada en su perfectibilidad, se encuentra impotente para corresponder a su
misión de patentizar y traducir lo que se siente. Hay cosas
que no se pueden expresar[56]. Las palabras son más grandes

---

del reposo», el valor expresivo del «silencio» conforman la base sobre la
que se apoyará el proyecto narrativo de la «pequeña filosofía». Han resaltado y comentado la importancia de este paso: L. Livingstone, «La estética del reposo», *Tema y forma en las novelas de Azorín,* Madrid, Gredos,
1970, págs.70-80; L. Litvak, *«Diario de un enfermo:* la nueva estética de
Azorín», en *La crisis de fin de siglo: ideología y literatura,* Barcelona, Ariel,
1975, págs. 273-282. La raigambre simbolista de la nueva estética ha sido
bien estudiada por Miguel A. Lozano Marco («J. Martínez Ruiz en el 98
y la estética de Azorín», cit.), desvelando la deuda de nuestro autor con
el simbolismo belga (Rodenbach, Maeterlinck, Verhaeren) más que con
el francés —recuérdese que en 1896 J. Martínez Ruiz había traducido *L'intruse* de Maurice Maeterlinck, prueba manifiesta de su admiración por el
escritor belga. R. Pérez de la Dehesa, a su vez, ha señalado cómo Maeterlinck juega un papel fundamental en la difusión del prerrafaelismo en
nuestro país, tan importante en la atención al detalle, en el refinado misticismo y en el gusto por la evocación de atmósferas, cfr. «Maeterlinck en
España», *Cuadernos Hispanoamericanos,* núm. 255, 1971, págs. 572-581. Sobre la presencia de Maeterlinck en España, pueden verse también: G. Palau de Nemes, «La importancia de Maeterlinck en un momento crítico
de las letras hispanas», *Revue Belgue de Philologie et d'Histoire,* 1962, páginas 714-728; L. Litvak, «Maeterlinck en Cataluña», *Revue des Langues Vivantes,* núm. 2, 1968, págs. 184-198. Como ejemplos del valor del silencio
en la estética simbolista, pueden verse: *Du silence* (1888) y *Le Règne du silence* (1891) de Georges Rodenbach, así como el poema *Le silence* de Emile
Verhaeren, incluido en *Les villages illusoires* (1895).
    La «estética del reposo» de J. Martínez Ruiz está íntimamente emparentada con la posterior reivindicación valle-inclanesca del «quietismo estético»: «Las nociones de lugar y tiempo se corresponden como valores del
quietismo estético: el águila, cuando vuela muy alto, parece tener las alas
quietas, y todas las cosas que pasaron y son recordadas quedan inmóviles en nosotros, creando la unidad de conciencia», R. Valle-Inclán, *La lámpara
maravillosa,* Madrid, Espasa Calpe, 1992, pág. 137. Se trata, tanto en uno
como en otro caso, de crear estados de conciencia capaces de sustraer a las
cosas del flujo de la existencia, de preservarlas, en una suerte de aislamiento
artístico, del frenético y torrencial devenir de la vida moderna.
    [56] La radical experiencia del nihilismo comporta necesariamente una
más o menos aguda crisis del lenguaje, que oscila entre la dificultad expresiva por la manifiesta inadecuación de la palabra al dominio de la sen

que la diminuta, sutil sensación sentida. ¿No habéis expe-

---

sibilidad (o al del pensamiento) y el nihilismo lingüístico de la radical opción del silencio. «Hay cosas que no se pueden expresar»: entre el mundo y el lenguaje, tras la crisis del positivismo, no corre ya una relación de plena correspondencia, sino que hay zonas de completa incoincidencia entre ambos, parcelas de la realidad que la iluminación del lenguaje no logra arrancar a las tinieblas. En la Viena *fin de siècle*, en un texto coetáneo del *Diario de un enfermo*, Hugo von Hofmannsthal, en su célebre *Carta de Lord Chandos*, ha sido quien con mayor radicalidad ha transitado esta crisis del lenguaje, de la dificultad expresiva al silencio: «¿Cómo puedo intentar describir estos extraños tormentos del espíritu, esta huida en alto de las ramas llenas de fruta frente a mis manos tendidas hacia ellas, este retirarse del agua murmurante frente a mis labios sedientos? [...] otra vez las palabras se me revelaban inadecuadas. Porque es algo absolutamente indefinible e indefinible lo que en tales momentos se me anuncia, [...] Todo se me fraccionaba, y de cada parte salían otras partes, y nada se dejaba atar en un concepto. Una por una, las palabras fluctuaban a mi alrededor; se hacían ojos que me miraban y en los que yo debía, a mi vez, fijar la mirada. Son vórtices, y al mirarlos me derrumbo con una sensación de mareo; vórtices que giran sin parar, más allá de los cuales se halla el vacío», *Ein Brief* (1902), en *Gesammelte Werke*, Fráncfort del Meno, S. Fischer Verlag, 1959, págs. 11, 14, 13, respectivamente. En este breve texto, Hofmannsthal lleva a su personaje (el «autor» de la carta) hasta el límite del lenguaje para superarlo y, más allá de la mudez de las palabras, penetrar en el reino del silencio: «porque la lengua en la que me sería dado no sólo escribir, sino quizá también pensar, no es el latín ni el inglés ni el italiano o el español, sino una lengua de la que no conozco ni una palabra, una lengua en la que me hablan las cosas mudas, [...]», ídem, pág. 20.

La conciencia de esta dificultad expresiva, constatada por Hofmannsthal por la manifiesta inadecuación del lenguaje, venía siendo desde atrás evidenciada por el joven J. Martínez Ruiz: «¿Cómo pintar en un ligero artículo cuanto de admirable presenta en este sentido el alma española?», «La energía española», *Revista Nueva* (25 de octubre de 1899), cit. por Azorín, *Artículos olvidados de J. Martínez Ruiz (1894-1904)*, ob. cit., pág. 168. Y esto que aquí parecía sólo una limitación debida a la brevedad de las dimensiones del artículo de periódico cobra su pleno sentido en *El alma castellana*: «¿Cómo pintar los dulces transportes de los dichosos enamorados? ¿Cómo ponderar su tristeza y enojo [...]?», «Y, ¿cómo pintar y ponderar el maravilloso aparato de su fábrica?», «¿Quién contará los desmanes y averías de estos ínclitos artistas, sus apuros, sus ocurrencias?», ob. cit., págs. 41, 100, 113, respectivamente. No se trata de preguntas retóricas, sino de índices de una preocupación real sobre las potencialidades expresivas del lenguaje, una sincera preocupación del sujeto vivida en el contexto de la crisis nihilista. Todo ello cobra su máxima expresión y la plenitud de su sentido en esta entrada del *Diario*, y volverá a repetirse en *Antonio Azorín*: «Yo no voy a expresar ahora lo que Azorín ha sentido mientras llegaba a los senos de su espíritu esta música delicada, ine-

rimentado esto?[57] ¿No habéis experimentado sentimientos que no son odio y tienen algo de odio que no se puede decir, que no son amor y tienen algo de amor que no se puede expresar? ¿Cómo traducir los mil matices, los infinitos cambiantes, las innumerables expresiones del silencio? ¡Ah el silencio! ¡Ah los silencios trágicos, feroces, iracundos de la amistad y del amor! ¿Dónde están las palabras que hablen lo que hay en el ambiente silencioso que rodea a dos amantes *ya* felices, sin esperanzas *ya*, sin ansias *ya*?

Esta tarde misma paseaba yo por la Castellana —desierta. Un perro ha pasado, ligero, contoneante, *frívolo*. *¿Cómo* era ese perro? Diríase —con el crítico— que iba *como cantando...*[58]

---

fable. El mismo epíteto que yo acabo de dar a esta música me excusa de esta tarea: *inefable,* es decir, que no se puede explicar, hacer patente, exteriorizar lo que sugiere. [...] Y yo siento, al llegar aquí, el tener que dolerme de que las palabras a veces sean demasiado grandes para expresar cosas pequeñas; hay ya en la vida sensaciones delicadas que no pueden ser expresadas con los vocablos corrientes», ob. cit. (I parte, cap. VIII), páginas 78-79. De esta dificultad expresiva del lenguaje, de su inadecuación al mundo de los matices y las cosas minúsculas, hará J. Martínez Ruiz el punto de fuerza de su nueva estética. Valle-Inclán lo ha expresado de manera contundente: «El poeta solamente tiene algo suyo que revelar a los otros cuando la palabra es impotente para la expresión de sus sensaciones: Tal aridez es el comienzo del estado de gracia», *La lámpara maravillosa,* ob. cit., pág. 72. No siempre, pues, la conciencia de los límites del lenguaje conduce al silencio, como al personaje de Hofmannsthal, sino que de esa misma conciencia puede brotar la lucha del artista en pos del estado de gracia del genio capaz de patentizar lo inefable y de dar expresión lingüística al silencio y a los infinitos y cambiantes matices de las cosas.

[57] El autor del *Diario* busca explícitamente el consenso del lector, operación que repite en las entradas del 13 y del 23 de noviembre (1899). De este modo, la nueva estética de J. Martínez Ruiz hace explícita la exigencia de un nuevo lector. A. Sánchez Martín ha sabido explicarlo adecuadamente: «Tratándose de un diario íntimo [estos] casos son anómalos, pero en modo alguno se debe a descuido o falta de pericia narrativa. Por lo demás se trata de un procedimiento que luego usará repetidamente. Estas marcas se refieren a un lector ideal, al público buscado por Martínez Ruiz en esta obra [...]. Es el público con el que desea compartir una nueva estética»; es decir, liga «la búsqueda de un nuevo público con la práctica de una nueva estética», «Martínez Ruiz y la novela en 1902: *Diario de un enfermo*», cit., pág. 152.

[58] El crítico es Clarín (1852-1901), máximo representante, junto a Gal-

8 Mayo

Casi no puedo escribir; no tengo fuerzas, no tengo

---

dós, de la novela española del siglo xix; la referencia del *Diario* está sacada del relato titulado *Superchería* (1892): «Un perro cursi, pero muy satisfecho de la existencia, canelo, insignificante, pasó por allí, al parecer lleno de ocupaciones. Iba de prisa, pero no le faltaba tiempo para entretenerse en los accidentes del camino. Quiso tragarse una golondrina que le pasó junto al hocico. Es claro que no pudo. No se inquietó, siguió adelante. Dio con un papel que debía de haber envuelto algo sustancioso. No era nada; un pedazo de *Correspondencia* que había contenido queso. Adelante. Un chiquillo le salió al paso. Dos brincos, un gruñido, un simulacro de mordisco, y después nada, el más absoluto desprecio. Adelante. Ahora una perrita de lanas, esclava, melindrosa, remilgada. Algunos chicoleos, dos o tres asaltos amorosos, protestas de la perra y de sus dueños, un matrimonio viejo. Bueno, corriente. ¿Que no quieren? ¿Que hay escrúpulos? En paz. Adelante; lo que a él le sobraban eran perras. Y se perdió a lo lejos, torciendo a la derecha, camino de la Casa de la Moneda. A Serrano se le figuraba que aquel perro iba así..., como *cantando*, en *Obras Selectas de Leopoldo Alas «Clarín»*, Madrid, Biblioteca Nueva, 1986, pág. 809.

Las relaciones entre Clarín y el joven J. Martínez Ruiz han sido objeto de detenido estudio por parte de la crítica: desde la acogida favorable de Clarín a J. Martínez Ruiz en uno de sus «paliques» (*La Saeta*, 1 de enero de 1897) hasta la negativa del mismo a prologar *Pasión*, el libro nonato de J. Martínez Ruiz; desde la defensa de J. Martínez Ruiz operada por Clarín en otro de sus «paliques» (*Madrid Cómico*, 8 de mayo de 1897), ante el ambiente de hostilidad que se había creado en las letras madrileñas contra nuestro autor tras la publicación de *Charivari*, hasta la honda impresión que causaron en J. Martínez Ruiz las conferencias de Clarín en el Ateneo de Madrid sobre las «Teorías religiosas de la filosofía novísima» (reseñadas con admiración por J. Martínez Ruiz en «Clarín en el Ateneo», *El Progreso*, 17 de noviembre de 1897), conferencias que, en nuestro autor, acentúan el resquebrajamiento de la fe positivista y del burdo materialismo, aumentan las dudas sobre los ideales revolucionarios y afianzan la atención a la dimensión espiritual y mística de la realidad. Véanse al respecto: J. M. Martínez Cachero, «Clarín y Azorín (Una amistad y un fervor)», *Archivum*, III, 1953, págs. 159-180; J. M. Valverde, *Azorín*, ob. cit., caps. 2 y 3; A. Ramos-Gascón, «Relaciones Clarín-J. Martínez Ruiz, 1897-1900», *Hispanic Review*, núm. 42, 1974, págs. 413-426; M. D. Dobón Antón, *El intelectual y la urbe: Clarín maestro de Azorín*, Madrid, Fundamentos, 1996. Esta última autora ha puesto de manifiesto una serie de interesantes relaciones intertextuales entre el relato de Clarín *Superchería* y *Diario de un enfermo;* exagera, sin embargo, interpretándolas como una extrema supeditación de *Diario* respecto al cuento de Clarín (con paralelismos, en ocasiones, escasamente fundados), cuando, en verdad, lo que sucede es que ambos textos se nutren de un mismo fondo problemático y simbólico propio de la época finisecular.

alientos. Ayer, al pasar frente a Fornos[59], vi dos muchachas solas —vestidas de negro, limpias, deliciosamente limpias, rubia la una, morena la otra. ¡Eran tan simpáticas, tan modestas, tan sencillamente elegantes! ¡Reían tan candorosamente disputando!... Las seguí; corrimos dos o tres calles; atravesamos una plaza; entramos por fin, en una calleja si-

---

[59] Se trata del célebre café Fornos, que estuvo situado en la madrileña calle de Peligros esquina con Alcalá. «¡*Fornos!* En esta palabra se condensa casi medio siglo de la vida de España: último tercio del siglo XIX y principios del XX», L. Díaz, «El Madrid de "Fornos", *Madrid, tabernas, botillerías y cafés (1476-1991)*», Madrid, Espasa Calpe, 1992, pág. 221. Bécquer elogió su elegante decoración estilo Luis XV y Edmondo de Amicis quedó impresionado por la amplitud de sus salones. Fue uno de los primeros cafés de la capital en tener iluminación eléctrica; era famoso por el lujo y gusto refinado de su ambiente, por el «mujerío de rompe y rasga» que lo frecuentaba y por no cerrar nunca, empalmando la noche con el día, por lo que era considerado uno de los templos de la noche madrileña. Pío Baroja le dedicó el primero de sus *Croquis madrileños:* «¡Fornos! De estudiante, era para mí algo extraño y misterioso, algo como símbolo de la vida madrileña», «Fornos», *La Voz de Guipúzcoa* (21 de diciembre de 1897), cit. por P. Baroja, *Hojas sueltas*, vol. I, Madrid, Caro Raggio, 1973, pág. 276. En 1940, en los locales del antiguo *Café Fornos* abrió sus puertas el *Café Riesgos,* hoy también desaparecido en el imparable torbellino del devenir cambiante de la fisonomía de la ciudad.

En el Madrid finisecular, como en París o Barcelona, el *café* constituía el centro de irradiación de la actividad artística e intelectual. «[...] Su verdadera morada era el café. El café era gabinete de trabajo de los escritores, taller de los dibujantes», R. Baroja, *Gente del 98,* ob. cit., pág. 51. Azorín, en la reedición de su *Madrid. Guía sentimental* (1918) con ocasión de la publicación de sus *Obras Completas* (1947), sintió la necesidad de ampliar el librito incluyendo la semblanza «Los cafés de Madrid», dejando fiel testimonio de su reconocimiento al papel principal jugado por los cafés en nuestra vida nacional. En los cafés se desarrollaban las famosas *tertulias,* verdaderos cenáculos artísticos e intelectuales, centros de difusión y gestación del arte nuevo y de las ideas nuevas, o, simplemente, en ocasiones, lugar de encuentro y entretenimiento ocioso. Ramón Gómez de la Serna ha escrito al respecto páginas memorables. Pío Baroja lo recuerda en sus memorias: «Por entonces [1899] había dos tertulias de escritores jóvenes: una en el café de Madrid, al comienzo de la calle de Alcalá, saliendo de la Puerta del Sol a mano izquierda, y la otra, en la misma acera de la misma calle, en una cervecería de camareras. La del café, por la tarde, y la de la cervecería, por la noche. Íbamos allí casi todos los escritores principiantes», *Final del siglo XIX y principios del XX,* ob. cit., pág. 725. La tertulia y el café constituyen, pues, una de las marcas principales de la cultura española de entresiglos.

lenciosa, estrecha, desierta. Ya en la casa, un principal[60], una de ellas levantó los visillos, luego la otra levantó los visillos. He vuelto esta mañana; he vuelto esta tarde...[61]

Esta tarde, tímido, ansioso, he preguntado a la portera.

---

[60] Decíase del piso que en los edificios se halla encima del bajo o entresuelo.

[61] «El amor se iniciaba inevitablemente por el "flechazo". Un día, al seguir un paseo, al salir de misa, al tropezar en la sala de un teatro con la mirada de unos ojos anhelosos que correspondían con sus elocuencias a la pleitesía admirativa manifestada, encendíase en los corazones el doble deliquio amoroso. El galán se dejaba arrastrar del vértigo y la fascinación; "seguía" a la bella, la "encerraba" en casa, y desde la calle aguardaba la confirmación del "interés" de la que lo había "enganchado", confirmación fácil de lograr con sólo ver alzarse la punta del visillo del gabinete, con cuya simple e inocente primera prueba afectiva quedaba establecido un acuerdo tácito, y siempre certero, para tolerar "ella" que "la pasease 'él' la calle" durante varias jornadas, y aguardar "él" una nueva salida de "ella" que resultase discretamente satisfactoria para el asalto de un piropo dicho y oído entre rubores, o, en fin, para esperar cachazudamente a que, estando al aguardo de las miraditas balconeras, pasase por junto al galán una criadita zaragatera que, sonriente, hacía comprender al enamorado doncel su calidad de "dueña de honor" de la señora de sus pensamientos, celestina ingenua e intuitiva a la que se podía confiar una cartita ya de antemano prevenida, escrita con el máximo respeto y con ajuste total al protocolo romántico de la época: "Señorita: Si yo mereciese el alto honor de poder hablar con usted un momento, me atrevería a expresarle el interés que en mí ha despertado su belleza y su recato..."»; etc., etc.», V. Ruiz Albéniz, «Chispero», ¡Aquel Madrid...! (1900-1914), Madrid, Artes Gráficas Municipales, 1944, págs. 108-109. Note el lector la enorme distancia que separa nuestros días, en cuanto al cortejamiento amoroso se refiere, de los primeros años del siglo XX, hasta el punto de constituir aquellos usos amorosos un código de seducción y galanteo desconocido e incomprensible para nuestra inmediatez contemporánea. Téngase presente la cita reproducida para interpretar (deconstruir) el sentido de buena parte de los elementos y detalles de la relación entre el personaje-autor del Diario y Ella, el personaje femenino principal objeto de su interés amoroso. Recuérdese también, a propósito, el evocador poema XV de las Soledades de Antonio Machado: «La calle en sombra. Ocultan los altos caserones / el sol que muere; hay ecos de luz en los balcones. // ¿No ves, en el encanto del mirador florido, / el óvalo rosado de un rostro conocido? // La imagen, tras el vidrio de equívoco reflejo, / surge o se apaga como daguerrotipo viejo. // Suena en la calle sólo el ruido de tu paso; / se extinguen lentamente los ecos del ocaso. // ¡Oh angustia! Pesa y duele el corazón... ¿Es ella? / No puede ser... Camina... En el azul, la estrella», cit. por la edición de G. Ribbans, Soledades. Galerías. Otros poemas, Madrid, Cátedra, 1994, pág. 106.

188 J. Martínez Ruiz

La portera me ha dicho... La angustia me estrangulaba; no podía hablar. He salido pálido, pálido. Una señora que en el entresuelo de enfrente me ha visto pasar y repasar como un romántico —sonreía[62].

Me he enfurecido brutalmente. Ahora estoy aletargado[63].

20 Mayo

Día gris: vespertino crepúsculo opaco, sucio, triste... Pienso en el esfuerzo doloroso y estéril. Luchar, penar, sufrir, ¿para qué? ¿Para las generaciones futuras? Iniquidad es el progreso.

El progreso es el bienestar de las presentes generaciones a costa de las luchas y de los sufrimientos de las generaciones pasadas. ¿Cómo reparar la injusticia irreparable? ¿Cómo indemnizar, oh puritanos, a los hombres que antaño por nosotros penaron y lucharon? El progreso es una *explotación retroactiva*[64].

---

[62] Repárese en cómo el predominio de la «sensación» y el impresionismo de este párrafo sustraen de la narración el elemento anecdótico (lo dicho por la portera: la «fábula» a la que se refiere *La voluntad)*, típicamente «realista», y reclaman, a través de la estética de la alusión, la coparticipación del lector en la conformación del sentido del texto, en lo que es, sin duda, una clara transposición de los límites del realismo y del naturalismo.

[63] Hay, en la biografía de José Martínez Ruiz, un desengaño amoroso, según parece documentar la carta de Pío Baroja del 17 de septiembre de 1901: «Una mala noticia: su novia de usted, Aurelita de Quintana, pasea con un joven que lleva pantalones blancos de piqué y el bastón cogido por la contera. Los intelectuales somos así, crueles y terribles», cit. por J. Payá Bernabé, «Azorín en su Casa-Museo», en *José Martínez Ruiz (Ázorín)*, Actes du Iᵉʳ Colloque International, ob. cit., pág. 23.

[64] Insiste J. Martínez Ruiz sobre este punto con una más lograda articulación de su pensamiento en *La voluntad* (II parte, cap. VII): «Yo siento que me falta la Fe; no la tengo tampoco ni en la gloria literaria ni en el Progreso... que creo dos solemnes estupideces... ¡El progreso! ¡Qué nos importan las generaciones futuras! Lo importante es nuestra vida, nuestra sensación momentánea y actual, nuestro *yo*, que es un relámpago fugaz. Además, el progreso es inmoral, es una colosal inmoralidad: porque consiste en el bienestar de unas generaciones a costa del trabajo y del sacrificio de

Vivamos impasibles[65]; contemplemos impávidos la fatal corriente de las cosas. El dolor es tan irreal como el pla-

---

las anteriores», ob. cit., pág. 229. Nótese la comunidad espiritual de esta crítica del progreso con las ideas de Unamuno: «¡Trabajar! Y para qué? Trabajar para más trabajar? Producir para consumir y consumir para producir, en el vicioso círculo de los jumentos? He aquí el fondo de la cuestión social. Si el género humano es una mera serie de hombres sin sustancia común permanente, si no hay comunión entre los vivos y los muertos y éstos no viven sino en la memoria de aquéllos ¿para qué el progreso?», M. de Unamuno, *Diario íntimo*, Madrid, Alianza, 1986, pág. 47. El punto de partida del pensamiento de Unamuno es la necesaria consideración de la idea de la muerte: «Sólo se comprende la vida a la luz de la muerte», ídem, pág. 27. Para la crítica y abandono de la noción de progreso en Unamuno, véase P. Cerezo Galán, «La quiebra de la ilusión progresista», *Las máscaras de lo trágico (Filosofía y tragedia en Miguel de Unamuno)*, Madrid, Trotta, 1996, págs. 257-267. Sobre esta exigencia de «comunión entre los vivos y los muertos» que reclamaba Unamuno, Walter Benjamin, después, habría de fundamentar sus *Tesis de filosofía de la historia:* «Hay un acuerdo secreto entre las generaciones pasadas y la nuestra. Nosotros hemos sido esperados sobre la tierra. A nosotros, como a cada generación que nos ha precedido, nos ha sido dado como dote una *débil* fuerza mesiánica, sobre la que el pasado tiene sus derechos», *Geschichtsphilosophische Thesen,* II, en *Illuminationen,* Fráncfort, Suhrkamp Verlag, 1969, pág. 269.

Nótese también cómo el joven J. Martínez Ruiz reprodujo fielmente estas ideas de Unamuno en su artículo «Charivari». En casa de Unamuno (cit., pág. 140): «[...] viven ustedes en la obsesión de la vida, sin tener presente en todos los momentos que se muere una sola vez y para siempre. Trazan ustedes un cuadro seductor de lo que podría ser una sociedad anárquica. Está bien: y los hombres de esa sociedad, ¿no morirían? ¡Luchar para eso! ¡Sólo para eso! y ¿para qué? ¿Para qué luchar por la emancipación de los hombres, que al morir vuelven a la nada? Si el pobre linaje humano es una procesión de conciencias que de la nada salen para volver a ella; si un día, hecho polvo nuestro globo, no ha de quedar de nuestras conciencias nada, ¿para qué luchar? [...] Por debajo de los hermosos sueños del anarquismo, de la ilusión de un paraíso terrenal, asoma siempre la inmensa tristeza del nihilismo». Para la tensión que alentaba en el pensamiento del joven J. Martínez Ruiz entre los conceptos de «revolución», «evolución» y «progreso» en su época de *militancia ideológica* en el movimiento anarquista finisecular, véase mi artículo «El anarquismo literario de José Martínez Ruiz», en *Fine secolo e scrittura,* Actas del XVIII Congreso de la Associazione degli Ispanisti Italiani, Roma, Bulzoni, 1999. El conocimiento de la filosofía de Schopenhauer, por parte de J. Martínez Ruiz, iba a constituir, después, un buen fundamento para su posterior crítica y abandono de la fe en el progreso histórico, pues veía en éste una mera ilusión provocada por el triunfo de una catastrófica voluntad irracional.

[65] La *impasibilidad* es el imperativo ético que lleva asociado la estética del reposo (véase la pasada entrada del 6 de abril) —ambos están en

cer; tristes o alegres, infortunados o dichosos, nada somos en este espejismo universal de la realidad que nos rodea. ¿Existimos acaso? ¿No es *lo objetivo* una alucinación de los sentidos? ¿Cómo certificamos de que el tacto, y el oído, y el gusto, y el olfato, y los ojos no nos engañan?[66] ¿Cómo salir, sin destruirla, de esta bárbara cárcel de la propia subjetividad? ¿Cómo conocer la Esencia, que es espíritu y no puede ser percibida por los sentidos, que son materia?[67]

Sí; acaso sea la realidad una ilusión, y nosotros mismos ilusiones que flotan un momento y desaparecen en la Nada —también quimera.

---

la base de la génesis de la «pequeña filosofía». Los referentes directos de este imperativo son, para J. Martínez Ruiz, Schopenhauer *(Die Welt als Wille und Vorstellung,* IV, §§ 68-71) y Montaigne *(Essais,* III, XIII), pero no hay que olvidar su raigambre y conexión con la tradición filosófica de la Antigüedad: la *ataraxía* epicúrea, la *apátheia* estoica, la *aphasía-ataraxía* del escepticismo pirroniano.

[66] «Berkeley, el paradójico obispo escocés que dudó de la realidad externa, que juzgó ilusión la forma, la luz, el color, el sonido, el gusto, el mundo entero, en fin, que por los sentidos penetra hasta el cerebro; Berkeley, ¿no es un portentoso artista», J. Martínez Ruiz, «Las orgías del yo», cit., pág. 146.

[67] Son, en expresión sintética y un tanto reductiva, las preguntas a cuyo alrededor ha girado la filosofía moderna: del problema del solipsismo en Descartes al *esse est percipi* de Berkeley; del predominio, en relación con el conocimiento, del espíritu sobre la materia en Berkeley al idealismo trascendental de Kant y su distinción entre fenómeno y noúmeno. Todas ellas se fundamentan en la problematización de la relación entre el sujeto del conocimiento y el mundo externo. En este punto, J. Martínez Ruiz no presenta una solución de compromiso entre uno y otro, sino, más bien, excava en la escisión sujeto-objeto, prosiguiendo un proceso intelectivo que niega primero la «realidad» del mundo, para negar, después, en la continuación extrema del mismo proceso, la realidad del sujeto. Se trata de un proceso del pensamiento conducido radicalmente hasta los extremos límites del mismo, de un ejercicio que pone de manifiesto el poder disolvente del intelecto (todo conduce a la Nada, y ésta, al final, se desvela como una quimera) y que reproduce el advenimiento del nihilismo en la filosofía occidental. «Y esto es inevitable [dirá Antonio Azorín]; mi pensamiento nada en el vacío, en un vacío que es el nihilismo, la disgregación de la voluntad, la dispersión silenciosa de mi personalidad», *La voluntad* (II parte, cap.VII), ob. cit., págs. 228-229. Véase K. Löwith, *Der europäische Nihilismus* (1940), en *Sämtliche Schriften,* vol. II, Stuttgart, J. B. Metzlersche Verlagsbuchhandlung, 1983, págs. 473-540.

2 Junio

Esta noche *la* he visto otra vez. La he seguido. Hemos recorrido calles, atravesado plazas, llegado a la Puerta del Sol. En la Puerta del Sol hemos tomado el tranvía del barrio de Argüelles. Frente a la calle de Quintana hemos bajado. La seguía *otro* —recatado, cauteloso. A mí me devoraba el ansia de sus ojos llameantes, tristemente aleteadores. Ha entrado en su casa —cerca de unos desmontes, frente a la mancha negra de la Moncloa.

He visto luego luz en uno de los balcones. Paseaba, paseaba exaltado, frenético, loco. La presencia *del otro*, inmóvil, me exasperaba. Sentía vehementes impulsos de arrojarme sobre él; sentía la apocadora aprensión del peligro latente. Al pasar junto a él una de las veces, he recitado mentalmente unos versos y he pensado que al terminar, *acaso* le agrediera. Y he terminado, y ciegamente, sin pensar, me he arrojado sobre él, brutal y bárbaro, apabullándolo a recios puñetazos, arañándolo, sangrándolo, mordiéndolo... He visto culebrear en el aire la brilladora hoja de un puñal. Lo he cogido ansiosamente, he forcejeado ansiosamente y lo he tirado. Después hemos caído por tierra mi rival y yo en feroz abrazo. Los reflejos del puñal, que presentía detrás de mí, me acariciaban la espalda con dulce voluptuosidad suprema. Repentinamente, durante un segundo, me he encogido tembloroso y de mi garganta se ha escapado un ronco estertor... Me he levantado calenturiento, jadeante, rendido[68].

En la vecindad, un piano tocaba los primeros compases de la *Rapsodia húngara*[69] —lentos, pausados, solemnes.

---

[68] En *El alma castellana,* J. Martínez Ruiz dedica sendos capítulos a los usos amorosos de los siglos XVII y XVIII en los que se entretiene en la descripción del arte del cortejamiento, de las reglas del amor, del lenguaje de las flores, etc. A este propósito: «Suele suceder también que una noche halla el galán rondador a un rival en la calle de su dama, y es entonces segura la pendencia. Trábanse las palabras; crujen las espadas; cae muerto o malherido un embozado», ob. cit., pág. 45. Nótese cómo la agresión y la explosión de la violencia encuentran su explicación en los dominios teóricos de la irracional voluntad schopenhaueriana.

[69] Las *Ungarische Rhapsodien* constituyen, en realidad, una serie de 19 rapsodias compuestas por Franz Liszt (1811-1886) entre los años 1840 y 1885.

20 Julio

Salgo para Levante[70]. ¡Ah, mi tierra amada!... Alrededor de la capital, campos pelados, amarillentos, cubiertos de rastrojos, abierta la tierra por el arado, despedazada en enormes terrones, desnuda de árboles... De tiempo en tiempo un almendro retorcido y costroso, una copuda higuera, una palma solitaria que balancea en la lejanía del horizonte sus corvas ramas. Después, pasadas las cercanías de la ciudad, dejado atrás el desierto de bancales aterronados —grandes manchas de viñedos, bosques de algarrobos, el ejército gris de los olivos perennales. Y casas rojizas, lienzos de pared tostados por el sol, agujereados por ventanas diminutas... a la puerta un carro que eleva en el diáfano azul sus varales, y en la muralla, contrastando con el verde de las albahacas que adornan los huecos, largas rastras de encendidos pimientos... Más arriba, perdida ya la franja blanca del mar, enormes moles azules, complicada malla de montañas, la formidable cordillera de Salinas[71], aledaño de la provincia, con sus estribaciones, ramas, cruzamientos, oteros, hijuelas mil que de la alta madre se desgajan y forman barrancos al abismo, recuestos de sembrado, planos de viñas, cuyo oleaje de pámpanos desborda de los blancos ribazos escalonados y baja saltando, como cascada bulliciosa, hasta morir mansamente en las orillas de la laguna... ¡Plena montaña levantina![72] En el fondo del inmenso collado, el

Se trata de composiciones para piano basadas principalmente en melodías campesinas o canciones populares «arregladas» con una cierta sugestión y gusto gitanos.

[70] José Martínez Ruiz era natural de Monóvar (Alicante), donde había nacido el 8 de junio de 1873, en el número 9 de la entonces calle de la Cárcel, hoy calle de Azorín. El edificio de la antigua casa familiar, situada en el número 6 de la calle del Marqués de Salamanca, lo ocupa hoy la Casa-Museo Azorín.

[71] Se refiere a la Sierra de Salinas, que atraviesa los municipios de Yecla, Villena, Salinas, Monóvar y Pinoso. En la ladera monovera se encuentra el famoso «collado Salinas», donde la familia Martínez Ruiz poseía una casa de campo, cantado por Azorín en «Dónde escribí este libro», texto que incorpora a la reedición de 1909 de *Las confesiones de un pequeño filósofo*.

[72] La descripción de la montaña levantina es un ejercicio de estilo en el que el joven J. Martínez Ruiz ya se había cimentado con anterioridad:

lago blanco[73] y sereno, bordeado de juncares, retratando en sus aguas grupos de álamos enhiestos, tupidos olmos, casas de labor con sus chimeneas humeantes, sus anchos corrales, sus dilatadas bodegas. Y por todas partes el empinado muro de las montañas, grises, verdinegras, zarcas[74] las lejanas; en una ladera un pueblecillo microscópico, y a lo lejos, perdido en el horizonte, asomando por una garganta de piedra, el triángulo rojizo de un castillo moruno que luce a los postreros rayos del sol como un grano de oro...

20 Agosto

Desasosegado, inquieto[75], me levanto y abro el balcón. La brisa de la madrugada entra en una larga inspiración refrescadora. Todo calla. Arriba en el cielo, brilla parpadeante el lucero de la mañana[76]. Los amplios bancales, las monta-

---

cfr. *Charivari*, ob. cit., págs. 45-56 (este mismo texto, con el título de «Mis montañas», se publicaría después en *Madrid Cómico*, 9 de abril de 1898). En *La voluntad* (I parte, cap. XIV), Yuste, el maestro de Antonio Azorín, expone cuanto sigue: «Lo que da la medida de un artista es su sentimiento de la naturaleza, del paisaje... Un escritor será tanto más artista cuanto mejor sepa interpretar la *emoción del paisaje* [...]; para mí el paisaje es el grado más alto del arte literario», ob. cit., pág. 130. Para la interpretación del paisajismo de J. Martínez Ruiz, véase la Introducción.

[73] La industria de las salinas conoció un discreto desarrollo en los términos municipales de Monóvar, Pinoso y Salinas durante la segunda mitad del siglo XIX, viniéndose abajo paulatinamente con el inicio del nuevo siglo. El «lago blanco» del texto se refiere, sin duda, a alguna de aquellas salinas de antaño.

[74] De color azul claro.

[75] Véase la nota correspondiente al «vocabulario de la crisis» de la entrada del 15 de noviembre de 1898. Tanto en la casa de Yecla, en *La voluntad,* como en la de Monóvar, en *Antonio Azorín,* J. Martínez Ruiz sitúa la acción de un pensamiento enfrentado a la crisis: «Aquí es donde Azorín pasa sus hondas y trascendentales cavilaciones», *La voluntad* (I parte, cap. VII), ob. cit., pág. 94; «A este balcón es al que se asoma Azorín de cuando en cuando, porque es el de su cuarto, y aquí en este cuarto es donde él pasa sus graves meditaciones y sus tremebundas tormentas espirituales», *Antonio Azorín* (I parte, cap. VI), ob. cit., pág. 75.

[76] Expresión con la que la lengua común se refiere al planeta Venus; tiene su fundamento en la potente luminosidad del astro en las primeras horas del amanecer.

ñas pobladas de pinos, los vastos olivares que bajan hacia
la laguna escalonados —son una negra mancha. En la lejanía, por encima del fosco recorte de una loma, el cielo pa-
lidece. Un camino que se pierde en la negrura —blanquea.

Todo calla. Incesante, tembloroso, llega de los enfosca-
dos parrales el susurro de una fuente. Un gallo, casi imperceptible, continuado, cacarea en lo hondo; se oye una lejana
canción, trémula, recortada. La palidez del cielo se acentúa
en tenue claridad; tíñese el horizonte de suaves tonos verdes, violetas, rojos. Las negras copas de los olivos resaltan en
el fondo blanquecino de la tierra. Distintos, los caminos ser-
pentean a lo lejos. Enfrente, bajo copudo árbol, una mancha gris se agita, temblotea, hace ruido de cadenas.

El día llega radiante. Cacarean, pausados, alternados, los
gallos. Enciéndese en vivo carmín el horizonte. Divísanse los
olivares, los almendros retorcidos, los anchos y entrelazados
pámpanos de las vides, los distantes pinares. Allá abajo, tras
grandes cuadros de viña y extensos términos de barbecho, en
el fondo del collado, la laguna se extiende silenciosa y blanca.

Es de día. Una puerta se abre: salen labriegos tosiendo,
carraspeando.

2 Septiembre

Al anochecer, mientras yo cenaba, lo ha dicho senten-
ciosamente el mayoral: *Palmeres per baix, señal d'aigüa*[77].
Señal de agua... Por Occidente asoma a[78] nubarrón formi-

---

[77] La descripción de la tormenta está indisolublemente asociada a la
inquietud y al tráfago de los campesinos. El acercamiento a esta realidad
popular no acontece sólo desde un nivel meramente descriptivo (de las
ansias y de las acciones campesinas), sino que éste se integra —en lo que
es, sin duda, un residuo de la estética realista y naturalista— con la presencia en el texto de la realidad lingüística propia del mundo campesino
(recurso al proverbio, uso del valenciano). Nótese que en este intento de
«reproducción» del elemento lingüístico la transcripción del valenciano
oral se hace con grafía castellana —prática usual, sobre todo en escritores
no catalano-parlantes, hasta la aparición de la normativa ortográfica del
catalán realizada por Pompeu Fabra.

[78] En la 1.ª edición hay un vacío tipográfico en este punto, debido seguramente a un defecto de imprenta; la edición de las *Obras Completas* lo

dable, inmenso, amenazador. Cúbrese la luna; queda el suelo en sombras temerosas. Y en el aire flota la vaga calma, el reposo profundo de la tormenta que se allega. En la casa duerme la gente; en los bancales entona la menuda fauna el coro inmenso de sus cantos.

Resuena a lo lejos, tras las montañas, un sordo trueno. Las nubes se espesan; ruedan como vellones dilatados, y ocultan las lomas próximas, y casi se desgarran en los pinos. Repítense más cerca los truenos; un relámpago ilumina la campiña; caen anchas gotas.

Dentro, remuévese la gente; una puerta se abre, y un labriego inspecciona el cielo.

El fragor de la tormenta arrecia; atropéllanse los relámpagos; retumban los tremendos truenos en todo el valle y hacen temblar la casa: unos secos, repentinos, arrancados; otros redoblantes, como horrísono y repercutiente tableteo[79]. Pónense en pie los moradores todos de la hacienda; enciéndense los candiles; se hacen pronósticos para las secas tierras; se espera con impaciencia y temor la crisis del nublado[80].

---

resuelve introduciendo el artículo «el», aunque quizá hubiera sido más apropiado el indeterminado «un». En cualquier caso, el espacio tipográfico vacío en el texto corresponde al de una sola letra, por lo que hemos optado por la solución «a», menos elegante, más popular, cercana sin duda a expresiones de J. Martínez Ruiz arraigadas en el vocabulario campesino de Levante.

[79] Serie de aliteraciones en perfecta consonancia con la sonoridad de la tormenta.

[80] Nada es casual en una obra de arte. La descripción de la tormenta, en cualquier caso, adquiere en el *Diario* un evidente valor simbólico. Si como pretendía Amiel, el paisaje es un estado del alma («Un paysage quelconque est un état de l'âme, et qui lit dans tout deux est émerveillé de retrouver la similitude dans chaque détail», *Journal intime,* vol. I, Ginebra, Libraires Éditeurs, 1908, pág. 62), algo que el joven J. Martínez Ruiz había asumido ya desde *Bohemia* (1897, véase el relato «Paisajes»), entonces, es fácil advertir la correspondencia entre el estado de la Naturaleza, exterior al sujeto, y el estado interior del sujeto, la tormenta de su espíritu.

Por otro lado, la descripción de la tormenta acaso pueda servir para un más adecuado acercamiento a la comprensión de lo que efectivamente es una crisis del sujeto: ésta no puede reducirse a la exclusiva vivencia del punto más bajo de la conciencia del sujeto, no es sólo el punto de inflexión de algo más amplio, sino precisamente eso que es algo más amplio, una especie de curva parabólica que incluye necesariamente en su trayec-

De repente, formidable aluvión de granizo salta en las tejas, destroza la parra de la puerta, combate las maderas de las ventanas... Horrible y feroz pánico se apodera de todos: *¡Mare de Deu! ¡Señó!...* Los viejos contemplan la desolación moviendo la cabeza; los mozos, taciturnos; la casera arroja las trébedes en medio de la calle y clama a todos los santos. Y como por milagro, el tintineo de las tejas cesa; clarea el granizo; desaparece entre el turbión del agua... Serénanse los semblantes; repite convencida la vieja: *¡Mira si es veritat!;* contemplan todos con regocijo el salvador diluvio.

El momento de angustia ha pasado, pero la lluvia arrecia y hay que salir a preparar a los *partidores* e inspeccionar las regueras para que la corriente se encamine al aljibe. Y salen los hombres con hachones, liados en mantas, vereda arriba. El resplandor tiembla a los embates del viento, salta, se pierde entre los pinos, reaparece más lejos... El agua desciende en lurte poderoso por barrancos; braman roncamente las ramblas; salta el desdorado mar por los recuestos, socavando los árboles, soterrando las cepas, desmoronando los ribazos.

Los corrales se inundan; encharcan las goteras las cámaras, y en el seco aljibe, colmada la rebalsa, cae el torrente con colosal estrépito. Poco a poco se apagan los truenos y escasean los relámpagos. Cesa la lluvia. Por Oriente blanquea el cielo...

10 Octubre

Vuelvo a Madrid.

---

toria los estados anteriores y posteriores, de la misma manera que la tormenta no puede reducirse a la «crisis del nublado», sino que éste es el punto más agudo de un proceso mucho más amplio. Ésta es la razón por la que considero inadecuadas aquellas interpretaciones de la crisis del joven J. Martínez Ruiz que la acotan temporalmente en el año de su «silencio periodístico» (primavera 1898-otoño 1899); éste sería, a mi modo de ver, el momento más agudo de la crisis, pero su completa resolución requiere incluir en ella el camino que cumple nuestro autor persiguiendo una nueva heroicidad que lleva indisolublemente asociadas la búsqueda de la «nueva novela» y la consecución de un nuevo estilo, lo que no acontece hasta el final de *Antonio Azorín* (1903). La crisis de J. Martínez Ruiz es, en inescindible unidad, vital, intelectual y artística; véase a propósito mi «"Y si él y no yo..."», cit., págs. 25-35.

II

1.º Noviembre

Es el 1.º de noviembre[81]; el otoño avanza; las hojas caen. He ido al cementerio de San Nicolás[82] —vetusto, ruinoso, tétrico, solitario. En el pórtico, agrietado y mohoso, las campanas tañen lúgubremente —tañen. En los patios

[81] Día de Todos los Santos, de tradicional visita a los cementerios.

[82] «Allí está Larra», J. Martínez Ruiz, *La voluntad* (II parte, cap. III), ob. cit., pág. 202. En efecto, Larra estaba enterrado entonces en el cementerio madrileño de San Nicolás; posteriormente, sus restos fueron trasladados a un panteón de escritores y artistas del cementerio de San Justo. «En Madrid existen cementerios abiertos y cementerios clausurados ha tiempo. Ha sido arrasado alguno —el de San Nicolás— que un grupo de escritores visitábamos. Estaban allí enterrados Larra y Espronceda. Ante el nicho de Larra, junto al de Espronceda, en la más baja ringlera de nichos, celebramos un homenaje fúnebre en honor de quien tanto tenía de nuestro espíritu. [...] Nos sentíamos atraídos por el misterio. La vaga melancolía de que estaba impregnada esa generación confluía con la tristeza que emanaba de los sepulcros. Sentíamos el destino infortunado de España, derrotada y maltrecha más allá de los mares, y nos prometíamos exaltarla a nueva vida. De la consideración de la muerte sacábamos fuerzas para la venidera vida. Todo se enlazaba lógicamente en nosotros: el arte, la muerte, la vida y el amor a la tierra patria», Azorín, «Los cementerios», *Madrid*, ob. cit., págs. 855-856. Aquella célebre visita a la tumba de Larra (13 de febrero de 1901) fue literariamente recreada por J. Martínez Ruiz en *La voluntad* (II parte, cap. IX). Nótese que la visita que refiere el *Diario* al cementerio de San Nicolás carece del elemento programático que iba a tener, poco después, la visita a la tumba de Larra: a diferencia de *La voluntad*, en el *Diario* no resuena aún el eco de la con-

crece bravía y desbordada la yerba; invade el musgo las fu-
nerales losas; rajan anchas grietas las paredes. Las arcadas,
repletas, se hunden y desmoronan; de los nichos, empol-
vados, rotos los cristales, penden mustios ramos, viejas co-
ronas, cintas descoloridas. Silencio, tristeza...[83] Por una lejana galería cruza con fuerte taconeo un grupo de labriegos;
un obrero deletrea un epitafio; dos ancianos, mujer, marido, comen plácidamente al sol ante una losa orlada de rojas y blancas flores.

Me detengo en uno de los patios.

Subido a una escalera, un criado fregotea una negra lá-
pida. Madre e hija miran ansiosas. La joven, rubia, pálida,
esbelta en su sencillo traje negro[84] —alarga una corona.
Y un momento, su figura tenue, extendidos los brazos ha-

---

ciencia política ante el «problema de España», la fuerza regeneradora que
aúna a los muertos (Larra) con los jóvenes escritores de principios de siglo. En la visita del *Diario* falta aún la constitución y cohesión del
«grupo», el carácter de una acción conjunta y programática, como acontece en *La voluntad*. La visita del *Diario* se hace en completa soledad,
desde el sentimiento de abandono del sujeto en la ciudad moderna: es la
pura atracción del misterio, la melancolía y la tristeza que envuelven al
individuo; es un «estado del alma» que establece con el cementerio una
relación de similar correspondencia. Se trata de un elemento muy difundido en la estética europea finisecular, cuya raíz proviene del simbolismo
decadentista y del imaginario prerrafaelita (recuérdese, por ejemplo, la obsesiva presencia de los cementerios en la pintura de Henry Alexander
Bowler, o en la obra de Rodenbach o Verhaeren).

[83] Junto al vocabulario de la crisis (cansancio, inquietud, sopor, ansiedad, desasosiego, etc., cfr. la nota correspondiente a la entrada del 15 de
noviembre de 1898), conviene notar el desarrollo y el despliegue en el *Diario* de un vocabulario ligado estéticamente al simbolismo decadentista: silencio, muerte, tristeza, ocaso, otoño, sombra, melancolía, tañir de campanas, paseos solitarios, caer de las hojas, iglesias, cementerios, etc., etc.
José-Carlos Mainer ha sabido ver perfectamente el ensamblaje de ambos
aspectos: «Una fiebre de crepúsculos y muertes recorrió la literatura finisecular de toda Europa. La muerte y el ocaso son momentos propicios para
reconocer el naufragio de las certezas positivas y, a la vez, el aleteo inquietante de las intuiciones del alma», «La crisis intelectual del 98: de Rudin a
lord Chandos», cit., pág. 177.

[84] Nótese la enorme correspondencia —casi una identidad— entre la
descripción de esta joven y la de *Ella* (11 de diciembre de 1898, 12 de noviembre de 1899). ¿Podría tratarse del mismo personaje? El «silencio» del
Diario al respecto parece avalar más bien la hipótesis de que el diarista se
siente atraído por un *tipo femenino* bien concreto.

cia el cielo, parece arrancada de una tabla gótica —virgen en extática[85] posición, suplicante, angustiada, retorcida por espasmos dolorosos.

Cae la tarde. Las campanas tañen. A lo lejos resuenan los agudos silbos de las máquinas; más cerca, en la capilla, los clérigos, cansados, entonan sus melancólicas salmodias. Quedan desiertos los patios. Las sombras de los visitantes pasan como fantasmas a lo largo de las galerías[86]. En el fondo lóbrego de los corredores, destacan, titilantes, trémulas, las luces de hachones y lamparillas —y en el hueco de un nicho destapado, las últimas claridades del crepúsculo hacen brillar los dorados galones de una carcomida caja.

Entre las sombras, la virgen enlutada se esfuma a lo lejos; yo la sigo anonadado y silencioso. Las campanas tañen lúgubremente —tañen.

---

[85] Aceptamos la corrección introducida en la edición de las *Obras Completas* («extática») en lo que posiblemente era un error o errata de la 1.ª edición («estática»). Tanto en uno como en otro caso, la frase tiene sentido; sin embargo, la corrección que introduce «extática» se adecua mucho mejor a la ambientación simbolista y decadentista de esta entrada.

[86] Repárese en cómo el *Diario* procede a una inversión de la mirada natural —mirada que se fija en los objetos y no en sus sombras. Este procedimiento tiene un lejano parentesco con el mito platónico de la caverna (*República*, VII, 514a-521c): las sombras que se reflejan en la pared de la caverna, consideradas reales por sus habitantes, simbolizan, frente al mundo verdadero de las Ideas, el dominio del mundo apariencial y evanescente. Así pues, para poder escapar de las apariencias engañosas y alcanzar este mundo ideal y verdadero, el habitante de la caverna precisa de una «inversión de la mirada» que desde las sombras le conduzca al verdadero ser de las cosas (véase, a propósito, M. Heidegger, «Platons Lehre von der Wahrheit», *Brief über den Humanismus,* Berna, A. Francke, 1947). En este sentido, la inversión de la mirada natural que propone el *Diario,* la atención a las sombras y a la naturaleza fantasmal de los visitantes del cementerio, muestra el carácter transitorio de la humana existencia, su inconsistencia y precariedad ontológica, el dominio de la temporalidad y el poder devastante del tiempo, a la vez que traza una sutil relación de semejanza entre los visitantes del cementerio y sus habitantes permanentes (entre los vivos y los muertos).

3 Noviembre (12 mañana)

Día de inquietud, de ansiedad, de fiebre. Cada vez que paso ante sus balcones, me siento sugestionado por una fuerza misteriosa... No sé cómo andar, cómo poner las manos, dónde mirar. Creo que estoy haciendo algo ridículo... ¿Se ríe de mí? ¿Miran los vecinos? Positivamente, soy un idiota...

3 Noviembre (5 tarde)

Le escribo. Hago un borrador; lo rompo; hago dos, tres, cuatro. Parezco un niño. ¿Seré conciso, cortés, frío? ¿Escribiré como un romántico?

3 Noviembre (10 noche)

Cuando he pasado, ha levantado los visillos[87]. Anochecía. Enfrente han encendido un farol. A sus reflejos, he visto pegada a los cristales, como a través de la mirilla de un féretro, su cara pálida, pálida...[88]

---

[87] Levantar los visillos, en el código amoroso de la época, era una primera muestra de «aceptación». Véase la nota correspondiente a la entrada del 8 de mayo de 1899.

[88] Nótese cómo entre los rasgos descriptivos de *Ella* aletea siempre el simbolismo de la muerte. Lily Litvak (*«Diario de un enfermo:* la nueva estética de Azorín», cit., pág. 276) ha observado que «el personaje más importante del *Diario de un enfermo* es la muerte, presente o presentida a cada instante», y acertadamente ha visto en esta presencia constante de la muerte a lo largo del *Diario* una clara influencia de Maurice Maeterlinck, cuya obra *L'intruse* había sido traducida por J. Martínez Ruiz en 1896. En efecto, en la breve presentación de esta obra, afirma nuestro autor: «Es un drama simbolista. La *intrusa* es la muerte: las rosas que se deshojan, los ruiseñores que vuelan espantados, los cisnes que tienen miedo, el perro que se arrincona en su garita... indican su paso por el jardín. [...] Esa es la idea de Maeterlinck. Por eso en su obra no son sólo personajes todos los que hablan, lo son también el ruido de la hoz, la puerta que no quiere cerrarse, el rayo de luna que pasa a través de los cristales verdes, la luz de la lámpara que oscila y se apaga. Se trata de un drama psicológico; pero

12 Noviembre

Quiero apasionadamente, brutalmente a esta mujer pálida. Alta, rubia, fina, de negro siempre, sencilla siempre —sus ojos grandes parece que miran constantemente al Infinito. Su mirar es de una tristeza inefable: una luz misteriosa aletea con titilaciones fascinadoras en sus pupilas... Habla poco, sonríe, sonríe con levísima, casi imperceptible sonrisa plácida. Y cuando se mueve y anda, es tal la sobriedad y severa gallardía del movimiento, que pone respeto en todos los labios y ansias de férvida adoración en todos los pechos...

13 Noviembre

¿No habéis *oído* nunca lo que *dicen* las viejas fotografías desteñidas en los cementerios?[89] El otro día, en San Ni-

---

su psicología no es exclusivamente humana, sino de la naturaleza toda», J. Martínez Ruiz, «Prólogo» a M. Maeterlinck, *La Intrusa*, Valencia, Imprenta de Francisco Vives Mora, 1896, cit. por la reproducción de esta obra en *José Martínez Ruiz (Azorín)*, Actes du Ier Colloque International, ob. cit., pág. 326. Esta distribución de los símbolos propios de la muerte a lo largo de la obra ofrece una comprensión «existencial» de la muerte, es decir, no como un acontecimiento final y extraño a la vida, sino como una presencia real y amenazante que se proyecta sobre la existencia haciendo que ésta adquiera la plenitud de su valor. La muerte es el punto que enturbia la existencia, la que va depositando gota a gota la conciencia de la angustia en el débil corazón del hombre; la muerte acompaña cada día, acecha en cada acción, está allí delante recordándonos nuestra naturaleza trágica, la precariedad de nuestros actos y de nuestras decisiones. Y es precisamente esta *anticipación de la muerte*, este vivir la presencia amenazante de su poder, lo que persigue el simbolismo anticipador del *Diario*. En este sentido, para Heidegger «La muerte no es algo que aún no es "ante los ojos", no es "lo que falta" últimamente, reducido a un mínimo, sino más bien una "inminencia".» Y esta inminencia de la muerte no es, por ejemplo, como la de una tempestad, su presencia no es un «estar ante los ojos», sino «una posibilidad de ser que ha de tomar sobre sí en cada caso el "ser ahí" mismo», *El ser y el tiempo*, Madrid, FCE, 1989, § 50, pág. 273.

[89] Adecuada sinestesia que pone de manifiesto el poder comunicativo de los objetos, su presencia no meramente decorativa o utilitaria en el drama de la existencia, sino su participación activa en el mismo en cuanto

colás vi una sugestionadora. Era un hombre anodino, vulgar, como todos los hombres; un hombre de pie, apoyado en una columna de cartón, vestido con rígido, tieso chaquet, anguloso chaquet de antaño, a cuadros el pantalón, romas las botas. No tenía expresión; no tenía luz en los ojos, ni gesto en la boca. Frío, vulgar, anodino, como todos, igual que todos... Detrás del polvoroso cristal del nicho, al lado de flores secas, de lazos descoloridos —la fotografía se va destiñendo poco a poco, se va destiñendo...

¿Qué ha sido este hombre? ¿Qué ha hecho este hombre? *¿Para qué ha vivido?* ¿Para qué habré vivido yo dentro de cincuenta años?

Todas las mañanas, a las ocho, cuando voy a San Isidro[90], me encuentro en la calle de Botoneras, frente a las dos tabernas juntas, a una vieja, *la tía Antonia*. La tía Antonia es chiquita, desharrapada, sucia, astrosa; marcha apoyada en un sobado palo; canta a ratos; bebe siempre. El vaho recio de las dos tabernas la atrae; el alcohol la posesiona. No tiene idea del espacio ni del tiempo[91]; ignora *lo que pasa;* no percibe las cosas; no sabe que vive, ni advertirá la muerte.

La tía Antonia vive poderosamente sin vivir: *vive la nada,* la voluptuosa y liberadora Nada[92].

---

personajes ligados al misterio, como pone de manifiesto J. Martínez Ruiz en el prólogo antes citado de *La Intrusa* de Maeterlinck. Recuérdese que el empleo de la sinestesia conoció su momento de mayor auge y esplendor precisamente en la poesía simbolista y decadentista.

[90] Se refiere al madrileño Instituto de San Isidro, en cuya biblioteca J. Martínez Ruiz realizó un intenso trabajo de documentación cuando preparaba *El alma castellana*. «Había estado trabajando yo afanosamente en la biblioteca del Instituto de San Isidro, antigua biblioteca del Colegio Imperial de los jesuitas, riquísima en libros de mística y ascética», Azorín, *Madrid*, ob. cit., pág. 892

[91] En la filosofía kantiana, el «espacio» y el «tiempo» constituyen las formas *a priori* de todo conocimiento posible y de toda posibilidad de conocimiento. La *tía Antonia,* sin la capacidad de estructurar la experiencia sensible según el «tiempo» y el «espacio», no puede más que vivir ajena al mundo circunstante y al propio destino.

[92] Este nihilismo liberador está en estrecha dependencia con la doctrina schopenhaueriana de la negación de la voluntad de vivir. Schopenhauer parte de un horizonte teórico kantiano, pero el hecho primario del

... Mientras esto escribo, llega, lejana, angustiosa, a retazos, la música de una mísera orquesta callejera. Llega el sonido modulador, tembloroso, de la flauta; el áspero y concentrado rezongueo del contrabajo. Canta piedad la flauta, tierna, amorosa, ingenua; ríe socarronamente, escéptico, inexorable, impío, el contrabajo.

19 Noviembre[93]

En el tren. El vagón —de tercera[94]— lleno de labriegos tocados de pardos y aceitosos sombreros; carnosos la-

---

que arranca su filosofía es el mal radical, el mal irreducible que encuentra su fundamento en la ciega voluntad de vivir. Es ésta el origen de todo dolor y todo mal. Ahora bien, todo el pensamiento de Schopenhauer está orientado al logro de un remedio eficaz contra el sufrimiento y el dolor que causa la vida: un camino liberador que pueda conducir al hombre más allá del sufrimiento congénito, una puerta que ponga fin a sus padecimientos y dolores. Una de estas vías es la de la negación de la voluntad de vivir *(Die Welt als Wille und Vorstellung,* Libro IV y Suplemento 48). Se trata de poner en práctica el olvido consciente de sí, la anulación de la propia subjetividad en un camino ascético que conduce a los reinos de la Nada. Nótese que el nihilismo de la *tía Antonia,* no es, en este sentido, completo (el olvido de sí no es consciente, sino producto del alcohol, y sólo dura mientras permanecen sus efectos), por lo que su liberación sólo puede ser transitoria, con lo que el «retorno» a la conciencia de la subjetividad no puede más que producir una fuente de nuevo dolor.

[93] Se reanuda aquí el viaje a Toledo, de cuya decisión dejó constancia el *Diario* en la entrada del 2 de marzo (1899); el viaje se inició efectivamente dos días después de dicha fecha, pero su proyecto fue abandonado casi inmediatamente, pues, como recordará el lector, en la estación de Castillejo, aquel mismo día, el diarista decidió regresar a Madrid. El viaje a Toledo fue realizado realmente por J. Martínez Ruiz y Pío Baroja, y se encuentra literariamente relatado/recreado, además de en *Diario de un enfermo,* en *La voluntad* (II parte, cap. IV) y en *Camino de perfección* (caps. XX-XXXI); también lo recuerdan en sus memorias Pío Baroja *(Final del siglo XIX y principios del XX,* ob. cit., págs. 728-729) y Azorín («Luna en Toledo», *Madrid,* ob. cit., págs. 870-871). Para la importancia y el significado programático de este viaje, véase la Introducción y la última nota correspondiente a la entrada del 19 de noviembre de 1899 (10 noche).

[94] «Azorín sube a un vagón de tercera», J. Martínez Ruiz, *La voluntad* (II parte, cap. III), ob. cit., pág. 201. A este propósito, J. M. Martínez Cachero («Introducción» a Azorín, *La ruta de Don Quijote,* Madrid,

briegos de belfos labios resecados, agrietados; a cureña rasa[95] la faz enrizada de cerdosos pelos; en la comisura de la boca la colilla, apagada, tostada... Las mujeres, rígidas, glaciales, la cesta sobre las rodillas, pasados los brazos por el asa —callan.

Sale el sol; desgárrase a pedazos la niebla. El cuadro se anima: charlan, beben, comen. Lucen los rojos carrillos glotonamente hinchados; blancos dientes rasgan viandas; un forzudo brazo empina una botella liada en un periódico...

En un rincón, una vieja dormita.

Es una vieja vestida de negro, arrebujada en un gran pañuelo negro. Entre los anchos y salientes pliegues, en lo hondo de la negrura —la seca, rugosa, pálida, exangüe cara, gris la boca, cubierto un ojo, enfermo, por una cortinilla azul. El sol radiante, penetra en el vagón. La cara de la vieja, se ilumina. Destaca violentamente, azulada, cadavérica —media; queda en la sombra, indecisa, negruzca, la otra media.

Comen, beben, charlan labriegos y payesas[96]. La vieja, dormida, da una violenta cabezada. Silba el tren y modera

---

Cátedra, 1992, pág. 29) ha observado que «el viaje en el vagón de tercera ofrecía la oportunidad de ver y oír cosas pintorescas y sumamente ilustradoras». Aunque Martínez Cachero no lo cite, creo que puede considerarse el *Diario* como la obra que inicia lo que él llama la «literatura noventayochista de viajes por España». Conviene recordar también el poso de verdad que contiene la fina ironía, tantas veces repetida, que localiza una de las diferencias más importantes entre la generación del 98 y la generación del 14 en que los primeros vieron el paisaje de España a través de los cristales sucios de un vagón de tercera, mientras que los segundos recorrieron España en automóvil conducido por *chauffeur*.

[95] Sin protección, a la intemperie.

[96] Una de las críticas más insistentes hacia el anarquismo del joven J. Martínez Ruiz señala la distancia, nunca abolida, entre su militancia intelectual y teórica y su escaso o nulo contacto con los núcleos obreros anarquistas; cfr. J. M. Valverde, *Azorín*, ob. cit., pág. 32 (sobre la crítica a esta «crítica» véase mi «El anarquismo literario de José Martínez Ruiz», cit.). Nótese cómo el diarista, a pesar de estar presente, tampoco se mezcla y participa en la escena; la minuciosa descripción exige de él ser un mero *espectador,* alguien que *contempla* la escena sin «mezclarse» en ella, desde una necesaria distancia que funciona como requisito indispensable para poder llevar a cabo la «objetivación» de la escena.

su marcha. A lo lejos, divísase la mole de un viejo alcázar con sus torres perdidas en la bruma[97].

19 Noviembre (12 mañana)[98]

Recorro un corto pasadizo; entro luego en otro —largo, angosto, lóbrego. En una de las paredes, una cruz tosca de madera; en la otra, restos de sencillo altar; jirones deshilachados y negruzcos de una pintura. Ando, ando; mis pasos suenan ruidosamente. Salgo a una plaza diminuta, solitaria. A un lado, más honda que el común piso, la portalada de una iglesia —de rojas puertas tachonadas de clavos negros— portalada con su cobertizo bajo, casi terrero, sostenido por columnas de granuloso y rasposo granito; enfrente, la fachada blanquecina —roja la puerta, verdes los cerrados balcones— de una casa. El resto, elevados muros, pardos, desconchados, agujereados por grandes ventanas con rotas celosías, por pequeñas ventanas foscas; albas paredes reverberantes de cal enjalbegadas. Sol, claro y radiante sol. En el cielo de intenso azul, se recorta poderoso y bravío el campanil de una iglesia; en uno de los blancos mu-

---

[97] «¡Oh, Toledo! Mística ciudad de los sueños de un poeta, reina de las ciudades. En tus iglesias y en tus plazas solitarias he creído yo encontrar, por un momento, la vieja fe de los antepasados», P. Baroja, «Domingo en Toledo», *Electra* (23 de marzo de 1901), cit. por *Hojas sueltas,* ob. cit., vol. II, pág. 46. «Toledo es una ciudad alucinante. Yo he sentido bajo sus arcos que se desmoronan el paso de la muerte, la densidad de los siglos, el fluir continuo de las horas como la arena de un reloj... [...] Toledo tiene ese poder místico. Alza las losas de los sepulcros y hace desfilar los fantasmas en una sucesión más antigua que la vida», R. Valle-Inclán, *La lámpara maravillosa,* ob. cit., pág. 136.

[98] Esta entrada del *Diario* se reprodujo también en el artículo «Toledo», de J. Martínez Ruiz, publicado en la revista *Mercurio* el 3 de marzo de 1901. «Toledo» es la fiel reproducción de dos entradas del *Diario,* la del 21 de noviembre (12 mañana) y la del 19 de noviembre (12 mañana), ambas de 1899; ahora bien, «Toledo» las reproduce en el orden preciso que acabamos de indicar, es decir, invirtiendo el orden cronológico con el que aparecen en el *Diario.* En este primer y único número de *Mercurio* aparecieron también «El Cardenal Tavera», artículo que reproduce la entrada del 23 de noviembre (7 tarde) de 1899, y «La tristeza española», que pasaría, con algunas modificaciones, a *La voluntad* (II parte, cap. IV).

ros, la viva lumbre solar pinta el dentelleo de un tejado. Crece aterciopelada la yerba en las oquedades de un peñasco, y el musgo engarza los cantos del empedrado y forma por toda la plaza vistoso encaje verde.

Reposo; silencio aplanador.

De cuando en cuando, el grito lejano, angustioso, de un arenero, llega; y llega el moscardoneo armonioso, persistente, levísimo, de los rezos de un convento. Se oye el tintineo de una campanilla; el murmullo cesa. —En lo alto de las campanas, en el añil del cielo, aletea voluptuosa una paloma.

19 Noviembre (10 noche)
(En el café de Revuelta[99])

Al pasar por una calle, he visto a un hombre que llevaba a cuestas un ataúd blanco listado de oro. He sentido la sugestión irresistible, avasalladora, de seguirle. Le he seguido, emocionado, ansioso, tembloroso, atraído por la fuerza poderosa del misterio y de la muerte. Hemos recorrido callejones, cruzado recodos y encrucijadas, atravesado plazas, desfilado por angostos y lóbregos cobertizos... El macabro paseo se prolonga; la angustia crece en mí; quiero marcharme y no puedo: los reflejos de los dorados, el cabrilleo de los galones del ataúd al pasar por bajo de los faroles —me fascina. Sigo y sigo al fúnebre portador de la caja. Un momento me quedo atrás, y a lo lejos, en la ne-

---

[99] «El café era gabinete de trabajo de los escritores», R. Baroja, *Gente del 98,* ob. cit., pág. 51 (véase la nota correspondiente al Café del Foro en la entrada del pasado 8 de mayo). El Café de Revuelta es donde entra Antonio Azorín tras haber asistido como espectador al episodio del ataúd blanco: «Y Azorín, en el silencio de las calles desiertas, vaga al azar y entra por fin en un café desierto. Es el café de Revuelta», *La voluntad* (II parte, cap. IV), ob. cit., pág. 210. Y es, presumiblemente, el mismo café que describe Pío Baroja: «Rendido, sin aliento, entró a descansar en un café grande, triste, solitario. Alrededor de una estufa del centro se calentaban dos mozos. [...] El café, grande, con sus pinturas detestables y ya carcomidas, y sus espejos de marcos pobres, daba una impresión de tristeza desoladora», *Camino de perfección,* cit. por *Obras Completas,* vol. VI, Madrid, Biblioteca Nueva, 1978, pág. 80 (cap. XXX).

grura hórrida de una angosta calleja, percibo tambaleante, próxima a perderse, la mancha blanquecina que me llama.

Por la calle de Santo Tomé, entramos en la del Ángel y bajamos por la rápida pendiente. En una plazoleta, en el portal de una casa, el hombre se detiene. La caja gime roncamente al ser dejada en tierra. El hombre llama. Una mujer se asoma a una ventana. «¿Es aquí donde han encomendado una cajita para una niña?», pregunta el hombre...

No, no es allí; la peregrinación comienza de nuevo. Dos viejas hablan en un portal. «Es la mayor», dice una al ver pasar el ataúd; «la de *la casa de los escalones*. ¡Qué bonita era! Estaba para casarse».

Llegamos. Vuelve a gemir roncamente *la cajita;* llama el hombre y pregunta; le abren; entra; torna a cerrarse la puerta...[100]

---

[100] «*Azorín* contó nuestra visita a Toledo en un libro titulado *Diario de un enfermo*. Este libro lo publicó y lo escribió al mismo tiempo que yo escribía y publicaba *Camino de perfección,* y hay algo de común entre los dos», P. Baroja, *Final del siglo XIX y principios del XX,* ob. cit., pág. 729. La visita a Toledo también la confirma Azorín: «En diciembre de 1900 fuimos por dos o tres días a Toledo», *Madrid,* ob. cit., pág. 870. El episodio del *ataúd blanco* debió ser un hecho real que llamó la atención de los dos amigos, pues ambos lo han trasladado a la literatura con una notable coincidencia de detalles (en el caso de J. Martínez Ruiz, además, la atención literaria en el entierro de una niña yeclana se repite en un artículo de la época, «La emoción de la Nada», cit.). Existen de él cuatro versiones impresas: dos de Baroja (en el artículo «Domingo en Toledo», publicado en el número 2 de *Electra* (23 de marzo de 1901), y en el capítulo XXX de *Camino de perfección)* y dos de J. Martínez Ruiz (en la entrada del *Diario* en la que nos hallamos ahora y en el cap. IV de la II parte de *La voluntad).* Inman Fox considera que «Es difícil saber con certeza si Baroja o Martínez Ruiz fue el primero en elaborarlo artísticamente, pero ya que *Camino de perfección* se publicaba en folletín en 1901 y *Diario de un enfermo* salió tarde en el mismo año, hay algo de evidencia para creerlo originalmente de Baroja y sencillamente aprovechado por nuestro autor», *La voluntad,* ob. cit., pág. 210 n. A este respecto, J. M. Valverde había comentado con anterioridad: «No entramos a decidir ahora si se trata de "paralelo" o de "imitación", por oscuridad cronológica: *Camino de perfección* se publicó por entregas en *La Opinión* (desde el 30 de agosto al 9 de octubre de 1901), mientras que el texto paralelo de *Diario de un enfermo* se había publicado muy poco después del viaje, hecho a fines de no-

Angustiado, anhelante, divago a través de la vetusta
ciudad silenciosa, inhabitada, muerta...[101]

---

viembre de 1900 —Maragall ya agradece el envío del libro a fines de enero
de 1901—: sin embargo, es muy probable que los dos taciturnos y frater-
nales amigos se dieran a leer mutuamente sus manuscritos», *Azorín,*
ob. cit., págs. 152-153. Azorín reproduce la mencionada carta de Maragall en
el capítulo VII de *Madrid,* fechándola el «22 de enero de 1901»; Riopérez
Milá *(Azorín íntegro,* Madrid, Biblioteca Nueva, 1979, pág. 213) reproduce
una fotografía parcial de dicha carta y confirma la fecha indicada por Azorín, por lo que parece razonable conceder a J. Martínez Ruiz una suerte
de primado cronológico al respecto. Ahora bien, este «primado» debe quedar exclusivamente circunscrito a la publicación efectiva, porque es también razonable pensar no sólo que J. Martínez Ruiz y Baroja se dieran a
leer sus manuscritos, como avanza Valverde, sino que la insistencia en li-
teraturizar el mismo suceso pudiera obedecer a un acordado «ejercicio de
estilo» paralelo, una suerte de divertimiento entre amigos capaz de poner
en juego una verdadera prueba de rescritura e intertextualidad.

[101] Como en el caso de Madrid (véase la nota correspondiente a la
entrada de 12 de diciembre de 1898), en el *Diario* aparecen distribuidos
una serie de elementos reconocibles (calles, plazas, iglesias, conventos,
hospitales, criptas, cementerios, etc.) que conforman las «señas de identidad» de la ciudad de Toledo. Ahora bien, más importante que esto es el
despliegue en el texto de los elementos simbólicos del *topos* de la ciudad
muerta: silencio, reposo, quietud, melancolía, tristeza, atracción por la
vida retirada de los conventos, el sonido de las campanas de las iglesias, etc.
«La configuración literaria de la ciudad muerta corresponde a una época
bien precisa: los últimos años del siglo xix, y su pleno desarrollo ocupa
los primeros del xx. El origen de dicha recreación literaria, el modelo que
ha de configurarse en un topos reconocible, lo constituye la obra literaria
de Georges Rodenbach», M. A. Lozano Marco, «Un topos simbolista: la
ciudad muerta», *Siglo diecinueve,* núm. 1, 1995, pág. 160 (también puede
verse, a propósito, H. Hinterhäuser, «Tote Städte», *Fin de siècle,* ob. cit.,
págs. 45-76). La obra de Rodenbach (1855-1898) nace del impulso de recuperar *l'âme flamande,* por eso en ella se encierran los elementos de un
paisaje y de un clima poético cuya imagen se concentraba en la ciudad de
Brujas, colmada de silencio y de pasado. Su breve novela *Bruges-la-Morte*
(1892), ampliando el radio de acción del motivo estético de Amiel («Un
paisaje cualquiera es un estado del alma», *Journal intime,* ob. cit., pág. 62),
cumple la identificación extrema entre la ciudad y el hombre que la habita: «Toda ciudad es un estado del alma, y basta habitarla apenas, que tal
estado del alma se nos comunica, se propaga en nosotros como un fluido
que se inocula y se incorpora con los matices del aire», *Bruges-la-Morte,*
París, Flammarion, 1998, pág. 193. En la Advertencia con la que se abre el
libro, Rodenbach proyectaba incluso, a través de una serie de fotografías
insertadas en el texto, potenciar la transmisión y la inoculación de tal *état
d'âme* en sus lectores: «la Ciudad como un personaje esencial, asociado a

20 Noviembre (12 mañana)

Esta mañana, a las siete, he estado en Santo Domingo el Antiguo. Ante una Dolorosa, un sacerdote decía lenta-

---

los estados del alma, que aconseja, disuade, decide de actuar. [...] Un ascendiente se establece entre ella y sus habitantes. [...] He aquí lo que hemos querido sugerir: la Ciudad orientando una acción; sus paisajes urbanos, no ya sólo como telón de fondo, como temas descriptivos elegidos arbitrariamente, sino ligados al advenimiento mismo del libro. [...] barrios, calles desiertas, viejos palacios, canales, conventos, iglesias, orfebrería de culto, campanarios, para que quienes nos lean sufran también la presencia y la influencia de la Ciudad, prueben el contagio de las aguas aún más de cerca, sientan la sombra de las altas torres alargarse sobre el texto» (págs. 49-50). Frente al industrialismo moderno de las metrópolis, la *ciudad muerta* se levanta como símbolo de la incapacidad del artista para vivir en la escisión entre el arte y la vida que representan las grandes ciudades (recurrente es, en Rodenbach, el motivo del *poète en exil dans la vie);* al ruido incesante, al frenético activismo de sus calles, la pequeña ciudad de provincias opone el silencio y el reposo, y se delínea, como Brujas, como «el gran Catecismo de la Quiete» (pág. 206), el lugar de un aprendizaje superior al que el artista llega en peregrinación en el intento de sanar del *mal du siècle*. Brujas, como Toledo, como Venecia *(La mort de Venise* [1903] de Maurice Barrès, autor también de *Greco ou le secret de Tolède; Der Tod in Venedig* [1913] de Thomas Mann) es la materialización de una enfermedad del alma, una suerte de hemorragia interna de la voluntad de vivir, una especie de consciencia (voluptuosa) del *cimetière intérieur* del sujeto. Y sin embargo, esta vida de provincias, con su gusto por las pequeñas cosas y los detalles insignificantes (ámbito estético en el que se despliega la ética del reposo), no se eleva a símbolo positivo capaz de abrir una brecha en la crisis vital (artística e intelectual) del sujeto moderno. La ciudad muerta representa también la otra cara de la crisis del nihilismo: es el *mal de province*, la angustia del mundo provinciano, el gris de los días siempre iguales, la *noia* y el *spleen* de los domingos vacíos. Toledo, como Brujas, es el lugar de la tradición, y representan, respectivamente, el *alma castellana* y el *âme flamande*. Toledo es la ciudad del pasado castellano, la ciudad de El Greco y Santa Teresa, en cuyo fondo late aquella «energía española» perdida en el decurso histórico de los siglos, tan en contraste con la *abulia* y el *marasmo* que afligían, según J. Martínez Ruiz, a la España contemporánea (cfr. «La energía española», cit.). En *La voluntad,* el viaje a Toledo adquirirá un valor simbólico de regeneración política (en el que el simbolismo decadentista se une al «problema de España») del que carecía en *Diario de un enfermo:* no se trata de volver al pasado) sino de abrir al presente las vías que lo comunican al pasado, único modo de recuperar aquella «energía» perdida. Pero en ningún caso, la ciudad muerta se propone como símbolo de retorno al pasado; los cultivadores de este *topos* son plenamente conscientes de la imposibi-

mente misa. Al fondo, contrastando con las blanquísimas
paredes, resalta el dorado retablo[102], y en el retablo, los re-

---

lidad de retorno: no puede haber futuro para las ciudades muertas, pues
su presente anodino lo excluye. La ciudad muerta es el lugar donde habita la Muerte, la ciudad de la *intrusa,* ya no tan «intrusa», pues el artista
prefiere salir en su búsqueda antes que permanecer en su espera. Toledo,
como Brujas, es la ciudad donde *vive* la muerte; y esto basta para que
quien siente poderosamente la atracción del misterio, quien se siente él
mismo un poco muerto por dentro, recorra sus calles solitarias guiado por
el *démon de l'analogie,* acompasando el ritmo fúnebre de su alma con el
de la ciudad.

[102] «Con los retablos de Santo Domingo el Antiguo (1579) el arte de
El Greco causó fuerte admiración y sorpresa en Toledo por la radical
transformación que en ellos hizo, tanto en lo que atañe al concepto pic-
tórico como en lo que corresponde a los esquemas habituales en los retablos españoles, que estaban orientados básicamene hacia lo narrativo.
Rompió estos criterios y convirtió el retablo en un marco solemne para
los cuadros que en ellos situaba, de manera que cuando lo consideraba
preciso rompía los entablamentos y los frontones para dar mayor continuidad al ritmo vertical que estaba acorde con sus planteamientos ma-
nieristas. Eran tres los retablos de esa iglesia, trazados por él, que incor-
poraban un total de nueve lienzos de diverso tamaño, siete en el retablo
mayor y uno en cada uno de los dos laterales. En el sector bajo de aquél
se concentraban cinco lienzos: *San Juan Bautista* a un lado, y *San Juan
Evangelista* al otro (todavía *in situ),* muy esbeltos ambos, y encima los santos *Benito* (Museo del Prado) y *Bernardo* (paradero desconocido), de medio cuerpo. En el centro, el gran cuadro de la *Asunción de la Virgen,* firmado y fechado en 1577 (Art Institute, Chicago); encima un medallón
con la *Santa Faz* (Colección March, Madrid) y en la coronación, como
único lienzo, la *Trinidad* (Museo del Prado), con el cual se subraya el
fuerte acento vertical del conjunto. En los pequeños retablos laterales había sendos lienzos; el de la *Adoración de los pastores* (Colección Botín, San-
tander) y el de la *Resurrección,* que permanece *in situ.* Son lógicos los re-
cuerdos de la pintura italiana que se han observado en el conjunto, pues
la *Asunción* y la *Adoración de los pastores* derivan de lo veneciano por su
composición y colorido, en tanto que la *Trinidad* y la *Resurrección* se re-
lacionan con lo miguelanesco», S. Alcolea, *El Greco,* Barcelona, Ediciones
Polígrafa, 1990, págs. 11-12.
    «La ciudad alucinante [Toledo] ha tenido un artista también aluci-
nante que alumbra como un cirio de cera en esta gran penumbra de piedras góticas: Domenico Theotocópuli tiene la luz y tiene el temblor de
los cirios en una procesión de encapuchados y disciplinantes. Parece es-
tremecido por un rezo de brujas. Cuando se penetra en las iglesias donde
están sus pinturas, aún escuchamos el vuelo de aquel espíritu bajo las lámparas de los altares, un vuelo misterioso y tenebroso que junta los caprichos del murciélago y la quietud estática de la Paloma Eucarística. En la

torcidos, desmadejados, grises, negruzcos, siniestros personajes del Greco... Por las dos bajas rejas se divisa el anchu-
roso coro. Arrodilladas, blancas en sus hábitos, tocadas de
negro, las monjas rezan. Silencio, dulce reposo. Dos, tres,
cuatro mujeres arrebujadas en negros mantos, inclinadas,
recogidas, pasan silenciosamente sus rosarios. Poco a poco
va aclarando. Distingo en primer término, inmóvil, rígida,
una monja pálida, bajos los ojos, abultada la cara; una
monja como la del poeta[103]:

---

penumbra de las capillas los cuadros dan una impresión calenturienta,
porque todas las cosas que están en ellos han sufrido una transfiguración.
Sobre los fondos de una laca veneciana y profunda están los rostros pá-
lidos que nos miran desde una ribera muy lejana. Las manos tienen actitudes cabalísticas, algo indescifrable que enlaza un momento efímero
con otro momento lleno de significación y de taumaturgia. Esta misma
significación, esta misma taumaturgia, tiene el ámbito sepulcral de Toledo. En el vértigo de evocaciones que producen sus piedras carcomidas,
prevalece la idea de la muerte como en el trágico y dinámico pincel
de Domenico Theotocópuli», R. Valle-Inclán, *La lámpara maravillosa*,
ob. cit., págs. 135-136.

[103] Se trata de Joan Maragall (1860-1911), el mayor poeta catalán del
período de entresiglos. Usó el castellano en sus escritos de carácter político y moral, y el catalán en sus composiciones poéticas y en sus ensayos
de estética. Los versos que siguen pertenecen al final de la II parte del poema *El conte Arnau*, incluido en sus *Visions Cants* (Barcelona, L'Avenç,
1900, pág. 15). En la Casa-Museo Azorín se conserva un ejemplar dedicado de esta obra: «Al Sr. D. J. Martínez Ruiz / su admirador y amigo
afectísimo / Juan Maragall.» El joven J. Martínez Ruiz debió de corresponder con el envío de *Diario de un enfermo* acompañado de una carta
en la que manifestaba la buena impresión que le había creado la lectura
de *Visions & Cants* (cfr. en Apéndice la carta de Maragall del 22 de enero
de 1901). Azorín, en *Madrid* (ob. cit., pág. 849), recuerda la figura de Maragall: «Juan Maragall venía a Madrid de tarde en tarde. [...] Acaso fuera
yo quien avanzó más en la amistad con Maragall. La conservé toda la vida.
Cuando publicaba un libro, me lo enviaba cariñosamente dedicado. Los
conservo todos. [...] A Maragall envié uno de mis primeros libros. No lo
acogió con la fría urbanidad con que un gran literato debe acoger, por
cortesía, la obra de un primerizo. La curiosidad y simpatía por el libro y
por el autor eran evidentes. Guardo dos cartas del poeta. No figuran en
el epistolario que de Maragall ha sido publicado. En la primera carta, fechada el 31 de julio de 1900, me habla de mi libro *El alma castellana*, un
esbozo de juventud, y me dice, entre otras cosas, lo siguiente: "Para mí
tiene la mejor cualidad (y la más rara) que puede tener un libro: el ser
vivo"». A esta carta respondió J. Martínez Ruiz con otra del 5 de agosto
de 1900 (reproducida en Azorín, *Obras Escogidas*, vol. III, Madrid, Espasa

Té la cara carnosa i molt afable,
i un xic de sota-barba arrodonida,
i un clot a cada galta[104].

¿Qué hará esta monja? ¿Qué harán todas las monjas del convento durante todo el día, durante todo el año, durante toda la vida? Su vida profunda, intensa, augusta, es la vida de «la muy magnífica y generosa señora doña María de Silva» que reposa en la iglesia...[105]

Calpe, 1998, págs. 1507-1508): «Tiene usted razón: debo escribir una 2.ª parte de *El alma castellana,* debo escribirla, *pero tengo miedo.* Porque, ¡cuántas crudezas no se han de decir y cuántas enormidades no se han de revelar en esas páginas! ¿Cómo no concitar odios y malquerencias al hablar de la literatura castellana moderna dejándola reducida a *diez* o *doce* nombres? ¿Cómo no concitar celos al hablar del vandalismo político, y de la garrulería parlamentaria, y de la inanidad de la prensa? Y sin embargo, hay que hablar de ello, amontonando *pequeños* hechos, detalles, particularidades, sin retóricas huecas, auténtica y pintorescamente.» La segunda carta a la que se refería Azorín en *Madrid* es la anteriormente aludida que reproducimos en el Apéndice. Para las relaciones entre ambos autores, véase J. Molas, «Maragall y Azorín», *La Torre,* núm. 60, 1968, págs. 217-240; para un exhaustivo estudio (en el contexto de la obra de Maragall y de la época finisecular) del poema citado por J. Martínez Ruiz, véase la espléndida monografía de G. Grilli, *Il mito laico di Joan Maragall.* «El Comte Arnau» *nella cultura urbana del primo novecento,* Nápoles, Edizioni Libreria Sapere, 1984 (hay trad. cat.: Barcelona, Edicions de la Magrana, 1987).
[104] *Tiene la cara carnosa y muy afable / y un poco de sotabarba redondeada / y un hoyuelo en cada mejilla.*
[105] «En nuestra memorable visita a Toledo —hace cuarenta años— debían interesarnos sobre manera las monjas. Alguien de nosotros llevaba prevenida una relación de conventos femeninos en Toledo y hecho un apuntamiento breve de la vida conventual. [...] ¿Cómo sería esa monja? ¿Cuál sería su faz? ¿Y cómo definir esa cara con exactitud? Durante mucho tiempo —dos o tres años, los vascos son tenaces— estuvo Baroja protestando contra el epíteto de *guapa* que Galdós da a una monja, entrevista en el coro, aquí en Toledo. [...] Había estado trabajando yo afanosamente en la biblioteca del Instituto de San Isidro, antigua biblioteca del Colegio Imperial de los jesuitas, riquísima en libros de mística y ascética. Preparaba yo mi novela *La voluntad,* y durante seis meses estuve repasando todas las papeletas del índice y recogiendo apuntes y extractando libros. De entonces guardo copiosas notas referentes a las monjas. [...] ¿Y cuál era para nosotros, en Toledo, la lección de los conventos de monjas? Sencillamente una corroboración de la espiritualidad del *Greco.* Del *Greco,* fatalmente íbamos a las monjas. La vida religiosa es igual en

El celebrante acaba. Un reloj suena argentinamente las ocho. Desaparecen una a una, en silencio, suavemente, las monjas; desaparece, la última, una monja baja, gruesa, de andar lento y fatigoso contoneo. La puerta del fondo se cierra.

---

un religioso que en una religiosa. La observancia de la regla es la misma. Las prácticas son análogas. La divergencia estriba en las fuerzas. La mujer es más débil que el hombre. El *Greco* tiende a una concentración de la espiritualidad. Todo su problema es ése. Y el religioso contemplativo tiende a ese mismo fin. Pero en la mujer, las energías físicas son menores. Y eso es lo que nos atraía a nosotros en un convento: con la menor cantidad de fuerza física, fuerza material, alcanzar, como la religiosa lo alcanza, el máximo de espiritualidad», Azorín, «Monjas de Toledo», *Madrid,* ob. cit., págs. 891-892. Olvida Azorín que aquel minucioso trabajo de archivo y biblioteca estuvo inicialmente motivado por el proyecto de *El alma castellana* (cfr. los caps. IX y X de dicha obra, dedicados, respectivamente, a «Los conventos» y «El misticismo»). En *La voluntad,* en efecto, la vida monástica y conventual tiene su espacio reservado en los caps. XXI, XXIII y XXVIII de la I parte.

En un significativo artículo de la época, «Ciencia y fe», publicado poco después de *Diario de un enfermo* en *Madrid Cómico* el 9 de febrero de 1901, J. Martínez Ruiz deja sin solución el conflicto irreductible entre la ciencia y la fe: ¿Dónde ir: al espejismo amargo y desolador de la ciencia o a la enervante y anonadadora calma de la fe? [...] El pensador debe saber que las dos soluciones son indiferentes, y que las dos —la Ciencia y la Fe— son bellas supercherías con que pretendemos acallar nuestras conciencias», cit. por Azorín, *Artículos olvidados de J. Martínez Ruiz (1894-1904),* ob. cit., págs. 187-188. En su época de anarquista, los ataques del joven J. Martínez Ruiz van dirigidos contra la institución eclesiástica y la corrupción del clero, principalmente, y contra la religión sólo en cuanto expresión de la hipocresía de la moral burguesa (véase «Un cardenal», «Teología»); defendió, sin embargo, en más de una ocasión un retorno a los ideales comunitarios del cristianismo primitivo y reivindicó la figura de Cristo como la de un verdadero anarquista (véase «La Nochebuena del obrero», «El Cristo nuevo»). La atracción por la figura de la monja se comprende, pues, desde un punto de vista más amplio que el meramente religioso, como expresión de aquella espiritualidad radical atribuida a El Greco. Nótese, como curiosidad, que Azorín, en su andadura de escritor, conservaría aquella atracción de J. Martínez Ruiz por las figuras de monjas, si bien, en Azorín, la monja está rodeada de una atmósfera de fina sensualidad y delicado erotismo de la que carecía en J. Martínez Ruiz; véanse, a propósito, los caps. VIII, IX y XXX de la novela *Don Juan* (1922).

María de Silva, esposa de Pedro de Mendoza, contador de Carlos V, tras la muerte de su marido, se retiró al convento de Santo Domingo el Antiguo; sus restos reposan en el centro de la iglesia.

¿Qué harán las monjas? ¿Qué hará la pálida monja de la redondeada sotabarba y los hoyuelos en las mejillas?

20 Noviembre (7 tarde)

Esta tarde he ido a la iglesia de San Román. El sacristán ha quitado el ara de un altar y por la abertura que ha quedado al descubierto, he bajado a un angosto receptáculo repleto de momias, amontonadas, apisonadas[106]. En la pared, de pie, en eterna actitud de macabra cortesía, dos, cuatro, seis figuras.

No he visto nunca tal espanto como las momias de estos hombres muertos violentamente en alguna insurrección o invasora guerra, arrojados acaso vivos en plena vida, o moribundos, a algún profundo subterráneo. Los gestos y actitudes lo indican; son actitudes de desesperación, de terror, de suprema angustia: bocas torcidas, cuellos contraídos, manos crispadas...[107]

Por un angosto agujero entra escasa luz que alumbra el cuadro. Brillan intactos, blancos, salientes, apretados, con feroz expresión de rabia agónica, los dientes de una momia; a pedazos, desgarrado, pendiente, cuelga el cuero cabelludo de otra. Una niña, vestida con un trajecillo que le llega a las rodillas, cruzados los brazos beatamente, reposa de pie en un rincón. En su cara intacta se lee la resignación fervorosa e ingenua...

En la mesa en que escribo, sobre negra caja de laca, tengo una de sus manos: fina, pequeña, piadosamente recogida, doblados ligeramente los secos dedos, puesto bajo el índice el pulgar. El reflejo verde de la lámpara, la ilu-

---

[106] «He bajado —con Pío Baroja—, en Toledo, a la bóveda de una iglesia; estaba llena de momias», Azorín, «Maqueda y Toledo», *ABC* (10 de agosto de 1961), cit. por *Obras Selectas*, ob. cit., pág. 1359.

[107] Las «manos crispadas» aparecen también en un contexto completamente diverso (cfr. el final de la entrada del 10 de diciembre de 1898): la misma imagen se hace portadora de la semántica del placer y del dolor extremos. Hay también, como podrá observar el lector, un cierto paralelismo descriptivo entre las actitudes del genio y del artista, por un lado, y las actitudes de las figuras de El Greco.

mina. Un momento, la imaginación, febril, finge que se colorea y acarnosa el seco pergamino, que se distienden los dedos, que se anima la mano toda y da golpes cariñosos sobre la negra tapa —golpes con que la juventud muerta saluda y llama a la juventud viva...[108]

21 Noviembre (12 mañana[109])[110]

Esta mañana, a las diez, he paseado por las afueras, al pie de las murallas. Hacía una mañana radiante. El sol iba disipando poco a poco la bruma. A la izquierda, sobre una colina, entre el verde obscuro de los olivos, brillan las blancas paredes de las labores. Una línea blancuzca, rompe el

---

[108] La enorme fuerza de esta imagen simbólica requiere, para no perder eficacia, un mínimo apoyo de verosimilitud; a tal fin, J. Martínez Ruiz recurre al carácter fingido de la misma, provocado por la imaginación febril de su personaje. La imaginación febril y la hiperactividad cerebral reenvían, como vimos, a la caracterización schopenhaueriana del genio. En la contemplación estética (o en la creación artística), el genio logra un conocimiento intuitivo de las cosas, libre del corsé de la causalidad y del principio de razón suficiente. Razón por la cual esta imagen, más allá de su apoyo de verosimilitud, apto en un primer momento para ganar la consideración del lector, debe ser tomada absolutamente en serio, como «intuición genial» de una verdad oculta. En consonancia con el simbolismo que recorre todo el *Diario,* esta imagen querría significar la vanidad de la existencia, el destino mortal que sobre el hombre incumbe (la muerte que llama a la vida recordándole su verdadera esencia). Ésta sería, es cierto, la interpretación más adecuada y consona del pasaje. Y sin embargo, desde la convicción orteguiana según la cual el ejercicio de la crítica consiste en potenciar la obra potenciando la lectura y en ampliar el horizonte de la misma, no me resisto a reclamar para el texto una interpretación que lo pondría en conexión tanto con *El alma castellana* como con *La voluntad,* en lo que se refiere a la relación del presente con el pasado y al «problema de España». La mano de la momia que se «colorea y acarnosa», esos «golpes con que la juventud muerta saluda y llama a la juventud viva», quieren indicar el pasado, la tradición, reclamando sus derechos (para que no sea pasado en balde) a un presente débil y sin energía.

[109] Sólo en esta ocasión el *Diario* da una indicación de la hora que no va acompañada con un incremento del número de las entradas correspondientes a este día.

[110] Esta entrada del *Diario* se reprodujo también en el artículo «Toledo», de J. Martínez Ruiz, publicado en la revista *Mercurio* el 3 de marzo de 1901.

gris de la montaña y desciende hasta el pie serpenteado. La tierra baja comienza: un diminuto cementerio, de un solo patio límpio de cipreses y yerbajos, destaca en primer término. Reverbera el sol en su alba galería calada de nichos; penden ante los nichos, puestas a secar, variadas y blancas ropas. Cuadros de verde sembradura, extensos términos de negruzcos barbechos, alamedas de desnudos olmos, se extienden a lo lejos, en la hondonada. Y más lejos, desmantelada, yerma casi, la tierra toma tintes grises, claros verdes, verdes sucios, azulados, rojizos, negros. La llanura se pierde, adusta, desoladora, en el horizonte, entre la bruma. A la derecha, al fin de una alameda, un cementerio. Más allá, sobre una rapada, calva, amarillenta loma, otro cementerio, y una línea de cipreses que desfila resaltando sobre el cielo y llega a la mole del hospital de Afuera[111].

Brilla el sol; se oye el ronco rumor del Tajo y el persistente campaneo de las iglesias.

22 Noviembre (3 madrugada)

Esta noche he comido con el gobernador. Este gobernador, antiguo amigo[112], es un sutil artífice de la prosa —que poco a poco se va apagando.

Del férvido artista, sincero y reflexivo, ya apenas quedan en él rastros. El ambiente de la política, el diario trato

---

[111] Se trata del Hospital de San Juan Bautista, también conocido como el Hospital de Afuera por hallarse situado extramuros de la ciudad. En él se conserva el retrato de su fundador, el cardenal Tavera, pintado por El Greco, descrito posteriormente en el *Diario* en la entrada del 23 de noviembre (7 tarde).

[112] «Poco después de conocernos, *Azorín* y yo fuimos a Toledo, y estuvimos a visitar a Burrell, a quien habían nombrado gobernador civil de la provincia. Burrell nos convidó a comer a los dos en el Gobierno Civil», P. Baroja, *Final del siglo XIX y principios del XX*, ob. cit., págs. 728-729. Julio Burrell (1859-1919), famoso periodista de *El Progreso* y del *Nuevo Heraldo*, participó activamente en la vida literaria del Madrid finisecular; abandonó las letras para dedicarse a la política: fue gobernador civil en Jaén y Toledo, director de Obras públicas y de Agricultura, y ministro de Instrucción pública con Canalejas. En su calidad de gobernador también

y continuo sobo de politicastros y cínicos mangoneadores,
van amenguando su fe de antaño, sus ansias juveniles de
Ideal[113]. Todas mis charlas con él estos días, han sido un silencioso análisis. Siento ante él la angustia que se siente
ante un ser querido que se muere.

Y se muere. Solo, desamparado en esta ciudad muerta,
perdida la fe en el consolador trabajo literario, ansioso de
medro, nostálgico de la febril vida del Casino y del Salón
de Conferencias —mi amigo pasea hastiado por las anchas salas de este destartalado caserón, recibe automáti-
camente a *las comisiones,* saluda, habla, sonríe con penosa
violencia.

En el despacho oficial, tomamos café. A través de las
esmeriladas bombas, suavemente matizada, la luz baña los
largos divanes, la mullida alfombra a grandes flores amarillas, la mesa cargada de cartas, telegramas, antipáticos ex-
pedientes. Sobre el rojo peluche de un diván, destaca re-
ciamente la blancura vivísima de una almohada. Mi amigo
se recuesta: hablamos, divagamos, monologamos en el silencio desolador de la ancha sala...

Las horas pasan —lentas, inacabables. Llega la media-
noche. La campana de la catedral suena solemne, angustiosa,
desparramando por la ciudad dormida su trágico lamento.
Callamos. El silencio pesa sobre nosotros. Espantado de la
siniestra calma, huyendo de mí mismo, recito unos versos de
Verlaine[114]:

---

aparece literariamente recreado en *La voluntad* (II parte, cap. IV), *Camino
de perfección* (caps. XXVII y XXVIII) y *Luces de bohemia* (esc. VIII); como
escritor, J. Martínez Ruiz se refiere a él indicando su «elegancia aristocrática e intachable», «Hipérboles», *Progreso* (16 de diciembre de 1900), cit.
por el Apéndice de A. Robles Egea, «Algunos datos desconocidos sobre la
evolución política del joven Martínez Ruiz (1899-1901)», en *José Martínez
Ruiz (Azorín),* ob. cit., pág. 124.

[113] Cfr. «Del editor al lector».

[114] Se trata de la *Chanson d'automne* de Verlaine, uno de los poemas
de la serie «Paysages tristes», incluida en *Poèmes saturniens* (1866). El interés de J. Martínez Ruiz por este poema es bien patente, pues, con anterioridad, también lo había reproducido en el relato «Paisajes», de *Bohemia* (Madrid, V. Vela impresor, 1897, págs. 72-73). Junto a Baudelaire,

Les sanglots longs
Des violons
De l'automne,
Blessent mon coeur
D'une langueur
Monotone.

Tout suffocant
Et blême, quand
Sonne l'heure,
Je me souviens
Des jours anciens
Et je pleure.

Et je m'en vais
Au vent mauvais
Qui m'emporte
Deça, delà
Pareil á la
Feuille morte[115].

Rimbaud y Mallarmé, Paul Verlaine (1844-1896) viene considerado como uno de los maestros inspiradores y fundadores del movimiento simbolista. Entre su vasta producción, cabe señalar, por la ruptura que supuso en el ambiente literario de la época y por constituirse en punto de referencia de los jóvenes poetas, *Les poètes maudits* (1884), donde exaltaba a los oscuros poetas dignos de gloria que conducían una vida bohemia y miserable: Rimbaud, Mallarmé, Corbière, Villiers de l'Isle-Adam, y él mismo, bajo el anagrama de Pauvre Lelian. De la extrema atención a la musicalidad del lenguaje extrajo la fuerza de su poética: el intento de dar a la sensación una forma inmaterial de puro sonido. *Art poétique*, en efecto, inicia y concluye con los siguientes versos: «De la musique avant toute chose, / [...] / Et tout le reste est littérature.» En la Casa-Museo Azorín, de Monóvar, se conserva un ejemplar perteneciente a J. Martínez Ruiz de Paul Verlain, *Choix de Poésies*, París, Eugène Fasquelle Éditeur (Bibliothèque-Charpentier), 1898; dicha selección, además de la *Chanson d'automne* (págs. 27-28), incluye el célebre poema *Art poétique* (págs. 250-251), que, con lápiz rojo, se encuentra muy subrayado, prueba evidente de la atención con que lo leyó J. Martínez Ruiz.

[115] *Los largos sollozos / De los violines / Del otoño / Hieren mi corazón / De una indolencia / Monótona. // Sofocante / Y pálido, cuando / Da la hora, / Me acuerdo / De los días pasados / Y lloro. // Y me voy / Con el viento malvado / Que me lleva / De aquí para allá / Igual que una / Hoja muerta.*

El silencio torna; la melancolía flota en el aire. Los ojos de mi amigo llamean un instante; yo, hundido en un sillón, pienso... A lo lejos suena el campaneo cristalino de un convento.

22 Noviembre (12 mañana)

Hoy he visto en la catedral a Pecuchet —fabricante de quesos en Amsterdam, o de agujas en Manchester. Le decía admirado a un cicerone, ante el coro monumental de Berruguete[116]:

Que tout ceci doit avoir coûte cher![117]

22 Noviembre (7 noche)[118]

He visto, al anochecer, en el Museo, un portentoso busto de Alonso Cano[119]. Pocas impresiones he tenido tan profundas. Es la escultura esta, una monja en éxtasis, le-

---

[116] Se refiere al Coro de la Catedral de Toledo, una de las muestras más importantes del renacimiento castellano, obra del pintor y escultor Alonso de Berruguete (1488-1561), famoso por sus retablos de estilo manierista (el de los Irlandeses en Salamanca, el de la Epifanía en Valladolid, etc.). Una buena parte de su obra «toledana» fue destruida durante la Guerra Civil.

[117] *¡Cuánto debe de haber costado todo esto, querido!* Sobre Pecuchet, véase la nota correspondiente de la entrada del 2 de marzo (1899).

[118] En la anterior entrada del 20 de noviembre y en la sucesiva del 23 del mismo mes de noviembre, a las 7 horas postmeridianas el *Diario* hacía corresponder con la «tarde», mientras que en la presente entrada corresponden a la «noche». Tiene que ver esto, quizá, con la manifestación del «tiempo interior» del sujeto, con la *durée* bergsoniana, es decir, la manifestación de una percepción de la temporalidad que no hace del Tiempo una entidad matemáticamente divisible en partes iguales y correspondientes, sino función de los ritmos vitales y estados psicológicos del sujeto.

[119] Alonso Cano (1601-1667), arquitecto, escultor y pintor, es uno de los mayores representantes del arte barroco español. Se formó en la escuela sevillana de Francisco Pacheco, donde coincidió con Velázquez; condujo una vida turbulenta y accidentada, desde la cárcel y la persecución a la cumbre de la fama artística bajo la protección del Conde-Duque de Olivares. Entre sus obras más representativas cabe destacar *La maternidad de María* y las esculturas de la catedral de Granada.

vantada la cara, mirando al infinito los ojos, arrobada, ansiosa... Y es tan firme, tan enérgica, tan sincera la expresión toda, que viendo esa maravillosa monja se ve el espíritu vivo, la fe, el fervor, los dolorosos trances de la divina Mujer de Ávila.

Yo amo a esa atormentada mujer con amor apasionado y mórbido[120]. ¿Qué artista no la amará? Teresa de Jesús es nuestra. Representa la fe omnipoderosa, el desprendimiento profundamente artístico de las terrenas cosas, el an-

---

Alonso Cano estuvo, en efecto, en Toledo durante los años 1650 y 1651, controlando los trabajos de la catedral; sin embargo, los catálogos actuales de la crítica de arte no le atribuyen ninguna obra similar a la descrita en el *Diario* (sí se le atribuye, en cambio, entre las primeras obras de su período sevillano, una *Santa Teresa* hecha por encargo del Colegio de los Carmelitas de San Alberto, hoy del Buen Suceso). Lo que sí hay en Toledo, y es a lo que, sin duda, se refería J. Martínez Ruiz, es un busto «anónimo» de Santa Teresa, del siglo XVII, que se conservaba en el antiguo Museo de San Vicente (donde lo pudo contemplar nuestro autor), cuyos fondos, tras su cierre, fueron trasladados al Museo de Santa Cruz. Dicho busto formó parte de la exposición *Santa Teresa y su tiempo* celebrada en Ávila y Madrid en 1970. Hay también en Toledo, además, un éxtasis de Santa Teresa, en cobre, pintado por Bernini, que se conserva en el Convento de las Carmelitas, pero, siendo un convento de clausura, es poco probable que J. Martínez Ruiz pudiera verlo. El texto, de todos modos, habla que «Museo», y no de convento. En cualquier caso, el «error» del *Diario* está perfectamente justificado, pues a principios de siglo era muy natural la atribución a Alonso Cano de obras escultóricas del barroco religioso que la crítica hoy no le reconoce como propias (algo similar ocurría con Martínez Montañés y Pedro de Mena). A este propósito, pueden verse: L. Gutiérrez Rueda, *Iconografía de Santa Teresa*, núm. extraordinario de la *Revista de Espiritualidad* (Madrid), tomo XXIII, 1964; J. Nicolau, «Santa Teresa en el arte español», *Toletvm*, núm. 15, 1984, págs. 111-125. Agradezco a D. Juan Nicolau sus valiosas informaciones al respecto y la ayuda prestada en la localización del busto de Santa Teresa.

[120] Nótese el paralelismo de esta declaración del artista-enfermo a Santa Teresa con la declaración a *Ella* consignada en la entrada del 12 de noviembre (1899): «Quiero apasionadamente, brutalmente a esta mujer pálida.» El adjetivo «mórbido» puede tener un doble valor semántico: suave, delicado, o morboso, enfermizo. En el primer caso, la frase establecería un contraste que haría oscilar el amor entre la fuerte pasionalidad y la dulce ternura; en el segundo caso, sin duda más adecuado al simbolismo decadentista de la obra, este amor del diarista estaría ligado a las raíces mismas de la «enfermedad».

sia del infinito, el vuelo firme y sereno al ideal. Iluminada, abstraída, bravío espíritu en achacoso cuerpo —peregrinea a través de toda España, sufre hambres, pasa fríos, funda pobre y desamparada numerosos conventos...[121]

Mientras caía la tarde, entre las últimas claridades del crepúsculo que bajaban por las altas ventanas góticas, yo he sentido palpitante el espíritu de Teresa de Jesús en este maravilloso busto de Alonso Cano... en la boca angustiada, en la frente irradiadora, en los ojos comprensivos, extáticos, suplicantes.

23 Noviembre (12 mañana)

Mi amigo el gobernador, tiene en sórdido encarcelamiento sus cigarros habanos. Cada día, después de comer, entrega las sonadoras llavecitas al criado, y el criado vuelve con los cigarros pedidos... Arte, ideal, dejadez aristocrática y supremo desdén de las mundanas pompas, todo desaparece en este gran señor y gran artista cuando las llavecitas tintinean. Anoche, hablamos hasta la madrugada en su des-

---

[121] «... Tenía el temple de alma de los grandes artistas, la voluntad de los guerreros legendarios, la fe de los primitivos cristianos. [...] Era alta, esbelta, blanca y carnosa de cara; oscuro el cabello, los ojos negros, expresivos; de imponente severidad cuando graves, de alegría infantil cuando risueños», J. Martínez Ruiz, «Una mujer (Silueta)», *Madrid Cómico*, 22 de enero de 1898. La admiración de nuestro autor por Santa Teresa está desligada de los contenidos religiosos de su fe: admira la fuerza de su fe, su férrea voluntad, su capacidad de entrega a los ideales. Tal es así que no dudará en ponerla al lado de uno de los padres del anarquismo: «Casos tan tremendos de voluntad indómita, se llaman: en la Revolución, Proudhon; en la Tradición, Teresa de Cepeda», *La evolución de la crítica*, Madrid, Librería de Fernando Fe, 1899, pág. 56. Es la fortaleza de su fe y su firme voluntad la que reivindica en «La energía española» (*Revista Nueva*, 25 de octubre de 1899) y en *El alma castellana* («¿Hay espíritu español más enérgico e indomable que el de la mujer de Ávila?», ob. cit., pág. 115), y lo que hace de ella un modelo ejemplar para combatir el *marasmo* ambiental y la *abulia* que aquejaban al sujeto *fin de siècle*. Sobre la relación de nuestro autor con la Santa de Ávila, puede verse: S. Riopérez y Milá, «Santa Teresa en la obra de Azorín», en *Revista de Espiritualidad*, núm. 87-89, 1963.

pacho. En un velador, la caja de los habanos mostraba sus plateados fajos. Nos despedimos, y mi amigo cogió la caja y se la puso bajo el brazo. Y yo, a lo largo de los destartalados salones, mientras me acompañaba a la puerta, pensaba, viendo el diminuto cajón fervorosamente cogido, en las eternas impurezas que aun a los más altos espíritus encadenan a la realidad dolorosa[122].

23 Noviembre (7 tarde)[123]

Este divino Greco me hace llorar de admiración y de angustia. Sus personajes alargados, retorcidos, violentos, penosos, en negruzcos tintes, azulados violentos, violentos rojos, palideces cárdenas —dan la sensación angustiosa de la vida febril, tumultuosa, atormentada, trágica. ¡Qué retrato el del Cardenal Tavera![124] Irradia luz sombría su cara

---

[122] Consideración schopenhaueriana que localiza en la vida la fuente del dolor, a la vez que indica la dificultad del camino de la negación de la voluntad de vivir. Repárese en el *sueño schopenhaueriano* hábilmente descrito por J. Martínez Ruiz en «El fin del mundo», publicado en *Madrid Cómico* (18 de junio de 1901) y ahora recogido en Azorín, *Artículos olvidados de J. Martínez Ruiz (1894-1904)*, ob. cit., págs. 189-192.

[123] Esta entrada del *Diario* se reprodujo también en el artículo «El Cardenal Tavera», de J. Martínez Ruiz, publicado en la revista *Mercurio* el 3 de marzo de 1901.

[124] *El cardenal Juan de Tavera* (c. 1608), óleo sobre tela (103 x 82 cm.), se conserva en el Hospital de San Juan Bautista, en Toledo. «Domenico Theotocópuli, bajo la insignificancia de nuestras actitudes cotidianas, sabía inquirir el gesto único, aquel gesto que sólo ha de restituirnos la muerte. En el hospital de San Juan Bautista está colgado a la sombra del presbiterio el retrato del Cardenal Tavera. Una figura monástica, de ojos cavados, macerada la sien. Domenico Theotocópuli parece ser que no ha visto nunca a ese terrible místico, y alguien cuenta que la pintura donde le representa es una evocación hecha sobre la máscara mortuoria calcada por Alonso Berruguete. Confirmado está en papeles viejos que cuando el pintor cretense llegó a la ciudad castellana ya se cumplían treinta años desde que había pasado por el mundo el prócer Cardenal D. Juan de Tavera. Pero la máscara, donde la muerte, con un gesto imborrable, había perpetuado el gesto único, debió ser como la revelación de una estética nueva para aquel bizantino que aún llevaba en su alma los terrores del milenario y las disputas alejandrinas», R. Valle-Inclán, *La lámpara maravillosa*, ob. cit., pág. 152.

larga, angulosa, huesuda, tintada de gris, hundidos los ojos, secas las mejillas, rígida, autoritaria, fanática. El brazo extendido, la fina mano puesta sobre el diminuto breviario —viven y se mueven, tienen la expresión de la actitud imperativa, de la altivez del magnate, de la fuerza cerrada y bárbara del dogma. Todas las manos del Greco son violentas, puestas en extraordinarias actitudes de retorcimientos, crispaduras, súplicas, éxtasis. Todas sus caras son largas, cenceñas, amojamadas, pizarrosas, cárdenas. Theotocópuli pinta el Espíritu: es el pintor de la Esencia. Ved los grandes y acongojados ojos de su retrato. Exasperado, febril, loco, lucha ante el lienzo, pinta, repinta, borra, vuelve a pintar; se cansa, se fatiga, se extenúa —hasta que la visión exacta queda limpia, fija, inalterable en mancha sombría, en «crueles borrones», en tormentoso dibujo que expresa el dolor, la fe ardiente, la ingenuidad, la audacia, la fuerza avasalladora de un pueblo de aventureros locos y locos místicos...[125]

24 Noviembre

De vuelta en Madrid.

25 Noviembre

¿Por qué me quiere a mí? Es una mujer extraordinaria; no se asusta de nada, no se admira de nada. Es una virgen sabia, fuerte e impasible, más adorable que las vírgenes ingenuas y alocadas[126]. ¡Sonríe siempre tan tristemente! Su

---

[125] Nótese cómo a través de la contemplación estética del lienzo, el diarista logra la «visión» del modo de trabajar de El Greco. Repárese también en cómo esta descripción del modo de trabajar del pintor toledano guarda una relación de estrecha correspondencia con los atributos de la escritura del artista-enfermo-autor del *Diario* expuestos en la entrada del 25 de febrero (1899). Y nótese, además, que lo que late en el fondo de estas descripciones son los atributos del «genio».

[126] Dolores Dobón Antón sostiene que la *mujer ideal*, «Para el modernismo es un ídolo de perversidad: la hetaira, Salomé, Dalila, la mujer vampiro. Para los escritores del 98 es la Virgen; esa Inmaculada Concepción que en Ganivet se identifica como una España ideal con una espe-

sonrisa es de una piedad inacabable: todo lo perdona, todo lo compadece. Su espíritu parece abstraído de los mundanos tráfagos y terrenas miserias. Diríase que vive sobre la tierra *interinamente*. Cuando se levanta, cuando se sienta, cuando hace un movimiento cualquiera, su gesto de elegante dejadez, de artístico cansancio, atrae y poderosamente sugestiona...[127]

10 Diciembre

Es impasible[128]. Habla poco; no insiste; insinúa. No tiene nunca ruidosas admiraciones, ni muestra nunca destemplado enojo. Esta tarde, manejando un reloj de oro, se le ha caído desde la mano al suelo; lo ha recogido; lo ha puesto un momento junto al oído. Y no he podido adivinar por el gesto, si se había roto la frágil maquinilla o continuaba andando.

Viste siempre de negro —traje sencillo, liso, sin gasas, cintas ni pomposos arreos. Por sus gestos, por su tocado,

---

ranza de futuro y que en Unamuno es la Madre Virgen sin cuya intercesión el hombre no puede realizarse». Por lo que hace a nuestro caso concreto, más adelante afirma: «Para el autor del *Diario de un enfermo* el carácter angélico de la amada aparece expresado en una serie de rasgos que la convierten en una viva encarnación del Ideal. Utilizando la contraposición evangélica de las vírgenes alocadas y las vírgenes sabias, el narrador se extiende en esta sabiduría, desplegándola en unas cualidades angelicales», *El intelectual y la urbe: Clarín maestro de Azorín*, ob. cit., págs. 11 y 110, respectivamente.

[127] Los elementos que conforman el carácter de esta *mujer ideal* (piedad, distanciamiento del mundo, esencial espiritualidad, dulce complacencia, elegante dejadez, artístico silencio, exterior indiferencia, impasibilidad, etc.) tienen un fundamento filosófico en la *pietas* schopenhaueriana, es decir, en esa radical coparticipación en el dolor y sufrimiento ajenos. Schopenhauer distingue entre *eros* y *agàpé*: «El egoísmo es *eros*; la piedad es *agàpé*», *Die Welt als Wille und Vorstellung*, § 67. Es el reconocimiento como *propio* del «dolor del mundo» *(Ella* «todo lo perdona, todo lo compadece») lo que pone al sujeto en camino de la negación de la voluntad de vivir y del consiguiente desprendimiento de su subjetividad (egoísmo).

[128] Recuérdese que la *impasibilidad* es el imperativo ético que lleva asociado la estética del reposo: «Vivamos impasibles» (20 de mayo de 1899).

por sus movimientos, es una de esas mujeres, rarísimas, que encarnan la adusta y noble elegancia castellana, casi por completo perdida...[129]

Paseamos algunas tardes. Por las alamedas del Retiro[130], vagamos lentamente. Al volver, un momento nos paramos en la puerta. Mientras, ella[131] se quita discretamente el guante, y al despedirnos, en silencio, yo siento inerte entre mis dedos su mano —larga, fina, sedosa[132].

20 Enero 1900

Nos casamos. Nadie lo ha dicho; pero en el gesto, en los silencios, en el ambiente leo bondadoso deseo de acceder todos a lo que con frase grosera y brutal pudiera llamarse «su último capricho».

Hoy ha quedado oficialmente decidida la boda. Siento al escribir estas líneas una extraña emoción. ¿Será *mía* esta ideal mujer? Encuentro este posesivo repugnante y bárbaro...[133] La emoción me hace temblar; tengo fiebre; no sé si alegrarme; no sé si contristarme... Por fin, va a ser *mía*...

---

[129] Recuérdese lo dicho en la nota relativa al 11 de diciembre de 1898 sobre la configuración de la imagen de *Ella* como síntesis de los atributos positivos de la mujer castellana.

[130] Se refiere a los madrileños Jardines del Buen Retiro.

[131] Es la primera vez que «ella» aparece en el *Diario* con caracteres redondos y no cursivos; quizá se quiera indicar con ello el establecimiento formal de «relaciones» entre ambos personajes, algo que, consiguientemente, habría de dar al personaje femenino una nueva dimensión en la consideración del diarista.

[132] Nótese el vago paralelismo que corre entre la descripción de la mano de *Ella* y la de la mano de la momia de la niña en la entrada del 20 de noviembre (7 tarde). Nótese también cómo la mano de *Ella*, a través del adjetivo «inerte», se liga a un ejercicio simbólico que hace de la muerte una presencia constante que recorre de principio a fin el *Diario*.

[133] «[...] Y lo mismo del matrimonio: propiedad de una mujer, que se tiene como se tiene una máquina; exclusivismo del goce sexual en determinada hembra; institución que se mantiene por la fuerza», J. Martínez Ruiz, «Crónica», *El País* (7 de febrero de 1897), cit. por Azorín, *Artículos olvidados de J. Martínez Ruiz*, ob. cit., pág. 106. El joven J. Martínez Ruiz se mostró desde temprano como un fogoso crítico del matrimonio y como un defensor ferviente del amor libre y del incipiente feminismo

El posesivo torna a mi espíritu tenaz y persistente; esta mezquina idea, feroz idea de la posesión —de una cosa, de una mujer— me exaspera. Contra mí, sube a mí y se descubre el fondo de bestia humana que la autoeducación ha ido apagando[134]. Siento una íntima repulsión; siento un ín-

finisecular. La crítica de la institución matrimonial aparece en el contexto de la crítica anarquista del entramado social que mantenía en pie las estructuras de poder vigentes entonces: patria, religión, Estado, matrimonio (cfr., por ejemplo, «La huelga de hijos», *El Mercantil Valenciano* (16 de febrero de 1894), o la crónica anteriormente citada de *El País*). «Cuando en todas partes se predica la insurrección contra la tiranía, ¿por qué predicar esa monstruosidad de una mujer sometida a las crueldades de un marido brutal?», *La Literatura*, Madrid, Librería de Fernando Fe, 1896, págs. 36-37. En dos de los cuentos incluidos en *Bohemia*, «La ley» y «Envidia», la denuncia del matrimono se configura a través de una dura crítica de la paternidad biológica y de la defensa del divorcio y del amor libre, en una línea que habría de llevar a J. Martínez Ruiz a asumir la defensa de las posiciones feministas de Belén Sárraga («Crónica», *El País*, 14 de febrero de 1897). Por otro lado, el radicalismo de los artículos de J. Martínez Ruiz contra el matrimonio y la propiedad ocasionó su temprana salida del diario *El País* en febrero de 1897; su «Crónica. Para X, recién casado» *(El País*, 23 de enero de 1897), terminaba así: «Voto por el amor libre, por la desaparición del matrimonio. [...] Yo voto por el amor libre y espontáneo; por la independencia de la mujer, igual al hombre en educación y en derecho; por el placer de las pasiones sinceras; por el goce pleno de la Naturaleza, maestra de la vida...» Todavía en 1904 J. Martínez Ruiz manifestaba abiertamente sus críticas al matrimonio y su defensa del divorcio («Yo soy partidario del divorcio»), como puede verse en su artículo de contestación a la encuesta promovida por *Colombine*, titulado «El divorcio» y publicado en el diario *España* el 23 de enero (aunque hay que notar que el tono de esta respuesta mira más a defender la libertad individual que a reparar la situación de injusticia que padecía la mujer). Como contraste, el 30 de abril de 1908, en la madrileña iglesia de San José, José Martínez Ruiz (o quizá Azorín) se casaba con doña Julia Guinda Urzanqui; pero esto es ya otra historia.

[134] Dentro de la oposición inteligencia/voluntad, la educación (o autoeducación) juega un papel de primera importancia en favor del intelectualismo y en detrimento de la espontaneidad. «Nos enseñan a ser modosos, que es estar continuamente quietos; nos dicen que la vida no es placer y rebeldía, sino dolor y resignación; quitan de nuestras almas la generosidad y la franqueza, y ponen la cautela y la hipocresía. [...] Y entonces en este colegio —de jesuitas o de escolapios— encontramos la misma aversión de la escuela y de la casa hacia la espontaneidad; la misma imagen de la vida, dolorosa, no placentera; la misma desconfianza bárbara hacia lo sincero, lo rebelde y lo libre. Y nuestro temperamento irá plas-

timo placer. Horas y horas paso analizándome, devorando a solas esta sensación multiforme, voluptuosamente perdido en la penumbra del crepúsculo.

25 Enero

Se ha convenido en que nos casemos en Lantigua[135], donde la familia tiene su vieja casa solariega.

---

mándose y moldeándose sobre esta educación y sobre este medio. La obra será fatal e indestructible; sobre nuestro cerebro, por toda nuestra vida, pesarán como losas de plomo los largos años pasados en los claustros, los silencios interminables en las salas de estudio, el voltear infecundo de las lecciones en la memoria, el convencimiento íntimo, imborrable, de que contra las amarguras y catástrofes del mundo no cabe sino la resignación cristiana. [...] Sí, sí, la educación intelectualista y clerical de los pueblos latinos es la abolición de la juventud: es la abolición de todo lo grande, de todo lo fuerte, de todo lo jovial, de todo lo generoso que hay en el animal humano», «La educación y el medio», *El Globo* (4 de junio de 1903), cit. por Azorín, *Artículos olvidados de J. Martínez Ruiz*, ob. cit., págs. 224-226. Con anterioridad, en el Epílogo de *La voluntad*, concretamente en la II carta de J. Martínez Ruiz a Pío Baroja, la decadencia individual y social se atribuye a los efectos de la educación: «Hace cincuenta años se estableció en Yecla un colegio de escolapios; la instrucción —que no es precisamente la felicidad— es posible que se haya propagado, pero el colegio ha traído la ruina del pueblo. [...] Cincuenta años han bastado para formar en esta ciudad un ambiente de inercia, de paralización, de ausencia total de iniciativa y energía», ob. cit., pág. 291.

[135] Nombre de alusividad evidente tras el que se oculta la ciudad de Yecla. De Yecla era natural el padre de José Martínez Ruiz, y en Yecla, en el Colegio de los Escolapios, José Martínez Ruiz cursó sus estudios de bachiller. «El nombre de Lantigua es harto conocido por todo lector de Galdós, ya que, como se recordará, es el apellido de Gloria (la protagonista de la novela así titulada). A mi ver, lo mismo que en esta novela galdosiana, el nombre de Lantigua, aplicado a nuestro pueblo [Yecla], suscita una serie de connotaciones que nos llevan a la milenaria España —acaso, a la caduca España—. A los pueblos símbolos que tanto abundan en la literatura realista y en la del 98. Por sólo citar los más conocidos: la Vetusta de Clarín, la Orbajosa de Galdós y el barojiano Alcolea del Campo. Y, claro está [...], a la Yecla de *La voluntad*», M. Martínez del Portal, «Yecla en la obra de J. Martínez Ruiz», en *Homenaje a Azorín en Yecla*, Mariano de Paco (coord.), Murcia, Caja de Ahorros del Mediterráneo, 1988, pág. 92. En efecto, Yecla, con su propio nombre, iba a convertirse, en *La voluntad*, explícitamente (Epílogo, II carta), en la ciudad-símbolo de la

Lantigua es un poblachón manchego, triste, sombrío, tétrico. Esta mañana, al llegar, he visto de lejos la mancha parduzca de sus caserones medio velada por la bruma. Las campanas tocaban; negro, denso, espeso, el humo en la serenidad de la atmósfera, ascendía lento en derechas columnas y se disgregaba suavemente manchando de ligero gris el cielo. En las calles, solitarias, respirábase el acre olor del humazo de leña. De trecho en trecho, una vetusta casa con sus anchas y salientes rejas, rompe la blancura de las bajas casitas enjalbegadas. Madrugadoras, las mozas barren los zaguanes de albas paredes con zócalos de violento azul bordeado de negro; colgada vistosamente en el testero, resalta sobre el vívido fondo de cal, la refulgente espetera con sus variados trebejos —redondeles, cazos, calentadores, almireces— de dorado y aljofifado metal. Rastreante, apoyada en una muletilla, el rosario en la mano, una vieja pasa y desaparece por la puerta de la lejana iglesia. Las campanas, espaciadas, tocan cristalinas. Allá abajo, al final de una calleja sucia, resalta el verde intenso del temprano alcacel, el intenso azul del cielo.

---

vieja España, aquel «medio» cruel que había plasmado el carácter y la personalidad de Antonio Azorín, el personaje-símbolo de la abulia finisecular, de la ausencia de ideales y de la falta de voluntad: «Lo que sucede en Yecla es el caso de España [...] el porvenir de Yecla es el porvenir de España entera», ob. cit., págs. 292-293. Posteriormente, en *Las confesiones de un pequeño filósofo,* Yecla iba a configurar el espacio literario del intimismo de J. Martínez Ruiz. Ahora bien, entre Lantigua y la Yecla de *La voluntad* hay un salto notable: el potencial simbólico de Lantigua no está conectado aún con los planteamientos del «problema de España», como hemos visto que sucede con la Yecla de *La voluntad.* En este «salto» creo advertir el papel fundamental que juega al respecto la Yécora barojiana de *Camino de perfección,* es decir, cómo la imagen literaria que Baroja crea de Yecla (Yécora) actúa de acicate en J. Martínez Ruiz y le hace dar el salto de Lantigua a «Yecla», a la ciudad-símbolo del «problema de España». Lantigua es fundamentalmente el telón de fondo de las desventuras amorosas del artista-enfermo; carece del protagonismo y de la fuerza simbólica de la Yecla de *La voluntad.* Ahora bien, el simbolismo de su nombre y su descripción la hacen portadora de un tímido potencial simbólico que se mueve entre crítica amarga («poblachón manchego, triste, sombrío, tétrico») y la atracción y fascinación de la *vida provinciana,* de clara raíz rodenbachiana, que, después, Azorín desarrollaría magistralmente en *Los pueblos (Ensayos sobre la vida provinciana),* su primer libro.

La ciudad despierta: el áspero rastrear de los caballetes de los arados, mézclase a los largos gritos de los vendedores. En la lobreguez de una fragua, tintinean sobre el yunque los robustos machos; cepilla en plena calle un aperador el amarillo varal de un carro —y enfrente, ante un derruido portalón, una mujer, pausada, va tendiendo blanca ropa en cuerdas sostenidas por nudosas perchas.

La ciudad despierta. Disipada la niebla, perdido el humo, reverberan en lo alto de la colina, por encima de los tonos negros de los tejados, las blanquecinas paredes de la ermita[136].

29 Enero

Esta madrugada se ha celebrado la boda en *la Iglesia Vieja*[137], antiquísima iglesia mudéjar[138]. Me ha parecido un

---

[136] Es probable que se refiera al Santuario de la Virgen del Castillo, también conocido en Yecla como Parroquia de Arriba.

[137] Iglesia de la Asunción, también conocida entre los yeclanos como Iglesia Vieja. Su construcción, según consta en los «Fragmentos históricos de la villa de Yecla» (1777) de Cosme Gil Pérez de Ortega, es de 1452, aunque es probable que sea algo posterior. Posee una esbelta torre renacentista con un interesante friso de enigmáticas cabezas; a este propósito, puede verse: M. López Campuzano, «Aproximación a la simbología de las "caras" de la Iglesia Vieja», *Yakka. Revista de Estudios Yeclanos*, núm. 4, 1992-1993, págs. 35-40. Sobre la Iglesia Vieja, en general, también pueden verse: F. J. Delicado Martínez, «La Iglesia Vieja de Yecla. Apuntes para un estudio de su arquitectura y escultura», *Archivo de Arte Valenciano*, 1982, págs. 92-97; J. Puche Forte, «La Iglesia Vieja», *Se hace saber* (Yecla), núm. 7, 9 y 10, 1985. Aparece con el nombre de «iglesia de la Asunción» en el Prólogo de *La voluntad*, y como «iglesia Vieja» en los capítulos I y XV de la I parte de esta misma obra (ob. cit., págs. 57, 63 y 138). La Iglesia Vieja fue el símbolo de la ciudad hasta la construcción, en el siglo XIX, de la Iglesia Nueva, de cuyo evento J. Martínez Ruiz dejó fiel testimonio en el ya citado Prólogo de *La voluntad*.

[138] No es mudéjar la Iglesia Vieja; la única iglesia mudéjar de Yecla es la de San Roque, en cuya fachada puede leerse una placa de Azorín: «San Roque es una iglesia diminuta, acaso la más antigua de Yecla. Se reduce a una nave baja, de dos techos inclinados, sostenidos por un ancho arco ligeramente ojival... Algo como el espíritu del catolicismo español, tan austero, tan simple... Algo como el alma de nuestros místicos inflexi-

poco humillante el «acto». Vestida de negro, como siempre, la mancha pálida de su cara resaltaba en las tinieblas de la iglesia a la luz de los cirios. De rodillas, en el instante supremo bajos los ojos, cerrados los ojos, parecía una muerta. He temblado ligeramente al pronunciar el decisivo monosílabo.

Durante todo el día hemos recibido visitas de deudos y amigos. Al anochecer, en la ancha cocina de campana, en círculo ante el fuego, todos los parientes de Lantigua estaban reunidos: tíos y tías, primos y primas... En el hogar ardían troncos de olivo y gruesas tortas de piñuelo. Hablábamos de cosas frívolas; de cuando en cuando, el tío Marcos —gordo, calvo, con su caído bigote romo y su larga cadena de oro pasada al cuello— sacaba sus apechusques[139] de viejo fumador y golpeaba metódicamente el pedernal con el acero[140].

La tía Cándida ha entrado. Octogenaria, chiquita, doblada, acartonada, perdida la diminuta cara en la negrura de su limpia mantellina[141] —la tía Cándida es la más ve-

___

bles; algo como la fe de un pueblo ingenuo y fervoroso, se respira en este ámbito pobre». Cfr. a propósito, F. J. Delicado Martínez, «Una aproximación al mudéjar del siglo XVI murciano: la ermita de San Roque y San Sebastián de Yecla», *Yakka. Revista de Estudios Yeclanos*, núm. 5, 1994, págs. 91-106.

[139] Voz popular que se refiere al conjunto de los utensilios necesarios para llevar a cabo la acción de fumar.

[140] Hay una apreciable correspondencia descriptiva entre los personajes del tío Marcos, del *Diario,* y del tío Antonio de *Las confesiones de un pequeño filósofo* (cap. XXIX): «orondo después de la comida, repantigado en su sillón, dando con el acero sobre el pedernal unos golpecitos menudos rítmicos que hacen temblar su sotabarba», ob. cit., pág. 132. Miguel Ortuño Palao hace «corresponder» el tío Antonio de *Las confesiones...* con Antonio Martínez Soriano (1836-1899), tío efectivo de J. Martínez Ruiz («Figuras reales de Azorín», en *Homenaje a Azorín en Yecla*, ob. cit., pág. 130).

[141] En el caso de la tía Cándida, el «parecido» con la tía Bárbara, de *Las confesiones de un pequeño filósofo* (cap. XXVII), resulta aún más apreciable: la tía Bárbara «era una vieja menudita, encorvada, con la cara arrugada y pajiza, vestida de negro, siempre con una mantilla de tela negra», ob. cit., pág. 123. Como en el caso anterior, Ortuño Palao sostiene la correspondencia de la tía Bárbara de *Las confesiones...* con Bárbara Martínez Yuste, tía carnal del padre de J. Martínez Ruiz («Figuras reales de Azorín», cit., pág. 131).

nerable institución de la familia. Todos nos hemos levantado respetuosamente. La tía Cándida le ha cogido las manos, y no pudiendo llegar a su rostro, se las cubría de besos efusivos; entonces, ella se ha inclinado y la tía Cándida la ha besado en la frente... Breves segundos ha reinado un silencio penetrante, doloroso: los hombres bajábamos la cara; las mujeres, a hurtadillas, llevábanse el pañuelo a los ojos. Yo hacía esfuerzos por no sollozar; los ojos de ella parpadeaban luminosos. En el hogar, las llamas lamían las negras paredes, se agitaban, bailaban.

30 Enero (9 mañana)

A las nueve, nos hemos quedado solos. Yo he cogido la lámpara y hemos subido a nuestro cuarto. Nuestras sombras se agrandaban en los largos pasillos; la pesada puerta de cuarterones ha gemido débilmente. Hemos entrado. Ella se ha sentado en el viejo sofá de seda blanca rameada de verde; encima, sombrío, patinoso, el retrato de un cardenal con su bigote lacio y su perilla, mira hosco en la penumbra. Las flores de la alfombra se alejan esfumándose y se pierden en la negrura de la vasta alcoba. Adentro, destaca una mancha blanca. La luz apenas esclarece las tinieblas del gran salón: brillan en la obscuridad los dorados herrajes de un mueble. La claridad verde de la lámpara ilumina su cara.

Siento una inexplicable indecisión: paseo un momento por la sala; hablo de cosas frívolas. Cada vez que me pierdo en la sombra, veo resaltar en el fondo, bajo la luz, su rostro pálido[142].

---

[142] Repárese en la intensidad del contraste entre la luz y la oscuridad asociado al cromatismo del blanco y del negro: «sombras», «seda blanca», «sombrío», «penumbra», «negrura», «mancha blanca», «ilumina», «luz», «tinieblas», «obscuridad», «claridad», «rostro pálido», etc. Este contraste, no nuevo en el cromatismo del *Diario* (véase L. Bonet, «*Diario de un enfermo*, de Azorín: el momento y la sensación», cit.), se acentúa ahora con una fuerza tal que lo convierte en el auténtico protagonista de la narración de la presente entrada. Su relación simbólica con la oposición entre

Me siento lejos de ella. Después, poco a poco, me voy poniendo más cerca. Mi cuerpo roza ya con el suyo: entonces, ansioso, trémulo, la he cogido con suavidad y la he sentado en mis rodillas.

Son las diez. Un vetusto reloj suena la hora dando discretos golpecitos en una tabla[143]; parece que llama blandamente un amigo cariñoso —el Tiempo[144].

Ella ha sonreído: yo he cogido con mis labios su divina sonrisa.

2 Febrero

Paco Téllez[145] ha venido esta mañana a visitarnos. Noble, opulento, morador único de un viejo caserón, Téllez

---

la vida y la muerte es bastante evidente, y viene reforzada por la aparición en dos ocasiones del color verde («seda blanca rameada de verde», «claridad verde»), color que, según Juan-Eduardo Cirlot (voz «Color» de su *Diccionario de símbolos*, Barcelona, Labor, 1992, pág. 136), simboliza tanto la muerte como la transición de la vida a la muerte.

[143] Cfr. el paralelismo con los «golpes cariñosos» que daba la mano de la momia de la niña en la entrada del 20 de noviembre (7 tarde).

[144] El amor no es una experiencia más del mundo, sino lo que permite una particular experiencia del mismo, la posibilidad del sujeto de acceder a un mundo nuevo. Es, como la vida, un don gratuito, pero su efecto es de un poder tal capaz de transformar en amable complacencia la desolación del gris paisaje que envolvía la vida. Mientras dura, el amor reconcilia al sujeto con la vida; y no es que en él se resuelvan el fracaso, la adversidad y el empobrecimiento de antes, sino que adquieren tintes nuevos. Así, por ejemplo, aquel significado profundo del tiempo (permanente devastación, continuado empobrecimiento hacia la muerte y la Nada), anteriormente expresado en el *Diario* (15 de noviembre de 1898), ahora, a la nueva luz del amor, aparece transfigurado en un «amigo cariñoso». El amor, si no cierra completamente la herida de la vida, al menos mitiga el dolor del *mal de vivre*. A la nueva luz del amor, pues, recobra (o adquiere) la vida del personaje-autor del *Diario* un (nuevo) sentido. Para Lia.

[145] Van a aparecer ahora una serie de curiosos personajes relacionados con la vida monótona de Lantigua (Paco Téllez, D. Román, D. Leonardo) que constituyen el germen de esas «vidas opacas» de provincia retratadas magistralmente por J. Martínez Ruiz en el cap. XXXVIII de su último libro, *Las confesiones de un pequeño filósofo* (ob. cit., págs. 154-156), así como en la dedicatoria de *Los pueblos,* el primer libro de Azorín. Es bastante probable que, al igual que sucede con personajes similares en *La*

es un hidalgo fantástico y genial que afecta la soberana *pose*
de asombrar a sus paisanos. Derrocha su fortuna olímpica-
mente; vive en Madrid y en París[146] a temporadas; viene a
temporadas a Lantigua, y viste extraños gabanes y se toca
con desaforados sombreros que hacen que las buenas lan-
tigüesas se asomen tras los visillos cuando pasa. Va contra
toda corriente y contra toda práctica de pueblo[147]. Trasno-

voluntad (cfr. M. Ortuño Palao, «Figuras reales de Azorín», en *Homenaje
a Azorín en Yecla*, ob. cit., págs. 123-147), estas figuras posean una apoya-
tura real en algunas figuras de la Yecla de entonces, sobre las que J. Martínez Ruiz acaso se basara para, transfigurando la realidad, crear sus personajes literarios. Figuras semejantes aparecen también en *La voluntad*
(Quijano, Val, etc.) y en *Antonio Azorín* (Orsi, don Víctor, etc.). La aparición de estos personajes es muy breve, y cumplen, en la economía del
texto, una doble función: añaden a la vida monótona de provincias una
nota distintiva que, en ocasiones, no hace sino resaltar y reforzar la monotonía misma de esa vida; además, se configuran, dentro del cuerpo del
texto, como una unidad narrativa independiente, como la posibilidad de
un relato autónomo o de una historia dentro de la historia (recurso o estrategia discursiva que acentúa el sentido principal que adquiere la fragmentación en el cuerpo de la novela). Por lo que respecta a Paco Téllez,
creo advertir en él un cierto parecido con el músico Orsi de *Antonio Azorín* (II parte, cap. IV).

146 Walter Benjamin supo reconocer en París la «Capitale du XIXème
siècle» *(Das Passagen-Werk*, en *Gesammelte Schriften*, vol. V-1, Fráncfort,
Suhrkamp, 1991, págs. 60-77), liderazgo que iba a mantener la ciudad del
Sena hasta la Segunda Guerra Mundial. La supeditación artística e intelectual del Madrid de la época con respecto a París es bien conocida; de todos
modos, Madrid no constituía el único centro de irradiación de las modas
parisinas en el resto de España, ni era tampoco la única ciudad española que
mantenía una comunicación «directa» con París: Barcelona tuvo también
un intercambio cultural importantísimo con París. Sobre este aspecto, tan
interesante para entender la relación de la España de entresiglos con la cultura europea, véase el «modelo triangular» (París-Madrid-Barcelona) que desarrolla Vicente Cacho Viu en *Repensar el noventa y ocho*, ob. cit., págs. 13-26.

147 La raíz de estas actitudes del *dandy de provincias* hay que buscarla
en el motivo de *épater le bourgeois*, emblema artístico que mantuvo su vigencia desde el romanticismo hasta la disolución de las vanguardias. *Épater le bourgeois* quería significar el desprecio y radical rechazo de la moral
burguesa y de las formas de vida a ella asociadas; era un grito de protesta
contra el orden social burgués (a este propósito, puede verse: G. Sobejano,
«"Épater le bourgeois" en la España literaria de 1900», *Forma literaria y
sensibilidad social*, Madrid, Gredos, 1967, págs. 178-223). Nótese cómo el
«traslado» de estas actitudes y acciones de rebeldía y de protesta al seno

cha; en el Casino charla contando sus empresas y aventuras hasta la madrugada. Y cuando rompe el alba y la cofradía de *Los despertadores*[148] sale campanilleando y cantando sus oraciones, Paco Téllez y sus amigos —aventureros de pueblo, broncos chulapones, estudiantes inveterados— se retiran taconeando por las desiertas calles.

En las ocasiones solemnes, Paco Téllez viste con afectada negligencia. La otra noche, en una función que dieron unos tristes cómicos, Téllez, con camisa de dormir, el sombrero sobre los ojos, estaba en un palco con los pies sobre la barandilla, causando el asombro de esta minúscula burguesía que todo se lo perdona porque «tiene muchas labores».

Esta tarde, al volver de una esquina, lo he encontrado. Vestía con el atildamiento y pulcritud de un lord una elegantísima levita. —Se marchaba al campo.

10 Febrero

Por un refinamiento de religiosidad artística, pongo especial cuidado en no parecer literato «profesional». El calificativo me repugna; la cosa me repugna más que la palabra. Yo no quiero que ella me vea escribir. Escribir es utilizar la idea: el utilitarismo es la antítesis del arte. Quiero sentir hondamente la belleza a mis solas: no quiero profanarla trasladándola a las cuartillas para que sepa el mundo que yo la siento[149].

---

de la vida provinciana ha desprovisto a las mismas de la carga eversiva que originariamente las acompañaba, añadiéndoles, en cambio, un cierto sentido de ridículo e intrascendencia en su rebajamiento a mero fenómeno de moda.

[148] «Cuando yo dormía alguna vez en casa de mi tío Antonio, si era víspera de fiesta, yo oía por la madrugada, en esas madrugadas largas de invierno, el canto de los *Despertadores,* es decir, de los labriegos que forman la Cofradía del Rosario, y que son llamados así por el vulgo», J. Martínez Ruiz, *Las confesiones de un pequeño filósofo,* cap. XXX, ob. cit., pág. 132.

[149] Conviene, dada la importancia de esta entrada, aclarar los distintos niveles de su discurso. La crítica del arte utilitario y la decisión de no profanar la belleza en una escritura que mira a la «publicación» las hace

Ella me agradece con los ojos esta delicadeza mía. Mi

---

el diarista desde la «ficción literaria» que hace de *Diario de un enfermo* el diario íntimo de un escritor. La idea de un arte antiutilitario y la decisión de no escribir *para* publicar quedan consignadas a la ficción de un cuaderno de notas privadas, y no a la «novela» en forma de diario, lo que constituiría una suerte de contradicción interna. Es el personaje quien habla, desde luego, y lo hace desde la ficción aludida; sin embargo, la crítica del arte «como utilidad» casa perfectamente con las ideas estéticas de J. Martínez Ruiz en esta época. Es cierto que el joven anarquista manifestó al inicio de su andadura artística una acalorada defensa del «arte social» —tal era su *anarquismo literario*. El arte debía ser «social» y «científico», y el ideal del escritor se delineaba desde el modelo del «obrero intelectual» (véase mi artículo «El anarquismo literario de José Martínez Ruiz», cit.). Hay, pues, en nuestro autor, un cambio en la comprensión del arte, entendido como preámbulo de la revolución en sus inicios rebeldes y contestatarios, y como antítesis del utilitarismo en el *Diario de un enfermo*. Ahora bien, este cambio sólo es radical en apariencia; como acertadamente ha mostrado M. A. Lozano Marco («J. Martínez Ruiz en el 98 y la estética de Azorín», cit., págs. 111, 123 y 128), el antiutilitarismo del arte es expresión del rechazo a la subsunción del arte a ninguna causa, social o política que sea, pero, por otro lado, la defensa del «arte puro» que en la época del *Diario* lleva a cabo nuestro autor, reconoce en el arte una cierta función social que, apoyándose en las tesis del sociólogo del arte Jean-Marie Guyau, no iría encaminada al triunfo político de ninguna ideología concreta, sino, más bien, en la dirección de un mejoramiento general de la sociedad a través del mejoramiento de sus individuos: «Y no se comprenderá que este arte inutilitario e incorruptible tiene una utilidad única, excepcional, maravillosa, suprema: porque él hace que nos sintamos todos los hombres unos, solidarios, amorosos, ante estas sensaciones extraordinarias de belleza, que sólo nosotros sobre la tierra somos capaces de sentir y gozar; y porque él, que es producto de la fina sensibilidad de unos pocos, ha afinado la sensibilidad de la masa y ha preparado así una nueva conciencia social», J. Martínez Ruiz, «Arte y utilidad», *Alma Española* (3 de enero de 1904), pág. 5.

En otro orden de cosas, creo percibir un cierto paralelismo entre esta nueva actitud del diarista-artista-enfermo (abandono de la idea de escribir *para* publicar), al que ha llegado en su nuevo estado de enamorado que disfruta los goces del amor, y Fernando, el personaje del último relato de *Soledades*, escritor él también que abandona la literatura para hacer de la vida con su amada una auténtica obra de arte: «haré un libro más hermoso, más grande, más sublime [que el que proyectaba]; haré un libro que no se puede escribir a los cincuenta años, que se ha de hacer a los veinte, con todas las energías, con toda la fe, con todo el entusiasmo de la juventud... Sí, Elís; mi Elís querida... *(Estrechándola entre sus brazos y besándola).* Haremos un gran libro... escribiremos el libro grandioso que se titula AMOR», *Soledades* (cap. XII), Madrid, Librería de Fernando Fe,

mesa está limpia, ordenada, sin muestras de que allí se pena y se trabaja —como la de un político[150].

11 Febrero

A lo lejos, he visto a D.[151] Román. Es un tipo inexpresivo; afeitado, ocultos los ojos tras recias gafas, su cara parece la de una estatua de piedra desgastada por la lluvia. D. Román es «el enterrador de los Pachecos». Hombre de posición holgada, vivía hosco en su casa, inactivo, desamorado, aburrido. Sólo le trataban los Pachecos, tres hermanos —Antonio, Pablo y Lorenzo. La amistad fue estrechándose; de las relaciones de vecindad se pasó á una fraternal alianza. Comía casi diariamente D. Román con los Pachecos; hacía excursiones a sus labores; consultaba con ellos la venta de sus cosechas.

Un día todos cayeron en la cuenta de que era una gran molestia el ir haciendo viajes de una casa a otra. Los Pachecos, puestos los ojos en la hacienda de D. Román, acechadores cautelosos de la herencia, brindaron con su hospitalidad al huraño viejo. Se decidió el traslado. Antonio, Lorenzo y Pablo, ansiosos, astutos, sigilosos, lograron que D. Román se instalara en su casa. Y como a un hijo amado, aquellos tres solteros mozancones, cuidaban al anciano, le mimaban, puesta la mira en el testamento, acudían a sus caprichos, toleraban sus destemplanzas. El pueblo, espec-

---

1898, págs. 110-111. Una actitud esta que sintetiza el nuevo «compromiso» del escritor: «Hagamos que la vida sea artística», J. Martínez Ruiz, «La vida», *Arte Joven* (15 de abril de 1901), pág. 4.

[150] El ataque a la clase política supone una constante en la obra de J. Martínez Ruiz (de «politicastros y cínicos mangoneadores» habla, por ejemplo, en el artículo «La vida», cit., pág. 3), y no está exenta de finas ironías y más o menos veladas alusiones, como la presente, en la que la mesa limpia del político alude claramente a su falta de «esfuerzo» y de «trabajo». Para la ridiculización de la figura del político, véase «Pecuchet, diputado», cit.

[151] La edición de las *Obras Completas* corrige «D.» con «don», dejándose arrastrar, sin duda, por una indicación que, aunque ya incluida en el *Antonio Azorín* de J. Martínez Ruiz, se hizo famosa, sobre todo, como característica del arte azoriniano de *Los pueblos*.

tador envidioso de aquella curiosa lucha por el millón, dio en una frase su dictamen. Los Pachecos «estaban secando» a D. Román.

Y D. Román no se acababa de secar: no se moría.

Pasan los años y los años; el viejo, robusto e intemperante en sus manías, no se muere. La empresa de los Pachecos resulta heroica. La ansiedad los fatiga, los consume, los extenúa.

Un día Lorenzo se siente enfermo: poco después, muere. El viejo, impasible, preside el duelo. —Años después, Antonio, de una apoplejía acaba súbitamente. D. Román, inmutable, acompaña los restos de su amigo. —Pablo más tarde, al volver una noche de la vendimia, siente desasosiego. Se acuesta; a los dos días, expira. Y D. Román, solo, heredero de los tres hermanos que durante años y años le han mimado y regalado, encarga un entierro general, y silencioso, inexpresivo con sus recias gafas de oro, sigue lentamente el féretro del último de los Pachecos *secadores*[152].

20 Febrero

Hemos paseado hoy por la huerta. Débil, extenuada, no puede andar casi. Caminábamos lentamente; nos sentábamos a cada momento. En su limpio traje negro, resalta la mancha pálida de su cara. Está augusta. La energía de su altivo y sereno espíritu no la abandona[153]. Sonríe, sonríe con su levísima sonrisa de piedad.

---

[152] «La codicia de los campos / ve tras la muerte la herencia; / no goza de lo que tiene / por ansia de lo que espera», A. Machado, *La tierra de Alvargonzález* (1912), *Campos de castilla*, cit. por *Poesías Completas*, Madrid, Espasa Calpe, 1989, pág. 518. Hay ya en esta entrada algo de aquel «espíritu noventayochista» que saca a relucir el carácter «sombrío» y «cruel» de los pueblos españoles.

[153] Contrasta la debilidad física de *Ella* con la fortaleza de su espíritu, una cualidad esta que J. Martínez Ruiz ya había resaltado en Santa Teresa: «Acaso no haya producido nunca España tan enérgico e indomable espíritu como el de la santa de Ávila. Pasma la obra por ella realizada. Pobre, desvalida, enferma y sin más que una o dos compañeras, recorrió España entera», «La energía española», cit., pág. 167.

Yo no sé qué extrañas sensaciones experimento a su lado. Me siento inferior a esta ideal y suprema mujer. La adoro, la amo apasionadamente como a un hermoso sueño que se desvanece; y la quiero más a medida que más se desvanece... Sí; se va sonriente, piadosa, tranquila, augusta; se va silenciosamente, como un postrero rayo de sol, como una lámpara que se apaga, como una flor que cae.

La angustia me ahoga cuando pienso en esto.

Esta tarde, a su lado, yo no podía contener mi emoción. Ella, un momento, en que el sentimiento me hacía mirarla ansioso, me ha mirado también y ha leído en mis ojos mis angustias. Ha sido un instante rapidísimo: mis ansiosas miradas suplicaban doloridas que no me abandonase; las suyas firmes e ideales hablaban del Infinito implacable...

21 Febrero

Hemos encontrado esta mañana a D. Leonardo. Inocupado, solitario, rico, D. Leonardo es un genial maniático que en la abrumadora calma de este pueblo divierte sus soledades con extraños temas.

Importó el espiritismo, y durante una temporada todo fueron pases, espíritus, periespíritus, médium y veladores parlantes en el Casino; trajo después la electricidad, y recorrió las casas tendiendo hilos, colocando pilas, haciendo sonar timbres y vociferando en los receptores telefónicos. La electricidad pasó también: algo más trascendental movió sus ansias de ideal: organizó un comité socialista, publicó un manifiesto, dio una conferencia. Los curas clamaron desde el púlpito, el alcalde intervino amistosamente... Y al cabo de dos meses el comité, aburrido, escéptico de sus humanitarios ideales, filosofaba en el destartalado círculo sobre la caza de la perdiz con macho.

Mas D. Leonardo es incansable. Después del socialismo se ha dedicado a la cría del canario, y tiene su casa llena de jaulas y jaulones, encarga catálogos a Holanda, hace cambalaches, intenta disparatados cruzamientos.

A mediodía, sobre las torres de la Iglesia, hemos visto revolotear una bandada de extrañas aves: rojas, verdes, amarillas, moradas, azules. Todo el pueblo se ha conmovido. A los rayos del sol, en el fondo azul del cielo, los revuelos y escarceos de estos pájaros, formaban una fantástica danza de vivísimos colores... Atónitos, contemplábamos, sin comprenderlo, el extraño espectáculo.

Después hemos sabido que D. Leonardo se ha ocupado en pintarrajear sus palomas[154].

1.º Marzo

Se muere, se muere sin remedio. Desde aquí oigo persistente su tos opaca y cavernosa[155]. Una tristeza íntima, anonadante, me llena el alma. Me levanto; paseo aletargado, atontado. Me tumbo en un sofá, jadeante, fatigado... Oigo la tos, oigo la tos... Abro el balcón: anochece. Las sombras envuelven la extensa huerta; un ruiseñor canta; las estrellas parpadean infinitas... Me ahoga la pena; sollozo; gimo; siento ansias de llorar...

---

[154] Tras este frenético activismo de D. Leonardo, late oculto el *tedium vitae* de los pueblos, la *noia* leopardiana y el *spleen* buadelairiano trasladados a la vida de provincias. «Lo que mantiene ocupados a los hombres es el deseo de vivir. Ahora bien, una vez que tienen asegurada su vida, no saben qué hacer; entonces sobreviene otro estímulo en sus vidas: el deseo de liberarse del peso de la existencia, de hacerlo imperceptible, de "matar el tiempo"; en otras palabras, de huir del aburrimiento», A. Schopenhauer, *Die Welt als Wille und Vorstellung,* ob. cit., § 57. Hay algo de ridiculez quijotesca en este febril empeño de D. Leonardo que anima a sus inútiles y despropositadas empresas; nótese, al respecto, que el nombre que da J. Martínez Ruiz, en *La voluntad* (I parte, caps. XII y XIII), a su transfiguración literaria de la figura real del inventor Manuel Daza es, precisamente, el de Alonso Quijano.

[155] Se trata de los síntomas de la tuberculosis, como bien ha visto L. Litvak, «*Diario de un enfermo:* la nueva estética de Azorín», cit. págs. 275 y 276. Nada dice al respecto, en cambio, Luis S. Granjel («Médicos y enfermos en la obra de Azorín», *Baroja y otras figuras del 98,* Madrid, Guadarrama, 1960, págs. 317-335), a pesar de que su estudio se configura como un análisis «médico» de los personajes-enfermos que pueblan las obras de Azorín y de J. Martínez Ruiz.

Y de repente, loco, frenético, grito, rujo, golpeo los
muebles, tiro los libros, rasgo los cuadros, rompo ferozmente espejos, lámparas, cristales. Luego, anonadado, rendido, me siento en un sillón y lloro, lloro como un niño.

3 Marzo

Tengo miedo de que me vea gemir, llorar, romper en
un largo grito de dolor. No quiero ir ante ella... Esta mañana, entre Antonia María —la doncella— y yo, la hemos sostenido mientras daba por el salón un corto paseo.
Después yo me he sentado a sus pies, en la alfombra, y
he leído... Mis palabras caen lentas y sonoras. El poeta
pinta la angustia trágica del alto y generoso espíritu sim-
bolizándola en cierto pájaro marino. El albatros se cierne
gallardo en la inmensidad de los mares. Los marineros en
sus ratos de hastío lo cogen. El albatros, sereno y raudo
en el espacio, marcha desmañado y ridículo sobre cubierta
entre la burla y la algazara de la dotación bárbara. Así el
poeta...

> *Exilé sur le sol au milieu des huées,*
> *Ses ailes de géant l'empêchet de marcher*[156].

---

[156] Se trata de los versos finales del poema *L'albatros* de Charles Baudelaire: «Exiliado y solo en medio del tumulto y del griterío, / Sus alas de
gigante le impiden caminar», véase *Les fleurs du mal*, en *OEuvres Comple-
tes*, ob. cit., vol. I, pág. 10. En realidad, a partir de la frase «El poeta
pinta...», el *Diario* acomete una versión en prosa explicativa de la simbología del poema, dando lugar a un curioso fenómeno de intertextualidad
que pone de manifiesto la importancia y trascendencia de Baudelaire en
la obra de J. Martínez Ruiz. «La poesía verdadera es [...] lo extraordinario, lo *artificial*, si se quiere. El verdadero poeta hace algo más que copiar:
crea, corrige. Corrige la Naturaleza, y al corregirla estampa en ella su se-
llo original, inimitable. Copiar de copias ajenas es labor de máquinas; hacer lo que nadie ha hecho, lo que se desvía de la tradición, es labor de artista. Por eso, para mí Baudelaire es quizás el mayor poeta contemporáneo»,
Anarquistas literarios, ob. cit., págs. 57-58. Para una adecuada exegesis
del poema, véase: A. Prete, *L'Albatros di Baudelaire*, Parma, Nuova Prati-
che, 1994. El joven J. Martínez Ruiz no fue sólo un lector atento de la
poesía de Baudelaire, sino que también manifestó gran interés por sus ensayos de estética; en la Casa-Museo Azorín se conservan, en este sentido,

5 Marzo

Nieva, nieva[157]. Caen anchos y callados copos, revoloteando lentos, pausados, suaves. Toda la huerta está blanca. La silueta blanca de las montañas cierra el horizonte. Los tejados blanquean; blanquean los olivos.

Ha querido levantarse un momento a ver el paisaje. Penosamente ha llegado al balcón. No puede sostenerse. En el balcón, ansiosa, me ha pasado el brazo por el cuello y yo he sentido temblotear junto a mi pecho su cuerpo tenue. La nevada proseguía inacabable; los copos revolotean silenciosos; las canales gotean persistentes.

No ha podido más; se ha sentado rendida. Sus ojos han brillado con suprema tristeza. Yo, la mano puesta en un sillón, clavaba convulsivamente los dedos en el respaldo, y me destrozaba las uñas en la madera por no sentir su mirada extática perderse en la infinita blancura...[158]

20 Marzo

Al amanecer, Antonia María ha entrado presurosa y angustiada en mi cuarto. Ella me llamaba. Me he arrojado precipitadamente de la cama. He ido a su habitación. Al verme, me ha tendido en ansiosa despedida los brazos. Y una bocanada de sangre ha manchado con negruzca mancha la pechera de mi camisa.

---

varias ediciones con evidentes señales de la atención prestada en la lectura: Ch. Baudelaire, *L'art romantique*, París, Alphonse Lemerre Éditer, 1889; *Curiosités Esthétiques*, París, Alphonse Lemerre Éditeur, 1890.

[157] «La neige tombe, indiscontinûment, /[...] / Par à travers l'hiver illimité du monde», E. Verhaeren, «La neige», *Les villages illusoires* (1895), Bruselas, Labor, 1992, págs. 128-129. El símbolo de la nieve, el estudiado cromatismo de esta entrada, la coherencia entre la Naturaleza y *Ella*, ponen en evidencia, una vez más, la deuda de nuestro autor con la estética simbolista.

[158] Nótese el paralelismo descriptivo entre los estados de *Ella* y Justina, poco antes de morir, en *La voluntad* (I parte, cap. XXVIII): «Justina tiene la cara blanca; sus ojos miran extáticos. Extenuada, ansiosa, jadeante, su mirada se enturbia y su cuerpo cae desplomado», ob. cit., pág. 189.

He dado un desgarrador alarido de angustia, de desesperación, de brutal y desenfrenada ira —intensa, honda, suprema. He caído inerte al suelo. Las cosas giraban por el aire
en vertiginoso torbellino. Azulada llama subía rauda al cielo[159].

21 Marzo

Se la han llevado.

30 Marzo

Días de estupor hondo —largos, eternos.

1.º Abril[160]

Estoy cansado, fatigado. Siento una laxitud profunda
en todo mi espíritu. No odio a nadie. No tengo ansias de

---

[159] Tiene un cierto sabor (poético) de época esta última frase, casi un
verso modernista; recuerda aquel «verso azul» de Darío, tan impregnado
de las sonoridades y cromatismos del simbolismo. El color azul simboliza
la belleza asociada a la calma y a la tranquilidad («tu pupila es azul», Bécquer), y también la tristeza y el dolor («azul, azul, azul, claro espejo del
dolor», García Lorca); Juan Ramón Jiménez habla de «noche azul», y también de un «huir azul», cuyo sentido simbólico presenta una gran vecindad semántica con «azulada llama subía rauda al cielo» (una imagen pa-
recida a ésta la vuelve a utilizar J. Martínez Ruiz en *La voluntad*: «¡Y me
dan ganas de llorar, de no ser nada, de disgregarme en la materia, de ser
el agua que corre, el viento que pasa, el humo que se pierde en el azul!»,
ob. cit., pág. 277). La muerte de *Ella* se configura desde la estética simbolista: «Sobre la gama de los azules, desde el que se confunde con el negro hasta el transparente de zafiro, se ha especulado mucho. [...] El azul,
por su relación esencial (y espacial, simbolismo de nivel) con el cielo y el
mar, significa altura y profundidad, océano superior y océano inferior. El
color significa una fuerza ascensional en el juego de sombra (tinieblas,
mal) y luz (iluminación, gloria, bien). Así, el azul oscuro se asimila al negro; y el azul celeste, como también el amarillo puro al blanco», J. E. Cirlot, *Diccionario de símbolos*, ob. cit., pág. 136 (voz «Color»). «Elle s'en va
vers l'inconnu noir», E. Verhaeren, «La morte», *Les flambeux noirs* (1891),
en *Les villages illusoires* (incluye *Poèmes en prose* y *Trilogie noire*), Bruselas,
Labror, 1992, pág. 70. «El aire se llevaba / de la honda fosa el blanquecino
aliento», A. Machado, «(En el entierro de un amigo)», *Soledades,* cit. por
Poesías Completas, ob. cit., pág. 430.
[160] Hasta ahora, siempre que el *Diario* presentaba varias entradas correspondientes a un mismo día, venía señalada entre paréntesis, para di-

nada. Sobre la alfombra, yacen intonsos los libros que me mandan, los periódicos, las revistas. No tengo curiosidad de nada. Apenas pienso; apenas si tengo fuerzas para escribir estas líneas. Hundido en un diván, paso horas y horas, días y días. Mis energías juveniles han muerto; no siento en mi corazón el odio, no siento el amor. ¡Ah el tormento de vivir! ¡Ah la opaca vida, silenciosa, indiferente, muerta![161]

---

ferenciar unas de otras, la hora de las mismas. Sin embargo, al día 1.º de abril corresponden tres entradas sin que por ello se haya hecho acompañar a la fecha la hora de cada una de ellas. Este detalle, sin duda, debe ser puesto en relación con el estado de desinterés, decaimiento y postración del personaje tras la muerte de su amada, y —más importante aún, pero en estrecha relación con ello— con una suerte de atenuación de las kantianas «formas *a priori* del conocimiento» (espacio y tiempo), índice de un proceso de carácter nihilista similar al de la *tía Antonia* de la entrada del 13 de noviembre de 1899.

[161] La muerte de *Ella* vuelve a abrir en el artista-enfermo la herida de la vida, vuelve a sentir poderosamente el *mal de vivre*, la tragedia de la existencia, el peso de un mundo sin sentido. La vida, sin *ella*, adquiere un claro sentido de muerte, al que se llega gradualmente: vida opaca, silenciosa, indiferente, muerta. Este estado de ánimo del sujeto moderno que encarna el diarista ya había sido expresado por J. Martínez Ruiz en un breve artículo de su período valenciano inspirado en el canto XXVII de Giacomo Leopardi. Dicho artículo se titula «Las ilusiones perdidas», y se publicó en *El Pueblo*, dirigido entonces por Blasco Ibáñez, el 6 de mayo de 1895; la semejanza entre este artículo y el *Diario* es tan extraordinaria que permite razonablemente conjeturar una suerte de rescritura o adaptación de «Las ilusiones perdidas» al *Diario:* «Lloraba como un niño. Lloraba al sentir alejarse de su alma la última esperanza, el último consuelo, el último rayo de luz... La quería como se quiere a un santo, a una Virgen que se adora en el altar, a una madre. Había sido para él una tabla de salvación, un refugio que encontrara en un mundo del que estaba cansado. Acudía a ella en los momentos de hastío, en las horas angustiosas en que el Asmodeo del cansancio sugiere recursos funestos, y ella, juntos los dos y en voz baja y suave, hacía llegar a su espíritu la resignación de la vida, abriendo sus ojos a un mundo de alegrías íntimas, un mundo en que los dos estarían siempre uno al lado del otro; ¡él trabajando, haciendo saltar de su pluma potentes creaciones; ella, inspirándole, atendiendo a sus menores deseos, ciudándole como se cuida a un hijo enfermo. ¡Qué sueños tan hermosos, y qué despertar tan amargo! [...] ¿Para qué vivir? La muerte era su amada. No la muerte descarnada con la segur a cuestas; la blanquísima doncella de ojos rasgados y azuladas ojeras, que viene hacia nosotros dulcemente, nos da un beso en los labios y se lleva el alma arru-

1.º Abril

¿Qué hará, qué hará ese pobre amigo, fracasado, abrumado? Hoy he visto algo suyo en un periódico. A través de su prosa descolorida y blanda, antes vibradora y luminosa, leo el hondo desconsuelo del porvenir frustrado[162]. ¿Qué hará ese pobre amigo? Yo recuerdo sus juveniles fervores, sus charlas relampagueantes, sus proyectos, sus esperanzas, su fe encendida y fuerte. La vejez llega pobre y desamparada; el entusiasmo amengua; las fuerzas faltan; la fe muere[163]. Y ha de trabajar, trabajar sin reposo. ¿Qué hará ese pobre amigo? ¿Qué hará ese buen amigo?

... El viento azota la campiña: el huracán ruge bravío en largo y doloroso gemido. Los árboles se doblan; los cristales tiemblan. Por el añil del cielo las nubes pasan lentamente. De cuando en cuando suena a lo lejos el golpazo de una puerta. En los hierros del balcón, un pájaro salta y se frota nerviosamente el pico; luego desaparece...

1.º Abril

De cuando en cuando cojo un periódico... Lo dejo; no puedo leer. ¿Para qué leer? En un rincón yace el montón de los periódicos con sus fajas intactas...[164] El montón

---

llándola en su seno... ¿Para qué vivir? La muerte era un consuelo, y a la muerte invocaba, llamándola tiernamente, con voluptuosidad; deseando tan sólo, como el sublime poeta de las tristezas: *Quel dì ch'io pieghi addormentato il volto / Nel tuo virgineo seno»*, cit. por R. Ferreres, *Valencia en Azorín*, Valencia, Ayntamiento de Valencia, 1968, págs. 61-62 (la cita reproduce los últimos versos del canto XXVII de Leopardi, «Amore e Morte»).

[162] «¡Oh sigilosas tragedias de los destinos silenciosamente frustrados!» (3 de marzo de 1899).

[163] Hay un cierto eco cervantino en este paso, que recuerda el laconismo de la dedicatoria al Conde de Lemos de *Los trabajos de Persiles y Segismunda* (Madrid, Castalia, 1985, pág. 45): «el tiempo es breve, las ansias crecen, las esperanzas menguan».

[164] Ya en la primera de las entradas correspondientes a este día se había expresado esto mismo: «Sobre la alfombra, yacen intonsos los libros que me mandan, los periódicos, las revistas.» La reiteración de este deta-

crece, crece implacable. En la penumbra del crepúsculo su mancha blanquecina me sugestiona. ¿Para qué leer, para qué leer?[165] La mancha blanquecina me da espanto. Es el dolor humano; es el dolor universal[166]: lágrimas, sollozos,

---

lle denota una falta de atención por parte del artista-enfermo, lo que, a su vez, hay que poner en relación con el estado de postración y abandono, antes aludido, en que ha quedado tras la muerte de su amada.

165 En las entradas del 3 y del 10 de diciembre de 1898, el rechazo de la lectura se perfilaba desde una elección vitalista circunscrita dentro de la oposición vida/cultura. Ahora, en cambio, repárese cómo el rechazo de la lectura adviene en el contexto del derrumbamiento y sinsentido de los valores de la vida.

166 «Allí [collado Salinas] he leído yo *La Doleur universelle*, de Sébastian Faure, esa obra portentosa de filosofía en que el autor ha legado a la profundidad de Proudhon y a la elocuencia de Renan. En medio de aquella naturaleza he meditado en la fórmula del eminente pensador: *Instaurar un medio social que asegure a cada individuo toda la suma de dicha adecuada, en toda época, al desarrollo progresivo de la Humanidad.* No puede darse más justicia y más exactitud. Ésa es, ésa será la sociedad justa, feliz, humana. ¡Que no haya dolor sobre la tierra!», J. Martínez Ruiz, *Charivari*, ob. cit., pág. 46. En el anarquismo y radicalismo intelectual del joven J. Martínez Ruiz late con fuerza la consideración del dolor y el sufrimiento de la humanidad, una responsable asunción de los mismos; ahora bien, la comprensión del dolor adviene desde el horizonte teórico de Sébastien Faure (1858-1942), uno de los principales teóricos del anarquismo francés, director del periódico *Le Journal du Peuple,* y autor de numerosos ensayos, como *La doleur universelle. Philosophie libertaire* (1895), *Les anarchistes et l'affaire Dreyfus* (1898), etc., y creador, en los primeros años del siglo xx, de «La Rouche», una especie de asilo-escuela que acogía en sus estructuras a niños abandonados y los educaba según los principios morales del anarquismo. Para Faure, el mal del mundo, el dolor universal reside en la estructura social; cambiando, por tanto, las relaciones de poder en que ésta se sustenta se podría llegar a un modelo de sociedad capaz de eliminar de su ámbito el dolor y el sufrimiento de los hombres. Como vimos en la Introducción, este exagerado optimismo había de venir contrastado en el pensamiento del joven J. Martínez Ruiz a través de dos vías: la falta de resultados tangibles en la lucha del movimiento anarquista finisecular y la lectura profunda de la obra de Arthur Schopenhauer. En efecto, en los últimos años del siglo, J. Martínez Ruiz pasa de una comprensión del dolor universal en los términos de Faure a una comprensión del mismo desde la filosofía de Schopenhauer. Para el filósofo de Danzig el dolor universal es expresión del *mal radical,* del ineliminable dolor sobre el que se sustenta el mundo: el mal no reside en las estructuras organizativas creadas por el hombre, sino que se alberga en el fondo mismo de su ser. En la filosofía de Schopenhauer, el mal y el dolor son entidades ontológicamente positivas, y son consustanciales a la vida y al

súplicas, imprecaciones, fragor de armas, estruendo de fábricas, sombras silenciosas, pálidas, extenuadas, que pasan
y pasan...

3 Abril

Media noche. No duermo; no sosiego. Este atormen-
tador monólogo chilla eternamente en mi cerebro... A lo
lejos, en plena calle, cantan. La voz, en el sereno reposo de

---

mundo («vivir es por esencia sufrir», *Die Welt als Wille und Vorstellung*,
ob. cit., § 56); sólo, pues, desde un acto de renuncia a la vida se podrá
poner fin al dolor universal: «A la autosupresión y negación de la voluntad podríamos, pues, dar el nombre de bien absoluto, de *summum bonum*,
y considerarla como el único remedio radical de la enfermedad», ídem,
§ 65. Friedrich Nietzsche, pocos años después, aceptando la base de la filosofía schopenhaueriana, opuso, sin embargo, a la vía ascética y renunciataria de Schopenhauer otra vía, la de la libre aceptación del «eterno retorno de lo mismo», a cuyo través se configuraba la plena aceptación de
la vida, con sus sufrimientos y dolores, como un destino querido y ele-
gido: «War das das Leben? Wohlan! Noch einmal!» (¿Era esto la vida? Pues
venga, ¡otra vez!), *Also sprach Zarathustra*, Leipzig, Alfred Kröner Verlag,
1930, pág. 173 (he intentado demostrar cómo detrás de esta obra alienta
la operación «alquímica» de Nietzsche de sublimar su propio dolor en
«Los ojos de Lou», *Cuaderno Gris*, núm. 8, 1993, págs. 17-29; véase también, a propósito de la comprensión contemporánea del dolor, de su positividad ontológica y de su implicación estética, el poema de Baudelaire
Alchimie de la doleur, incluido en *Les fleurs du mal*). *Diario de un enfermo*,
a diferencia de *Charivari*, gira en torno a esta órbita schopenhaueriano-
nietzscheana de la comprensión del dolor; desde aquí, el «genio» debería
ser capaz de extraer de las mismas fuentes del dolor la potencia del arte.
A esta especie de «sublimación del dolor» se refería J. Martínez Ruiz en una
carta a Enrique Gómez Carrillo recogida en *Soledades* (cap. XI): «¡Trabajemos, trabajemos! Hagamos lo que el Dr. Pascal; el trabajo cura, expansiona,
da nuevas energías. Escriba usted, trabaje, cree; dé usted a su dolor forma
artística en cuentos, *causeries*, meditaciones...», ob. cit., pág. 101. ¿No es
Diario de un enfermo un claro intento de dar forma artística al dolor? En
este sentido, en *La voluntad* (I parte, cap. XXII), Yuste había de expresarse
del siguiente modo: «Sí, el dolor es eterno... Y el hombre luchará en vano
por destruirlo... *El dolor es bello;* él da al hombre el más intenso estado
de consciencia; él hace meditar; él nos saca de la perdurable frivolidad
mundana...», ob. cit., pág. 170 (las cursivas son nuestras). Un buen análisis de las fuentes del dolor en la obra de nuestro autor es el realizado
por A. L. Prieto de Paula, «Azorín y las fuentes del dolor: unas notas sobre la angustia inherente», en *Azorín fin de siglos (1898-1998)*, ob. cit., páginas 131-144.

la noche, llega clara, temblorosa, como un formidable lamento... Poco a poco, se aleja, se debilita, zozobra, se pierde —se pierde como la esperanza halagadora.

4 Abril

Esta mañana, un viejo, enfermo, tembloroso, escuálido, pedía limosna en la puerta... Yo he visto en su cara las huellas de seculares amarguras y seculares llantos. Yo he visto en su cara la Humanidad esclava, doliente y gemidora en los pasados siglos —la Humanidad esclava, doliente y gemidora en los futuros siglos[167].

5 Abril

Hoy he dado un paseo por la huerta. Me instan, me ruegan, me suplican llorosos... Y salgo. He ido por el camino por donde íbamos los dos. El cielo se inflamaba con los tonos rojizos del crepúsculo. He pensado, he pensado. En la margen musgosa de una huerta me he sentado. Un hombre araba un extenso bancal; sudoroso, ha suspendido la labor. Mañana vendrá y seguirá labrando, y al otro día, y al otro, y al otro —y siempre[168].

---

[167] Eficaz y lograda imagen del mal radical y de su consiguiente e ineliminable dolor del mundo: su vigencia en el presente, su infinita extensión en el pasado, su alcance y dominio sobre el futuro. «El dolor, esencia misma de la vida, no se podrá extirpar jamás», A, Schopenhauer, *Die Welt als Wille und Vorstellung*, ob. cit., § 57. «Toda biografía es una historia de dolor», ídem, § 58.

[168] Al ineliminable dolor del mundo, remarcado con fuerza en las últimas entradas del *Diario*, al predominio ontológico del mal radical, se hace corresponder ahora una imagen del Eterno Retorno que, al contrario de como acontecía en Nietzsche, no prevé ninguna redención del dolor, sino sólo la experiencia infinita e infinitamente repetida del sufrimiento. Son los padecimientos y dolores de la existencia, y nada más, lo que continuamente vuelve y se repite en el Eterno Retorno. En Nietzsche (véase el cap. «La visión y el enigma» del *Zaratustra),* el símbolo del pastor que muerde la cabeza de la serpiente liga el Eterno Retorno a un acto de decisión del sujeto, un acto que significa la plena aceptación de un

6 Abril

Son las dos de la madrugada. Ansioso, jadeante, abro
su cuarto y entro. Todo está lo mismo que cuando ella mu-
rió: el tocador, los muebles, la cama —deshecha, la cabe-

---

nuevo horizonte de la temporalidad a cuyo través el sujeto sale modificado (quien acepta el Eterno Retorno es el *ultrahombre*). Detrás del Eterno
Retorno late un profundo canto a la vida; se trata de un «Sí» incondicio-
nal a la vida, de un querer la vida plenamente, con sus sufrimientos y des-
dichas. De esta forma Nietzsche dota a la vida de un nuevo marco en el
cual los pesares y las humillaciones, los sufrimientos y el dolor se trans-
forman, salen de la óptica restrictiva que hacía de ellos motivo de con-
goja para el débil corazón del hombre y son elevados a una nueva perspectiva en la que la vida ha sido sublimada, hasta el punto de que los
mismos dolores de antes cobran ahora sentido sin necesidad de implorar
una trascendencia ultraterrena. En el Eterno Retorno no hay redención
—la finalidad ya no puede estar fuera sino dentro del propio tiempo—,
es la redención misma: es la redención del tiempo lineal, que lanza al
sujeto a una carrera vertiginosa en pos del futuro; es la redención de la
moral, porque el hecho de que todo retorne significa aceptar una nueva
dimensión comprensiva, más allá del bien y del mal; es la redención del
último hombre, descrito en el prefacio del *Zaratustra,* de su mediocridad
y de su nihilismo. En *Diario de un enfermo,* en cambio, falta este acto de
decisión del sujeto capaz de elevarlo al plano de la redención y conver-
tirlo en *ultrahombre:* el sujeto del *Diario* permanece como simple espectador ante la imagen del continuado y repetido sacrificio del labrador, no
«muerde» la imagen del círculo para transformar el «así es» en «así quiero
que sea».
      En *La voluntad* (II parte, cap. V), J. Martínez Ruiz acomete una «ver-
sión» del Eterno Retorno, que allí llama, siguiendo una terminología usual
en la época, «Vuelta Eterna», ob. cit., págs. 220-221. Ahora bien, J. Martínez Ruiz reduce notablemente el alcance teórico del mito nietzscheano,
pues otorga al «medio» un poder obstaculizador tal de no permitir el nacimiento del *hombre superior;* en estas condiciones, por tanto, sin la comprensión propia del *ultrahombre* sobre el Eterno Retorno, éste no puede
adquirir el significado de liberación que tiene en Nietzsche (cfr. también
el interesante artículo «Las confesiones de un pequeño filósofo: el mal de
España», *El Pueblo Vasco,* 22 de agosto de 1903, ahora en Azorín, *Artículos olvidados de J. Martínez Ruiz,* ob. cit.., págs. 227-233). Antonio Azorín, ante la pregunta de cómo evitar el dolor, no le queda sino concluir
que «Habría que hacer de nuevo el universo»; sólo que, después: «Azorín
piensa en cómo sería ese *otro universo;* naturalmente, no da con ello», *Antonio Azorín* (II parte, cap. XIV), ob. cit., pág. 153 (las cursivas son nuestras). Para la influencia de Nietzsche en J. Martínez Ruiz, véase: G. Sobejano, *Nietzsche en España,* Madrid, Gredos, 1967, págs. 395-419.

cera ahoyada, goteada la fina randa de negras y tiesas manchas... En un vaso, unas flores penden secas; el agua, al evaporarse, ha ido formando en el cristal blancos círculos. Reluce en la penumbra el charol de un diminuto zapato.

Infinita tristeza llena mi alma. Sollozo; me falta el aire. Abro el balcón. Las estrellas parpadean; en el horizonte, al final de la negra mancha de la huerta, la ondulada silueta de las montañas se recorta indecisa en la foscura pálida del cielo. Un gallo canta, estridente, a lo lejos. Mis ojos se pierden en el Infinito[169].

---

[169] El concepto de infinito constituye uno de los ejes de reflexión de la filosofía romántica, alcanzando su punto más alto en la distinción hegeliana entre un *infinito malo* (al que se llega como producto de la capacidad de abstracción del intelecto: es la infinitud desprovista de lo finito, la infinidad del *progressus* o del *regressus in infinitum* de la dialéctica kantiana) y un *infinito bueno* (capaz de mostrar que finitud e infinitud son aspectos complementarios de la realidad). El *Diario* emplea en varias ocasiones la palabra «infinito» en función sustantiva: en un contexto bastante conceptual, asociada a la relación tiempo-eternidad: «lo infinito» (15 de noviembre de 1898); en dos ocasiones asociada a la descripción admirativa por Santa Teresa: «mirando al infinito los ojos» y «ansia de infinito» (22 de noviembre de 1899, 7 noche); y en dos ocasiones —escribiéndola, además, con mayúscula, como en la entrada que nos ocupa— asociada a la descripción de *Ella*: «sus ojos grandes parece que miran constantemente al Infinito» (12 de noviembre de 1899) e «Infinito implacable» (20 de febrero de 1900). «Mis ojos se pierden en el Infinito» recuerda poderosamente el último verso del poema *L'infinito* (1819) de Leopardi: «E il naufragar m'è dolce in questo mare», *Canti*, Milán, Rizzoli, 1981, pág. 271. Hay, en ambos casos, un mismo sentido de extravío, de pérdida, de naufragio y disolución del sujeto en la inconmensurabilidad del espacio dispuesto a la mirada; y hay, también, en ambos, una misma atracción y aceptación de ese poder anonadante del infinito: Leopardi lo afirma claramente (se trata de un «dulce naufragar»); la sonrisa final del diarista-artista-enfermo, con su decisión extrema, indican en esta misma dirección. Sobre el infinito leopardiano, puede verse: A. Prete, *Finitudine e infinito: su Leopardi*, Milán, Feltrinelli, 1998.

La admiración de J. Martínez Ruiz por Giacomo Leopardi (1798-1837) es bastante temprana y se remonta a su período valenciano. A él se refiere como el «triste y desventurado poeta de Recanati» y como el «desconsolado poeta de Recanati», en lo que era, sin duda, una especie de *cliché* en la recepción europea de su obra; pero su conocimiento del poeta italiano iba mucho más allá de la simple repetición de lugares comunes, y de ello dio muestra en un artículo de 1898: «Admiro a Leopardi sobre todos los poetas; [...] llevaba en sí el tedio *inefable*, la melancolía exquisita del que

Paseo un momento por el cuarto: toco todos los objetos que ella tocaba. Me acuesto en su cama; pongo la cabeza donde ella la ha puesto. Anonadado, pasan las horas...

Alborea. El Oriente se enciende en pálidas claridades
de violeta. Tintinea cristalina una campana. La lámpara,
sollozante con imperceptible moscardoneo —se apaga[170].
A la luz indecisa del crepúsculo, refleja, nikelado, sobre la
mesa.

Me levanto: lo cojo. —He sonreído[171].

---

todo lo ha visto, del que ha agotado el supremo goce, el goce de conocer.
Nada más estético, más esencialmente artístico, que esta melancolía, esta
ansia de vivir del que muere, este anhelo hacia algo soñado, hacia el ideal
que no parece, desequilibrio entre la vida de la realidad y la vida a placer
forjada», «Un poeta», cit., pág. 155.

[170] La edición de 1947 corregía con una perífrasis de gerundio (se va
apagando) el tiempo verbal correspondiente de la 1.ª ed. (se apaga), y di-
luía el guión con una coma, haciendo, además, concluir la novela en este
punto. La edición de 1975 mantenía el final en este mismo lugar, pero aña-
día, en nota a pie de página, lo siguiente: «Así terminaba nuestra primera
edición (1947), pero la primera edición de esta obra (1901) terminaba así:
"Alborea. El Oriente se enciende en pálidas claridades de violeta. Tintinea cristalina una campana. La lámpara, sollozante con imperceptible
moscardoneo, se apaga. A la luz indecisa del crepúsculo, refleja, nikelado,
sobre la mesa. Me levanto; lo cojo. —He sonreído." *N. del E., 1975*»,
Azorín, *Obras Completas*, Madrid, Aguilar, 1975, pág. 401 (nótese que la
puntuación de estas «frases suprimidas» no corresponde exactamente con
la de la primera edición). Hay, pues, en las dos ediciones de Aguilar, una
clara voluntad censoria que consiste en eliminar del texto los indicios del
suicidio del diarista. Las «razones censorias» pueden ser, sin duda, múltiples, pero acaso deban ser reconducidas al nuevo clima cultural que se había establecido en España tras la Guerra Civil, es decir, a esa inadecuación
del suicidio con los principios morales y religiosos sobre los que se estaba
levantando la España franquista (tesis esta avalada por la restitución en
nota del final original en la edición de 1975); poco importa, además, que
el principal inspirador de esta censura fuera Ángel Cruz Rueda, a cuyo
cuidado se hizo la edición de las *Obras Completas*, pues, aunque así fuera,
figurando Azorín como «autor» de los textos, éste firma su responsabilidad sobre los mismos. Nótese, en cualquier caso, que tras la edición de
las *Obras Completas* se esconde la indebida «apropiación» de Azorín de
una obra de J. Martínez Ruiz, *Diario de un enfermo*, operación ya perpe-
trada anteriormente con *La voluntad, Antonio Azorín* y *Las confesiones de
un pequeño filósofo*.

[171] La «evidencia» del suicidio del diarista-artista-enfermo no está lin-
güísticamente denotada (no se *dice* en el texto), sino simbólicamente con-
notada: los símbolos del último párrafo, separadamente, aluden todos a

la muerte y al final de la vida; su disposición en el texto, su proximidad y cercanía, acaba por conformar con todos ellos una unidad simbólica más amplia que alusivamente *muestra* el suicidio del diarista: la «palidez» de la claridad del alba, su tonalidad «violeta»; el sonido de la «campana»; la «lámpara» y su «sollozante» moscardoneo al apagarse; el «crepúsculo». El adjetivo «nikelado» ha de referirse al revólver o pistola instrumento del suicidio: J. Martínez Ruiz, en una de aquellas ásperas crónicas que motivaron su «expulsión» de *El País*, emplea, en el contexto imaginativo de un suicidio (el propio), «niquelado revólver». Reproduzco a continuación la parte final de aquella crónica, no sólo por mostrar el sustantivo al que se hace acompañar el adjetivo «niquelado» (el *Diario* lo escribe con «k»), sino por su relevancia en la consideración del suicidio por parte de J. Martínez Ruiz: «Me senté. Y al hacer un movimiento con el brazo, tropecé con un objeto duro y pesado que llevaba en el bolsillo. "Es verdad —pensé—; el revólver... un chisme que llevo por casualidad." Y el revólver me recordó los suicidios en el Retiro, los suicidios que yo había leído en los *faits divers* de los periódicos. Bulló en mi cerebro una idea: "¡Si yo me suicidara!" Y pensé inmediatamente: "Pero, ¿por qué? ¿Por qué había de suicidarme? ¿No estoy contento? ¿No estoy satisfecho de la vida? ¿No soy feliz, rodeado de amigos que me quieren y maestros que me alientan? ¡Sería una estupidez!" Saqué el revólver. "La verdad es que es una idea extraña la de los que se suicidan —seguía pensando—. Cogerán el *artefacto*, y con la mayor frescura apuntarán a la sien y... ¡pum!" Debe ser curioso. "¿Qué sentirán al apretar el gatillo? ¿Qué sensación experimentarán?" Y miraba y remiraba el niquelado revólver. Y decía la idea malévola allá dentro: "¡Si yo me suicidara!" Pero replicaba el buen sentido: "¡Qué majaderías estás haciendo, querido! ¿No comprendes que es una necedad peligrosa entretenerse en eso?" Y dirigí el cañón a la cabeza. "Así harán —reflexionaba—. Se apuntarán así, y luego una ligera presión y *voila tout*. Debe ser curioso." Obsesionado por mi idea, abstraído de todo, monté el revólver y apunté a la cabeza. "Esta es la postura clásica —dije—; ahora sólo falta..." Oprimí el resorte y salió el tiro. // "Ayer tarde, en el Retiro, intentó suicidarse D. J. M. R., periodista, disparándose un tiro de revólver. Afortunadamente el balazo sólo le produjo algunas erosiones en la cabeza"», J. Martínez Ruiz, «Crónica», *El País* (12 de enero de 1897). El *Diario*, al contrario de la «Crónica» citada, no puede recurrir a la estrategia de fingir una intervención de otra persona que dé cuenta efectiva del suicidio, pues debe mantener la exigencia de ser escritura privada de un sujeto. Ahora bien, dos elementos apuntan poderosamente a la solución del suicidio final del artista-enfermo: de no ser así, es decir, de no haberse suicidado el diarista, es presumible que el *Diario* hubiera tenido continuación efectiva en la escritura (al menos, no hay ninguna razón capaz de explicar su interrupción en este punto); la última frase («Me levanto: lo cojo. —He sonreído»), por otro lado, establece un salto en la temporalidad verbal (del presente al pretérito perfecto) que es índice de una acción manifiestamente cumplida y acabada. Para la consideración del suicidio en la obra de J. Martínez Ruiz, antes y después de *Diario de un enfermo*, véase la Introducción.

El fenómeno del suicidio *fin de siècle,* en lo que tiene de radical rechazo de la vida por parte del sujeto, posee, sin embargo, una doble valoración, dependiendo del marco teórico en el que se inscriba. Es, por una parte, un fenómeno ligado a los ambientes más extremistas del movimiento anarquista, como, por ejemplo, los nihilistas rusos, que daban al suicidio un sentido de protesta reconducible al orden social vigente e imperante; en este sentido, William Godwin, uno de los padres del anarquismo teórico, proporcionaba una cierta base teórica: «el poder de poner fin a nuestras vidas es una de las facultades de que estamos dotados y, por tanto, al igual que las demás facultades, es motivo de cálculo, por lo que respecta al balance entre el bien y el mal, resultado de su empleo en cada situación particular», *Enquiry concerning Political Justice and its Influence on Morals and Happiness,* Londres, G. G. y J. Robinson, 1796, Libro II, Apéndice I («Del suicidio»). La otra vía de comprensión del suicidio, más metafísica y filosófica, lo colocaba en el vértice extremo de todo proceso de racionalización; Unamuno, siguiendo a Kierkegaard, lo dice claramente: «La consecuencia vital del racionalismo sería el suicidio», *Del sentimiento trágico de la vida,* Madrid, Espasa Calpe, 1976, pág. 114. Pero es Schopenhauer, sin embargo, quien inscribiendo al suicidio dentro de su doctrina lo dotó de un potentísimo marco explicativo: «Lejos de ser negación de la voluntad [de vivir], el suicidio es un fenómeno de su enérgica afirmación. La negación, de hecho, no consiste en un horror de los males de la vida, sino en el odio de sus placeres. El suicida quiere la vida: sólo que no está satisfecho de las condiciones en que se le ofrece. Destruyendo el fenómeno singular, el suicida no renuncia a la voluntad de vivir, sino solamente a vivir. [...] El suicida deja de vivir precisamente porque no puede dejar de querer; la voluntad se afirma en él con la supresión del fenómeno, porque no le queda ya otro modo de afirmación», *Die Welt als Wille und Vorstellung,* ob. cit., § 69. Desde un punto de vita schopenhaueriano, por tanto, el suicidio del artista-enfermo no puede considerarse como un remedio a la «enfermedad» del *mal de vivre,* pues sólo la efectiva negación de la voluntad de vivir «sana» de ese mal. El suicidio del artista-enfermo es eminentemente metafísico, y se inscribe en una órbita de abandono radical, de fracaso, de derrota, de incapacidad para lograr un equilibrio con el mundo, de impotencia ante el nihilismo —un nihilismo ya presente a su conciencia desde las primeras páginas del *Diario,* pero que la muerte de *Ella* vuelve a desvelar y a poner en evidencia con todo su poder devastante. La alusión inicial al suicidio de Larra (15 de noviembre de 1898) adquiere ahora todo su valor y la plenitud de su significado.

APÉNDICES

I. CARTA DE JOAN MARAGALL A J. MARTÍNEZ RUIZ*

Sr. D. J. Martínez Ruiz.

Muy estimado amigo: He recibido su carta y su libro. Su impresión de mis *Visions i cants* me alienta mucho, me estimula a procurar merecer lo que la simpatía personal le haya hecho decirme de inmerecido.

Su *Diario de un enfermo* me ha sobrecogido por la fuerza plástica de la expresión, por la dureza del claroscuro, que tanto corresponde a mi reciente visión de la luz castellana. También encontré eso, aunque con temperamento especial, en las *Vidas sombrías,* de Baroja. En algo menos fuerte que he ido viendo suelto por aquí y por allá de otros autores para mí desconocidos me ha parecido ver la misma tendencia; y todo ello, cobijado por *El alma castellana* de usted, empieza a hacerme sospechar si ustedes, los de la nueva generación, han vuelto a encontrar, a fuerza de serenidad y sinceridad, el espíritu inmanente del arte castellano en un nuevo sentido de su lenguaje, el sentido de la sobriedad, cosas una y otra inconocidas o desconocidas (a mi modo de ver) por los escritores castellanos de muchísimo

---

* Seguimos la reproducción que de esta carta hizo Azorín en el cap. VII de *Madrid,* ob. cit., pág. 850. Para el epistolario de nuestro autor, véase J. Payá Bernabé, «Guía del epistolario de Azorín», en Azorín, *Obras Escogidas,* Madrid, Espasa Calpe, 1998, vol. III, págs. 1389-1500.

tiempo (exceptuando tal vez a Pérez Galdós), que a fuerza de hacer juegos malabares con la riqueza más superficial de la lengua castellana, acabaron por perder su sentido íntimo e hicieron traición en su arte al alma castellana, austera y poderosa por su misma austeridad. Separaron el arte de la vida, que es como hacer flores de papel y frutos de cera; pero lo de ustedes es vivo.

Como usted ve, todo esto lo tengo un poco confuso y al aire, necesita ver más y meditar más. ¿No tiene nada publicado Maeztu, que en el breve momento que logré hablarle me interesó mucho? Tal vez en el grupo de ustedes habrá algún otro que tenga verdadera significación y que yo ignore en absoluto. No me lo dejen ignorar.

Acabo esta carta a la hora en que acostumbraban ustedes a reunirse en la acera de la carrera de San Jerónimo, donde tan cordialmente me recibieron y que yo estoy viendo en este momento; les saludo con efusión y a usted especialmente, a quien tengo tanto que agradecer. *Joan Maragall.*

S/s. Alfonso, 79. San Gervasio. Barcelona.

22 enero 1901.

II.   Bernardo G. de Candamo, «*Diario de un enfermo, por* J. Martínez Ruiz», *Arte Joven,* número 2, 15 abril 1901

Martínez Ruiz, el joven escritor, cuya vigorosa crítica tantos enemigos le ha creado, acaba de publicar un libro nuevo, de un arte modernísimo y personal: *Diario de un enfermo.*

Varias veces he visto a Martínez Ruiz. Lo inexpresivo de su fisonomía, la inmovilidad absoluta de su cuerpo, el reposo de sus gestos, todo me lo ha hecho poco simpático. He sentido verdadera repulsión hacia aquel hombre, a quien sin embargo admiraba intelectualmente y cuyas obras siempre me parecieron hijas de una inteligencia privilegiada, dotada de extraordinario equilibrio.

El seco y duro estilo de este autor, sin floreos ni caireles meridionales, rígido, procede del estilo seco también de nues-

tros clásicos. A veces vemos aparecer bajo las ideas cristaliza-
das en ese estilo genuinamente castellano, la evocación poderosa de tal o cual místico, de tal o cual escritor picaresco.

La prosa de este escritor es genuinamente castellana;
pero en cultura no se limita a nuestras vetustas y gloriosas
letras. Conoce la obra de todos los grandes maestros, cuyo
influjo es en él apenas perceptible, por lo poderoso y firme
de su personalidad. Martínez Ruiz es uno de los elementos
más importantes de lo que un ilustre crítico y poeta catalán —he nombrado a Juan Maragall— llama la nueva escuela castellana.

El *Diario de un enfermo* es un hermoso poema del deseo, la posesión y el abandono. Es la odisea de un alma de
artista que persigue tenazmente el ideal, que se esfuerza por
conseguirlo; y cuando lo posee, cuando siente entre sus
brazos el cuerpo de la mujer amada, cuando las luchas parecen darle una tregua, la suerte le arrebata su amor tan an-
siado; y siente entonces el abandono; la inutilidad de la
vida; llora y suspira. Pero una sonrisa frunce sus labios, una
amarga e irónica sonrisa.

«Alborea. El Oriente se enciende en pálidas claridades
de violeta. Tintinea cristalina una campana. La lámpara, sollozante con imperceptible moscardoneo —se apaga. A la
luz indecisa del crepúsculo, refleja, nikelado, sobre la mesa.»

Las inquietudes de esta alma de artista, que inquiere,
que va en pos de la engañosa felicidad, están admirablemente descritas.

¡Y qué hermosa es la mujer aquella, cómo se siente que
vive, que tiene alma y cuerpo, y que no es la virgen misteriosa y pálida, de cuerpo vaporoso como niebla, mons-
truosamente alejada de la realidad, creada por nuestras
imaginaciones enfermizas y demasiado juveniles! Sí, ese
amor, es un amor de artista. Y en la cristalización de esos
sentimientos, se ve toda la sinceridad de un poeta que sabe
idealizar lo real, dándole forma delicadísima en un estilo
pobre y rudo, pero vigoroso, sin afectación.

He leído ese libro hermoso y sincero, con todo el recogimiento de mi alma, lo he leído oracionalmente, deján-
dome penetrar por el dulce sentimiento que de él se exhala.

El ilustre crítico español González Serrano, ha calificado al espíritu de Martínez Ruiz de espíritu frío y poco
entusiasta. Yo creo ver en él un alma de gran artista, cultivada por el estudio y la reflexión, cosa rara en nuestros escritores jóvenes, que aspiran a hacer un arte espontáneo,
sin influencia alguna.

Goethe, el dios de Weimar, el gran pagano, se horrori-
zaba del desenfado de un joven alemán que decía saberlo
todo, tener una gran concepción del mundo y de la vida y
que juraba no volver a hojear un solo libro. Así nuestra juventud intelectual, desdeñosa de los maestros, que pretende
ser espontánea, y que hace el efecto maravilloso e inusitado
de esos prestidigitadores de café que sacan indefinidamente
cintas de la boca, sin que los espectadores puedan darse
cuenta de cómo se verifica el prodigio.

Índice

COLECCIÓN CLÁSICOS BIBLIOTECA NUEVA

TÍTULOS PUBLICADOS

1. *Platero y Yo,* JUAN RAMÓN JIMÉNEZ, edición, introducción y notas de Jorge Urrutia.
2. *Cantar de Mio Cid,* edición, introducción y notas de Francisco A. Marcos Marín.
3. *El burlador de Sevilla. Marta la piadosa,* TIRSO DE MOLINA, edición, introducción y notas de Antonio Prieto.
4. *Antología del teatro breve español del siglo XVIII,* edición, introducción y notas de Fernando Doménech.
5. *Antología del teatro breve español (1898-1940),* edición, introducción y notas de Eduardo Pérez-Rasilla.
6. *Antología de la prosa medieval,* edición, introducción y notas de Manuel Ariza y Ninfa Criado.
7. *Teatro español del siglo XVI. Del palacio al corral,* edición, introducción y notas de Alfredo Hermenegildo.
8. *La cuestión palpitante,* EMILIA PARDO BAZÁN, edición, introducción y notas de Rosa de Diego.
9. *Antología poética,* FRANCISCO DE QUEVEDO, edición, introducción y notas de José María Pozuelo Yvancos.
10. *Romancero,* edición, introducción y notas de Pedro M. Piñero.
11. *Las moradas del castillo interior,* SANTA TERESA DE JESÚS, edición, introducción y notas de Dámaso Chicharro.
12. *Poesía castellana completa,* GARCILASO DE LA VEGA, edición, introducción y notas de Antonio Prieto.
13. *Antolojía poética,* JUAN RAMÓN JIMÉNEZ, edición, introducción y notas de Manuel A. Vázquez Medel; selección de Eugenio Florit.
15. *Tiempo. Canciones del farero. Vuelta,* EMILIO PRADOS, edición, introducción y notas de Javier Díez de Revenga.

17. *Antología del teatro breve español del siglo XVII,* edición, introducción y notas de Javier Huerta Calvo.
18. *Historia de la vida del Buscón llamado don Pablos, ejemplo de vagamundos y espejo de tacaños,* FRANCISCO DE QUEVEDO, edición, introducción y notas de Victoriano Roncero López.
19. *Teatro de ensueño,* G. MARTÍNEZ SIERRA; *La intrusa,* MAURICE MAETERLINCK (en versión de G. Martínez Sierra), edición, introducción y notas de Serge Salaün.
20. *Entre la rueca y la pluma. Novela de mujeres en el Barroco,* MARÍA DE ZAYAS, LEONOR DE MENESES y MARÍA DE CARVAJAL, edición, introducción y notas de Evangelina Rodríguez Cuadros y Marta Haro Cortés.
22. *Diario de un enfermo,* JOSÉ MARTÍNEZ RUIZ [AZORÍN], edición, introducción y notas de Francisco J. Martín.

DE PRÓXIMA APARICIÓN

Quinta del 42, JOSÉ HIERRO, edición, introducción y notas de Jorge Urrutia.
Antología de la poesía social, LEOPOLDO DE LUIS, edición, introducción y notas de Fany Rubio y Jorge Urrutia.
Cántico [1936], JORGE GUILLÉN, edición, introducción y notas de José Manuel Blecua.
Obra literaria olvidada, RAMIRO DE MAEZTU, edición, introducción y notas de Emilio Palacios.
El Ingenioso hidalgo Don Quijote de la Mancha, ALONSO FERNÁNDEZ DE AVELLANEDA, edición, introducción y notas de Luis Gómez Canseco.
Un drama nuevo. Virginia, MANUEL TAMAYO Y BAUS, edición, introducción y notas de Julio Checa.
La malquerida, JACINTO BENAVENTE, edición, introducción y notas de Coronada Pichardo.
Noches lúgubres, JOSÉ CADALSO, edición, introducción y notas de M.ª Dolores Albiac.